한국야담 번역총서 05

계서잡록
溪西雜錄

下

이희평 지음
익선재 야담 연구반 옮김

차례

알림 : 원문 쪽수는 괄호 안에 표기함.

계서잡록 권4

계서잡록 상권 차례

알림 : 상권의 역문 쪽수를 표기함.

계서잡록 권1

계서잡록 권2

일러두기

1. 이 책은 이희평(李羲平)이 엮은 『계서잡록(溪西雜錄)』을 번역·주석하고 표점·교감한 것이다.

2. 완질의 『계서잡록』은 총 4책인 것으로 보인다. 이 책의 상권은 『계서잡록』 제1책과 제2책을, 하권은 『계서잡록』 제3책과 제4책을 번역·주석하고 표점·교감한 것이다.

3. 이 책에서 교감한 이본은 다음과 같이 약칭한다. 이본에 대한 설명은 이본고에 싣는다.
   - 성균관대학교 존경각 소장본 ⇒ 성대본
   - 溪西雜錄(亨)·溪西雜錄(利) ⇒ 익선재본 A
   - 이희평본 ⇒ 익선재본 B
   - 자연경실본 ⇒ 익선재본 C
   - 한산이씨본 ⇒ 익선재본 D
   - 서울대학교 일사문고 소장본 ⇒ 일사본
   - 서울대학교 가람문고 소장본 ⇒ 가람본
   - 하버드대학교 옌칭도서관 소장본 ⇒ 하버드대본
   - 서울대학교 규장각한국학연구원 소장 『계서야담(溪西野談)』⇒『계서야담』
   - 버클리대학교 동아시아도서관 소장 『청구야담(靑邱野談)』⇒『청구야담』

4. 이 책의 저본은 제1책의 경우 성대본을, 제2책의 경우 익선재본 A를, 제3책의 경우 익선재본 B를, 제4책의 경우 일사본으로 삼았다.

5. 이 책의 번역은 직역을 위주로 하였으나 저자의 의도가 충실히 전달될 수 있도록 현대어로 다듬어서 독자가 쉽게 읽을 수 있도록 하였다. 번역문의 주석은 각주로 처리했으며 독자의 이해를 돕기 위해 인명, 지명, 사건, 전고 등에 대한 정보를 간략히 서술하였다.

6. 이 책의 원문은 저본을 토대로 이본을 참고하여 오탈자를 바로 잡고 맥락에 맞게 수정하였고 해당 사항은 바꾸거나 추가한 경우에만 원문의 각주에 언급하였다.

7. 각 일화에 붙인 제목은 원래 없는 것이나 독자의 이해를 돕고자 역자가 편의상 붙인 것이다.

계서잡록

권3

01. 수급비(水汲婢)[1]

영성군(靈城君) 박문수(朴文秀)는 젊은 시절에 외숙을 따라서 진주 임지(任地)에 가 있었다. 그때 한 기생을 친히 사귀어 아주 혹한 나머지 생사를 함께하기로 맹서하였다.

그가 어느 날 책실(冊室)에 있는데 마침 몹시 추악하게 생긴 관비 하나가 물을 길어 가지고 지나갔다. 사람들이 그 여자를 손가락질하고 비웃었다.

"저 여자는 나이 서른이 되도록 워낙 못생긴 까닭에 아직 음양의 이치도 모른다. 만약에 음양을 알게 해준다면 적선하는 셈이겠지. 필시 천지신명의 가호가 있을 거야."

박문수는 이 말을 들은 그날 밤에 관비가 마침 또 지나가서 불러들여 시침을 들게 했다. 관비는 크게 기뻐하며 물러갔다.

박문수는 서울로 돌아와 곧 문과에 급제하여 10년 사이에 암행어사의 명을 받게 되었다. 진주에 당도해서 전에 친히 지내던 기생의 집을 찾아가 대문 밖에 서서 밥을 빌었다. 안에서 한 늙은 할미가 나와서 얼굴을 자세히 들여다보고 말했다.

"괴상도 하네, 괴상도 해!"

"할멈, 왜 그러오?"

"당신 얼굴이 흡사히 전전 등내(等內: 지방 관아에서 원님을 가리키는 말) 때 박 서방님과 같은 까닭에 괴상하다 한 것이라오."

"내 과연 그 박 서방이오."

늙은 할미가 깜짝 놀라 부르짖었다.

---

1   수급비(水汲婢): 관비의 일종. 관비는 지방 관아에 예속된 여자를 가리키는데 기생도 그 일종이다. 보통 관비들은 물을 긷는 등 천역을 담당하였는데, 기생은 관비 중에서 뽑혀 노래와 춤 등의 재능으로 양반 벼슬아치들을 즐겁게 하는 역할을 하였다. 이들을 '수척(水尺)', 혹은 '무자이'라고도 불렀다.

"이게 웬일이오? 서방님이 이런 거지꼴을 하고 오실 줄은 생각도 못했소. 우선 우리 방에 들어가 잠깐 앉았다 밥을 자시고 가시오."

박문수는 방에 들어가 좌정한 다음에 물었다.

"할멈, 딸은 어디 있는가?"

"지금 본관사또의 수청 기생으로 늘 번을 서느라고 집에 오지도 못하고 있다오."

그리고 나가서 불을 지펴 밥을 짓는데 문득 신발 끄는 소리가 들리더니 그 기생이 부엌으로 들어왔다.

"서울 박 서방이 왔단다."

어미가 말하자, 기생은 물었다.

"언제 여기 왔대요? 무슨 일로 왔답디까?"

"그 모양이 가련해 보이더라. 폐포파립(敝袍破笠)에 갈 데 없이 거지꼴이더라. 무슨 곡절이 있었던가 물으니 그의 외가인 전전 사또 댁에서 쫓겨나 돌아다니며 걸식을 하다가, 이 고장이 일찍이 머물던 곳이라 이속들과 안면이 있는 까닭에 전량(錢兩)이나 얻어 갈까 하고 내려왔다더라."

기생은 좋지 않은 안색으로 종알거리는 것이었다.

"그런 말을 무엇 때문에 내게 해요."

"너를 보러 왔다는구나. 기왕에 왔으니 들어가 한번 보기나 하려무나."

"보아서 무엇 해요. 그런 사람 보고 싶지 않습니다. 내일은 병사또(兵使道)의 생신인데 수령들이 많이 모여 촉석루(矗石樓)에서 큰 잔치를 벌인답니다. 본관사또가 특별히 기생들에게 의복을 잘 입으라고 분부가 지엄합니다. 내 옷상자 속에 새로 지은 옷이 들어 있는데 어머니가 꺼내다 주세요."

"내가 네 옷을 어찌 알겠냐? 네가 들어가서 꺼내 오너라"

기생은 부득이 방문을 열고 들어가더니 잔뜩 부르튼 얼굴로 눈을 돌리지도 않은 채 몸을 벽에 붙이고 다가가서 상자를 열고 옷가지를 꺼낸 다음, 돌아보지도 않고 방을 나갔다. 박문수는 어미를 불러 말했다.

"주인이 이같이 냉담하니 나는 여기 오래 머물러 있을 맛이 없구려. 지금 바로 떠나겠네."

어미는 만류하여 말했다.

"나이 어리고 세상 물정도 모르는 아이를 책망할 것이 있겠습니까? 밥이 거의 다 되었으니 잠깐 기다려서 식사나 하시고 일어서도 일어서십시오."

"먹고 싶지 않네."

박문수는 곧장 그 집을 나와서 이번엔 관비의 집을 찾아갔다. 그녀는 아직도 물을 긷고 있었다. 물을 길어 가지고 오다가 그의 모습을 보고 한참을 물끄러미 바라보는 것이었다.

"괴상도 하네, 괴상도 해!"

"어째서 사람을 보고 괴이하다 하는가?"

"손님 모양이 흡사히 지난번 책실의 박 서방님과 비슷해 보이는 까닭에 마음에 적이 이상해서입니다."

"내 과연 박 서방이다."

그녀는 물동이를 땅에다 내려놓고 그의 손을 잡고서 통곡하는 것이었다.

"이 무슨 일이며, 이 무슨 꼴이오. 우리 집이 여기서 멀지 않으니 함께 가십시다."

박문수가 그녀를 따라가니 몇 간의 조그만 집이었다. 방에 들어가 좌정하자, 그녀가 울면서 거지꼴이 된 연유를 물어 박문수는 기생 어미에게 했던 말과 똑같이 둘러댔다. 그녀는 놀라 말했다.

"어찌 이같이 거지꼴이 됐단 말입니까? 저는 서방님이 크게 현달하시리라 믿었지 이 지경이 되리라곤 생각이나 했겠습니까? 오늘은 우리 집에서 주무시지요."

그러고 나서 허름한 상자 하나를 꺼내는데 안에 좋은 명주옷이 한 벌 들어 있었다. 옷을 갈아입으시라고 권하는 것이었다.

"이 옷은 어디서 났느냐?"

"제가 여러 해 물을 길어 품을 팔아서 돈을 모아 천을 마련하고 삯바느질을 시켜 지어놓고 여기 보관해 두었지요. 만약 살아서 서방님을 또 뵙게 되면 정을 표하고 싶어서였어요."

박문수는 사양하며 말했다.

"오늘 내가 다 해진 옷을 입고 왔는데 지금 갑자기 이걸 입고 나가면 사람들이 의아해하지 않겠느냐? 나중엔 꼭 입을 것이니 우선 여기 잘 두어라."

그녀는 저녁밥을 지으러 부엌으로 나갔다. 집 뒤꼍에서 말소리가 들리는데 누구를 꾸짖는 것 같았다. 무슨 그릇 같은 것을 깨트리는 소리도 함께 들렸다. 그가 괴이하게 여겨 무슨 일인지 물었더니 이렇게 대답하는 것이었다.

"남쪽 지방에서는 귀신을 숭상합니다. 저는 서방님이 떠나신 이후로 신단을 차려놓고 아침저녁으로 빌면서 오직 서방님이 입신양명하시기만 소원했습니다. 만약에 귀신이 영험하다면 서방님이 어찌 이 지경에 이르렀겠습니까? 그런 까닭에 방금 신단을 부수고 불태워 버렸던 것입니다."

박문수는 나오는 웃음을 참고 그 마음에 감복하였다. 이내 저녁밥을 내와서 달게 먹고 거기서 유숙하였다.

이튿날 아침밥을 재촉해 먹고 나서 "내가 일찍 갈 곳이 있다." 하고 집을 나와 촉석루로 향해 갔다. 촉석루로 들어가서 누마루 아래 몸을 숨기고 기다렸다. 해가 뜨자 관속들이 야단스럽게 청소하더니 연회 자리를 설치했다. 이윽고 병사또와 본관사또가 들어오고 이웃 고을의 수령 10여 명이 와서 자리를 함께했다. 이때 박문수는 뛰어들어 좌석으로 올라가서 병사또를 향해 말했다.

"과객이 마침 들렀으니 성대한 잔치에 참석하고자 합니다."

"우선 한쪽 구석에 앉아 구경하는 것도 무방하겠지."

이윽고 배반(杯盤)이 낭자하고 풍악 소리도 요란하게 울렸다. 그 기생이 본관사또의 등 뒤에 서 있는데 의복도 선명하고 온갖 교태를 머금은 표정이었다. 병사또가 돌아보고 웃으며 말을 건넸다.

"본관이 요즘 이 물건에 폭 빠졌다지. 신색이 전과 아주 달라 보이는군."

본관이 웃으며 대답했다.

"어찌 그럴 이치가 있겠습니까? 괜히 명색뿐이고 실속은 아무것도 없답니다."

병사또 또한 웃으며, "그럴 이치가 있겠소." 하고 그 기생에게 술을 치도록 하였다. 기생이 돌아가며 차례차례 술을 치는데 박문수가 나서서 소리쳤다.

"이 과객도 술을 잘 마신다오. 한 잔 따르도록 해주오."

병사또는 술을 따라 드리라고 명하였다. 기생은 술을 따라서 통인에게 주며, "저 손님에게 갖다 드려라."라고 했다. 박문수는 웃으며 말했다.

"이 과객 또한 남자라. 기생이 주는 술잔을 마시고 싶구려."

병사또와 본관사또는 얼굴색을 붉히며

"술을 마시면 됐지 어찌 꼭 기생이 올리는 술잔을 바란단 말이오."

하여, 박문수가 그냥 받아서 마시자 음식상이 나왔다. 여러 관인 앞에는 각각 다 큰 상이 놓였는데, 그의 앞에 놓인 것은 그릇 몇 접시뿐이었다. 박문수가 또 말했다.

"다 같은 양반이거늘 음식에 어찌 층하를 둔단 말이오?"

본관사또가 노하여 꾸짖었다.

"어른 모임에 와서 어찌 이다지 시끄럽게 군단 말인고? 음식을 얻어먹었으면 얼른 가야 할 것이거늘 어찌 말이 많을까?"

박문수 또한 지지 않고 받았다.

"나도 어른이오. 처자식이 있고, 수염과 머리가 희끗희끗하거늘 어찌 아이란 말이오."

"저 걸객이 망령을 부리고 있으니 당장 쫓아내라."

본관이 노하여 관노들에게 분부하여 그를 추방하도록 했다. 관노들이 누마루 아래에 서서 소리쳤다.

"얼른 내려와요."

"내가 왜 내려간단 말이냐. 본관이 내려가야지."

박문수가 이렇게 말하자, 본관은 더욱 노하여 호령이 추상같았다.

"이 자가 광객이로군. 너희들 어찌 곧 끌어내지 못하느냐?"

통인 무리가 손을 걷어붙이고 달려들어 등을 떠밀자 박문수가 큰 소리로 말했다.

"너희들이 나를 쫓아내?"

그의 말이 미처 끝나기도 전에 문밖에서 역졸들이 크게 외치는 소리가 들려왔다.

"암행어사 출두야!"

병사 이하 모두들 안색이 변하여 황망하게 일어서 내려갔다. 박문수는 자리에 높이 앉아 웃으며, "쫓겨나는 게 당연하지." 하고 말했다.

박문수는 아까 병사가 앉았던 자리에 앉고, 병사 이하 각 읍 수령들이 모두들 관대를 갖추고 청알(請謁)²을 하여 일일이 들어와 뵈었다. 예를 파한 후에 박문수는 그 기생을 잡아들이도록 명하고 기생의 어미도 불렀다. 기생에게 분부하기를

"연전에 나와 너 사이의 사랑이 어떠하였느냐? 산이 무너지고 바다가 마르더라도 사랑은 변치 않기로 맹세를 하지 않았더냐? 지금 내가 궁한 형색으로 내려온 것을 보았으면 너는 응당 옛날의 정을 생각해서 의당 좋은 말로 위로하는 것이 옳겠거늘, 어찌해서 그렇게 못되게 굴었단 말

---

2 청알(請謁): 여기서는 인사를 드리고 고한다는 뜻.

이냐? 속담에 '동냥도 안 주면서 쪽박을 깬다.' 하였는데 꼭 너를 두고
이른 말이다. 사리가 마땅히 즉시 너를 때려죽일 것이로되 네게 무슨
벌이나 내릴 것이 있겠느냐?"

하고는 약간의 매질을 가하도록 했다. 그리고 그 어미에게 이르기를,

"너는 그래도 사리를 아는구나. 너 때문에 네 딸은 죽이지 않고 살려
준다."

하고 쌀과 고기를 지급해주도록 했다. 또 한편으로,

"내 일찍이 상관한 여자가 있으니 빨리 데려오너라."

하여, 그 수급비를 촉석루 위로 불러 올려 옆에 앉히고 등을 어루만지며

"이 사람이야말로 참으로 정이 있는 여자로다."

하고, 그녀를 기안(妓案)에 올려서 행수(行首)[3] 기생이 되도록 하고 그 기
생은 강등시켜 수급비로 삼게 하였다. 그런 다음 본부의 이방을 불러
어떤 방식으로든 돈 2백 냥을 급히 가져오게 하여 그녀에게 지급하고
떠났다.[4]

02. 박총각(朴總角)

박문수가 암행어사로 다른 고을에 가서 돌아다니다가 해가 저물었다.
밥을 먹지 못해 몹시 굶주린 기색으로 어느 집에 들렀다. 그 집에는 나이
열대여섯 살쯤 되어 보이는 총각이 혼자 있었다. 총각을 보고 밥을 구걸
하였더니 하는 말이 이랬다.

---

3   행수(行首): 어떤 집단의 우두머리를 일컫는 말로, 기생 집단의 우두머리는 '행수기생'
    이라고 일렀다.
4   이 작품이 『청구야담』 권7에 「촉석루수의장적(矗石樓繡衣藏跡)」이라는 제목으로 실
    려 있다.

"저는 어머니 한 분을 모시고 사는데 집안 형편이 워낙 빈궁하여 밥을 짓지 못한 지 여러 날 되었습니다. 손님께 식사를 대접할 수 없으니 어쩌지요?"

박문수는 몹시 지치고 배가 고파 잠시 앉았다. 총각이 천장에 걸린 종이 봉지를 자주 올려다보는데 처참한 기색이 얼굴에 비쳤다. 그러다가 종이 봉지를 내려 가지고 안으로 들어가는 것이었다. 집이라고 워낙 좁아서 문밖이 곧 안채라 밖에서도 말소리가 다 들렸다. 총각은 어머니를 부르고 말했다.

"밖에 과객이 때를 놓치고 밥을 얻어먹었으면 하는데요. 사람이 굶주린 것을 보고 어찌 돌보지 않을 수 있겠습니까? 우린 양식이 떨어져서 대접할 것이 없으니 아무래도 이것으로 밥을 지어야겠습니다."

"이러다가 네 부친의 제사를 어떻게 지낸단 말이냐?"

"사정이 아무리 절박하더라도 당장 눈앞에 굶은 사람을 보고 어찌 구하려 하지 않으리까?"

총각의 모친은 종이 봉지를 받아서 밥을 짓는 모양이었다. 박문수는 모자가 하는 말을 다 듣고 몹시 측은한 마음이 들었다. 총각이 밖으로 나오자 박문수가 연유를 물어보았다.

"손님이 기왕 다 들으신 바에 숨길 수가 있겠습니까. 제 친기(親忌)가 멀지 않은데 제사를 지낼 마련이 없기로 쌀 한 되 남짓을 구해 종이 봉지에 담아서 매달아 두었던 겁니다. 아무리 끼니를 걸러도 이건 손대지 않았지요. 지금 손님이 몹시 시장하신데 집에 밥 지을 양식이 달리 없는 까닭에 부득이 그걸로 밥을 지으려 한 것입니다. 불행히 손님이 들으시게 되었으니 부끄럽기 짝이 없습니다."

이렇듯 말을 주고받고 하는 즈음에 웬 종놈이 와서 소리치는 것이었다.

"박 도령, 얼른 나오시오."

총각은 "오늘은 내가 갈 수 없는 형편이오."라고 사정을 했다. 박문수는 박 도령이라고 부르는 소리를 듣고 비로소 총각이 자기와 같은 성씨임을 알았다. 그래서 지금 온 자가 누군지 물었다.

"이 고을 좌수 댁 하인입니다. 제 나이가 이미 장성했는데 좌수에게 딸이 있는 줄 알고 청혼을 했답니다. 좌수는 욕을 보았다고 생각하여 자기 집 종을 보내 저를 잡아가서 매번 머리채를 끌고 매를 때리는 등 온 가지로 모욕을 했습니다. 오늘 또 저를 잡으러 온 것입니다."

이에 박문수는 그 종놈을 향하여 말했다.

"나는 이 총각의 숙부다. 내가 대신 가겠다."

식사를 하고 나서 그 종을 따라간즉 좌수란 사람이 높이 앉아서 잡아 들이라고 호령하는 것이었다. 박문수는 곧장 대청으로 올라가 앉아서 말을 건넸다.

"내 조카는 지체가 당신보다 오히려 나은데 다만 집이 가난한 까닭에 당신에게 청혼을 한 것이오. 그대가 마음이 없으면 그만둘 일이지 어찌 매양 붙잡아다 욕을 보인단 말이오. 당신이 고을의 좌수라고 권력이 있다 하여 이러는 거요?"

좌수는 대로하여 그 종놈을 잡아들이라고 호통쳤다.

"내가 너에게 박 총각을 잡아 오라 하였거늘, 어찌하여 이런 미친 사람을 데려와 네 상전을 욕보인단 말이냐? 네놈은 단단히 벌을 받아야 마땅하다."

박문수는 소매 속에서 마패를 꺼내 보이며 말했다.

"네 어찌 감히 이러느냐?"

좌수는 마패를 보자 얼굴이 금방 흙빛으로 변하여 마루 아래로 내려가서 "죽을죄를 지었습니다." 하고 엎드리는 것이었다.

박문수가 물었다.

"당신 딸과 결혼을 시키겠소?"

"어찌 감히 결혼시키지 않겠습니까?"

"책력을 보니 내일모레가 길일이로군. 그날 내가 신랑과 함께 올 것이니 초례 치를 준비를 하고 기다리시오."

"삼가 그렇게 하겠습니다."

박문수는 이내 그 집을 나와 읍내로 들어가서 출도를 하였다. 어사는 본관을 보고 요청했다.

"내 족질(族姪)이 아무 마을에 살고 있는데 이 고을 좌수와 정혼을 하였다오. 초례를 아무 날 치를 터인데 그때 쓸 기구와 혼수를 관에서 마련해주시면 합니다."

본관이 대답했다.

"이런 좋은 일에 어찌 넉넉히 돕지 않으리까? 모름지기 명하신 대로 하겠습니다."

박문수는 이웃 고을의 수령들도 초청하였다. 혼인날을 당해서 자기 사처[下處]⁵로 신랑을 불러 복식을 잘 갖추도록 한 다음, 박문수 또한 위의를 갖추고 뒤를 따라갔다. 좌수 집에는 구름 같은 차일이 하늘에 닿고 술과 음식이 넘쳐났다. 좌상에 어사가 가운데 앉고 여러 수령들이 좌우로 앉으니 좌수의 집은 한층 빛이 났다. 초례를 치르고 나서 신랑이 나오자 어사는 좌수를 잡아들이라고 명했다.

"소인은 분부대로 혼례를 치렀습니다."

좌수가 머리를 조아리고 아뢰자, 어사가 물었다.

"당신 논밭이 얼마나 되는고?"

"몇 섬지기입니다."

"그 반을 나누어 네 사위에게 주겠는가?"

"어찌 감히 명을 어기겠습니까?"

---

5 사처[下處]: 여행 중에 점잖은 사람이 묵는 곳을 말함. '下處'라 쓰고 발음은 '사처'라고 하는데, 이두어이다.

"노비며 우마는 얼마나 되는고? 그리고 가재도구는 얼마나 되고?"

"노비 몇 구에 우마는 몇 필입니다. 가재도구는 얼마 얼마 있습니다."

"모두 반으로 나누어 사위에게 주겠소?"

"어찌 감히 그러지 않으리까?"

어사는 문서를 작성하라고 명하여 증인으로 맨 먼저 어사 박문수라고 쓰고, 아래에 본관 아무를 쓰고 또 아무 고을 관장 모모를 쭉 쓴 다음 마패를 찍었다. 그러고 나서 박문수는 다른 곳을 향해 떠났다.[6]

03. 윤유(尹游)

판서 윤유(尹游)[7]가 중국에 동지부사(冬至副使)로 가게 되자 한 친구가 물었다.

"영감 같은 풍류로 평양을 지나시게 되는데 필시 기생을 보게 되겠지요."

이에 윤 판서의 대답은 이러했다.

"마음에 드는 기생이 없는데, 다만 하나 생각이 있소. 그 아이라면 수청을 들여 볼까."

그 기생은 당시 평양 감사의 아들이 좋아하는 사람이었다. 감사의 아들이 이 말을 듣고 빼앗길까 두려워서 사행(使行)이 평양에 들어왔을 때 깊이 감춰두고 나오지 못하게 했다. 윤 판서가 평양에 당도해서 이틀간

---

6   이 작품이 『청구야담』 권9에 「긍박동영성주혼(矜朴童靈城主婚)」이라는 제목으로 실려 있다.

7   윤유(尹游, 1674~1737): 본관 해평, 호 만하(晚霞). 경종~영조 연간에 활동했던 인물. 그가 중국에 사신으로 다녀온 것은 두 차례인데 한 번은 1730년에 떠났다가 도중에 병으로 돌아왔고, 다른 한 번은 1734년에 동지사로서 다녀왔다.

머무는데, 아무 기생을 대령하라는 말이 없었다. 감사의 아들은 들려오는 말이 와전된 것이라고 생각을 하게 되었다. 사행이 출발할 때에 미쳐서 윤 판서는 교자 위에 앉아서 말하는 것이었다.

"내가 잊었군. 아무 기생에게 친구의 부탁이 있었는데, 미처 불러 보지 못했군. 잠깐 불러오도록 하여라."

아랫사람이 이 말을 전하자, 감사의 아들은 '지금 출발하는데 나와 보게 해도 무방하겠지.'라고 생각하고, 잠깐 나가서 뵙도록 하였다. 윤 판서가 물었다.

"아무 양반을 네가 아느냐?"

"그렇사옵니다."

윤 판서는 가까이 다가오게 해서 가마 안에서 병합(餠盒)을 꺼내며 떡을 먹으라고 하였다. 그녀가 떡을 손으로 받아드는데, 이때 윤 판서가 그녀의 손목을 잡아서 교자 안으로 끌어들였다. 그리고 곧 교자 문을 닫더니 말에 실린 대로 권마성(勸馬聲)[8]이 울리며 나는 듯이 북쪽으로 달렸다. 보통문(普通門)[9] 밖으로 나갈 즈음에 감사의 아들이 이 보고를 들었다. 아무리 분통이 터져도 어찌할 도리가 없었다. 윤 판서는 그녀를 데리고 함께 의주까지 갔다. 압록강을 건널 때에

"네가 여기서 돌아가도 좋다. 그렇지 않으면 여기서 내가 명년 봄에 돌아올 때까지 기다려도 좋다."

고 했다. 그녀는 머물러 있기를 원했다. 이듬해 봄에 귀국하자 또 함께 돌아왔다.

8　권마성(勸馬聲): 임금이나 임금의 명을 받든 고관이나 수령의 행차 때에 위세를 돋우기 위하여 앞잡이가 외치던 소리.

9　보통문(普通門): 지금 평양직할시 중구역 보통문동에 있는 고구려 시대의 성문. 『신증동국여지승람』(권51)에 따르면, "(평양성은) 문이 6개인데, 동은 장경(長慶), 서는 보통(普通), 남은 함구(含毬), 북은 칠성(七星), 정동은 대동(大東), 정남은 정양(正陽)이라 이른다." 한다.

이 이야기를 듣는 사람들은 배꼽을 잡고 웃었다.

04. 이민곤(李敏坤)

대관(臺官)으로 있었던 이민곤(李敏坤)[10]이 한 도백(道伯)을 논박하여 뇌물을 받은 것으로 팽아(烹阿)의 형[11]을 시행하자고 청하였다. 임금은 남의 사주를 받아서 사람을 논박한 것으로 지목하여 이민곤을 유배 보내게 했다. 유배 가던 길에 객점에 불이 나서 그가 불에 타 죽었다. 이 말을 들은 사람들은 경악해 마지않았는데, 정승 김상복(金相福)은 우연히 누군가를 보고서,

"이 아무가 사람을 죽이려다가 제가 먼저 불에 타 죽었군."

이라고 말하였다. 지추(知樞) 유언술(俞彦述)이 이민곤에 대해 만시(輓詩)를 다음과 같이 지었다.

남을 죽이려다가 제가 먼저 불에 타 죽었다고
누가 이 말을 가지고 그대의 죽음을 비아냥거렸던가.
인심이나 세상이 온통 이와 같으니
먼저 죽은 사람 슬퍼하지 않고 뒤에 죽을 사람 슬퍼하노라.

김 정승은 이 만시를 보고 크게 노하여, 후에 그의 이름이 도당록(都堂

---

10 이민곤(李敏坤, 1695~1756): 본관은 전주. 벼슬은 사헌부 집의, 사간원 사간 등을 역임했음. 1756년(영조 32) 윤 9월 22일에 강화 유수로 있던 조영국과 상주 목사였던 원경렴을 탄핵한 일로 함경도로 유배 가던 길에 금성(金城)의 객점에서 화재로 죽었다.

11 팽아(烹阿)의 형: 지방관으로서 뇌물을 받은 자에 대해 내리는 극형. 전국 시대 제(齊)나라의 위왕(威王)이 아(阿) 땅의 대부(大夫)가 정치를 잘못하면서도 뇌물을 써서 여론을 조작한 것으로 팽형(烹刑: 사람을 삶아 죽이는 형벌)에 처한 일이 있었다.

錄)[12]에 올라가 있으면 빼버렸다. 김 정승의 종형제들이 다 시로 해서 낭패를 보았으니 또한 기이한 일이라 하겠다.

05. 이익저(李益著)

이익저(李益著)[13]가 의성 고을 원님으로서 어느 날 연회를 벌이고 있었다. 그때가 여름철인데 홀연 바람이 한바탕 일어났다. 그는 급히 잔치 자리를 파하도록 하고 즉시 감영으로 행차를 하였다. 관찰사를 보고서 남창(南倉)에 돈 5000냥을 빌려주도록 하여 보리를 사들였다. 당시 보리 농사가 크게 풍년이 들어서 값이 아주 쌌다. 보리를 매입하여 각 동별로 봉해두도록 하고 동임(洞任)으로 하여금 잘 지키라고 지시했다. 7월 초순께 밤에 문득 잠을 깨어 모시고 있던 방자를 불렀다. 후원의 풀잎사귀 하나를 따오게 하여 살펴보고서,

"그렇군, 그렇군."

하더니 이튿날 아침에 나가 보니 과연 된서리가 내려서 초목의 잎이 온통 이운 상태였다. 이해 가을에 경상도 온 도내가 풀이 다 이울어져서 거두어들일 곡식이 없게 되었다. 이에 진휼을 해야 했는데, 곡가(穀價)가 뛰어올라 보리 한 섬의 값이 초여름에 3~40푼에 불과하던 것이 가을에는 300여 푼에 이르렀다. 이익저는 비축했던 보리로 진휼을 하고 내다 팔기까지 해서 남창의 돈을 그 수량대로 상환하였다. 대개 바람을 보고 점을 쳤던 것이다.

뒤에 이웃 고을로 자리를 옮겼는데, 조현명이 당시 관찰사로 있었다.

---

12 도당록(都堂錄): 의정부에 홍문관의 교리·수찬을 선임하기 위해 올라오는 명단. 이 명단을 보고 의정부에서 권점으로 적합한 자를 표하였다.
13 이익저(李益著, ?~?): 본관 연안. 숙종 때 의성 현령을 지내고 안동 부사에 이름.

이익저는 일이 있어 가서 관찰사를 보았는데, 머리를 가다듬지 않아 망건 밖으로 머리털이 어지럽게 삐져나온 상태였다. 그가 물러간 다음 관찰사는 수행한 아전을 붙잡아 들여 그 관장의 용모가 단정하지 못한 것으로 벌을 내렸다. 이익저는 다시 들어가 뵙기를 청하고 사죄하는 말을 했다.

"하관(下官)이 나이가 늙고 기운이 쇠하여 머리를 정돈하지 못해 상관을 대하는 데 과실이 있었소이다. 나의 죄를 알겠습니다. 이러고도 어떻게 직무를 수행하겠습니까. 원컨대 제 죄를 위에 보고해 주시오."

"어르신은 아까 일로 이런 말씀을 하십니까. 그건 예절에 관계된 일일 뿐입니다. 어찌 꼭 그럴 것이 있습니까."

"하관으로서 상관을 대하는 예절을 잃었는데 어찌 하루라도 직무를 볼 수 있습니까. 파직하도록 얼른 조처해 주시기 바라오."

"그럴 수 없습니다."

이익저는 정색을 하고 말했다.

"사또께서 끝내 허락해주지 않으시렵니까?"

"허락할 수 없습니다."

"사또께서 하관으로 하여금 해괴한 행동을 하도록 하시니 참으로 개탄할 일입니다."

하고서, 아랫사람들을 불러 말했다.

"나의 갓과 도포를 가지고 오너라."

그러고서 관모와 관대를 벗어서 관찰사 앞에 놓고 크게 꾸짖어 말을 하였다.

"내가 인끈을 차고 있는 까닭에 너에게 허리를 굽혔는데 지금 인끈을 풀어놓았다. 너는 나의 옛 친구의 자식이 아니냐. 내가 너의 어른과 죽마지교로서 한 이불을 덮고 지냈으며, 먼저 장가를 든 사람이 신부의 이름을 알려주기로 약속을 했더니라. 너의 어른이 나보다 먼저 네 어머니에게 장가를 들어 너의 어머니 이름을 나에게 가르쳐 주었기로, 그때 말이 내 귀에 생생하게 남아 있다. 네 어른이 돌아가신 지 오래되었는데 나를 대접하는 것이 이에 이르렀다니 너는 불초한 자식이다. 머리를 가다듬지 못한 것이 상하관(上下官)의 예절에 무슨 관계가 있단 말이냐. 내가 늙어서 죽지 못하고 구복(口腹)의 누[14]가 되어 너의 하관이 되었다마는, 네가 만약 너의 어른을 생각한다면 실로 이와 같이 할 수는 없는 것이다. 너는 개돼지만도 못한 사람이다."

말을 마치자 그는 냉소하고 나왔다. 조현명은 한 식경이나 말이 없이 앉았다가 사처[下處]로 나가서 간청하는 말을 했다.

"어르신, 이 웬 처분이십니까. 시생이 과연 큰 죄를 졌습니다. 제 죄를 잘 알겠으니 부디 사임하시는 것을 거두어 주옵소서."

"하관으로서 공청(公廳)에서 상관을 욕하였으니 무슨 얼굴로 다시 아전과 백성들을 대한단 말인가."

그리고 이익저는 옷을 떨치고 일어섰다. 조현명은 부득이 계문(啓聞)을 올려 그를 파직시켰다.[15]

06. 용호영(龍虎營) 장교

정승 김약로(金若魯)[16]는 본디 성격이 성급한 사람이었다. 평안도 감사로 있다가 병조 판서로 올라오게 되었는데, 평양 감영에 있었던 기간이

---

14 구복(口腹)의 누: 기본적인 생계인 먹고 사는 문제로 처신하는 데 어려움이 발생하는
    것을 가리키는 말.
15 이 작품이 『청구야담』 권8에 「대영전의성쉬점풍(貸營錢義城倅占風)」이라는 제목으
    로 실려 있다.
16 김약로(金若魯, 1694~1753): 본관은 청풍(淸風). 영조 때 관인으로 벼슬이 좌의정에
    이르렀다. 영의정을 지낸 김상로(金尙魯)와 형제간이다.

얼마 되지 않아 평양의 강산과 누대, 풍악과 기생이 마음속에 연연해서 잊지 못해 크게 울화증이 나서 드러내 말했다.

"병조의 관속들이 만약 내려오면 당장 때려죽일 것이다."

병조 소속의 사람 중에 감히 내려가려는 자가 없었다. 용호영의 장교들이 모여 의논을 하는데,

"장령(將令)이 이와 같으니 실로 감히 내려갈 수 없겠군. 그렇다고 해서 내려가지 않으면 늦게 내려간 죄를 받게 될 터이니, 이를 장차 어찌한단 말인가."

라고 하자, 한 장교가 나서서 말했다.

"내가 내려가서 무사히 모시고 오면 자네들은 나를 한번 잘 대접해주겠는가."

"자네가 내려가서 무사히 모시고 오면 우리들이 응당 주찬을 성대하게 준비해서 대접하겠네."

"그렇다면 내 곧 준비해서 내려가지."

그 장교는 이렇게 말하고 순뢰꾼[17] 중에 키가 훤칠하고 풍채도 좋은데다 힘깨나 쓰는 자 20명을 뽑아 들였다. 그리고 의복을 모두 새로 만들어 산뜻하게 입히고 구호를 붙이는 소리와 곤봉을 쓰는 법을 잘할 수 있도록 훈련을 시켜가지고 모두 동행해서 내려갔다.

이때 김약로는 날마다 풍악을 베풀고 연광정에서 놀았다. 그러던 중에 나무숲 사이로 삼삼오오 걸어오는 사람들이 있어서 의아하게 여기며 바라보았다. 이윽고 한 장교가 선명한 복색을 하고 앞으로 나아와 몸을 숙이고 빨리 걸어 들어왔다. 그리고 하예를 시켜,

"병조의 교관이 현신하옵니다."

라고 고하도록 했다. 김약로는 대로하여 상을 치며 큰소리를 쳤다.

---

17 순뢰(巡牢)꾼: 병조 소속의 장교. 전령, 호위 및 군대 내의 죄인을 다루는 일을 맡았음.

"병조의 교관이 어찌하여 왔느냐!"

그 장교는 당황하지도 않고 서둘지도 않고 계단으로 올라 군례(軍禮)를 거행한 뒤에, 이어서 곧 큰소리로 영을 내리는 것이었다.

"순령수(巡令手)들은 속히 나와 배알하라."

이 소리가 끝나기도 전에 20명의 순뢰꾼들이 줄지어 들어오더니 뜰 아래에서 배알을 하고 동서 2줄로 늘어서는 것이었다. 그들은 신수며 복색이 평양 감영의 나졸에 비해 천양지차(天壤之差)가 있었다. 그 장교는 홀연 큰 소리로 호령하는 것이었다.

"좌우로 훤화(喧譁)를 금하노라."

이같이 몇 차례 소리를 치더니 엎드려 아뢰는 것이었다.

"사또께옵선 이곳에서는 감사 행차라 하오나, 이제 실로 이같이 할 수 없는 법입니다. 엄연히 대사마(大司馬) 대장군(大將軍) 행차이오시니, 저들이 어찌 감히 이처럼 시끄럽게 떠든단 말입니까. 그럼에도 여기 장교들이 금지를 시키지 않는단 말입니까. 여기 장교들을 잡아들여 죄를 다스리지 않을 수 없습니다."

그리고 장교는 호령하였다.

"좌우의 금란읍교(禁亂邑校)[18]들을 빨리 잡아들여라!"

순뢰꾼들은 명령을 받들고 나가서 쇠사슬로 모가지를 묶어 잡아들였다. 장교는 이내 분부를 하기를,

"사또의 행차라도 한 도의 감사이신데 이처럼 떠들 수 없는 법이다. 더구나 지금 대사마 대장군 행차이심에랴! 너희들이 어찌 감히 어지럽게 떠드는 것을 금하지 않는단 말이냐."

하고서 법에 따라 처리하도록 했다. 순뢰꾼이 소지하고 갔던 병조의 흰

---

18 금란읍교(禁亂邑校): 소란을 피우는 것을 금지하는 일을 맡은 지방의 군교. 금란군은 금란패(禁亂牌)를 가지고, 금제(禁制)를 위반한 사람을 염탐하여 찾기도 하고 잡아들이기도 하던 사령이고 읍교는 지방 고을의 장교임.

곤장을 들고서 옷을 벗기고 곤장을 치니 그 소리가 건물의 지붕을 울렸다. 그들이 구호를 붙이는 소리와 곤장을 쓰는 법은 바로 서울 관청의 방식인데 평양 감영의 관속들이 하는 방식과는 비교도 할 수 없는 것이었다. 김약로는 그 광경을 보고 기분이 매우 상쾌해져서 금방 화가 풀려 서울 장교들이 하는 대로 두고 보았다. 곤장 치기 7번에 이르러 장교는 또 아뢰는 것이었다.

"곤장 치기는 7번을 넘을 수 없습니다."

하고, 묶인 것을 풀어 끌어내도록 했다. 김약로는 마음이 심히 무료하던 차라 영리(營吏)를 불러 지시했다.

"감영의 부과기(付過記)¹⁹를 모두 가져와서 서울 장교에게 내줘라."

그 장교는 부과기를 받아들고 낱낱이 죄를 따져서 혹은 5대, 혹은 7~9대 곤장을 치고 끌어냈다. 김약로는 또 말했다.

"전의 부과기로 효주(爻周)한 것도 다 서울 장교에게 내어주어라."

그 장교가 또 전과 같이 곤봉을 치니 김약로는 크게 기뻐 장교에게 물었다.

"너는 나이가 몇이며 누구 집 사람이냐?"

장교들은 나이가 몇이고 누구네 집 사람인지 아뢰었다.

"너는 평양 걸음이 이번이 처음이냐?"

"그렇사옵니다."

"이처럼 좋은 강산에 내려와서 네가 어찌 한번 놀지 않을 수 있겠느냐."

그러고서 지출 문서를 들이게 해서 돈 100냥, 쌀 5석을 써서 발급하고 일렀다.

"내일 이 연광정에서 한번 놀아보도록 하여라. 기생과 풍악이며 음식은 모두 다 마련해주도록 하겠다."

---

19 부과기(付過記): 관리나 군사들의 과실을 당장 처벌하지 않고 기록해둔 문건.

김약로가 그를 신임하는 것이 전부터 익숙히 아는 부하 같았다. 그리하여 며칠 머물도록 하고 함께 서울로 올라갔다.

이 일은 세상에 전해져서 한때 우스개 이야기가 되었다.[20]

07. 김상로(金尙魯)

① 벌거벗은 감사

김상로(金尙魯)는 김약로(金若魯)의 아우이다. 그 또한 대신으로 병신년(1776)[21]에 추탈을 당한 죄인이다. 그는 성질이 독하고 급했다. 평안도 감사로 있을 때, 각 고을을 순행(巡行)하러 나갔다가 도로에 돌이 있으면, 수향(首鄕)과 수리(首吏)[22]를 시켜서 이빨로 돌을 뽑게 하고 발꿈치를 장(杖)으로 때려서 왕왕 피를 토하고 죽게 만들었다. 이 밖에도 면전에서 하는 행동이 마땅치 않거나 다담 등속이 좋지 않으면 벌을 내리고 곤장을 치고 하여 열에 여덟아홉은 죽는 데 이르렀다. 그래서 온 고을이 두려워 떨었다.

순행이 어느 고을에 이르러 아직 경내(境內)에 들어오기 전부터 여러 아전이 벌벌 떨며 어찌할 바를 몰라 했다. 나이가 젊고 용모가 어여쁜 한 기생이 웃으며 말했다.

"순사또 역시 남자이거늘 어찌 이처럼 겁을 낸단 말이오. 순사또가

---

20 이 작품이 『청구야담』 권7에 「연광정경교행령(練光亭京校行令)」이라는 제목으로 실려 있다.

21 병신년(1776): 병신년은 정조가 즉위한 해인데, 김상로가 사도세자의 죽음에 관여된 것으로 보아 관작을 추탈하는 조처를 취했다. 추탈은 사후에 취한 조처이기 때문에 쓴 표현이다.

22 수향(首鄕)과 수리(首吏): 수향은 향직(鄕職)의 우두머리로 좌수를 가리킴. 수리는 6방 관속의 우두머리. 이방이나 호장이 수리가 됨.

사람을 잡아먹는답디까. 내가 만약 수청을 들면 각 청(廳)이 무사할 뿐 아니라 순사또로 하여금 발가벗고 방문 가리개를 내리도록 하겠소. 이청(吏廳)[23]에서 내게 후하게 대접해주겠소?"

"만약 네가 그렇게 한다면 우리 청에서 너에게 큰 상을 줄 것이다."

"우선 구경들이나 합소서."

순행이 고을로 들어오자 그 기생이 수청을 들었다. 때가 마침 8월이라 날씨가 무더웠다. 밤이 깊어 순사또는 그 기생이 몹시 어여쁜 것을 보고 이불 속에서 모시도록 했다. 방문의 가리개를 미처 내리지 않고 있었는데, 그 기생은 일부러 추워서 떠는 모양을 지었다.

"네가 추운 모양이로구나."

하고 순사또가 물어 그녀가 대답했다.

"방문이 닫히질 않아서 몸에 한기가 드옵니다."

"그렇다면 하예를 시켜 가리개를 내리도록 해야겠다."

"밤이 이미 깊었는데 어떻게 사람을 부른단 말씀입니까."

"그렇다면 어떻게 해야 좋겠느냐."

"쇤네는 키가 닿질 않으니 사또께옵서 잠깐 일어나서 내려도 무방할 듯하옵니다."

"거조(舉措)가 해괴하지 않겠느냐."

"깊은 밤이라 아무도 보는 사람이 없습니다."

순사또는 부득이 발가벗은 몸으로 일어나 가리개를 들어서 내렸다. 이때 아랫사람들이 주변에서 엿보다가 모두 입을 가리고 웃었다.

그 고을은 한 사람도 벌을 받은 일이 없이 무사하게 지나갔다. 여러 아전은 그 기생에게 후한 상을 주었다고 한다.

---

23 이청(吏廳): 아전들이 근무하는 처소. 질청이라고도 함.

② 새로 들어온 겸인

김상로가 대신으로 있을 때의 일이다. 사돈 간인 어느 정승이 죽어 그 집 겸종들이 나뉘어져서 김상로 집에도 한 사람이 오게 되었다. 매양 시킬 일이 있을 적에는 새로 온 그 사람이 꼭 명을 받들고 왔다. 그런데 그자는 요강이나 벼루를 발길로 차서 엎는 등 하는 짓이 갈팡질팡이었다. 그래서 일마다 그의 뜻을 거슬렀다. 김상로는 괴로움을 견디다 못해 번번이 다른 겸인들을 책망하였다.

"너희들은 어찌 새로 온 겸인을 골라 부름에 응하도록 해서 두서없이 일을 그르치도록 한단 말이냐. 너희들은 어디서 무엇을 하느라 이런단 말이냐."

이에 다른 겸인들은 매번 금지하여 그를 부름에 나가지 못하도록 했으나, 그 사람은 끝내 듣지 않고 부르는 소리가 들렸다 하면 반드시 남보다 먼저 몸을 일으켜 얼른 뛰쳐나갔다. 김상로는 그때마다 열불이 나서 다른 겸인들을 질책하였다. 이러기 한 달 남짓 되었다.

어느 날 선혜청의 서리 자리에 결원이 생겼다. 그 사람이 김상로 앞에 부복해서 아뢰기를

"소인이 이 자리에 가기를 원하옵나이다."

고 하였다. 김상로는 그를 빤히 쳐다보다가 "좋다." 하고 차지(差紙)[24]를 발급해 주었다. 이에 여러 겸인들의 원성이 빗발쳤다.

"소인들은 몇 해나 고생하였고 세교(世交)가 몇 대나 이어졌습니까. 그런데 처음 나온 자리를 어찌 새로 들어온 겸인에게 내준단 말입니까."

"내가 살아 있으면 너희들은 이 자리에 나갈 수 있다. 내가 죽고 나면 너희들이 어디로 가서 한 자리 얻기를 도모하겠느냐? 이 사람이 그대로 있다간 나는 머지않아 열불이 나서 죽을 것이다. 조속히 처리하는 것이

---

24 차지(差紙): 이두로 이속(吏屬) 등의 구실을 내리는 발령장.

상책이다. 너희들은 다시 더 말하지 말아라."

드디어 그 사람이 선혜청 서리 자리로 가게 되었다. 그 이후로 찾아와서 일을 시키면 크고 작은 일을 물론하고 김상로의 뜻에 으레껏 맞아 그 사람이 백 가지 천 가지로 영리했다. 김상로가 괴이하게 여겨 물었다.

"네가 여러 가지 일처리 하는 것이 전과 크게 달라졌구나. 좋은 자리에 나갔다고 그러는 것이냐?"

그 사람은 부복을 하고 아뢰었다.

"소인이 죽을죄를 지었습니다."

"무엇 때문이냐?"

"소인이 처음 문하에 들어와서 보니, 겸종의 수가 30명도 넘는데 소인은 맨 끝에 놓였습니다. 여러 관서의 서리 직(職)에 결원이 생기는 것을 순서대로 한 자리 얻기를 기다렸다가는 소인은 장차 늙어 죽을 밖에 없어 보였습니다. 소인이 뵙기로 대감께선 기질이 몹시 엄하고 급하신 때문에, 화를 돋우어서 견디기 어려울 지경으로 만들면, 필야 먼저 조처하실 것으로 생각했습니다. 그래서 지난번에 아무 지각이 없는 짓을 일부러 저질러 여기에 이른 것입니다."

김상로는 크게 웃고 말했다.

"너는 꾀가 제갈공명이로구나. 내가 속은 것이 분하다."[25]

08. 용꿈

참판 윤필병(尹弼秉)[26]은 오인(午人)이다. 포천에서 살고 있는데 생원으로

---

25 이 작품이 『청구야담』 권7에 「신겸권술편재상(新傔權術騙宰相)」이라는 제목으로 실려 있다. 다만 김상로를 어떤 재상으로 바꾸어 놓았다.

26 윤필병(尹弼秉, 1730~1810): 본관은 파평(坡平). 벼슬은 형조 참판에 이름. 그가 문과

서 도기과(到記科)²⁷를 보기 위해 새벽 무렵에 동대문 밖에 이르렀다. 시각이 아직 일러 대문이 열리지 않았기 때문에 주점으로 들어가 조금 앉아 있을까 했다. 이때 마침 이웃에 사는 사람이 소에 나무를 싣고 팔러 오는 것을 만나 소 등에 앉아 가게 되었다. 주점 주인이 나와서 맞으며 물었다.

"샌님은 이번 걸음이 과거를 보러 가는 길이며, 성이 윤(尹)씨인가요?"

"그렇다네."

이에 점주가 하는 말이었다.

"간밤 꿈에 어떤 사람이 소에 나무를 싣고 오는데, 나무 위에 오채(五彩)가 영롱한 물건이 실려 있습디다. 그 사람이 이리로 와서 우리 주점으로 들어오기에 나무 위에 무엇이 실렸는지 물었습지요. 그 사람의 대답이, '이 소가 새끼를 낳았는데, 바로 용이더군요. 그래서 서울 저자에서 팔려고 오는 것이랍니다.'라고 하여, 깜짝 놀라고 마음에 몹시 이상하게 여겼더랍니다. 지금 샌님이 마침 소 등의 나무 위에 앉아 오셨군요. 게다가 윤씨시라니. 듣건대 윤씨는 소를 가리키고 용은 과거에 합격할 징조랍디다. 이번에 등과하실 것을 축하드리옵니다."

윤필병은 웃으며 책망하고 서울로 들어갔는데, 과연 등과를 하였다.

09. 이견대인(利見大人)

연안(延安) 사람 문 진사는 과문(科文)에 능숙하였다. 꿈에 보니, 황룡이 하늘로 날아오르는데 바로 이마 위에 채색으로 빛나는 누각이 있었다.

에 급제한 것은 1767년(영조 43)이다.

27 도기과(到記科): 생원, 진사나 성균관 유생에게 보이는 과거. 성균관의 식당에서 식사하는 것을 기록한 장부를 도기라 하며, 그것이 일정한 숫자에 달하면 과거에 응시할 수 있는 자격이 부여되기 때문에 도기과라고 하는 것이다.

현판에는 '이견대인(利見大人)'[28]이라는 글자가 쓰여 있었다. 자신이 그 누각에 올라가서 쌍문(雙門) 아래 앉아 있었다. 꿈을 깨고 나서 기이하게 여긴 나머지 '利見大人'이란 제목으로 한 편의 부를 오롯이 정신을 모아 지어보았다.

과거를 보일 때 다다라 상경하여 과장(科場)에 들어갔다. 어제(御題)로서 과연 '이견대인'이란 제목이 나와서 기왕에 지은 글을 가지고 써서 제출하였다. 그리고 마음속으로 기뻐하며 합격할 것으로 자신하였다. 그런데 방(榜)이 나와서 보니 자기는 떨어지고 장원을 한 사람은 민홍섭(閔弘燮)이었다. 민홍섭의 성인 민(閔)자는 문 문(門) 안에 글월 문(文)이 있는 것이다. 문 진사는 민홍섭을 위하여 꿈을 꾸었던 셈이다. 일이 심히 교묘하다 하겠다.

10. 청상과부

어떤 재상의 딸이 출가했다가 1년도 안 되어 남편을 잃고 친정에 와서 외롭게 지내고 있었다.

하루는 재상이 밖에서 안으로 들어오는데 아랫방에서 딸이 곱게 단장하고 있었다. 거울을 앞에 놓고 바라보다가 이윽고 거울을 던지며 얼굴을 가리고서 통곡하는 것이 아닌가. 재상은 그 정경을 보고 몹시 측은한 마음이 들어 사랑으로 나와 앉아서 수 식경이나 아무 말이 없었다.

때마침 문하에 출입하는 무변이 들어와 문안을 드리는 것이었다. 그는 집도 없고 아내도 없는데, 나이 젊고 건장한 사람이었다. 재상은 사람

---

28 이견대인(利見大人): 『주역』의 건괘(乾卦)에 나오는 말로, 은덕을 지닌 사람을 만나는 것이 이롭다는 뜻.

들을 전부 물리치고 조용히 그에게 물었다.

"자네 신세가 지금 곤궁한데, 나의 사위가 되어주지 않으려나?"

"그 어인 분부이시온지? 소인은 무슨 뜻인지도 모르면서 감히 명을 받들지 못하겠나이다."

"내 장난으로 하는 말이 아닐세."

그러고는 궤 속에서 한 봉의 은돈을 꺼내주면서 말했다.

"이걸 가지고 나가서 튼튼한 말과 가마를 세내어 오늘 밤 파루 후에 우리 집 뒷문 밖에서 대기하고 있게. 절대로 시간을 어겨서는 안 되네."

무변은 반신반의하여 우선 은돈을 받아 들고 물러나, 그 말대로 가마와 말을 준비해가지고 뒷문으로 와서 기다리고 있었다.

그날 밤이 깊어 어두운데 재상이 딸을 데리고 나와 가마에 타도록 한 다음 경계하는 말이 이러했다.

"지금 곧장 함경도 땅으로 가서 살아라. 그리고 나의 문하에 발을 디딜 생각은 아예 마라."

그 사람은 아무 영문도 모른 채 가마를 따라 성문 밖으로 나가 먼 길을 떠났다. 재상은 안채의 아랫방에 가서 울며 부르짖었다.

"내 딸이 자결해 죽었구나."

집안사람들이 모두 놀라 슬퍼해 마지않는데, 재상이 엄명을 내리는 것이었다.

"이 아이는 평생토록 자신을 남에게 보이지 않았더니라. 내가 직접 염습하는 절차를 하겠으니 남매간이라도 들여다볼 것이 없다."

그러고는 손수 염을 하여 시체 모양을 만들고 이불을 덮어놓았다. 비로소 시가에 부음을 알리고 입관을 한 다음, 운구하여 시가의 선산에 장사를 지냈다.

몇 년 뒤의 일이다. 재상의 아들 아무개가 수의어사(繡衣御史)[29]로 함경도 지방으로 나가게 되었다. 어느 지역에 당도하여서 한 집에 들르자 주인이 나와서 맞았다. 방에는 두 아이가 책을 펼치고 글을 읽고 있었다. 그 형제의 얼굴이 맑고 준수한데 자기 집 사람들 생김새와 닮아 보였다. 마음에 괴이한 생각이 드는 데다 날도 저물고 피곤하기까지 하여 그 집에서 유숙하였다.

한밤중이 되어 안에서 문득 한 부인이 나오더니 어사의 손을 잡고 눈물을 흘리는 것이었다. 깜짝 놀라서 바로 보니 벌써 죽은 자기의 누이가 아닌가. 놀라움을 이기지 못해 물어보고 비로소 부친의 지시를 따라 이곳에 와서 살게 된 연유를 알게 되었다. 이미 아들 둘을 낳았으니, 아까 본 아이들이었다. 어사는 입이 달라붙어 한참이나 말도 못 하고 있다가, 몇 년 사이의 막힌 회포를 대략 풀고 날이 새기를 기다려 그 집을 떠났다.

어사가 복명하고 나서 집으로 돌아와서 밤에 자기 부친을 모시고 있었다. 때마침 고요하여 목소리를 낮추고 입을 열었다.

"이번 걸음에 괴상한 일을 겪었습니다."

그러자 재상은 두 눈을 부릅뜨고 뚫어지게 바라보며 아무 말이 없었다. 아들은 감히 발설하지 못하고 물러 나왔다.

재상의 성명은 일부러 여기 적지 않는다.[30]

11. 이성좌(李聖佐)

충주 목사를 지낸 이성좌(李聖佐)[31]는 이광좌(李光佐)[32]의 종형이다. 사

---

29 수의어사(繡衣御史): 암행어사의 별칭. 원래 왕명으로 가기 때문에 수놓은 비단옷을 입는다는 데서 붙여진 말.

30 이 작품이 『청구야담』 권7에 「연상녀재상촉궁변(憐孀女宰相囑窮弁)」이라는 제목으로 실려 있다.

람이 특별하고 매이지 않는 성격이어서 전부터 이광좌가 절의를 거역했다 해서 내왕하지도 않으며, 평소에 남구만(南九萬)의 사람됨을 증오하였다. 언젠가 집에 있는데 개백정이 개를 팔라고 외치며 문밖을 지나갔다. 이성좌는 그를 붙잡아 들여 볼기를 까고 매를 치려고 했다. 개백정은 큰 소리로,

"남구만은 개새끼다, 돼지 새끼다."

라고 연거푸 욕을 해대는 것이었다. 이성좌는 무릎을 치며,

"시원하다, 시원하다."

하고 곧 풀어주었다. 그의 소행이 괴이한 것이 이와 같았다.

이광좌가 경상도 감사가 되어 나갔을 때, 이성좌가 종가(宗家)이기 때문에 매양 기제사와 네 계절의 제수를 보냈다. 그런데 제수를 운반해 간 감영의 아전이 번번이 매를 맞고 내려와서, 봉송(封送)[33]할 때를 당하면 아전들이 모두 그 일을 맡지 않으려고 피했다. 한 아전이 제수 운반의 일을 자원하니, 감영의 위아래 사람들 모두 괴이하게 여기며 그로 하여금 올라가게 했다. 그 아전은 제수를 운반하여 서울로 올라가서는 새벽을 무릅쓰고 그 댁으로 찾아갔다. 이성좌는 아직 일어나지 않고 잠자리에 누워 있으면서 집안사람을 시켜서 물목을 대조해서 받아들이게 하였다. 그 아전은 아무 말도 없이 사라져서 사람들 모두 의아하게 여겼다. 이튿날도 그처럼 했고, 그 이튿날도 또 그처럼 했다. 이성좌는 대로하여 그 아전을 잡아들이라 해서 꾸짖었다.

"너는 어떤 사람이냐. 제수를 받들어 왔으면 바쳐야 옳거늘 연 3일을

---

31 이성좌(李聖佐, 1654~?): 본관은 전의(全義). 1690년 문과 급제하였으나 1696년 곡성 현감(谷城縣監)으로 재직할 때 파직당한 사실이 확인된다.
32 이광좌(李光佐, 1674~1740): 영조 때 영의정에까지 올랐다. 그의 본관은 경주이므로 이성좌와는 같은 가문이 아니었다.
33 봉송(封送): 선물을 보낼 때 정중하게 싸서 보내는 것을 가리키는 말.

왔다가 어디로 사라져서 마치 나를 놀리듯 한단 말이냐. 대구 감영의 습속이 이와 같단 말이냐. 이게 너희 감사가 시킨 짓이지? 네 놈의 죄는 죽여야 옳다."

그 아전은 엎드려 말했다.

"원하옵건대 한 말씀 드리고 죽겠습니다."

"무슨 말이냐?"

"사또께서 제수를 봉하여 보내실 적에 도포를 입고 자리를 마련한 다음 무릎을 꿇고 봉한 것을 살펴보셨는데, 이 일을 마친 뒤 말에 실었습니다. 그리고 계단 아래로 내려와서 두 번 절하고 소인을 떠나보내셨습니다. 이는 다름 아니오라 소중한 물건이기 때문입니다. 나리께서 의관을 갖추지 않으신 채 자리에 드러누워 받으려 하시니, 소인은 의를 욕되게 할 수 없는 까닭에 바치지 못하고 3일이나 넘기게 되었습니다. 이 제물(祭物)은 조상의 제사에 올리는 것이니 나리는 참으로 이처럼 소홀하게 할 수 없는 법입니다. 영남의 풍속은 하천한 사람들까지도 모두 제수가 중한 줄 알고 있습니다. 하물며 경화(京華)의 사대부야 말할 것이 있겠습니까. 원하옵건대 나리께서 의관과 자리 및 상을 갖추어 놓고 마루 아래 내려와 서 계시면 소인이 삼가 올리겠나이다."

이성좌는 어찌할 도리가 없어 그 말대로 하게 되었다. 아전은 물목에 따라 하나하나 품종을 큰 소리로 불렀다.

"이것이 무슨 물건이오."

이러느라 한 식경이나 지나서야 파했다. 이성좌는 두 손을 모으고 서 있으면서 마음속으로 자못 훌륭하다고 생각하였다. 그리고 그가 돌아갈 때 답하는 편지에서, 그 아전이 예를 알고 일 처리를 잘한다고 칭찬하였다. 이광좌는 그가 전하는 말을 듣고 크게 웃으며 좋은 자리에 앉혔다.[34]

---

34 여기까지만 『청구야담』 권7에 「진제수영리기이반(進祭需嶺吏欺李班)」이라는 제목으

이성좌가 더운 여름날 친구의 상을 당해서 상청(喪廳)에 앉아 있었다. 이때 어유봉(魚有鳳)[35]도 자리에 같이 있으면서 염하는 것이 조금이라도 예에 어긋난 점이 있으면 반드시 다시 풀고 묶고 하게 했다. 이와 같이 하기 여러 번이었다. 그러느라 해가 중천에 뜨도록 염하는 절차가 끝나지 않았다. 이성좌는 불끈 성을 내서 자기 종을 불러 어유봉을 뜰로 끌어내라 하면서 꾸짖었다.

"사람이 남의 집 대사에 가서는 말을 하지 않는 것이 큰 부조이다. 네가 염하는 데 가서 너절하게 잔소리를 하여 소렴의 때를 놓쳤구나. 무더운 여름날 시신이 다 썩게 되었다."

그리고 끌어서 밖으로 내보냈다. 사람들 모두 대경실색하였다. 그가 법도를 따르지 않는 것이 이와 같았다.

12. 순라향군(巡羅鄉軍)

시직(侍直)[36]을 지낸 조태만(趙泰萬)[37]은 조태억의 큰형님이다. 그의 사람됨이 역시 방탕하고 매이지 않아 스스로 방외에서 노는 것으로 자처하며 벼슬을 마다하고 나가지 않았다. 조태억이 병조판서로 있을 때 일부러 통금을 범하여 붙잡혔다. 시골에서 올라온 순라군을 유혹해서 말하기를

"나의 아우 태억이 각현(角峴)[38]의 병조판서댁 행랑 아래 살고 있으니,

로 실려 있고 뒷부분은 생략되어 있다.

35 어유봉(魚有鳳, 1672~1744): 김창협의 문인으로서 낙론 계열의 학자임.

36 시직(侍直): 세자익위사(世子翊衛司)의 정8품 벼슬.

37 조태만(趙泰萬, 1672~1727): 본관은 양주, 호는 고박재(古朴齋). 세제익위사(世弟翊衛司) 시직에 임명되었다가 1724년 사간원의 탄핵을 받았다.

38 각현(角峴): 지금 서울 종로구 필운동에 속한 곳에 '육각재'라는 지명이 있는데, 이를 한자로 육각현(六角峴)이라 표현했다. 여기서 각현은 육각현으로 추정된다.

잠깐 가서 이렇게 말해라. '태억아, 네 형 태만이 지금 순라군에게 잡혀
있다. 응당 술값을 넉넉히 주어 보내라.'"
하고 먼저 몇 잔의 술값을 그에게 주었다. 그 시골 군사가 그대로 조태억
에게 가서 말을 전하자, 조태억은 크게 놀라 뛰어나왔다.

13. 심씨부인(沈氏夫人)

조태억(趙泰億)³⁹은 처 심씨(沈氏)가 본디 투기가 심해 호랑이처럼 무서
워하여 한 번도 방외색(房外色)을 하지 못했다. 그의 종형인 조태구(趙泰
耉)가 평안도 감사로 있었는데, 조태억이 승지로서 마침 왕명을 받들고
평안도로 내려가서 감영에 며칠 동안 머무르게 되었다. 이때 처음으로
기생을 가까이 했던 것이다. 심씨는 이 말을 듣고 즉시 치행(治行)을 하고
남동생을 배행하도록 했다. 곧바로 평양으로 내려가 그 기생을 때려죽일
셈이었다. 조태억은 그 말을 듣고 얼굴이 하얗게 질려 말도 못했다. 조태
구 역시 크게 놀라,

"이 일을 어떻게 하나?"
하고 그 기생에게 피해 있으라고 했다. 이에 기생이 아뢰는 말이었다.

"쇤네는 피신할 일이 없습니다. 제게 살길이 있긴 한데 가난해서 마련
할 방도가 없어서 걱정입니다."

조태구가 연유를 묻자 대답하는 말이었다.

"쇤네가 몸을 진주와 비취로 치장하려고 하는데, 돈이 없는 까닭에
한탄하옵니다."

---

39 조태억(趙泰億, 1675~1728): 본관은 양주(楊州), 호는 겸재(謙齋). 영조 때 좌의정에
   이르렀으며 1711년 일본에 통신사의 정사로 다녀온 일이 있었다. 조태구(趙泰耉,
   1660~1723)는 그의 사촌형으로 경종 때 영의정을 지냈으며 호는 하곡(霞谷)이다.

"네가 살아날 길이 있다면 천금이 들어간다고 하더라도 마련해주겠다. 네가 하고 싶은 대로 하여라."

그리고 수하의 사람에게 돈이 들어가는 대로 지급하라고 지시하였다. 한편으로 중화와 황주로 비장을 보내 안부를 드리고 이동식 주방을 갖추어 보내 지공(支供)을 하도록 하였다. 심씨 일행이 황주에 도착하였을 때 "평양 감영의 비장이 와서 대기하고 있습니다.", "또 중도에 드실 음식을 마련해 기다리고 있습니다."라고 하였다. 이에 심씨는 냉소를 하며,

"내 어찌 대신(大臣) 별성행차더냐. 문안 비장이 가당키나 하냐. 내가 길에서 먹으려고 준비해온 것이 충분한데 무슨 지공이란 말이냐."

라고 하며, 모두 다 물리쳐버렸다. 중화에 도착해서도 역시 물리쳤다. 거기서 떠나 재송원(裁松院)⁴⁰을 지나는데 길이 긴 소나무 숲속으로 들어갔다. 때는 마침 저문 봄이라 10리 긴 숲에 봄기운이 바야흐로 굽이굽이 무르녹아 맑은 강의 경물들이 자못 아름답게 보였다. 심씨는 가마의 발을 걷고 긴 숲속을 감상하며 지나갔다. 숲이 끝나는 곳에 바라보니 백사장이 하얀 베를 펼쳐놓은 듯하고 맑은 강은 거울과 같았다. 강 언덕으로 성가퀴가 둘러 있는데 강가로 상선(商船)들이 집합해 있었다. 연광정·대동문·을밀대·초연대 같은 누각의 단청이 어리비치고 기와지붕이 하늘로 날아갈 듯해서 사람의 눈을 사로잡았다. 심씨는 감탄해서 소리쳤다.

"과연 천하의 절경이로군. 헛된 이름이 아니로다."

한편 길을 가며 한편으로 풍광을 즐기는 즈음에 저 멀리 모래 위에서 홀연 한 점 꽃송이가 멀리서부터 점점 가까워지는데 아름다운 기생이었다. 녹의홍상으로 한 필 준마에 올라 달려오고 있었다. 마음에 심히 괴이하여 길을 멈추고 바라보았다. 그 여자는 가까이 와서 말에서 내려 꾀꼬리 같은 소리로 인사를 드려,

---

40 재송원(裁松院): 평양성 가까이 있는 역원.

"아무 기생 문안드리옵니다."

라고 하는 것이었다. 심씨는 그 여자의 이름을 듣자마자 무명업화(無名業火)[41]가 삼천 길이나 치솟아 일어나서 큰 소리로 꾸짖었다.

"아무 기생, 아무 기생이라니, 네가 어찌 여기 와서 문안을 드린단 말이냐."

그리고 우선 말 앞에 서 있게 했다. 그 기생은 용모를 가다듬고 말 앞에 나아가 공손하게 섰다. 심씨가 바라보니 얼굴은 이슬을 머금은 복숭아꽃이요, 허리는 바람에 나부끼는 버들가지로, 화려한 비단과 아름다운 진주와 비취로 위아래를 꾸며서 참으로 평양성 중의 1등 미인이었다. 심씨가 자세히 보다가 말했다.

"네 나이 몇이냐?"

"18세이옵니다."

"너는 과연 명물이로구나. 대장부가 이런 명기를 보고도 가까이하지 않으면 졸장부라 하겠지. 내가 이번 내려올 때는 너를 죽이고 돌아가려고 했다. 너를 보니 명물이라 내 어찌 꼭 손을 쓰겠느냐. 너는 가서 우리 집 영감을 잘 모시거라. 우리 집 영감은 탄객(炭客)[42]이라, 네가 영감을 침혹하여 병이 들게 만들면 네 죄는 죽어 마땅할 것이다. 조심하여라."

심씨는 말을 마치자마자 행차를 돌려 서울로 향했다. 조태구는 이 사실을 듣고 급히 하인을 보내 전갈하였다.

"제수씨가 기왕에 성 밖에까지 당도해서 성안으로 들어오지 않는다니요? 잠깐 들어오셔서 감영에서 며칠 묵으시다가 돌아가도록 하시지요."

심씨는 냉소하며,

"나는 걸태객(乞駄客)[43]이 아닌데 성에 들어가 무얼 하겠소?"

---

41 무명업화(無名業火): 화가 치솟아 속에서 일어나는 무서운 불길을 가리키는 말.
42 탄객(炭客): 숯객. 글공부만 하여 세상일에 경험이 없는 사람을 가리키는 말.
43 걸태객(乞駄客): 지방의 군현이나 감영 등에 물질적 도움을 바라고 찾아오는 사람을

하고 뒤도 돌아보지 않고 달려서 서울로 돌아갔다.

그 후에 조태구는 그 기생을 불러 물었다.

"너는 얼마나 대담하기에 곧바로 호랑이 목구멍에 들어가 도리어 화를 면할 수 있었단 말이냐."

그녀의 대답은 이러했다.

"부인은 성품이 질투가 심하다지만 여기까지 천 리 걸음을 하신 것을 보면 어찌 구구한 아녀자와 견줄 수 있겠습니까. 말이 사나워 잘 무는 놈은 으레 달리기도 잘한답니다. 사람 또한 그렇지요. 소인이 죽기는 마찬가지입니다. 피해 본들 면할 수 있겠습니까. 그래서 곱게 단장하고 나아가 뵈었던 것입니다. 만약에 맞아 죽는다면 어찌할 도리가 없지요. 그렇지 않다면 혹 보시고 어여삐 여길 마음이 생기실까 기대했던 것입니다."[44]

14. 대장 이윤성(李潤城)

대장 이윤성(李潤城)[45]이 평안도 병사로 있을 때 기생 하나를 몹시 좋아했다. 이 대장은 매일 새벽에 측간에 가는 버릇이 있었다.

어느 날 밤 이 대장이 새벽에 일어나 측간에 갔다가 돌아와서 문을 여니 통인 한 놈이 그 기생을 끼고 일을 벌이고 있었다. 이 대장은 배탈이 난 것처럼 하고 다시 측간에 가서 앉았다가 한 식경이 지나서야 돌아

가리키는 말.

44 이 작품이 『청구야담』 권7에 「부패영부인사명기(赴浿營婦人赦名妓)」라는 제목으로 실려 있다.

45 이윤성(李潤成, 1719~?): 본관은 전의(全義). 영조 때의 무장으로, 평안도 병사를 거쳐 금위영 대장에 오른 인물.

와서는 묻지도 않았다. 이튿날 통인과 기생은 도주했는데 역시 묻지 않고 놓아두었다.

이 대장이 바뀌어 돌아간 다음 대장 장지항(張志恒)[46]이 부임하였다. 그 통인과 기생은 이 대장이 이미 교체되었다고 생각하여 돌아와서 각기 자기들이 맡은 일을 보았다. 장 대장은 도임(到任)해서 3일이 지난 후에 큰 잔치를 백상루(百祥樓)[47]에서 벌였다. 풍악을 벌이고 술이 반쯤 거나해졌을 때 그 통인과 기생을 붙잡아오도록 했다. 그리고 그 남녀를 밧줄 하나로 묶어서 강에 던져버렸다. 이 대장이 묻지 않고 지나간 일이나, 장 대장이 남녀를 강물에 던진 일이나 모두 체모(體貌)를 얻었다고 하겠다.

15. 이언세(李彦世)

정언(正言) 이언세(李彦世)[48]는 문밖 사람이다. 문벌이 아주 높지는 못했으나 성질이 대쪽 같아 특별히 신임의리(辛壬義理)에 엄격하였다. 이 때문에 나의 삼산(三山) 족대부(族大父)[49]나 임재(臨齋) 윤심형(尹心衡)[50] 같은 명류(名流)들이 모두 허여하여 친구로 잘 지냈다.

이 정언은 본디 가난하여 집이 비바람도 가리기 어려운 형편이었고, 아침저녁을 거르는 때가 많았다. 삼산공은 안타깝게 여겨 걱정하던 끝에

---

46 장지항(張志恒, 1721~1778): 본관은 인동(仁同). 영조 때 이름난 무장으로 대장 장붕익(張鵬翼)의 손자이며, 관직은 훈련대장을 거쳐 형조 판서에 이르렀음.

47 백상루(百祥樓): 평안도 병영 소재지인 안주에 있는 유명한 누각. 아래로 청천강이 흐르고 있다.

48 이언세(李彦世, 1701~?): 영조 때 인물. 본관은 공주(公州). 사헌부 정언으로 있다가 3정승을 공박한 일로 함경도 경성으로 귀양 간 사실이 있다.

49 족대부(族大父): 삼산(三山) 이태중(李台重, 1694~1756)을 말함.

50 윤심형(尹心衡, 1698~1754): 본관은 파평(坡平), 영조 때 예조 참판에 이른 인물.

어느 고을에 부임할 수 있도록 하려고 했다. 이때 마침 판서 윤급(尹汲)[51]이 이조 판서가 되었는데 성천(成川) 고을에 자리가 비었다. 삼산공과 윤공이 친사돈 간이기도 해서 이 정언을 추천하여 주의(注擬)[52]에 첫 번째로 올려 낙점을 받게 하였다. 이 정언은 대로하여 이조의 정색리(政色吏)[53]를 잡아 오게 하여 보고 꾸짖기를

"너희 대감이 어찌해서 나를 외직에 보임시키려는가."

하고, 그대로 세 번 사직 상소를 올려 교체되었다. 삼산공이 찾아가서 그에 대해 타일렀다.

"이 일은 내가 시킨 것이라네. 내 보기에 자네가 굶어 죽을 염려가 있기에 여러 번 이조 판서에게 청하여 된 일일세. 굳이 꼭 이럴 것이 있겠나."

이 정언은 냉소하며 말했다.

"이게 영감이 벌인 일이요? 나는 영감이 괜찮은 사람이라고 생각했는데 이번 일을 보니 탄식하지 않을 수 없군. 영감은 친구를 이처럼 가볍게 여기는가."

그리고 끝내 부임하지 않았다. 그러고 나서 언관이 되자 윤공을 다음과 같이 논박했다.

"대간으로 있는 사람을 까닭 없이 외직으로 내보내려 하다니, 이는 언로(言路)를 막고 임금님의 총명을 가리고자 하는 것입니다."

사람들은 모두 혀를 내둘렀다. 옛날 사람의 기개를 가히 볼 수 있다.

---

51 윤급(尹汲, 1697~1770): 본관은 해평(海平). 영조 때 이조 판서를 거쳐 좌참판에 이른 인물. 윤급의 딸이 삼산 이태중의 다섯째 아들 이익영(李翊永)과 결혼하였다.

52 주의(注擬): 인사를 시행하는 데 후보자 셋을 올리는 것을 삼망(三望) 혹은 주의라 하며, 임금이 이 중에서 한 명을 낙점하게 되어 있다.

53 정색리(政色吏): 이조와 병조에서 인사를 담당하는 아전을 가리키는 말. 여기서는 이조 소속의 아전이다.

16. 김종수(金鍾秀)

김종수(金鍾秀)의 모친은 곧 홍 정승(홍봉한)의 종매(從妹)이다. 김종수 형제 모두 그 외가에서 자라, 관계가 친외숙과 생질의 사이와 다름이 없었다. 그런데 당론이 갈라진 뒤로부터 홍봉한 가(家)를 원수처럼 보아 다른 집보다 더 심하였다.

홍 정승이 어영 대장으로 있을 때 김종수는 거상(居喪) 중에 있었다. 김종수의 하인이 어영청 금송(禁松)[54]에 걸려서 붙잡혔다. 김종수 형제가 상복을 입은 채 홍 정승의 대문 밖에서 자리를 깔고 죄를 빌었다. 이때 홍 정승은 입궐해 있었고 그의 여러 아들들이 집에 있었는데, 이 말을 듣고 놀라고 이상히 여겨 사람을 시켜 들어오도록 말을 전하였지만,

"법을 범한 죄인이라 들어갈 수 없다."

고 하는 것이었다. 여러 사람들이 비웃으며 내버려 두었다. 홍 정승이 날이 저물어 대궐에서 나와 그런 형상을 보고 초헌에서 내려 책망을 하였다.

"너의 하인이 금송에 걸려 붙잡혔으면 편지를 보내 부탁하면 될 일이 거늘 어찌 이런 해괴한 행동을 하는가."

하고 소매를 붙잡고 함께 들어가려고 했으나 끝내 듣지 않았다. 홍 정승은 그 하인을 풀어주라 하고 집안으로 들어갔다. 여러 아들들이 나와 보지 않았다는 말을 듣고 앞에 불러서 질책하기를,

"너희들이 무엇 때문에 나와서 보지 않았느냐."

라고 하니, 모두 대답하는 말이었다.

"그의 행동이 너무 우스워서 누차 맞아들이려고 했으나 듣지 않았습니다."

"들어오지 않으면 어찌 직접 나와 보고 만류하지 않았느냐. 우리 집은

---

54 금송(禁松): 소나무를 잘 기르기 위해 베는 것을 금하는 조처를 가리킴. 서울 주변의 금송은 어영청에서 담당했음.

필시 이 사람 손에 위태롭게 될 것이다."

하며, 탄식하기를 그만두지 않았다.

17. 이일제(李日濟)

병사(兵使) 이일제(李日濟)[55]는 판서 이기익(李箕翊)[56]의 손자이다. 그는 용력이 절등하여 나는 새처럼 빨랐다. 어릴 때부터 성질이 호방하고 자유분방하여 글공부를 하지 않아 판서공이 매양 걱정하였다.

그가 나이 14~5세에 비로소 관례를 하고 아직 혼례는 치르지 않은 때였다. 어느 날 밤 몰래 기생집을 찾아갔는데 액예(掖隷)[57]와 포교들이 방을 가득 차지하고서 앉아 한창 술상을 벌이고 있었다. 이일제는 풋내기 소년으로 곧잘 그 좌중에 끼어들어 기생을 붙잡고 희롱을 하는 것이었다. 좌중의 악소배(惡少輩)들이,

"이처럼 젖비린내 나는 무례한 놈은 때려죽여야 한다."

하고 떼로 달려들어 발길질을 해댔다. 이일제가 손으로 한 사람의 발을 잡고 몽둥이 휘두르듯 하니 여러 사람들이 다 방바닥에 넘어졌다. 이내 손에 잡힌 사람을 던져버리고 방문을 나가 몸을 날려 지붕으로 올라가 옥상을 따라 달아나는데 훌쩍 5~6간(間)을 건너뛰기도 했다. 이때에 포교 한 사람이 마침 소변을 보려고 밖에 나와 그때 방에 있지 않았는데, 마음속으로 이상하게 여겨 지붕으로 뛰어올라 뒤를 따라가서 판서댁 문

---

55 이일제(李日濟): 영조 때 경상 우도 병사를 지낸 인물. 다른 기록에는 그의 이름이 '逸濟'로 나와 있다.

56 이기익(李箕翊, 1654~1739): 본관은 전주(全州). 자는 국필(國弼), 호는 시은(市隱). 벼슬은 병조참판, 공조판서에 이름.

57 액예(掖隷): 궁정 관서의 하나인 액정서(掖庭署) 소속의 하급 인원. 왕명 전달이나 물품을 관리하는 등의 일을 맡음.

으로 들어가는 것까지 보았다. 그 포교는 이 판서를 친히 아는 사람이었다. 이튿날 아침에 와서 이 일을 아뢰어 판서공이 그에게 매질을 하고 밖에 나가지 못하게 하였다.

그러고 얼마 지나 친구들과 꽃구경을 나가 남산의 잠두(蠶頭)로 올라갔다. 이때 활쏘기 하러 나온 한량 수십 인이 소나무 그늘 아래 앉아 있다가 이일제가 오는 것을 보고 동상례(東床禮)[58]를 받아먹겠다 생각하여 일시에 달려들어 그의 소매를 붙들고 나무에 거꾸로 매달려 했다. 이일제가 뿌리치고 몸을 솟구쳐 뛰어올라 소나무 가지 하나를 꺾어들고 휘두르니 일시에 모두들 바람에 휩쓸리듯 쓰러졌다. 이내 산에서 내려왔다.

이로부터 차츰 그의 빼어난 용력이 알려져서 별천(別薦)[59]으로 들어가서 무직(武職)을 받아 지위가 아경(亞卿)[60]에 이르렀다. 판사 조엄(趙曮)이 일본에 통신사로 갈 때에 이일제를 비장으로 데리고 갔다.[61] 배가 떠날 즈음에 상사의 배에 잘못 불이 나서 불길이 하늘에 치솟았다. 사람들이 저마다 달아나서 급히 왜인의 구급선으로 내려갔다. 그리고 불이 옮겨 붙을까 염려하여 빨리 노를 저어 피했다. 상사의 배로부터 거의 수십 간 떨어졌을 때 비로소 정신을 수습하고 각자 사람들을 찾아보니 이일제 한 사람이 보이지 않았다. 모두 놀라고 당황하여 그가 불속에서 타 죽은 것으로 생각하였다. 이윽고 멀리서 사람 소리가 들렸다. 사람들이 뱃머리에 서서 바라보니 이일제가 불길 가운데 서서 손을 흔들고 큰 소리로

---

58 동상례(東床禮): 결혼식 직후에 신부 집의 젊은이들이 신랑에게 음식을 뜯어내는 풍습. 보통 신랑을 거꾸로 달아매고 협박을 하는 식이었음.

59 별천(別薦): 관리 선발의 제도를 거치지 않고 특별히 천거를 받아 선발하는 경우를 가리키는 말.

60 아경(亞卿): 원래 참판을 지칭하는 말인데 병사(兵使)도 참판급이기에 아경이라 한 것임.

61 이일제가 일본 통신사로 따라갔을 때 화재 사고를 만난 일이 조명채가 기록한 「봉사 일본시문견록(奉使日本時聞見錄)」(『해행총재(海行摠載)』)에 보인다. 이때 상사는 조엄이 아니고 홍계희였으며, 시기는 1748년이다.

부르짖는 것이었다.

"배를 잠깐 멈추어라!"

사람들이 비로소 이일제임을 알아보아 배를 세우고 기다렸다. 이일제
는 불이 타는 배에서 몸을 날려 이쪽 배로 옮겨 탔다. 사람들은 모두
놀랐다. 이일제는 배의 선창의 위층에서 취해 잠들었다가 불이 일어난
줄 몰랐는데, 정신없이 피하느라 그렇게 된 일이었다. 이일제는 잠에서
깨어나 불길이 타오르는 것을 보고 옆에 있는 배로 뛰어내렸던 것이다.
그의 비상한 용력이 이와 같았다.[62]

18. 안경갑에 써진 글씨

정승 이성원(李性源)[63]이 강원도 감사로 있을 때 순행하는 걸음이 금강
산으로 들어갔다. 구룡연에 당도해서 바위에 자기 성명을 새겨두고 싶었
는데 마침 각자(刻字)하는 중이 아무도 없었다. 고성 원이 "이 아래 동네
에 어떤 사람이 와서 머물고 있는데 자못 손재주가 있으니 바위에 글자
를 새길 수 있을 겁니다"라고 하여 불러오도록 해서 이름을 새기도록
했다. 그 사람은 안경을 쓰고 있었는데 아주 좋은 물건이었다.

이 정승이 안경을 특별히 좋아해서 가지고 오도록 하여 손으로 만지
작거리며 감상을 하였다. 그러다가 실수하여 바위 위에 떨어뜨려서 안경
이 그만 깨지고 말았다. 이 정승은 깜짝 놀라 값을 치러주겠다고 하였다.
그 사람은 사양하여 말했다.

---

62 이 작품이 『청구야담』 권7에 「초옥각이병사고용(超屋角李兵使賈勇)」이라는 제목으
     로 실려 있다.
63 이성원(李性源, 1725~1790): 본관 연안(延安). 자는 선지(善之). 영조 때 문과에 올라
     정조 때 좌의정에 이른 인물.

"물건이 이루어지고 없어지는 것 또한 수가 있습니다. 마음 쓰실 것이 없습니다."

이 정승이 이르기를,

"너처럼 산골에 사는 가난한 사람으로 이런 안경을 잃어버렸는데 어떻게 다시 살 수 있겠느냐? 안경 값은 거절할 것이 없다."

하고 그에게 기어이 돈을 주었다. 그 사람은 안경 갑을 열어 보이며 말했다.

"이걸 보면 알 수 있습니다."

이 정승이 안경갑을 받아 보았더니, '아무 해 아무 달 아무 날에 사또를 만나 구룡연에서 깨진다'고 쓰어 있었다. 이 정승은 크게 놀라 물었다.

"이 글씨는 네가 쓴 것이냐?"

"당초 샀을 때부터 이 글씨가 써져 있었습니다."

그리고는 끝내 누가 썼는지 말하지 않았다. 또한 기이한 일이라 하겠다.

19. 홀로 남은 기러기

함경도에 어떤 사람이 아내를 잃은 다음에 후취(後娶)를 맞이했는데 그 여자가 악독해서 전처의 아들과 딸을 원수처럼 여겨 못살게 굴었다. 아들과 딸이 괴로움을 견디다 못해 남매가 손을 잡고 집을 나섰는데, 여자는 12세이고 아들은 13세였다.

오빠는 누이를 외가에 맡기고 서울로 가려고 하였다. 서울에 있는 친척을 찾아가서 의탁해보려는 것이었다. 오빠가 떠날 때에 작별하는 시를 지었는데 이러했다.

효성 깊은 순 임금은 원망하지 않았거늘
왕자의 슬픈 노래[64] 날이 저문 길에 들리더라

떠나고 머무는 걸 어쩔 수 없거늘

죽고 살고 명에 달렸으니 가련한 우리 신세

먼 하늘에 나는 기러기 떼에서 떨어져 나와

어머니 뵐 길이 없어 함께 우노라

하늘 아래 서울은 어디인고

희미한 앞길 길 가는 사람 보고 묻노라

  말이 매우 처량하다. 내가 평양에 있을 시절에 이 아이가 며칠 전에
지나갔다고 들었다.

20. 김응립(金應立)

  김응립(金應立)은 경상우도의 사람으로 목불식정(目不識丁)인데도 신의
(神醫)라고 경상도 바깥까지 이름이 있었다. 그의 의술은 진맥을 해서 증
세를 논하지 않고 다만 환자의 형색을 살펴서 병의 원인을 알아냈고 처
방하는 약도 일반적으로 쓰는 약재가 아니었다.

  이락(李銘)이 금산(金山)[65] 고을의 관장으로 있을 때 그의 자부가 시집
을 온 처음부터서 해수(咳嗽)로 고생이 심하였다. 이락 역시 의술에 밝아
서 여러 가지로 약을 써 보았으나 조금도 차도가 없었다. 자리에 누워
거의 죽어가는 지경이 되어서 김응립을 불러 의논을 하였다. 김응립의

---

64 왕자의 슬픈 노래: 태자 신생의 고사. 신생(申生)은 춘추 시대 진 헌공(晉獻公)의 태자
(太子)였는데, 헌공의 애첩(愛妾)인 여희(驪姬)가 자신의 아들 해제(奚齊)로 헌공의
뒤를 잇게 하려고 신생을 모함하였다. 신생은 여희의 음모인 것을 알면서도, 음모를
밝히면 여희가 죽임을 당하여 늙은 헌공이 상심할 것을 염려하여 밝히지 않고 자살하
였다. 《춘추좌전(春秋左傳)》 희공(僖公) 5년조 참조.
65 금산(金山): 지금 경상북도 김천에 속한 고을 이름.

말은 이러했다.

"환자의 안색을 살펴본 다음에라야 약을 쓸 수 있습니다. 그런데 이 일은 저로서는 감히 청할 수 없습니다."

"지금 죽을 지경에 이르렀는데 한번 본들 어떻겠는가?"

그래서 환자를 마루 위에 앉아 있도록 하고 김응립을 불러 보게 했다. 그는 마루에 올라와 자세히 보고 말했다.

"아주 쉬운 증세로군요. 위와 장에 날 것이 얹혀서 이런 겁니다." 하고서 엿 몇 가락을 사서 물에 녹여서 복용하도록 하고 말했다.

"필시 토해낼 겁니다."

엿 녹인 물을 마시고 얼마 지나지 않아 담 덩어리를 토해내는 것이었다. 그것을 갈라보니 그 덩어리 가운데에 조그만 가지 한 개가 있었는데 조금도 상하지 않았다. 환자에게 물어보았더니,

"십여 세 때에 가지 한 개를 따서 먹다가 잘못 삼킨 일이 있었는데 아마도 이것일 것입니다."

라고 하였다. 이후로 드디어 병의 뿌리가 뽑혔다고 한다.

이락의 조카사위가 여러 해 병으로 시달려서 병자를 싣고 와서 또 김응립으로 하여금 진찰해보도록 하였다. 그는 보고서 웃으며 말했다.

"다른 약은 쓸 필요가 없소이다. 지금 가을철 잎이 떨어질 때에 당했는데 아무 잎이든 상관 말고 상하지 않은 낙엽 여러 바리를 모아 큰 가마솥 네다섯 개 속에 넣고 달여서, 물이 차츰차츰 줄어들어 한 주발 정도 된 다음에 무시로 복용하도록 하시오."

그의 말대로 하였더니 과연 효험이 있었다.

또 어떤 사람이 허리가 뒤로 굽는 병에 걸렸는데, 그가 보고서 종이침을 만들어 콧구멍을 찔러 재채기가 나오게 하였다. 이와 같이 종일토록 하였더니 병이 나았다. 그가 처방한 약은 모두 이와 같았다. 이 또한 기이한 일이다.[66]

21. 언문신주(諺文神主)

큰쇠(大金)는 우리 집에 전부터 내려온 종놈이었다. 어려서부터 할아버지의 수청을 들어서 공부를 하지 않았어도 글자를 조금 알았다. 계미(1763) 연간에 할아버지가 간성(杆城) 군수로 나가셔서 큰쇠가 모시고 따라가 그곳 관아에서 한 해 남짓 머물러 있었다. 일이 있어 서울로 올라오는데 어느 고장의 객점도 없는 산골에 다다라 한 민촌의 상사람 집에 하룻밤 묵게 되었다. 그 집이 마침 초상을 당해서 밤새도록 시끄러웠는데 주인이 자주 문밖을 내다보고,

"약속을 하고 오지 않으니 대사(大事)가 낭패로군. 장차 이를 어떻게 한담."

하며 매우 초조해하는 모양이었다. 큰쇠가 무슨 일이냐고 물었더니 대답이 이러했다.

"오늘 새벽에 우리 아버지 장례를 지내야 하는데 제주(題主) 쓸 분으로 아무 동네 아무 생원을 청하여 분명히 약속을 했다오. 그런데 여태 소식이 없어 대사에 낭패를 보게 되겠소."

그러더니,

"길손은 서울 분이라 필시 제주를 써 보았을 것이오. 지금 나를 위해 써 주는 것이 어떻겠소."

라고 간청을 하는 것이었다. 큰쇠도 제주 쓰는 법을 몰랐으나 그의 어리석은 성질로 쾌히 승낙을 하였다. 주인은 크게 기뻐 술과 안주를 후하게 대접하였다. 새벽이 되자 상여가 나가서 큰쇠도 뒤를 따라 뒷산으로 올라갔다. 하관을 하고 평토(平土)를 함에 미쳐서 큰쇠에게 제주를 써 달라고 청하였다. 큰쇠는 이미 허락을 한지라 사양할 말이 없어서 쓰려고

---

66 이 작품이 『청구야담』 권9에 「김의시형투양제(金醫視形投良劑)」라는 제목으로 실려 있다.

하는데, 어떻게 쓸지 몰라 반 식경이나 생각을 한 끝에 '春秋風雨楚漢乾坤(춘추풍우초한건곤)'이라고 써 놓았다. 대개 장기판에서 허다히 보았던 까닭이다. 큰쇠가 쓴 것을 주인이 제주라고 제상에 올려놓고 그런대로 제사를 지냈다.

이윽고 산 아래에서 도포를 입은 한 사람이 얼굴이 불콰해져서 올라오는 것이었다. 주인이 영접하며 말했다.

"샌님, 어찌하여 남의 대사를 낭패 보도록 하십니까."

"내 친구가 붙잡는 바람에 술에 취해 오지 못하다가 지금 비로소 깨닫고 놀라 급히 오는 길일세. 장사를 치렀는데, 어떻게 했는가?"

"요행히 서울 손이 와서 썼습니다."

"그렇다면 잘 됐군. 한번 보세."

큰쇠는 이 말을 듣고 크게 놀라 혼자 속으로 말했다.

'내가 쓴 것이 저 양반 눈에 들통나겠군. 내가 장차 무한히 욕을 보겠는걸.'

이에 측간에 가는 것 같이 하여 바야흐로 피신을 하려고 하였다. 막 달아나려는 즈음에 그 사람이 큰쇠가 쓴 제주를 보더니 말했다.

"이건 진서(眞書)로군. 내가 쓴 언문 제주보다 훨씬 낫지."

큰쇠는 비로소 마음을 놓고 실컷 먹고 마시고 하다가 늦게야 작별을 하고 떠났다. 주인은 무수히 감사하다는 인사를 하더라 한다.

내가 어렸을 때에 이 이야기를 듣고 나도 모르게 허리를 잡고 웃었다. 이제 여기에 기록한다.[67]

---

67 이 작품이 『청구야담』 권7에 「제신주진서승언문(題神主眞書勝諺文)」이라는 제목으로 실려 있다.

22. 원주의 인삼 장수

원주에 인삼 장수로 최가가 있었는데, 여러 만 금(金)의 거부였다. 원주 사람이 전하는 말을 들어보니 이러했다.

최가의 모친이 겨우 20세가 지나 아들을 낳았는데 남편을 여의게 되어 어린 아이와 수절을 하며 외롭게 살았다. 어느 날 홀연 한 건장한 사내가 의상이 산뜻한데다 허리에 인끈을 차고 머리에 금관자를 붙이고 들어와서 대청마루에 앉았다. 그의 모친은 깜짝 놀라 말했다.

"과부가 사는 집에 웬 남자가 당돌하게 들어옵니까?"

그 사람은 웃으며 대답하는 것이었다.

"나는 이 집 가장인데 무엇 때문에 놀라오?"

그러고서 방으로 들어와 그녀에게 덤벼드는데 어찌할 도리가 없어 맡겨두었다. 다만 교합할 때에 찬 기운이 뼈에 스며들고 아파서 견딜 수 없었다. 그 이후로 매일 밤 꼭 찾아왔고 은전이나 포백을 그때마다 꼭 가지고 와서 창고에 재물이 가득 차서 넘칠 지경이었다. 그녀는 귓것인 줄 알았으나 그런대로 익숙하게 되었다.

어느 날 그녀가 물었다.

"당신도 두려운 것이 있소?"

"따로 무서운 것은 없고 다만 황색을 무척 싫어한다오. 그래서 황색만 보면 가까이 가질 못하지."

그녀는 그 이튿날 황색 들이는 물을 구해서 집의 안팎 벽에 온통 바르고 자기 얼굴과 몸에도 물을 들이고, 또 노란색 옷을 구해 입었다. 그날 밤에 그것이 들어오다가 크게 놀라 물러서며,

"이게 웬일인가."

하고 혀를 차 마지않았다. 그리고 탄식을 하며 말하는 것이었다.

"이 또한 연분이 다한 것이로군. 나는 이제 떠나겠으니 잘 지내게. 내가 지금까지 준 재물은 도로 찾아가지 않을 터이니 당신 집 살림살이

밑천을 삼으시오."

그리고 홀연 보이지 않았다. 그 이후로 다시는 나타나지 않았다. 최가의 집은 그 재물로 치부를 하여 온 도내에서 가장 큰 부자가 되었다. 그의 모친은 지금 나이가 80에 가까운데 재산은 여전히 부유하다고 한다. 원주 사람들은 누구나 알고 이야기를 하기에 여기에 기록해둔다.

23. 이관원(李觀源)

이관원(李觀源)[68]은 판서 이정보(李鼎輔)[69]의 양자이다. 문학을 잘하여 일찍이 사마시에 올랐으며 성격이 대쪽 같았다. 홍국영(洪國榮)과 친척 간으로 5촌 조카 관계였다.[70] 그는 홍국영이 사람이 경박하고 행실이 좋지 않다고 여겨 한 번도 가까이 이야기를 나누지 않았으며, 혹시 찾아와서 절을 할 때에도 머리만 끄덕거릴 뿐이었다. 그래서 홍국영도 좋지 않은 감정을 가져 그를 몹시 미워하였다.

병신년(1776)에 옥사가 크게 일어나 이관원의 장인 홍계능(洪啓能)이 붙잡혀 가서 처형을 당했다. 홍국영은 이관원 또한 그 모의에 참여했으리라 생각하고 잡아들이도록 위에 아뢰었다. 이관원이 잡혀 와서 임금이 국문을 하였다.

---

68 이관원(李觀源, 1751~?): 본관 연안(延安), 자는 정숙(靜叔). 이익보(李益輔)의 양자로 생부는 이혜보(李惠輔)임. 장인 홍계능(洪啓能)이 사도세자의 서자 은전군(恩全君) 이찬(李禶)을 즉위시키려고 했다는 역모에 휘말려 유배형에 처해졌다.(『정조실록』 1777년 8월 11일 조 참조) 홍계능은 홍인한(洪麟漢)과 함께 세손의 즉위를 반대하다가 정조가 즉위하자 구금되어 죽었다.

69 이정보(李鼎輔, 1693~1776): 본관 연안(延安), 자 사수(士受), 호 삼주(三洲). 영조 때 형조판서, 대제학 등을 역임한 인물. 이관원은 이정보가 아니고 그의 동생 이익보(李益輔)의 양자로 확인된다.

70 이익보의 부인 유씨의 자매가 홍창한과 혼인하였는데, 홍창한의 외손자가 홍국영이다.

"네가 너희 장인에게 수학을 했다 하니, 그러했느냐?"

"저는 일찍이 글을 알았던 데다가 평소 저의 장인에게 승복을 하지 않았습니다. 수학을 했다 함은 천 번 만 번 당치 않사옵니다."

"너와 너의 장인이 어찌하여 『서전(書傳)』의 「태갑편(太甲篇)」에 대해 논하였느냐?"[71]

"금년에 일이 있어 아직 장인을 대면하지도 않았는데, 어느 겨를에 『서전』을 두고 논하였겠습니까."

임금이 형추(刑推)[72]를 하여 죄상을 밝히라고 명하매 이관원은 울면서 아뢰었다.

"제가 비록 죽을죄를 졌다 하더라도 저의 아비는 나라의 공로가 있는 신하입니다. 저의 목숨을 남겨두어 제 아비의 향사가 끊이지 않도록 해 주옵소서."[73]

임금은 그의 말을 듣고 안타깝게 여겨 형추를 중지하도록 명하고 다음과 같이 하교하였다.

"이관원은 그의 말을 들어보고 그의 용모를 보니 용서해줄 만하다. 특별히 감하여 섬으로 귀양 보내도록 하라."

이관원은 곧바로 남대문 밖으로 나와서 행장을 차리고 귀양길을 떠나려고 하는데, 그의 처 홍씨가 먼저 와서 객점에서 기다리고 있었다. 이관원이 홍씨를 보고 울며,

---

71 『서전(書傳)』의 「태갑편(太甲篇)」: 『서전』은 『서경집전(書經集傳)』을 가리키는 말. 「태갑편」은 『서경』의 한 편명이다. 거기에 은(殷)나라 탕왕(湯王) 사후 그 손자 태갑이 계승하였으나 문제가 컸으므로, 이윤(伊尹)이 그를 추방하였다가 회개를 하자 다시 맞아들였다는 내용이 들어 있다. 여기서 이런 질문을 한 것은 정조가 영조의 세손으로 있을 때에 정조를 세손의 위치에서 추방하려는 의도가 담긴 것으로 보았기 때문이다.(『정조실록』 1년 9월 24일조)

72 형추(刑推): 형벌을 가해 심문하는 것.

73 『일성록』 정조 원년 정유(1777) 8월 16일(기유) 조에는 이를 홍국영이 발화한 것으로 기록하고 있음.

"당신은 죽으려고 합니까?"

라고 말했다. 홍씨는 정색을 하고 옷깃을 여민 다음 대답을 하였다.

"제 집의 일로써 시댁에 연달아 누를 끼쳐 서방님을 이 지경에 이르도
록 하였으니 저는 마땅히 분골쇄신을 하여 지금 당장 죽더라도 용서를
받을 길이 없습니다. 그러나 하늘에 뜬 해가 땅에 비치지 않는 곳이 없으
니, 하늘 아래 지극히 원통한 일은 필시 밝혀질 날이 있을 것입니다. 저
는 응당 살아남아 억울함이 풀릴 날을 보고자 하는데 어찌 경솔히 죽겠
습니까? 저는 마음속에 생각이 있습니다. 서방님이 고인의 책을 읽어
언행이 부합하심을 항상 감복해서 존경해왔습니다. 그런데 오늘 하신
일을 보고 저도 모르게 망연자실하게 됩니다. 당당하신 대장부로서 어찌
아녀자 때문에 눈물을 흘리신단 말입니까."

이관원은 눈물을 거두고 잘못을 사과했다. 이에 홍씨 부인은 멀리 가
시는 길에 아무쪼록 몸이 성하시길 빈다 하며 다른 말은 하지 않았다.
그리고 일어나 작별인사를 하는 것이었다.

"여기 오래 앉았다가는 한갓 사람들의 구설에만 오를 겁니다. 이제
서방님과 작별을 고하나이다."

하고 문을 나가서 그날 밤에 다른 처소에 머물며 끝내 다시 만나지 않았
다. 홍씨 부인은 자기의 교전비를 불러서 부탁하는 말을 하였다.

"네가 샌님을 모시고 귀양 가는 곳으로 따라 가거라."

교전비는 울며 호소하였다.

"쇤네는 남편이 있습니다. 어떻게 헤어지고 갈 수 있겠습니까?"

"내가 샌님과 이별을 하는데 너는 어찌 감히 서방과 떨어지기 어렵다
고 말하느냐? 지금 곧 따라가거라."

하며 홍씨 부인은 질책을 하였다. 그리고 편지 한 장을 써서 그녀에게
주며,

"유배 가는 곳에 당도하거든 이걸 드리거라."

하고 일렀다. 그녀는 부득이 짐을 꾸려가지고 따라가게 되었다. 귀양살이 하는 곳에 당도하자 그 편지를 이관원에게 전했다. 그 편지에 이와 같은 말이 적혀 있었다.

'이 여종은 성질이 양순하며 의복, 음식에 솜씨가 있으니 부실(副室)로 삼으시길 권하옵니다.'

이관원은 그 편지를 손에 들고 한없이 눈물을 흘리며 그대로 소실을 삼았다. 아들 둘을 낳았는데 요절을 하였다고 한다.

신해년(1791)에 이르러 임금은 전망(前望)[74] 이건원을 주서로 임명하였는데, 그는 이관원의 형이다. 이건원은 대궐 문 밖에 자리를 깔고 엎드려 명을 받들 수 없다고 아뢰었다. 임금은 엄하게 지시를 내려 내전에 들어와 입시(入侍)하여 명을 받들도록 하였다. 임금이 엄히 하교를 하였다.

"임금 면전에서 사퇴하는 것은 대신 이외에는 감히 하는 경우가 없다. 이건원 제가 가주서(假注書)[75]로서 어찌 감히 그런단 말이냐?"

그리고 명월포(明月浦)[76] 만호(萬戶)로 임명하여 당일에 하직하도록 명령하였다. 이건원이 임금께 하직을 아뢸 때 임금께서 하교하기를,

"너의 아우를 가서 보아도 좋다."

고 하였다. 대개 이관원이 귀양 가 있는 곳이 명월포와 가깝기 때문이었다. 이건원은 부임을 해서 아우가 있는 곳에 가서 만나 서로 붙들고 통곡을 하며 성은에 감사를 드렸다. 후에 이관원이 전염병에 걸려 이건원이 가서 구병(救病)을 하였는데 전염이 되어 형제가 같이 죽었다. 운명이로다, 안타깝기 그지없다.

---

74 전망(前望): 인사발령의 절차에 있어서 전에 천거된 삼망(三望)에 들어있던 자를 가리키는 말.
75 가주서(假注書): 주서(注書)는 승정원 소속의 정7품 벼슬. 주서 정원 외에 둔 자리여서 가주서라고 일컬음.
76 명월포(明月浦): 제주도 서쪽 한림읍에 있는 지명.

판서 이정보의 첩은 전주 기생이었다. 홍국영이 어렸을 때에 늘 이 기생이 머리를 빗겨 주었다. 그 기생이 나이 들어 이관원의 집에 있었다. 전후에 일어난 광경을 보고 밤에 홍국영의 집으로 찾아가서 목숨을 살려 달라고 간청하려 했으나, 문지기에게 막혀서 들어가지도 못했다. 새벽에 홍국영이 입궐하는 길에 기다리고 있다가 그 앞으로 뛰어들어 초헌을 붙잡고 호소했다.

"영감은 어찌하여 우리 대감댁을 망하게 하십니까?"

홍국영은 들은 척도 않고 쫓아버리도록 하였다. 좌우에 순뢰들이 한 꺼번에 달려들어 쫓아버려 그녀는 하늘을 바라보고 통곡하였다.

"하늘이 이 일을 아신다면 홍국영에게 벌이 내릴 것이다."

홍국영은 들어가 임금께 거짓으로 아뢰기를 '이관원의 처 홍씨가 길에서 욕을 하였습니다.'라고 하였다. 홍씨 부인은 이 때문에 풍천으로 귀양을 갔는데 해배가 되지 못하고 죽었다.

24. 조운규(趙雲逵) ①-전주감영(全州監營)

판서 조운규(趙雲逵)[77]가 전라 감사로 있을 때 어느 날 밤 수청 기생이 마침 무슨 일이 있어 밖으로 나가서, 선화당에서 혼자 자고 있었다. 밤이 이미 깊었는데 부속실에서 똑똑 하는 소리가 들려 마음에 심히 의아했다. 그러자 홀연 "상방에 사람이 있습니까?" 하는 말이 들렸다. 순사또가 놀라서 물었다.

"네가 누구냐?"

---

77 조운규(趙雲逵, 1714~1774): 본관은 양주(楊州). 영조 때 문과에 올라 벼슬이 판서에 이르렀다. 그가 전라도 감사로 나가 있을 때는 1755년 무렵이었다.

"소인은 살옥죄인(殺獄罪人)이올시다."

순사또는 더욱 놀랍고 의아하여 말했다.

"살옥죄인으로 갇혀 있는 자가 어떻게 여기를 왔느냐?"

"내일 식전의 죽 진지[78]가 들어오면 드시지 말고 급창 아무개를 불러 먹게 하옵소서. 소인이 사또를 살려드리오니 사또께서도 모름지기 소인을 살려주옵소서."

그러고는 바로 밖으로 나갔다. 순사또는 마음에 몹시 놀랍고 당황해서 눈을 한 번도 붙이지 못하고 새벽까지 가만히 앉아 있었다. 이윽고 식전의 죽을 보선고(補膳庫)[79]에서 차려 내왔다. 그는 속이 좋지 않다 핑계를 대고 물리친 다음 급창 아무개를 불러 죽 그릇을 내려주며 먹도록 했다. 그놈은 죽 그릇을 들고 벌벌 떨었다. 순사또는 크게 꾸짖으며 먹기를 재촉했다. 그놈이 그 죽을 마시자 바로 땅에 쓰러져 죽었다. 그래서 시체를 밖으로 끌어내도록 하였다.

그러고 나서 심리를 할 때에 그 살옥죄인을 죽이지 않는 쪽으로 하여 위에 보고를 한 다음, 그에게 어떻게 알 수 있었는지 들어보았더니 대답이 이러했다.

"감옥의 뒤가 바로 식모비(食母婢)의 처소입니다. 어느 날 우연히 담장 아래서 소변을 보다가 누군가 말하는 소리가 들려 담장 틈으로 엿보았더니 급창 아무였습니다. 식모비를 불러 담장 쪽으로 오더니 돈 20냥을 건네면서 약 한 알을 주며 말했습니다.

'이 약을 식전에 먹는 죽에 타서 올리시오. 일이 잘 되면 다시 20냥을 상으로 더 주리다.'

식모비가 무엇 때문에 이러느냐고 묻자,

---

78 진지(進支): 이두어로서 식사의 높임말.
79 보선고(補膳庫): 감영 선화당의 주방을 가리키는 말.

'아무 기생을 내가 잊지 못해 하는 줄 당신도 알지 않소. 사또를 모신 이후로는 얼굴도 보지 못하니 그리워하는 마음이 하루가 삼 년 같다오. 그러니 이 계책을 쓰지 않을 수 없다오.'
하니 식모비가 그러겠다고 말합디다. 그래서 제가 깊은 밤중에 몰래 나가 고하였던 것입니다."라고 하였다.

25. 조운규(趙雲逵) ②-자객(刺客)

조 판서가 역시 완영(完營)에 있을 때 일이다. 어느 날 밤이 깊은 후에 취침을 하여 혼몽한 가운데, 옆에 있던 기생이 흔들어서 깨웠다. 조 감사는 놀라 잠이 깨어 웬일인가 물었더니,

"창밖의 그림자를 보옵소서."
라고 하여 내다보니, 월색이 대낮같이 밝은데 창밖에 사람의 그림자가 있었다. 창틈으로 내다보니 8척 장신의 건장한 사나이가 전신을 위아래로 단속하였는데 눈빛이 서린 비수 같은 것을 잡고서 곧장 들어올 기세였다. 조 감사는 정신이 온통 다 달아났다. 그 기생은 소곤거리는 소리로

"쇤네가 비장청에 가서 알리겠사옵니다."
하고, 몰래 뒤 창문을 열고 나갔다. 조 감사는 혼자 있으면서 금방 무서운 일이 닥칠까 하여 기생의 뒤를 따라 나갔다. 그러나 몸을 숨길 곳이 아무 데도 없어 부엌으로 들어갔는데 회를 담는 공석(空石)이 옆에 있어 머리에 뒤집어쓰고 몸을 숨겼다. 이윽고 칼을 든 자가 차츰차츰 부엌으로 다가왔는데 모발이 다 일어나도록 숨을 죽이고 엎드려 있었다. 이윽고 감영 안이 물 끓듯하며 횃불이 환히 비치자, 그 자는 칼을 들어 부엌의 기둥을 치며 소리쳤다.

"다 운명이로군."

그러고는 뒤쪽 담장을 넘어 달아나는 것이었다. 사방에서 떠들썩하는 소리가 모두

"사또님 어디 계십니까?"

하고 찾는 소리였다. 조 감사는 캄캄한 부엌에서 말했다.

"사또 여기에 있다, 사또 여기에 있다!"

비장들과 노속들이 그 소리를 따라 와서 부축하여 다시 상방으로 모셨다. 뒤에 바로 상소하여 전라 감사의 자리에서 떠났다고 한다.

26. 조운규(趙雲逵) ③-친기위(親騎衛)

조운규가 함경도 감영에 있을 때의 일이다. 영조께서 함경도에서 도시(都試)[80]를 보일 때 몰기자(沒技者)[81]가 많이 나온 것으로 엄한 교시를 내렸다. 함경도에는 친기위(親騎衛)[82]라는 이름의 군대가 있어 감영에 천 명, 남북 병영에 각기 천 명을 두었다. 군교 자제 가운데 나이가 젊고 튼튼한 자들로 채웠는데, 매년 무과 시험에 도시(都試)로 진출한 자들이었다. 근래 무과의 규모가 뒤흔들려 한 번 시험에 거의 십여 명이 뽑혔는데, 이런 까닭에 임금의 지엄한 교시가 있었던 것이다.

조 감사는 그 폐해를 바로잡기 위해 물시계의 물이 곧바로 떨어지도록 했으니, 대개 활을 쏠 때 물시계로 제한을 두었던 것이다. 물시계의 물이 구불구불 떨어지게 하면 점차 늦어지는데, 만약 물이 곧바로 떨어

---

80 도시(都試): 무과시험의 일종으로, 하급 무사에게 보이던 시험. 지방의 관찰사나 병사가 매년 봄과 가을에 무사를 선발하는 제도였다.

81 몰기자(沒技者): 몰기(沒技)는 각종 무예시험에서 전 과목에 우등으로 합격한 자를 일컫는 말. 이에 뽑힌 사람을 몰기자라 하여 무과 급제를 보장하거나 승진에 유리하도록 하였다. 이 명단을 작성하여 왕에게 보고하는 관행이 있었다.

82 친기위(親騎衛): 숙종 때부터 함경도 일대의 방어를 위해 특별히 만든 기병 부대 이름.

지도록 하면 아주 빨라지기 때문이었다.

한 무사가 말을 타고 표적을 쏘아 연거푸 맞추다가 마지막 화살을 걸 때 물시계의 물이 다 떨어져 징이 울렸다. 무사는 이에 말에서 내려 그 자리에 드러누워 말했다.

"천하에 어찌 이처럼 지극히 원통한 일이 있겠나. 내가 죽겠다. 뒤에 오는 자가 내 배를 밟고 지나가라, 지나가라."

뒤에 달려오는 자는 바로 그의 조카였다. 고삐를 붙들고 나아가지 않길래 장대 위에서 북을 울리고 깃발을 흔들었지만 끝내 나아가지 않았다. 왜 그랬냐고 묻자 위와 같이 대답을 하는 것이었다. 조 감사는 크게 노하여 누워 있는 자와 나아가지 않은 자를 잡아들이도록 했다. 친기위가 일시에 떼를 지어 나오며 모두들,

"사또는 어찌하여 이처럼 지극히 원통한 일을 하십니까."
라고 소리치며 곧 장대(將臺) 위로 달려들 기세였다. 장대 위에 앉아 있는 사람들이 모두 등에 땀이 났다. 조 감사는 문을 밀고 대청마루로 나와 앉아서 소리쳤다.

"너희들이 지금 나에게 덤벼들려는 것이냐?"

그리고 숙정패(肅靜牌)[83]를 내어 세우라고 명령을 내렸다. 숙정패를 세우자 여러 군졸들이 더 접근하지 못했다. 이내 좌우 별장(別將)을 잡아들여 분부하였다.

"너희들은 별장이다. 군졸들을 단속하지 않아서 오늘 이런 행동이 있었으니, 너희들 죄는 응당 처단해야 마땅하다. 빨리 머리를 베어 경중(警衆)하도록 하라."

중군(中軍)이 '화살로 귀를 뚫습니까?'라고 아뢰자, "귀를 바로 뚫어

---

83 숙정패(肅靜牌): 조용히 하라는 의미의 '숙정(肅靜)' 두 글자를 쓴 푯말로, 관(官)에서 집행하는 일에 권위를 표하는 것임.

라."라고 하여 중군이 깜짝 놀라 땅에 엎드렸다. 대개 효수하는 법이 진짜로 효수를 하면 두 귀를 활로 뚫게 되어 있었는데 그렇지 않으면 망건 뒤쪽으로 머리털 부분을 뚫어서 귀를 뚫는 모양을 보였던 까닭이다. 한 번 북을 울리고 또 한 번 총을 쏜 다음에 얼굴에 회를 칠하고 화살로 귀를 꿰어 여러 군사들 앞에서 회술레를 돌리도록 하고,

"이 사람이 별장으로 있으면서 부곡(部曲)[84]을 단속하지 못해 지금 이 변란이 있게 되었으니, 이 죄는 응당 머리를 베어야 한다."라고 하였다.

다시 북을 한 번 울리고 총을 한 번 쏜 다음에 회자수(劊子手) 수십 명이 날카로운 칼을 들고 죄인을 에워싼 다음 죄인의 상투를 묶어 표미기(豹尾旗)[85]에 매달았다. 그리하여 또 북 한 번, 총 한 번 울리게 되면 머리가 잘릴 판이었다. 이윽고 여러 군사들이 일시에 땅에 엎드려 죄를 청하였는데, 그래도 조 감사는 노여움이 풀리지 않아 용서하지 않았다. 그때 나의 조부가 마침 장대의 방에 계셨기에 극력 만류하여 죽임을 면하도록 하였다. 대신 곤장 20도(度)를 엄히 치고 나서 놓아주었다. 만약 그 당시 조 감사가 놀라고 두려워했다면 일이 어느 지경에 이를지 알 수 없는 노릇이었다.

27. 이천해(李天海)의 옥사(獄事)

영조가 동릉(東陵: 동구릉)에 참배하고 환궁하는 길이었다. 임금이 타신 말이 동대문 밖의 옹성에 이르렀을 때 홀연 놀라 뛰어서 거의 낙상할 뻔 하였다. 이때 이후(李珝)[86]가 병방승지(兵房承旨)[87]로서 호위 하다가 급

---

84 부곡(部曲): 여기서는 군부대를 의미하는 말.
85 표미기(豹尾旗): 군기의 일종. 표범 꼬리를 그려놓은 것으로, 이 기를 세운 곳에 함부로 드나들지 못했다.

히 어가(御駕) 앞에 나가서 아뢰었다.

"말이 놀란 것은 의심스러운 일이니, 원하옵건대 시위군병을 동원해서 성 주변을 수색해 보옵소서."

이에 임금이 윤허하였다. 당시에 이천해(李天海)의 옥사[88]가 금방 처리되어 인심이 흉흉하였다. 승지가 군졸들에게 명하여 수색하도록 하였더니, 성 위에 과연 한 사람이 총을 들고 화약을 장전하여 곧 어가를 향하여 발사하려고 하였다. 그 자를 붙잡아 심문을 하였더니 곧 이천해의 종제여서 바로 사형에 처했다. 정승 이후는 이 일로 해서 임금과의 관계가 특별해졌다고 한다.

28. 대신 김익(金熤)

정조가 영릉(永陵)[89]에 거둥을 하였다가 돌아오는 길에 장차 양천 들에서 어가를 머물고 친히 군대를 사열하려고 하였다. 그래서 군복을 입고 있었다. 이때 문정공(文貞公) 김익(金熤)[90]이 원임대신(原任大臣)으로서 행렬에 참여하고 있었는데 임금 앞에 나와 아뢰었다.

---

86 이후(李珝): 원문에 '李鏵'로 나와 있으나, 사실관계로 보아 '李珝'의 오기로 보임. 본관은 연안이고 벼슬은 우의정에 이르렀으며, 그가 병방승지를 지낸 것은 1752년의 일이다.

87 병방승지(兵房承旨): 승지 중에서 병사에 관한 임무를 담당한 자를 일컫는 말. 좌부승지로 정3품 당상관이었음.

88 이천해(李天海)의 옥사: 영조 즉위 직후인 1725년 1월 16일에 일어난 사건. 임금이 거둥하는 길에 이천해가 소란을 부려 체포된 사건으로, 경종이 죽고 영조가 왕위에 오른 일에 불만을 품었던 세력의 저항이었던 것으로 추정된다.

89 영릉(永陵): 영조의 맏아들로 진종(眞宗)으로 추존된 효장세자(孝章世子, 1719~1728)와 그 비 효순왕후(孝順王后) 조씨의 능. 경기도 파주에 있음.

90 김익(金熤, 1723~1790): 영조·정조 때의 문신으로, 지위가 영의정에 이른 인물. 본관은 연안(延安). 그가 판중추를 지낸 것은 1785년경의 일이다.

"전하께옵선 어찌하여 군복을 입고 계십니까?"

"오늘 날씨가 매우 청명한 데다 시각도 여유가 있어 군대의 사열식을 하고 싶어서라오."

"능에 참배를 하고 어가를 돌리는 길이시니 생각하는 마음이 의당 간절할 터이오매 이런 행사를 갖는 것은 마땅치 않습니다. 또한 군복은 왕자(王者)의 복식이 아니오니 하교를 거두심이 좋을까 하옵니다."

임금은 아무 말씀도 하지 않고 그 일을 파하였다. 판서 서유린(徐有隣)이 입시를 하자 임금이 말씀하시기를,

"김 판중추가 나를 면박하여 부끄럽고 무안하게 하였소."
라고 하였다.

그 후에 국학의 재임(齋任)⁹¹이 전강(殿講)을 회피한 일이 발생하여 임금의 엄한 하교가 있었다.⁹² 당시 김공의 막내 아들 김재련(金載璉)이 그의 백씨 김재찬(金載瓚)⁹³의 성천 임소에 있으면서 재임의 직책을 맡고 있었다. 이 때문에 김공은 퇴출을 하고 성천 부사는 파출하라는 명이 있었는데, 얼마 지나지 않아서 그대로 서용(敍用)하도록 했다.

그 뒤에 황기옥(黃基玉)⁹⁴의 일이 문제되어 그 부친인 창성위(昌城尉)의 관직을 삭탈하라는 명이 있었다. 김공은 시임 재상으로서 아뢰기를,

---

91 국학의 재임(齋任): 여기서는 국학인 성균관의 학생으로서 일을 맡아보는 자를 가리킴. 장의(掌議), 색장(色掌) 등의 직임이 있었다.

92 『일성록(日省錄)』에 의하면 정조 7년(1783) 10월 16일에 국왕이 선정전(宣政殿)에서 유생을 불러 전강(殿講)을 행하는데, 성균관 학생으로 장의를 맡았던 김재련이 불참하여 이 때문에 질책을 당하였다. 그의 형인 김재찬도 안악 군수로 있다가 파출되었고 부친인 김익은 임금의 처분을 기다리게 되었다.

93 김재찬(金載瓚, 1746~1827): 영조 때 문과에 급제하여 정조 때 초계문신(抄啓文臣)에 뽑힌 바 있고, 벼슬은 이조판서를 거쳐 영의정에 이르렀다.

94 황기옥(黃基玉): 창성위(昌城尉) 황인점(黃仁點)의 아들. 그가 제관(祭官)으로 차출된 것을 모면하려고 한 것이 문제시된 일이 있었다. 『정조실록』 정조 9년(1785) 11월 17일조 참조.

"『서경(書經)』에 이르기를 '벌은 그 자손에 미치지 않는다.' 하였으니, 그 아비의 죄도 그 자식에게 미치지 않는 법이거늘, 하물며 자식의 죄가 그 아비에게 미쳐서 되겠습니까. 하교를 거두어주시길 청하옵니다."

라고 하자 임금은 윤허하였다. 이때 김공의 맏아들 김재찬이 각신(閣臣)으로서 입직을 하고 있었다. 임금이 입시하도록 하여 말씀하시기를,

"군의 집 대신이 지금 또 망발을 하였군."

이라고 하였다. 김재찬은 물러나 이 하교를 부친께 전하고 나서 말씀드렸다.

"일전에 우리 집에 처분이 계셨거늘 아버지께서 어찌 혐의를 피하지 않고 그렇게 아뢰셨습니까."

김공은 아차, 하며 말했다.

"내가 잊었구나. 일이 목전에 있는데 임금께옵서 중도에 벗어난 거조가 있기로 아뢰었던 것이다. 지금 생각하니 과연 내가 망발을 하였구나."

그 후 김공이 세상을 떠나자 아들 김재찬이 행장을 초하였는데 이 일을 기록하지 않았다. 임금이 그의 행장을 들여오라 하여 보고서 하교하기를,

"이 가운데 누락된 일이 있다. 어찌 쓰지 않았던가?"

라고 하자, 좌우에서 이렇게 아뢰었다.

"감히 쓰지 못한 듯하옵니다."

"이는 나의 실수인데, 이 대신이 바로잡아준 일이다. 뺄 것이 없다."

그리고 그 일을 행장에 기록하도록 하였다. 대성인의 처사가 광명한 것이 이와 같았다. 보통보다 몇 만 배 빼어나다 하겠다.

김공의 병이 위중해졌을 때 임금이 들으시고 우려하여 내국으로부터 산삼 다섯 냥쭝을 내려 그의 맏아들 김재찬 편에 보내 약물의 재료로 쓰도록 했다. 김재찬이 왕명을 받들고 와서 아뢰자, 김공은 정신이 혼미한 가운데에서도 일어나 의관을 정제하고 집안사람들에게 명하여 그의

맏아들을 뜰 아래로 잡아오도록 하고 질책하는 것이었다.

"내 비록 부족한 사람이나 삼공의 지위에 이르렀다. 주상께서 약물을 하사하시고자 하면 어의를 보내 약물을 짓고 병을 살펴보는 예가 있으니, 이렇게 하면 좋다. 임금과 신하 사이에는 물건을 사적으로 주고받는 법이 없으니 속히 도로 바치거라! 그렇지 않으면 나는 너를 보지 않겠노라!"

김재찬은 실로 진퇴유곡(進退維谷)이어서 약물 꾸러미를 들고 문밖에 엎드려 여러 날 눈물을 흘렸다. 임금이 이 말을 듣고 도로 바치도록 하여 어의를 보내 약을 짓도록 했다. 김공의 바른 도리를 지켜 흔들리지 않는 것이 이와 같았으니, 참으로 훌륭한 석인(碩人)[95]이라 하겠다.

29. 김종수(金鍾秀)

김종수(金鍾秀)·심환지(沈煥之)의 무리는 당초에 홍봉한을 공격하는 사람들로 한 당을 만들어서 전적으로 사람을 해치는 것으로 일을 삼았다. 병신년(1776) 옥사에 노론의 명족들이 온통 패망한 것은, 홍국영이 무함한 일이긴 하지만 김종수가 회유하고 스스로 회자수가 되어 그렇게 된 일이었다.

이율(李㻋)이 문양해(文良海)와 오고가며 역모를 꾀했는데 그 일을 김종수가 미리 알았다. 김이용(金履鎔)[96]이 그들 사이에서 일을 보았는데, 문양해의 편지에 "발란반정(撥亂反正)의 초기에 인심을 안정시킬 사람은 오직 몽촌(夢村)[97] 대감 한 분뿐이라."고 적혀 있었다. 이는 김종수를 가리킨

---

95 석인(碩人): 『시경(詩經)』에 나오는 말로, 큰 덕이 있는 사람을 가리킨다.
96 김이용(金履鎔): 의흥 현감(義興縣監)을 지냈던 인물로 정조 9년(1785)에 역모 사건을 미리 알고 김종수에게 제공했던 인물이다. 그의 이름이 실록에는 '金履容'으로 나와 있다.

것이다. 김이용은 바로 이 편지를 소매 속에 넣고 가서 보여주었다. 김종수가 자기 집 뒤 담장을 넘어 몽촌으로부터 곧바로 서울 도성으로 달려와서 임금을 직접 뵙기를 청하고 자신이 무고를 당한 실태를 울며 아뢰었다. 임금 또한 이 문제를 덮어두고 따져 묻지를 않았다.

심환지는 용인 땅에 버려진 상태로 물러나 있었는데 정조가 특별히 발탁하여 대우가 융숭하여 지위가 대신에 이르렀다. 경신년(1800)에 임금이 승하한 뒤로 권유(權裕)가 국혼[98]을 방해하여 흉악한 내용의 상소를 올리자, 심환지는 영의정으로 있으면서 그 상소에 대해 노신(老臣)의 충성스런 뜻이라고 아뢰었다. 그 후에 장용영(壯勇營)[99]의 혁파 문제로 의견을 수합할 때 그는

"3년을 기다릴 것이 무엇인가."

라고 하였으며, 홍낙임(洪樂任)을 처분할 문제[100]로 의견을 수합할 때

"전하의 조정으로 와서는 안 될 것이 없습니다."

라고 하였다. 이 세 가지 일에 대해 나라에 아뢴 의견은 모두 면할 수 없는 반역의 정상이었다. 을축년(1805) 권유의 옥사 뒤에 비로소 그의 관작이 추탈되었다.

김종수의 형 김종후(金鍾厚)는 산림으로 자처한 학자였고 호를 본암(本菴)이라 하였는데, 홍국영을 위하여 그대로 자리에 머물러 있기를 청원

---

97 몽촌(夢村): 지금 서울의 송파구에 있는 지명. 김종수는 이곳에서 대대로 살아서 몽촌 대신이라는 칭호를 듣기도 했다.

98 국혼: 왕실과 혼인 관계를 맺는 것을 이르는 말인데, 이 경우는 1804년 김조순(金祖淳)의 딸(순원왕후)이 순조의 왕비로 들어갔던 일을 가리킨다.

99 장용영(壯勇營): 정조의 친위부대로 설치된 군 조직인데, 정조가 승하하면서 이내 폐지되었다.

100 홍낙임(洪樂任)을 처분할 문제: 홍낙임(1741~1801)은 홍봉한의 아들로서 혜경궁 홍씨의 동생이다. 여기서 언급한 문제는 1801년 은언군의 옥사와 관련해서 제주도로 유배를 갔다가 바로 죽임을 당한 사건이다.

하는 상소를 바쳤다. 그의 유고를 개간할 때에 이 원류소(願留疏)를 싣지 않고 뺐으니 도리어 가소롭다 하겠다. 그의 묘소는 양주 땅에 있는데 연전에 벼락이 묘소에 떨어져 거의 관이 드러날 지경이었다. 그 집 사람들이 봉분을 다시 쌓았는데 또 우레가 내려쳤다 하니 또한 이상한 일이라 하겠다.

30. 홍격(洪格)

홍격(洪格)[101]은 수원 사람이다. 무과에 올라서 늦게야 벼슬길에 나가 금부도사가 되었는데 다섯 차례나 물러났으니 그의 관운이 이처럼 기구하였다. 나이도 늙어서 화성 땅에 거주하여 외영(外營)[102]의 위장(衛將)으로 임명되어 약간의 녹을 받아 살아갔다. 위장의 임무란 매일 밤 행궁(行宮)을 순라 도는 것이 일이었는데, 젊은 패들은 술집에 들르기도 하고 기생방을 찾기도 하여 번번이 순라를 돌지 않고 빼먹었다. 홍격은 연로한 사람임에도 성실히 근무를 서서 시각에 맞춰 순찰을 나가 조금도 게을리하지 않았다. 정조가 이 일을 듣고 가상히 여겼으나 다른 사람들은 모두 알지 못하는 일이었다.

심환지가 인사를 담당하고 있을 때 자기의 문객을 내자시 주부로 수망(首望)에 올리면서 임금의 낙점이 2번째나 3번째에 떨어질까 걱정하여 정색리(政色吏)[103]에게 묻기를,

---

101 홍격(洪格): 정조~순조대에 걸쳐 포도청과 의금부 등에서 활동했던 인물로, 이재간(李在簡)을 압송하다가 관리를 소홀히 하여 죽게 한 일이 있다.
102 외영(外營): 여기서 외영은 장용영의 외영을 가리킴. 장용영은 정조 때 임금의 호위부대로서 설치된 것인데, 그 외영이 수원에 있었다.
103 정색리(政色吏): 인사를 담당한 아전. 인사 행정은 문관의 경우 이조, 무관의 경우 병조에서 담당했는데 이 경우는 병조 소속의 정색리이다.

"세상에서 아무도 모르는 먼 시골의 무변으로 혹시 여기 망(望)에 넣을 만한 자가 있겠는가?"

하자, 정색리가 홍격의 이름을 들어 대답했다. 대개 벼슬에서 떨어진 지 수십 년이라 세상에서 그가 죽었는지 살았는지 모르고 있기 때문이었다. 이에 망의 맨 끝에 넣었는데 낙점을 받게 되었다. 심환지는 이 일을 마음에 두었다가 이듬해 그를 관직에서 쫓아냈다. 이에 심환지는 내자시 제거(提擧)의 위치에서 홍격에 대해 부정적으로 쓰기를,

"어떻게 이 사람이 관직에 의망(擬望)이 되었단 말인가."

하고 하(下) 등급으로 내려놓았다. 홍격이 심환지를 찾아가 울며 호소하였다.

"소인이 무슨 잘못이 있었기에 이와 같이 폄하해 써서 다시는 관직에 오를 수 없도록 했단 말입니까? 원하옵건대 그 까닭을 묻습니다."

심환지는 아무 답도 없이 쫓아냈다. 어떻게 이런 일을 할 수 있단 말인가!

31. 김려(金鑢)

정조께서 지금 임금의 빈궁(嬪宮)을 간택할 때에 처음 간택을 하는 날부터 이미 김 영돈녕부사(金領敦寧府事)[104] 집에 마음을 두고 있었다. 두 번째 간택할 때부터는 제반 절차를 빈궁 범절과 같이 하였으니 누군들 임금의 뜻이 어디에 있는지 몰랐겠는가? 그런데 세 번째 간택하는 날이 되기 전인 경신년(1800)에 정조가 승하를 하였다. 심환지 무리는 이현(泥

---

104 김영돈녕부사(金領敦寧府事): 김조순(金祖淳, 1765~1832)을 가리킴. 그의 딸이 순조의 왕비가 되면서 영돈녕부사가 된 것이다.

峴)의 김씨[105]와 결탁을 하여 필히 대혼(大婚)을 방해하려고 하였다. 대개 김 영돈녕이 자기에게 붙지 않은 까닭에 드디어 권유의 상소를 꾸며내어, 이것이 김가의 일족에까지 미쳐서 대혼의 논의가 조정의 안팎으로 시끄럽게 되었다. 그런 중에 강이천(姜彝天)[106]이 사교(邪敎)의 우두머리와 친하게 지낸 것으로 큰 옥사를 일으켜 거기에 김려(金鑢)[107]를 끌어들였다. 대개 김려는 북촌(北村)[108]과 가까이 지내던 사람인데 김려가 증언을 하도록 하여 북촌의 김씨를 끌어들일 계획이었다.

김려는 누차 고문을 받으며 심문을 당했으나 끝내 그대로 불지 않았다. 위관(委官)인 김관주(金觀柱)[109]가 김려에게 묻는 말이다.

"너는 북촌에 친히 아는 사람이 없느냐?"

"제가 약간 문학에 재주가 있어 북촌에 친하게 지내는 사람이 있을 뿐 아니라 남촌에도 또한 많은데, 어찌 유독 북촌 사람만 있겠습니까." 라고 김려는 진술하였다. 죽기를 한정하고 불지 않으니 김관주 또한 어찌할 도리가 없어 김려를 멀리 유배보냈다. 그들의 흉계가 날로 심해졌으나 정순대비는 해와 달의 밝음과 하늘과 땅의 덕으로 저들의 간계와 흉모를 통찰하시어서 조금도 동요하지 않고 처음부터 끝까지 보호를 하

---

105 이현(泥峴)의 김씨: 영조의 계비인 정순왕후(貞純王后) 김씨의 친정집을 가리킴. 이현은 진고개, 즉 현재의 서울 충무로2가에 있던 지명이다.

106 강이천(姜彝天, 1768~1801): 강세황(姜世晃)의 손자로서 문학으로 이름이 높았는데 1797년 문체반정에 걸려 제주도에 귀양을 갔고 1801년 다시 천주교와 관련된 일로 의금부에 잡혀와 죽임을 당했다. 『중암고(重菴稿)』 4책이 전하고 있음.

107 김려(金鑢, 1766~1822): 이옥(李鈺), 강이천 등과 함께 문학으로 활발하게 교유하였으며 역시 문체반정과 천주교 옥사에 걸려들었다. 유배에서 풀린 이후 이옥 등과 어울릴 때의 작품을 모아 『담정총서(藫庭叢書)』를 엮었다.

108 북촌(北村): 서울의 도성 안을 북촌과 남촌으로 구분했는데 북촌은 주로 노론이 살았으며 남촌은 주로 소론이 살았다.

109 김관주(金觀柱, 1743~1806): 본관 경주. 정순왕후의 친정집안 인물로 김귀주의 육촌동생이다. 벼슬은 이조판서를 거쳐 우의정에 이르렀고 국혼을 반대한 일로 탄핵을 받아 유배가는 도중에 죽었다.

였다. 임술년(1802)에 대례(大禮)를 행함에 이르러 우리나라의 종묘사직을 억만 년토록 태산반석에 안정시켰으니 아름답고 거룩하다!

32. 선경(仙境)

진사 이인형(李寅炯)은 문밖 사람으로 나의 부친과 일찍이 함께 공부했던 분이다. 그의 종형 이생(李生)이 추수하는 일을 살피기 위해 안산(安山) 땅으로 가다가 길을 잃고 잘못 산골길로 들어갔다. 길이 갈수록 산이 더욱 험준하고 수목이 빽빽했다. 계속 걸어 어느 한 골짝 입구에 이르자 산 위로 들이 펼쳐져 있어 극히 맑고 그윽한데 기화요초가 난만하여 향기가 코를 찔렀고 신기한 짐승과 새가 뛰고 날아서 참으로 선경(仙境)이었다.

이생이 이상하게 생각하여 차츰차츰 깊은 곳으로 들어가자 한 초옥(草屋)이 나오는데 사립문이 반쯤 닫혀 있었다. 그 집으로 들어가니 절세가인이 있는데 나이는 스물 남짓 되어 보이고 입은 옷도 아름다워 이 세상 여자가 아닌 것처럼 보였다. 그녀는 웃음을 머금고 일어나 맞이하는 것이었다.

"저는 선생이 이렇게 오실 줄 알았습니다. 듣건대 선생이 시를 아주 잘하신다고 하기에 한번 수창(酬唱)하고 싶어 일부러 길을 잃도록 하여 여기로 오시게 한 겁니다."

그러고서 차를 내와서 차를 마시고 나자 그녀가 지은 시편을 보여주었다. 그중에 한 편은 이러하다.

백로가 무리 지어 쓸쓸히 서 있는데
가을 강물 만 리가 텅 비었네

주황색 머리 뾰족뾰족 모여

저녁노을에 목을 빼고 있네

이 밖에 많은 시편들은 다 외워 전하지 못한다. 이에 이생은 그녀와 함께 운자를 내어 더불어 시를 읊었다.

며칠 함께 노닐다가 이제 돌아가겠다고 하자, 그녀가 전송하는데 연연한 마음에 차마 손을 놓지 못하였다. 이생이 동구를 벗어나자 단풍잎은 이미 다 졌고 녹음이 산을 덮었으니, 여름철이 된 줄 알 수 있었다.

드디어 그 길을 기억해두고 집으로 돌아가니 그 사이에 반년이 지났다. 아는 사람을 만나면 지난 일을 이야기하고 그때의 시를 외우기도 했다. 후일에 전에 갔던 길을 다시 찾아가 보았으나 산골짜기 첩첩한데 구름과 안개가 겹겹이 쌓여서 실로 이른바 '선계(仙界)를 분변하지 못하겠으니 어드메서 찾을까[不辨仙源何處尋]'[110]라는 그런 곳이었다. 이생은 여러 해 찾아가 보았으나 끝내 길을 찾지 못하고 병이 깊어져서 정신을 잃은 사람처럼 되었다.

33. 까치 이야기

능주(綾州) 목사를 지낸 박우원(朴右源)은 문밖 사람이다. 남도의 어느 고을 원님으로 있을 때의 일인데, 그의 부인이 나무 위에서 까치 새끼가 땅으로 떨어진 것을 보고 거두어 아침저녁으로 먹을 것을 주어 길렀다. 점차 자라 깃털이 다 났는데도 방과 마루 사이에서 떠나지를 않았다.

---

110 선계(仙界)를~찾을까: 당나라 때의 시인인 왕유(王維, 699~759)의 시 「도원행(桃源行)」의 한 구절.

간혹 나무숲으로 날아갔다가도 때때로 와서 부인의 어깨 위에서 오르내렸다.

그가 임지를 장성(長城) 부사로 옮겨 길을 떠난 날, 까치가 홀연 어디로 갔는지 보이지를 않았다. 내행(內行)이 장성 아문에 도착하자 그 까치가 들보 위에서 지저귀며 날아 내려와 부인 앞에서 오르내렸다. 부인이 전처럼 먹이를 주었더니 까치는 관정의 나무에 집을 짓고 새끼를 기르며 여전히 오고 가곤 하였다.

그 후 박우원이 능주 목사로 옮겼을 때도 또 전과 같이 따라왔으며, 체직되어 서울 집으로 돌아왔을 때도 역시 또 따라왔다. 부인이 세상을 뜨매, 까치는 오르락내리락 울어대며 빈소를 떠나지 않았다. 장사를 지내기 위해 운구를 하게 되자 상여 위에 앉아서 산 아래까지 갔다. 그리고 묘각의 지붕 위에 앉아 깍깍하며 울기를 그만두지 않았다. 하관할 때에는 관 위로 날아 한참을 울다가 이내 날아가 어디로 갔는지 알 수 없었다.

이 까치는 비록 미물이지만 키워 준 은혜를 잊지 않았다고 하겠다. 당시 누군가 「영작전(靈鵲傳)」을 지었다.[111]

34. 광나루의 대촌(大村)

정조 때 이재간(李在簡)과 조시위(趙時偉) 두 사람이 함께 죄를 지었다가 감형이 되어 섬으로 유배를 갔다. 이때에 이재간의 사촌인 이재형(李在亨)은 광나루에 살고 있었는데 음관(蔭官)으로 여러 차례 부유한 고을의 관장으로 가서 가산이 자못 풍족했다.

---

111 이 작품이 『청구야담』 권9에 「수경향영작지은(隨京鄕靈鵲知恩)」이라는 제목으로 실려 있다.

어느 날 금부도사 및 사헌부의 아전과 관노들이 잡아들이라는 명이
내렸다며, 달려들어 붙잡아서 이재형의 얼굴을 덮어씌운 다음, 문서를
내밀며 안팎의 창고와 협실 안의 다락을 다 뒤져 돈이며 포목, 비단 등속
을 온통 꺼내서 실었다. 그리고 이재형을 말 위에 묶어 도주하였다. 큰
마을에 한 사람도 감히 머리를 내밀고 내다보는 자가 없었다. 저들이
십여 리를 가서는 이재형을 버리고 사라졌다.

대개 저들은 남의 재물을 약탈하는 군도인데 금부와 사헌부의 복색을
가장하고 왔던 것이다.

35. 김한구(金漢耉)

정승 이사관(李思觀)[112]은 젊은 시절에 성묘를 가기 위해 충청도로 가다
가 길에서 풍설을 만나 거의 갈 수 없는 형편이 되었다. 이때 어떤 유생
이 내권(內眷)을 데리고 가던 중에 길옆으로 가마를 내려놓고 기색이 창
황하여 어찌할 줄을 모르고 있었다. 이사관이 이상하게 여겨 사정을 묻
자 유생의 대답은 이러했다.

"제 처가 친정으로 가던 도중에 여기 이르러 갑자기 산기가 일어났습
니다. 날씨는 춥고 눈이 쏟아지는데 앞으로 마을이 멀고 뒤로 객점도
가깝지 않습니다."

이사관은 말에서 내려 자기의 모피 갖옷을 벗어주며 말했다.

"이런 혹한에 당해서 산모와 태아가 무슨 일을 당할지 모르겠소. 거의
난리를 만난 모양인데 어느 겨를에 남자의 옷이라고 꺼리겠소? 이 모피

갖옷으로 급히 산모를 덮어주시오."

그리고 노속을 시켜 힘을 합해 가마를 떠메고 객점으로 달려가도록
하고, 자기의 노자를 내어 미역과 쌀을 사고, 가지고 가던 간장을 써서
급히 밥과 국을 마련하여 먹게 했다. 이리하여 굶주려 동사하는 화를
면할 수 있었다. 그 유생은 곧 오흥부원군(鰲興府院君) 김한구(金漢耉)[113]이다.

36. 청로장군(淸虜將軍)

김기서(金基敍)[114]는 참판 김광묵(金光默)의 아들인데 평구(平邱)[115]에 살
고 있었다. 그의 종제인 김기유(金基有)의 집에 어느 날 홀연 무슨 귀신이
나타나서 이렇게 말했다.

"나는 고려의 청로장군(淸虜將軍)이니, 나를 위해 단을 만들어놓고 제
사를 지내는 것이 좋겠다."

김기서는 이 말을 듣고 종제의 집에 가서 그 귀신과 말을 나누어보았
는데, 고려 때의 일을 역력히 이야기하였다. 귀신은 김기서와 아주 친하
여 못 하는 말이 없이 별별 이야기를 다 했으나 다른 사람과는 그렇지
않았다. 김기서는 그 집 뒤에 단을 만들어놓고 제문을 직각(直閣) 김매순
(金邁淳)에게 청하였다. 그때에 김 직각(金直閣) 또한 인근에 있었다. 귀신
이 제문의 초고를 보고서 이르기를,

"글이 너무 초초(草草)한 것 같군."

---

113 김한구(金漢耉, 1723~1769): 본관은 경주(慶州). 영조의 계비인 정순왕후의 부친이다.
114 김기서(金基敍, 1765~?): 본관은 청풍(淸風). 김육(金堉)의 후손으로, 순조 때 문과에
   급제하여 벼슬은 좌랑에 이르렀다.
115 평구(平邱): 서울에서 동쪽으로 나가는 길에 첫 번째 있는 역. 지금의 남양주시 삼패동
   이며, 이곳의 평구마을에 청풍 김씨가 대대로 살았다.

하며 여러 곳을 손질하고서

"'동풍 가는 비에 눈물 자국이 지금도 뚜렷하네[東風細雨淚痕尙瀅].'라는 한 구절을 끼워 넣는 것이 좋겠군."

라고 하는 것이었다. 제사 지낼 때에 참판 홍우섭(洪遇燮)도 가까이 살아서 헌관(獻官)으로 초청하여 거행하였다. 이때에 사람들이 풍문을 듣고 구경을 와서 무리를 이루었으며, 서울 도성 안에서는 지어낸 말들이 크게 일어났다. 대사간인 구강(具康)이 상소를 올려 김기서와 함께 홍우섭까지 논박을 하였다. 그리고 조정에서 그 단을 철거하도록 하는 조처가 취해졌다.[116] 그 후로 귀신은 어디로 갔는지 알 수 없었다. 역시 매우 해괴한 일이다.

37. 곡산기생 매화

매화(梅花)는 곡산(谷山) 기생이다. 한 늙은 재상이 황해도 감사로 내려와서 관내를 순행할 때에 보고서 좋아하여 데리고 감영으로 와서 비할 데 없이 총애하였다. 이때에 한 명사가 곡산 부사가 되어 내려와 연명(延命)[117]할 때에 매화가 곱고 아름다운 것을 얼핏 보고 마음에 욕망이 일어났다. 고을로 돌아와서 그녀의 어미를 불러 직접 대해보고 후하게 선물을 내려주었다. 그 이후로 마음대로 관아에 출입하도록 하고 쌀이며 고

---

116 『순조실록』 순조 22년(1822) 4월 8일 기사에 이 사실이 보인다. 그 귀신이 고려 말의 청로장군(淸虜將軍) 수월당(水月堂) 정득양(鄭得揚)이라고 자처했다고 한다. 김기서가 단을 세우고 제를 지낸 일이 문제시되어 문책을 당한 것으로 되어 있다. 정약용의 『여유당전서(與猶堂全書)』 권20의 김매순에게 보낸 편지(「여김덕수(與金德叟)」)에도 이 사실이 언급되어 있으며, 이규경(李圭景)의 『오주연문장전산고(五洲衍文長箋散稿)』에도 '청로괴적변증설(淸虜怪蹟辨證說)'이란 제목의 글이 보인다.

117 연명(延命): 지방에 수령으로 부임하는 관원이 그 도의 감사에게 인사드리는 절차.

기, 돈, 비단 등속을 번번이 내려주었다. 이렇게 하기 여러 달이 되자 그 어미는 마음속에 적이 괴이하게 생각하여 어느 날 물었다.

"쇤네같이 미천한 물건을 이처럼 돌보아주시니 황공무지로소이다. 사또께옵선 무엇을 보고 이렇게 하십니까?"

"너는 비록 늙었다고 하나 본디 명기라. 그래서 너와 더불어 심심파적을 하느라 자연히 친숙해져서 그런 것이지, 무슨 다른 까닭이 있겠느냐."

뒤에 그 노기(老妓)가 또 물었다.

"사또는 필시 쇤네를 쓸 곳이 있어 이처럼 대해주실 터인데 어찌 분명히 말씀을 하지 않으십니까. 쇤네가 받은 은혜는 망극하오니 끓는 물 속에 뛰어들라 할지라도 어찌 사양하겠습니까."

이에 비로소 원님이 말하였다.

"내가 감영에 갔던 때에 너의 딸을 보고 그리는 마음을 잊지 못해 거의 병이 날 지경이다. 너의 딸을 불러와서 한번 얼굴이나 보면 죽어도 한이 없겠구나."

노기는 웃으며 말하는 것이었다.

"이는 지극히 쉬운 일이거늘, 어찌 일찍 말씀하지 않으셨습니까. 당장 불러오겠습니다."

노기는 저의 집으로 돌아가서 딸에게 편지를 썼다.

"내가 까닭 없이 병이 나서 방금 사경에 놓여 있다. 너를 보지 못하면 죽어도 눈을 못 감겠구나. 속히 말미를 얻어 내려와서 이 어미가 마지막으로 볼 수 있게 하여라."

사람을 얻어 급히 보내자 매화는 그 편지를 보고 눈물을 흘리며 감사에게 아뢰고, 가서 병석에 있는 어미를 만나 볼 수 있도록 간곡히 청하였다. 감사는 허락하고 노자를 넉넉히 주어 보냈다. 급히 돌아오자, 그 어미는 전후의 사연을 들려주고 데리고 함께 관아로 들어갔다. 이때에 곡산 원은 나이 겨우 서른 남짓에 용모가 매우 훌륭하였는데 감사는 늙고

추한 모습이라 신선과 범부를 대조해 놓은 것 같았다. 매화도 한 번 보고 사모하는 마음이 일어나서 바로 그날부터 수청을 들었는데 두 사람의 정이 기쁘기 그지없었다. 한 달이 지나 어느덧 말미를 얻은 기한이 다 되어 매화가 해주로 돌아가게 되었는데, 원님은 연연한 마음에 차마 떠나보내지 못했다.

"이제 한번 이별하면 뒤에 만날 기약이 없으니 어찌한단 말이냐."

매화는 눈물을 뿌리며 말했다.

"첩은 이미 사또께 몸을 허락하였으니 지금 가면 자연히 빠져나올 계교가 있을 것입니다. 오래지 않아 다시 돌아와서 모시겠습니다."

이내 길을 떠나 해주 감영에 도착하여 순사또를 뵙자, 순사또는 그 어미의 병이 어떠한가 물었다.

"병세가 자못 위독하더니 다행히 좋은 의원을 만나 이제는 차도가 있습니다."

그리고 전과 같이 동방(洞房)에서 수청을 들었다. 십여 일 지나서 매화는 문득 병이 나서 침식을 다 폐하고 신음하며 날을 보냈다. 순사또가 몹시 걱정하여 의원을 보낸다, 약을 쓴다 하였으나 효험이 없었다. 근 십여 일 가까이 자리에 쓰러져 누워 있더니 어느 날 홀연 벌떡 일어나 흐트러진 머리와 더러운 얼굴로 손뼉을 치고 발을 구르며 미친 듯 부르짖고 어지럽게 소리 지르며 웃기도 하고 곡을 하는가 하면 동헌의 마루 위에서 날뛰는 것이었다. 그리고 순사또의 이름을 마구 불러대어 사람들이 붙잡기라도 하면 발로 차고 입으로 물어뜯어서 가까이 다가설 수 없게 하였다. 완전히 미친 모양이었다. 순사또는 깜짝 놀라 밖으로 내보내고 이튿날 바로 묶어서 가마에 실어 저의 집으로 보냈다.

대개 이는 거짓으로 미친 척한 것이다. 곡산의 제 집에 당도하자 그날로 관아에 들어가서 원님을 뵙고 그간의 일을 이야기했다. 그리고 협실에 머물러 있으면서 애정이 더욱 돈독했음이 물론이다.

그러는 사이에 자연히 소문이 전파되어 순사또의 귀에도 들렸다. 후에 곡산 원이 감영에 가자 순사또가 물었다.

"여기 와서 수청 들던 곡산부 기생이 병들어 집으로 돌아갔는데 이제 어떻소? 더러 불러보지 않으시오?"

"병은 조금 나았습니다만, 순사또의 수청 들던 기생을 하관이 어찌 감히 불러서 보겠습니까."

순사또는 냉소를 지으며 말했다.

"곡산 원은 나를 위해 잘 지켜주기 바라오."

곡산 원은 그 심경을 짐작하고 말미를 얻어 서울로 올라가서 한 대관을 사주하여 황해 감사를 탄핵하여 파직당하도록 했다. 그러고서 매화를 데리고 지내다가 임기가 되어 돌아갈 때에 거느리고 서울 집으로 올라갔다. 병신년(1776) 옥사[118]에 전 곡산 원도 연루가 되어 의금부 옥에 갇히게 되었다. 그의 처가 울면서 매화에게 일렀다.

"지금 어르신이 이 지경에 이르렀으니, 나는 이미 마음에 결심한 바가 있지만 너는 나이 어린 기생으로 하필 여기 그대로 있겠느냐. 너희 집으로 돌아가는 것이 좋겠다."

매화도 울면서 말했다.

"천한 이 몸도 영감의 은혜와 사랑을 입은 지 이미 오래입니다. 어찌 좋을 때는 행복을 함께 누리다가 이런 때에 당해서 저버리고 집으로 돌아가겠습니까. 저도 죽음이 있을 따름입니다."

며칠 지나서 죄인이 국문을 당하는 중에 장을 맞고 죽었다는 소식이 집에 전해오자 그의 처는 스스로 목을 매 죽어, 매화가 직접 염을 하여 입관을 하였다. 죄인의 시신이 의금부에서 나오자 또 치상을 하여 부부

---

[118] 병신년(1776) 옥사: 병신년은 정조가 새로 왕위에 오른 해로, 이때에 정국이 바뀌면서 일어난 옥사를 이름.

의 영구를 선영 아래 합장하였다. 그러고서는 그 묘 옆에서 자결하여 죽었으니 그녀의 절개는 참으로 열렬하였다. 처음 순사또에게는 계교를 써서 빠져나왔고 뒤에 본 고을 원님을 위하여 절의를 세워 죽었으니 그 또한 여자 중의 예양(豫讓)[119]이라 하겠다.[120]

38. 음양의 도리

태호(太湖) 홍원섭(洪元燮)[121]은 나의 사돈어른이다. 소싯적에 장동(壯洞)에 집을 빌려 안산(安山)의 이생과 함께 과거 시험 준비를 하고 있었다. 홍공이 마침 출타를 하고 이생 혼자 앉아 있자니, 앞쪽 담장으로 종이 한 장이 살그머니 들어오는 것이 보였다. 이생은 이상히 여겨서 가져다 읽어 보니 언문 편지로서 내용인즉 이러했다.

'저는 내시의 아내로 나이 삼십에 가까운데 아직 음양의 도리를 모르고 있어 이것이 평생 한이옵니다. 오늘 밤 마침 조용하니 원하옵건대 담을 넘어 찾아오시기 바라나이다.'

이생은 그것을 보고 크게 노해서

"어찌 이런 여자가 있단 말이냐."

라고 했다. 그리고 이튿날 옷을 차려입고 그 집 대문으로 들어가서 그

---

119 예양(豫讓): 춘추전국시대 진(晉)나라의 인물. 처음에 범길사(范吉射)와 중항인(中行寅)을 섬기다가 인정을 받지 못하자 지백(智伯)을 섬겼는데, 지백이 죽자 그 원수를 갚기 위해 스스로 몸을 바쳤다.

120 이 작품이 『청구야담』 권7에 「영기양광수곡쉬(營妓佯狂隨谷倅)」라는 제목으로 실려 있다.

121 홍원섭(洪元燮, 1744~1807): 본관은 남양(南陽), 자는 태화(太和). 태호(太湖)는 그의 호이다. 벼슬은 황주 목사에 이르렀으며 홍대용, 박지원 같은 인물들과 교유가 있었다. 『화성성역의궤(華城城役儀軌)』 편찬에 참여한 바 있다.

주인 내시를 만나서 정색하고 말하기를,

"주인이 제가(齊家)를 제대로 하지 않아 아녀자로 하여금 이러한 편지를 쓰게 하다니, 이런 도리가 있단 말이오."

하고 그 언문 편지를 그에게 주고 돌아왔다. 그날 저녁에 이웃집에서 곡성이 들렸는데 그 여자가 목을 매 죽은 것이었다. 홍공이 돌아와서 이 일을 듣고 책망하였다.

"자네가 가기 싫으면 그만이지 어찌 일부러 가서 그 편지를 주어 이 지경에 이르도록 한단 말인가. 자네는 필시 과거에 오르지 못할 걸세."

그해 가을에 이생이 집으로 돌아갔는데 늦장마에 집이 무너져서 깔려 죽었다고 한다.

39. 홍경래(洪景來)

평안도 난의 우두머리는 홍경래(洪景來)였고, 모사(謀士)로 말하면 우군칙(禹君則)이었다. 우군칙이 홍경래에게 이렇게 권유했다.

"우리가 급히 군사를 이끌고 안주(安州)를 공격하면 안주는 필시 지켜 낼 수 없을 겁니다. 평양과 황주 등지 또한 다 이 같을 것이외다. 평안도와 황해도를 얻은 다음에 군사를 진격하면 서울을 얻을 수 있습니다."

"그렇지 않소. 우리들이 처음 군사를 일으켜서 근거지가 없으니 만약 고립된 군대로 돌진하여 깊이 들어갔다가 의주·영변의 군사들이 뒤를 쫓아오면, 앞과 뒤로 적을 상대하게 될 것이니 그렇게 되면 실패할 수밖에 없소. 먼저 영변을 쳐서 근본을 삼아 한 고조(漢高祖)의 관중(關中)이나 광무제(光武帝)의 하내(河內)[122]와 같이 한 다음에, 이어서 의주로 올라

---

122 한 고조(漢高祖)의~하내(河內): 관중은 중국의 장안(長安, 지금의 시안[西安])을 중심

가 후환을 없애고 곧장 서울로 쳐 올라가는 것이 만전의 계책이오.”

두 사람의 각기 다른 견해는 모두 병법에 근거가 있는 것이다. 만약에 우군칙의 계책을 좇았다면 서울은 역적이 들어오기도 전에 저절로 어육(魚肉)이 되고 말았을 것이다. 이 계책을 쓰지 않은 것이 천운이다. 만약 영변을 잃어 적군이 그곳을 차지하게 되었다면, 관군이 들어오는 경우 성문을 닫고 지키고 관군이 떠나면 군사를 출동시켜 공격했을 것이다. 이는 팽월(彭越)이 썼던 유병(遊兵)의 전술[123]이다. 이 난리가 어느 때 평정될지 기약하기 어려우니, 국가의 군수 비용과 군졸들의 전쟁하는 고생이 또한 어느 때 끝날지 알 수 없을 것이다. 영변을 잃지 않은 것은 어찌 우리 민생의 복이 아니겠는가.

윤욱렬(尹郁烈)은 함종부사(咸從府使)로 출전하였는데 송림 전투의 승리와 박천 나루의 승리는 모두 그의 공이었다. 김견신(金見臣)[124] 같은 자는 적군이 물러난 뒤에 빈 백마산성을 점령하는 데 불과해서 적장을 베고 깃발을 빼앗는 것 같은 특별한 공적은 없었으나, 다만 변경 지역의 미천한 출신으로서 적에 붙지 않고 의병을 일으켰으니 충성스러웠다고 이를 만하다. 그런데 공을 논할 때에 윤욱렬은 별다른 포상이 없었고 김견신은 절차에 따라 뽑혀서 병사(兵使)에까지 이르렀으니, 그 또한 운수의 행과 불행에 관계된 것이 아닐까.

이요헌(李堯憲)은 순무사(巡撫使)로서 서울에 머물러 있으면서 중군(中

으로 한 지역, 하내는 하남성의 황하 이북 지역을 가리킴. 한 고조 유방이 항우와 천하를 다툴 때에 관중을 먼저 점거하였으며, 광무제는 왕망(王莽)이 반기를 들었을 때에 먼저 하내를 점거하여 거점을 확보했다.

123 팽월(彭越)이 썼던 유병(遊兵)의 전술: 팽월이 거야(鉅野)에서 도적의 무리를 이끌 때부터 썼던 전술이다. 초(楚)와 한(漢)이 대치할 때 팽월은 유방을 도와 초를 공격하였는데, 항우가 팽월을 치러 가면 도망을 가고 후퇴를 하면 다시 유병을 모아 군량을 약탈한 후 빠져나오는 전술을 반복해서 썼다.

124 김견신(金見臣): 의주의 군교 출신으로 홍경래 란 때 군사를 일으켜 공을 세운 인물이다.

軍) 박기풍(朴基豊)을 보내 정주성을 포위하여 몇 달간 서로 대치하였으나 별 공적이 없었다. 이에 박기풍이 붙잡혀 올라오고 유효원(柳孝源)이 대신 내려가게 되었다. 박기풍은 사람됨이 너그럽고 후덕해 사졸들과 고락을 같이하여 크게 군사들의 마음을 얻었고, 유효원은 성질이 혹독해서 사졸들을 돌보지 않아 크게 군사들의 마음을 잃었다. 다행히 강계의 은광에서 땅굴을 파는 무리를 데려와서 성 밑을 파고 들어가 화약을 매설하고 폭파시켰던 때문에 성이 무너지게 되었다. 그래서 대군이 진입하여 공을 세울 수 있었다. 그렇지 않고 오래 끌었다면 군사들 가운데에서 변란이 일어났을 것이다.

홍경래가 정주성을 점거하고 있을 때 가마에 홍양산(紅凉傘)을 세우고 앞에 악대를 벌이고서 성 주위를 돌며 사졸들을 위무하였다. 그리고 문·무과로 시험을 보였는데, 성중의 적도들 가운데 기왕에 등과한 자들이 홍패를 성위에서 밖으로 던지며, "너희 임금의 홍패를 반환한다."라고 소리쳤다. 이 소리를 들은 사람들은 저도 모르게 분노하여 머리가 곤추서고 이를 갈았다 한다.

관군이 정주성에 진입하던 처음에는 온 성안의 사람들을 옥석을 가릴 것 없이 모두 다 도륙하는 것이 옳았겠지만, 적군을 격파하고 우두머리를 붙잡은 다음 명령을 내리기를, "무기를 버리고 항복한 자는 응당 불문에 부친다." 하였다. 그런데 적을 추종하던 무리들이 다 항복했으나 한꺼번에 죽었으니, 이는 항복한 자들은 죽이지 않는다는 뜻에 어긋나는 것이다. 이는 탄식할 노릇이다.

김견신은 무관으로 높이 출세하였으나 분수를 지킬 줄 몰랐기 때문에 향리에서 크게 인심을 잃었다고 한다.

40. 비정(非情)

윤모(某)는 지체 좋은 무변이었다. 성질이 아주 악독하고 경망했지만 약간의 글재주가 있어 현임 재상들의 문하에도 출입하였다. 그래서 재상들 사이에서 제법 인정을 받았던 것이다.

윤씨가 충청도에 있을 적에 친상을 당했는데, 형편이 곤궁해서 지내기 어려웠다. 이웃 마을에 마침 친히 아는 사람이 송상(松商)[125]과 돈거래를 트고 있었다. 윤씨는 그에게 돈을 빌려달라고 간청하였다. 그 사람은 80냥의 수표를 주면서 송상의 처소로 가서 찾아 쓰도록 했다. 윤씨는 그 수표에 쓰인 열 십(十) 자를 일백 백(百) 자로 살짝 고쳐서 8백 냥으로 꾸며 서울로 올라가는 전주의 공납전(公納錢)을 돌려받았다.

기한 안에 돈을 상환하지 못하여 전주 감영으로부터 조사를 받아 마침내 윤씨의 소행이 드러나게 되었다. 박윤수(朴崙壽)[126]가 당시 전라 감사로 있었다. 진영의 교졸을 풀어 윤씨를 잡아들이라는 엄명이 떨어졌다. 교졸들이 들이닥쳐서 윤씨는 어찌할 바를 몰랐다. 수표를 빌려주었던 그 사람이 윤씨에게 와서 말했다.

"노형의 행사가 당초에 아주 불미스럽지만, 일이 이미 이 지경에 이르렀소. 형은 장차 벼슬할 사람이 아니오. 벼슬할 사람이 한번 진영에 잡혀 들어가고 보면 몸도 망치고 앞길도 그만이겠지. 나는 포의로 마칠 사람이니 내가 대신 잡혀가리다. 정한 기간 내에 돈을 갚아주구려."

윤씨는 감격해서 눈물을 흘리며 대신 잡혀가는 그와 작별하였다.

그는 곤장을 맞고 옥중에 구류되었는데 그 돈을 납입해야만 방면될 것이었다. 그는 어찌할 도리가 없어 자기의 농토와 가산을 전부 팔아서 갚고 나서 몇 개월 만에 석방이 되어 돌아왔다. 집에 와서도 장독(杖毒)

---

125 송상(松商): 개성 상인을 지칭하는 말.
126 박윤수(朴崙壽. 1753~1824): 자 덕여(德汝). 정조·순조 연간의 문신으로 대사간, 형조·호조판서 등을 지냈다.

때문에 거의 죽다가 살아났다. 이 때문에 집이 결딴이 났으나, 윤씨에게 돈이 나올 구멍이 전혀 없는 줄 알고 뒷날을 기다리며 한 번도 입을 열지 않았다.

그 후 윤씨는 단천 부사가 되었다. 그는 비로소 세마를 타고 천리 먼 길에 윤씨를 찾아갔다. 윤씨가 자기를 보면 손을 잡고 매우 반기리라 생각했던 것이다. 그러나 혼금(閽禁)에 막혀 윤씨를 만나보지도 못하고 한 달 넘게 지체되었다. 노자는 벌써 떨어지고 주막 주인에게 진 빚도 적지 않았다. 실로 아무 도리가 없이 진퇴유곡이었던 것이다.

어느 날 본관이 행차한다는 소문을 듣고 그는 길에서 지키고 섰다가 앞으로 나가서 소리쳤다.

"내가 여기 온 지 오래되었소."

윤씨는 돌아보더니 관노에게

"저분을 관아로 모셔라."

하고, 가던 길을 재촉하였다. 이윽고 윤씨가 관아로 돌아왔다. 서로 인사를 나누고 나서도 윤씨는 별다른 말이 없었다. 이에 그가 말을 꺼냈다.

"나의 빈궁한 처지는 사또도 잘 아시는 바 아니오. 옛날의 정의를 생각해서 불원천리하고 찾아왔다가 혼금에 막혀 달포를 지내느라 밥값으로 진 빚도 적지 않다오. 나의 딱한 처지를 생각하여 구제해주기 바라오. 전에 사또가 내게 진 빚을 굳이 갚아달라는 건 아니외다."

"내 지금 공채(公債)가 산더미 같아 당신을 구제할 겨를이 없구려."

윤씨는 얼굴을 잔뜩 찡그리며 말하고, 관아 밖에 사처를 잡아주는 것이었다. 대접이 냉랭하기 이를 데 없었다. 며칠 지나서 병각마(病脚馬) 한 필을 내주면서 하는 말이었다.

"이 말 값이 수백 냥 나갈 것이니 타고 가서 팔아 쓰우."

그리고 따로 돈 50냥을 노자로 쓰라고 주는 것이었다. 그는 간청하였다.

"이 말을 보다시피 병각(病脚)이오. 돈도 이걸 가지고는 그동안에 든 밥값과 돌아갈 길 양식도 부족하겠소. 이를 장차 어찌하란 말씀이오. 더 좀 생각해주시구려."

이에 윤씨는 안색이 변해 소리쳤다.

"내가 당신이기 때문에 빚더미 속에서도 이만큼 도와주는 것이오. 당신이 아니면 어림없지, 빈손으로 쫓을 것인데. 여러 말 마오."

그러고는 손님을 몰아냈다. 그는 분김에 돈을 관정에 팽개쳐버리고 윤씨에게 대놓고 욕설을 퍼부었다.

"네가 공금을 도둑질하여 진영으로 잡혀가게 되었을 때 내가 의협심으로 너 대신 잡혀가지 않았더냐. 그리하여 옥중에서 죽을 고생을 하고, 또 내 가산까지 탕진하면서 네가 진 빚을 갚아주지 않았느냐. 지금 너는 한 고을의 수령이 되어서 내가 불원천리하고 너를 보러 왔거늘, 너는 나를 만나주지도 않더니 대면해서는 냉대를 하다가, 끝내 이제 50냥을 주고 말아. 이걸로는 오고 가는 노자도 부족하다. 고금천지에 어디 너같이 몰인정한 놈이 있겠느냐."

그는 방성통곡을 하며 관문을 나왔다. 길거리에서 원성을 내며 지나가는 사람을 붙들고 전후의 사정을 하소연하였다. 윤씨는 이 말을 듣고 감정이 상했을뿐더러 자신의 악한 소행을 들추는 데 분노하였다. 그래서 장교를 시켜 그 사람의 행장을 뒤지게 하였다. 행장 속에서 종부낭청첩 (宗簿郞廳帖)[127] 두 장이 나왔다.

윤씨는 그를 옥에 가두고 자신은 당일에 감영으로 출발하여 감사를 보고 아뢰었다.

"하관의 고을에서 어보를 위조한 죄인을 잡았소이다. 장차 어떻게 다스리면 좋겠습니까?"

---

127 종부낭청첩(宗簿郞廳帖): 왕족에 관련된 업무를 관장하는 기관을 종부시(宗簿寺)라 한다. 낭청(郞廳)은 각 관아의 당하관을 지칭하는바, 여기서는 종부시 소속 낭청의 임명장을 가리킴. 작중 인물이 어떻게 해서 이 가짜 문서를 소지했는지는 미상이다.

"본읍에서 치죄하도록 하오."

"그러면 하관(下官)[128]이 처치해도 좋을지요?"

"아무렇게나 하오."

윤씨는 감영에 갔다가 돌아오던 길로 그를 때려서 죽였다.

세상에 어찌 이와 같이 잔인하고 비정한 사람도 있을까. 슬프다. 참혹하구나.[129]

41. 관재수(官災數)

참판 유의(柳誼)[130]는 어사가 되어 영남 지방으로 나가 진주 땅에 당도하게 되었다. 그 지역의 좌수가 네 다섯번이나 연임하여 불법한 행사를 많이 저지른다는 말을 듣고, 출두하는 날에 당장 때려죽이리라고 작정을 하고 있었다. 바야흐로 진주 읍내로 향해 가서 10여 리 못 미쳐 날이 이미 저물고 먼 길에 노곤하여 우연히 어느 집에 들어가게 되었다. 그 집은 자못 정결하였고 사랑에 들어서자 13~4세쯤 되어 보이는 아이가 나와서 손님을 접대하는 것이었다. 그 아이는 사람됨이 총명하여 노마(奴馬)를 구처하여 꼴을 먹이고 노속을 불러서 저녁을 준비하도록 하는데, 인사범절이 의젓이 성인과 다름이 없었다. 유 어사는 그의 나이를 묻고 나서 또 여기가 누구의 집인가를 물었더니, 시임 좌수의 집이라고 대답하였다.

"너는 좌수의 아들이냐?"

---

128 하관(下官): 상관에 대해 자기를 낮추어 칭하는 말.

129 이 작품은 『청구야담』권9에 「행흉억윤변배의(行胸臆尹弁背義)」라는 제목으로 실려 있다.

130 유의(柳誼, 1734~?): 본관은 전주. 영정조 때 인물로, 대사헌·병조참판 등을 역임하였다.

"그렇습니다."

"너의 아비는 어디를 갔느냐?"

"지금 바야흐로 읍내 임소에 계십니다."

그가 대답하는 것이 극히 자상하고도 공손하였다. 유 어사는 대단히 기특하게 여기며 혼자 속으로

'간악한 향리가 어떻게 이처럼 기특한 아이를 두었던 말인가.'

라고 말했다. 밤에 이르러 잠자리에 들었는데 문득 깨우는 소리가 들렸다. 놀라서 눈을 뜨니 등불이 환했고 앞에 큰 교자상이 놓여 있는데 어육 등 음식과 주과(酒果) 등속이 아주 걸게 차려져 있었다. 유 어사가 놀라 일어나,

"이게 웬 음식이냐?"

하고 물었다.

"금년에 저의 부친이 신수가 불길하여 필시 관재수(官災數)가 들었다 해서 무당을 불러 굿을 하고 빌었습니다. 그래서 마련했던 것입니다. 이에 손님을 접대하는 것이오니, 원하옵건대 조금 드셔보소서."

유 어사는 웃음을 참고 차려온 음식을 먹기 시작했는데, 오래 굶주린 끝이라 배부르도록 먹어서 기운을 차릴 수 있었다. 그 이튿날 작별하고 진주 읍내로 들어가 어사출두를 하고 즉시 그 좌수를 잡아들였다. 그의 전후 죄악을 들어서 따진 다음에 말했다.

"내가 이번에 여기 온 것은, 너 같은 자를 때려죽이려는 것이었다. 어젯밤에 우연히 너희 집에 들어가 자며 네 자식이 너보다 크게 나은 줄을 알았다. 기왕에 네 집에서 자고 너의 술과 음식을 배불리 먹고서 죽이는 것은 인정이 아니로구나."

하며 그에게 엄형을 가한 다음 멀리 유배를 보내고 상경하였다.

유 어사가 예전에 집에 와서 이 일을 이야기하며,

"무당이 신에게 비는 것 또한 헛되지 않았네. 좌수를 죽이는 신은 바

로 나다. 나에게 술과 고기로 빌어 화를 면한 것일세."
라고 하였다.

참으로 포복절도할 노릇이다.[131]

42. 오인(午人)

참판 유하원(柳河源)은 오인(午人)이다. 나이 거의 40이 되어서야 문과
에 급제하고 60이 지나서 당상관에 올랐다. 빈궁하기가 가련해 보일 지
경이었다. 그가 나와 한동네에 살았던 데다가 글을 잘했던 까닭에, 나는
가끔 왕래하며 친하게 지냈다. 어느날 그를 찾아갔더니 자작의 시편을
꺼내 보여주는데, 그 가운데 자탄시(自歎詩)가 있었다.

　　나이 사십 된 아내 머리가 이미 세었으니,
　　영감이 노쇠한 줄은 응당 알겠네.
　　장령에 올랐던 날을 웃으며 자랑하니
　　부인이 뱃속에 있을 때였더라네.

대개 부인은 후취였던 것이다. 얼마 지나지 않아서 종부시 정(宗簿寺正)
으로 오르고, 그 후 여러 해 지나 나이 80에 가선대부에 올라 참판에
이르렀다.

---

131 이 작품이 『청구야담』 권9에 「면대화무녀새신(免大禍巫女賽神)」이라는 제목으로 실
　　려 있다.

43. 영주 열녀 박씨

영천(榮川)[132]의 유생 노 아무개(盧某)[133]는 외아들을 장가보냈는데 1년
도 못 되어 죽었다. 홀로 된 며느리는 박씨 집 딸로 역시 양반 가문이었다.
그녀는 예절을 다해 집상(執喪)을 하고 효성으로 시부모를 모셔서 이웃
간에 칭찬을 들었다. 그녀가 시집올 때 아이종 만석을 데리고 왔었다.

노씨 집은 본디 가난하였는데, 그녀가 몸소 길쌈을 하고 만석을 시켜
나무하고 물을 긷도록 하여 아침저녁 끼니를 거르지 않을 수 있었다.

이웃에 김조술(金祖述)이라는 사람이 살았다. 이 사람도 양반으로 가산
이 여러 만금의 부자였다. 우연히 울타리 사이로 박씨가 아름다운 것을
보고 잔뜩 욕심을 냈다. 어느 날 노생(盧生)이 출타하면서 김조술 집에서
휘항을 빌려 쓰고 갔다. 김조술은 그가 집에 없는 틈을 타서 사람을 시켜
박씨가 자는 방을 알아내 가지고 달밤에 총관을 쓰고 노생의 집에 들어
갔다.

이때 박씨는 자기 방에 혼자 있었다. 방이 시어머니 침소와 벽 하나를
사이에 두고 중간에 작은 문이 하나 있었다. 그녀가 잠이 깨어 창문 밖의
발자국 소리를 듣고, 또 창 사이로 달빛 아래 그림자가 어른거리는 것을
보았다. 마음에 부쩍 의아하고 겁이 나서 살그머니 일어나 사잇문을 밀
고 시어머니 방으로 들어갔다. 시어머니가 이상히 여기고 물어서 사연을
귓속말로 말하고, 고부가 마주 앉아 불안에 떨었다.

이때 만석이는 김조술 집의 비부(婢夫)가 되어 그쪽 집에 자고 있어서
노생 집에는 남자 사람은 하나도 없었다. 홀연 문밖에서 거친 소리가
들렸다.

"박씨 과부는 나와 오래 전부터 관계가 있는 사이이다. 얼른 나에게

---

132 영천(榮川): 지금 경상북도 영주에 소속된 고을 이름. 영주의 옛 이름이 영천이었다.
133 노 아무(盧某): 당시 경상 감사가 올렸던 사계발사(查啓跋辭) 및 익선재본에는 그의
이름이 민봉조(閔鳳朝)로 되어 있다.

보내도록 하오."

시어머니는 소리쳐 동네 사람을 불렀다.

"도둑놈이 들어왔다!"

이웃집 사람들이 불을 들고 달려오니, 김조술은 곧 자기 집으로 돌아갔다. 박씨 고부는 그때야 김조술인 줄 알았다. 노생이 집으로 돌아와 이 말을 듣고 분이 나서 이길 수 없는 지경이었다. 관에 고발하고 싶었지만 좋지 않은 소문이 날까 싶어 일단 참고 있었다. 그런데 김조술이 동네 방네 드러내고 떠들었다.

"박씨 과부가 나와 이미 상관하여 아기를 밴 지 서너 달이 되었다."

이 말이 전해져서 소문이 시끄러웠다. 박씨는 그 말을 듣고서,

"이제는 관가에 들어가 치욕을 씻지 않을 수 없다."

하고, 치마로 얼굴을 가리고 관정에 들어가 김조술의 죄악을 분명히 말하고 자신이 무함을 받은 실상을 아뢰었다. 그러나 그때 김조술이 관속들에게 돈을 풀었기 때문에 온 고을의 관속들이 다 그의 하인이나 마찬가지였다. 형방의 아전 무리들이 모두 말하기를,

"이 여자는 전부터 음란한 행실로 소문 난 지 오래입니다."

라고 하여, 그 고을 원님 윤이현(尹彝鉉)은 이들의 말만을 믿고 호령했다.

"네가 정절이 있다면 아무리 남에게 무함을 당하더라도 시간이 지나면 저절로 벗겨질 것이다. 어찌 직접 관정에 들어와서 해명한다고 떠든단 말이냐. 물러가거라."

이에 박씨는,

"사또께옵서 저의 억울함을 밝혀주어 김가의 죄를 엄히 처결해주시지 않으면, 저는 응당 여기 관정에서 칼을 물고 자결하겠습니다."

하고, 차고 있던 장도칼을 뽑아 드는데 어조가 대단히 강개하였다. 사또는 노하여 꾸짖었다.

"네가 죽는다는 말로 나를 겁내게 하려는 것이냐. 네가 죽고 싶으면

큰 칼로 너희 집에서 스스로 목을 찌를 것이지 어찌해서 장도칼로 자결 하겠다는 것이냐. 얼른 나가거라."

그러고서 관비를 시켜 박씨의 등을 떠밀어 관문 밖으로 쫓아냈다. 박씨는 관문 밖으로 나와서 목을 놓아 통곡하며 들고 있던 칼로 자기 목을 찔러 자살하였다. 이를 본 사람들이 다들 경악하였다. 사또는 비로소 놀라 그 시신을 본가에 운반해 주도록 했다.

노생은 분을 이기지 못해 관정에 들어가서 떠든 말이 관장에 많이 저촉이 되었다. 사또는 고을 백성이 관정에서 포악을 부려 관장을 모독한 것으로 감영에 보고하였다. 그래서 노생은 안동부로 이감되어 구금을 당했다.

그의 노(奴) 만석은 상경하여 어가 앞에서 신문고를 울려 이 억울한 사실을 호소하였다. 본 도에서 조사하여 보고하라는 명이 내려 조사가 시작되었다. 김조술은 여러 천금으로 동네 사람 및 감영과 고을의 아랫것들에게 돈을 뿌려 매수하여, 박씨가 죽은 것은 자살한 것이 아니요, 애들 뺐다는 말을 듣고 부끄러워 독약을 먹어 죽게 된 것이라 말하게 하였다. 그리고 약을 사온 할멈과 약을 판 상인을 세워 증언을 서게 했다. 이 또한 김조술이 할멈과 상인에게 돈을 주어서 그렇게 말하도록 한 것이었다. 옥사가 오래가도록 결판이 나지 않아서 4년이나 끌었다. 노씨 집에서는 박씨의 시신을 염하지 않고 입관을 한 채, 관 뚜껑을 못질해서 덮어놓지 않고 "이 원수를 갚은 후에 개렴(改斂)하여 장례를 치를 것이다."라고 하고, 4년 동안 건넛방에 그대로 놓아둔 것이다. 그런데도 시체가 조금도 썩지 않아 얼굴이 생시와 같았다. 그 방에 들어가도 추악한 냄새가 없고, 구더기나 파리도 일어나지 않았으니 또한 기이한 일이었다.

봉화 현감 박시원(朴時源)[134]은 그녀와 재종남매간이었다. 그 영위에 가서 조문하였다. 그래서 내가 어떤 자리에서 그를 만나 물었더니, 조문을 갔을 때 그 집 사람이 관의 뚜껑을 열어서 보여주는데 생시와 다름이 없더라고 하였다.

만석이는 김조술 집의 비부가 된 터여서 아들 하나와 딸 하나를 두었다. 이때에 당해서 그 처를 쫓아내,

"너의 주인이 나의 주인을 죽였으니 너의 집은 나의 원수이다. 부부의 의가 중하다 해도 노주(奴主)의 명분 또한 가볍지 않으니, 너는 이제부터 너의 주인에게 돌아가거라. 나는 나의 주인을 위해 죽겠다."

하고 다짐하며 끝내 인연을 끊었다. 그리고 경향(京鄕) 간을 오르내리며 기어이 복수하고 말리라고 하였다. 판서 김상휴(金相休)[135]가 경상 감사로 있을 때 만석이가 다시 서울로 올라가 신문고를 울려서, 본도(本道)에 계하(啓下)하여 다시 철저히 조사해서 보고하도록 했다. 노씨 집에서 박씨의 관을 조사장[査庭]에 운반해 갔는데, 관속에서 명주베를 찢는 소리가 들렸다. 노씨 집의 사람이 관 뚜껑을 열고 시신을 보여주고자 했다. 조사관이 관비를 시켜 검시하도록 했는데 얼굴빛이 산 사람 같아 두 뺨에 붉은 기색이 있었으며, 목 아래로 칼로 찌른 혈흔이 배에서 등으로 붙어 있었으며, 피부가 돌처럼 단단했는데 조금도 부패하지 않은 상태였다. 독약을 팔고 샀다는 상인과 할멈을 잡아다가 엄하게 국문을 한즉 비로소 실토하는데, 김조술이 각기 200냥의 돈을 주어서 그와 같이 말했다고 하였다. 감영에서 그 죄상으로 계문(啓聞)을 하여 김조술은 드디어 처형을 당하게 되었다. 박씨에게는 정려가 내려졌고 만석 또한 복호[136]를 받았다.

---

134 박시원(朴時源, 1764~1842): 본관은 반남(潘南). 1798년 문과에 급제하였으며 벼슬이 사간에 이르렀다.

135 김상휴(金相休, 1757~1827): 본관은 광산으로, 벼슬은 이조 판서에 이른 인물. 그가 경상 감사를 지낸 것은 순조 22년(1822)이다.

136 복호(復戶): 남자에 대해 특전을 베풀어 조세나 부역을 면제해주는 것을 가리키는 용어.

내가 금산(金山, 김천) 고을에 있을 때 비록 직접 눈으로 보지는 못했지만 조사관의 말을 들었으며 순영에서 올린 계초(啓草)도 보았는데 김조술의 죄상은 만 번 죽여도 오히려 가볍다 하겠다. 심지어 박씨와 만석의 사이에 사적인 관계가 있어 그렇게 한 것이라는 말도 했으니, 더욱 통탄할 일이다.

영남의 선비들이 비석을 세워 만석의 충심을 새겨 놓았다.

○ 경상도 감사 김상휴가 조사해 올리는 문서에 붙인 글

　모두 여러 사람들이 함께한 진술서이옵니다.

　이 옥사는 3년에 4번 조사하여 단서가 다 드러나 도에서 아뢴 바와 형조에서 판단한 것으로 선악이 이미 판정되었습니다. 박씨의 지극히 원통한 실상과 김조술의 극히 흉측한 정상은 세상에 모두 알려져 모르는 사람이 없으며, 이미 종료된 사안이라 다시 번거롭게 조사할 것이 없는 일입니다. 그러나 지금 끝까지 조사하라고 친히 내리신 명령은 옥사를 신중하게 하고 형벌을 걱정하시는 거룩한 덕에서 나온 바입니다. 그리하여 그 뜻을 드러내 직분을 다하는 도리에 있어서 더욱 절실히 근원까지 조사하고 혹시라도 소홀히 될까 걱정되어, 신은 국문하는 즈음에 더욱 신중히 하는 뜻을 배가하여 혹은 부드러운 말로 심문을 하고 혹은 위엄을 세워 엄히 파헤쳤습니다. 오직 저 김조술은 타고난 성품이 음탕하고 사특하며 마음가짐이 흉악하고 간교하여, 말로 따지거나 엄하게 심문하는 것을 물론하고, 곧장 부인하는 것을 능사로 삼았습니다. 앞서 오줌 눈 것을 물은즉 꿈에도 하지 않았다고 하며, 문을 두드리며 열어달라고 한 일을 물은즉, 백지 애매하다고 하고, 임신한 지 3개월이라는 말에 대해 물은즉, "밝은 해가 하늘에 떠 있습니다."라고 합니다. 비상을 사서 핍살(逼殺)했다는 무함에 대해서 물은즉, "민가(閔哥) 제가 꾸며낸 말입니다."라고 하니, 말이 모두 거짓

이요, 일일마다 숨긴 것입니다.

그 지극히 미세하여 긴히 관계되지 않은 말이 이미 다 드러나서 감히 숨길 수 없는 자취로, 얼굴을 마주 대하고 반드시 죄상이 없는 것처럼 숨기고서 "얼른 죽여 줍소서."라고 하니, 눈앞에서 얼버무려 꾸미는 수단이 목석과 같이 완고하고 이치로 타이르기 어려운지라 곧 금수와 같이 꽉 막힌 자입니다. 자복시킬 수 없다 하였으나, 천도(天道)가 크게 밝아 앙화는 도망칠 길이 없습니다.

김조술의 아비 김정원(金鼎源)이란 자가 지은 바 책자에 '박 과부 치명 시비문안(朴寡婦致命是非文案)'이라고 이름한 것이 조사하는 마당에 포착되었는데, 그 가운데 이렇게 기록되어 있습니다. 민가의 선대로부터 윤리와 질서를 어지럽히지 않은 것이 없다 하고, 박 과부를 무함한 데 이르러는 임신한 지 3달이 되었다는 더욱 고약한 한 구절은 거의 입을 더럽힐 수 없는 지경입니다. 그 자식이 말로 발설하고 그 아비가 글로 썼으니, 자식이 먼저 만들어내고 아비가 화답해서 부자간에 서로 흉악을 만들어낸 자취가 상 위에 벌여 놓은 것처럼 드러나 다시 숨길 것이 없습니다.

저 흉악한 김조술은, 아비가 자식을 생각하는 정을 생각지 않고 쫓겨 궁지에 몰린 짐승과 같은 악독을 부려서, "제 아비의 이 편지는 저를 죽이기 위해 만든 것입니다."라고 합니다. 또, "이 모두 그 아비의 죄요 저는 죄가 없거늘, 원하옵건대 제 아버지의 죄로 저를 죽여주옵소서."라고 합니다. 또 말하기를, "제가 만약 이 때문에 죽는다면 비록 부자의 사이라도 마땅히 은혜와 원망이 있을 것입니다."라고 합니다.

천천히 그의 의도를 살피건대, 필히 그의 흉악한 죄를 자기 아비에게 옮기고 그는 벗어나려는 속셈이었습니다. 그의 아비를 엄히 심문할 것을 청하기에 이르렀으니, 그 또한 사람의 모양을 갖추어 하늘을 머리에 이고 땅을 밟고 있는 사람이라 하겠습니까. 제 어미를 잡아먹는 효경(梟獍)[137]의 창자를 가지고 있지 않다면 어떻게 차마 이런 말이 마음에서 만들어져 입으로 나올 수 있겠습니까. 본 죄상 이외에 이 한 가지 문제로도 결코 하루라도 천지 사이에 숨을 쉬게 놓아둘 수 있겠습니까. 이런 마당에 이르러 그가 흉측하고 패악하다 할지라도 사리에 어긋나고 말이 막혀 변명할 길이 없게 되었습니다. 그의 소행을 보면 문을 두드리며 열라고 협박하고, 임신한 지 3개월이 되었다고 하며, 비상을 사 먹고 죽음에 이른 것으로 꾸며내는 등, 여러 가지 거짓말로 무고하고 모독한 일들이 마침내 낱낱이 드러나서 즉시 자복하였으니, 조술을 진범으로 판정내릴 수 있게 되었습니다. 이에 모든 범행이 드러났으니 다시는 조사할 필요가 없게 되었습니다.

그의 죄상에 마땅한 조문을 삼가 『대전통편』의 간범 조(條)에서 살펴본바 '사족의 처녀를 겁탈한 자는 그것이 미수에 그쳤더라도 시간을 기다릴 것 없이 참형에 처한다.' 하였습니다. 저 김조술이 어두운 밤에 사람이 없는 때를 틈타 양반의 과부가 혼자 있는 곳의 문을 두드린 행위는 전적으로 겁탈할 의사에서 나온 것이니, 그가 어찌 '겁탈이 미수에 그쳤더라도 시간을 기다릴 것 없이 참형에 처한다'는 그 조문을 면할 수 있겠습니까.

또 살피건대 『대명률』에 '무고를 당한 사실이 이미 판명이 된 경우 반좌율(反坐律)[138]을 적용한다'라고 나와 있습니다. 박씨가 참으로 임신한 지 3개월이 되었다는 일이 있다고 한다면 응당 극형에 처해지게 됩니다. 지금 무고한 것이 이미 판명되었으니 박 과부가 임신한 지

---

137 효경(梟獍): 상상 속 동물로, 효는 올빼미 종류이고 경은 범과 같은 종류. 부모를 잡아 먹는다고 함.

138 반좌율(反坐律): 무고 또는 위증으로 누구를 죄에 빠뜨리게 한 자에 대해, 그것을 당한 자와 동일한 형에 처하도록 한 형벌 규정.

3개월이 되었다고 말한데 적용한 조문이, 무고를 한 사람에게 반좌율을 적용한다는 것은 의심할 바 없습니다. 그가 어찌 반좌율에 의한 극형을 면할 수 있겠습니까. 또 살피건대 형률에 '강간을 하려고 사람을 위협하다가 죽게 한 자는 참형에 처한다'라고 나와 있습니다. 조술이 간음을 했다고 추악한 말로 그 사람을 무함해 모독하고 박씨를 핍박해서 죽게 만든 것이 분명하니, '위협하다가 죽게 한 자는 참형에 처한다'는 죄를 어떻게 면할 수 있겠습니까.

법전을 고찰하고 율문을 참작하건대, 김조술을 용서하여 목숨을 살려주어 극형에 처하지 않는다면 어찌 형벌의 큰 뜻을 잃어버리는 것이 아니겠습니까. 박 과부로 말하면 젊은 미망인의 몸으로 죽어도 개가하지 않겠다는 굳은 마음을 가지고 시부모를 효성으로 봉양하여 며느리의 도리를 다하며 양자를 들여 잘 키우려고 했으니, 대개 가문을 일으켜 세우려는 성심에서 나왔습니다. 죽음은 실로 스스로 달게 여기는 바요, 삶을 즐겁게 여기는 뜻이 없었습니다. 그 마음은 대단히 비장하고 그 일은 대단히 아름다웠습니다. 파리 한 마리가 백옥같이 깨끗한 몸을 오염시키려는 것을 용납할 수 없었습니다. 갑자기 흉악한 무고를 받았으매 황천에 호소하고 싶어도 길이 없어 몸을 숨기고 속으로 통곡하였으니, 이미 한 번 죽기로 굳게 결심하고 관정에서 슬피 울며 혹시라도 지극한 원통을 펼까 하였습니다.

아! 저 영천의 관장은 이정민(李廷敏)이 종용한 대로 달게 받아들여서 김조술에 대해서는 엄히 다스릴 뜻이 없고 도리어 현저히 애호하는 뜻이 있었으며, 박씨에 대해서는 멸시하여 모멸하고 조롱하는 말을 마구 내뱉었습니다. 문지기의 사나움이 또 문을 두드리고 호소하려는 것을 가로막아 그 길이 단절되니, 나아가서는 관에 원한을 폭로할 길이 없고 물러나서는 김조술에게 무함을 당한 것을 씻을 수 없게 되었습니다. 드디어 생사를 결단하여 순식간에 생명을 던진즉 읍내의 대도(大道)

상에 몸이 쓰러지고 만인이 둘러보는 가운데 시신이 늘어지니, 밝은 하늘 아래 심사(心事)가 드러났고 서릿발 같은 정절이 세워진 것입니다. 그 결연한 기개는 한시(韓市)[139]보다도 놀랍게 했을 뿐 아니라, 깊이 맺힌 원한은 동해 땅의 가뭄[140]보다 더 혹심할 것입니다.

대범 사람이 죽으매 처절하고 오싹한 기운이 점차 흩어져 사라지고 피와 살과 근육으로 이루어진 형체가 필시 썩어서 흙이 되는 것은 그 이치라 만고에 다를 바 없습니다. 그러나 들어보니, 민씨 집에서는 복수를 하지 않고는 장례를 치르지 않겠다는 뜻으로, 박씨의 시신을 염을 하고도 묶지 않고 관에 넣고도 못질하지 않은 채 건넌방에 놓아두고 늘 열어 보았는데, 시신은 3년이 지났음에도 피부가 처음 죽을 때와 같더랍니다. 파리도 달라붙지 않고 구더기도 나오지 않는데 관 속에서 종종 비단 찢어지는 소리가 들렸답니다. 이를 이웃 사람들이 다들 보고 듣고 했다는 것입니다. 만석의 말이 분명할 뿐 아니라, 온 도내에 널리 전하는 소리가 온통 같았습니다. 그러나 사건이 매우 희한하고 형적이 괴이하기 때문에, 신은 따로 신용하는 사람을 보내 영천의 관비를 안동(眼同)하여 그 관을 여러 사람들 가운데에서 열어 허실을 증험해보았습니다. 그가 돌아와 보고하는 말이 신이 들었던 바와 같은데 더욱 상세하였습니다. 대체로 이목구비가 완연히 살아 있을

---

139 한시(韓市): 전국시대 한(韓)나라의 자객인 섭정(聶政)이 한나라 승상인 협루(俠累)를 죽이고 자신도 얼굴 가죽을 벗겨 알아볼 수 없게 하고 자살을 하였다. 자기 정체가 드러나면 자기 집에 화가 미치기 때문이었다. 그의 누이인 섭영(聶榮)이 그 시체를 안고 울며 "나의 아우 섭정이다." 하며 자신도 역시 자살하였다. 이 사건은 한나라의 저자에서 일어났기 때문에 한시라고 한 것이다. 『史記 卷86 刺客列傳 聶政』

140 동해 땅의 가뭄: 한(漢)나라 때 동해군(東海郡)에 효부가 있었다. 그녀는 일찍 과부가 되어 시어머니를 극진히 봉양했다. 시어머니가 노쇠해지자 며느리에게 고통을 끼칠 수 없다 하여 자살하였는데, 시누이가 무고하여 관에서 모진 고문 끝에 시어머니를 죽인 것으로 되어 사형을 받았다. 그 후 그 지역에 큰 가뭄이 들었는데 후임 태수가 진상을 파악하고 그녀를 효부로 표창하자 큰비가 내렸다고 한다. 『漢書 卷71 于定國傳』, 『說苑 貴德』 동해는 지금 산동성(山東城) 지역.

때와 같아 두 붉은 점이 양쪽 보조개에 찍혀서 보일 듯 말 듯 하더랍니다. 가슴과 배의 형색도 변하지 않아 흡사 갓 죽은 사람과 같고, 엉덩이와 팔목과 다리의 살이 전혀 삭지 않아 단단하기가 철석같았으며, 다만 관속에서 비단 찢어지는 소리는 들리지 않았답니다. 이밖에는 들었던 바와 하나도 차이가 없었습니다. 아, 참으로 기이한 노릇이라 듣기에 놀라웠을 따름입니다. 만약 지극히 원통한 기운이 굳게 맺혀 흩어지지 않은 것이 아니라면, 어찌 이런 기적이 일어났겠습니까.

근래 4개월 동안 가뭄이 든 때에 거리에 떠도는 말을 귀 기울여 들어보건대, 모두들 김조술을 죽이지 않고 박씨의 원한을 풀어주지 않은 까닭에 이런 천벌이 내렸다는 것이었습니다. 입을 벌리면 바로 말이 나와 곧 민간의 노래가 되었습니다. 천도는 미묘한지라 이런 말과 꼭 같이 된다고 할 수는 없겠으나, 윤리를 지키고자 하는 마음과 공정에서 나온 분노를 볼 수 있습니다. 김조술의 흉악한 행위는 박씨의 시신이 썩지 않았던 것이 참으로 확실한 증거이니, 이 자를 즉시 죽여 지극한 원한을 푸는 것은 더 말할 나위 없거니와, 그 또한 이에 이르러는 꼭 죽을 것을 알았을 것입니다. 법률이 이미 저와 같고 인심이 또 이와 같으니, 김조술도 그 자신의 죄가 용서받을 수 없음을 알 것인즉, 김조술을 마땅히 사형에 처해야 할 것은 더 논할 것이 없사옵니다. 그런데 만약에 김조술을 죽이는 것만으로 끝내고 박씨에 대해 정표(旌表)를 하는 절차가 없으면 원한을 씻기 어려울 것이요, 정절이 드러나지 않으면 어떻게 천고의 절의를 표할 수 있으며 구천의 혼을 위로할 수 있겠습니까. 즉시 김조술의 죄상을 바로 다스려 사형에 처하시고, 겸하여 박씨를 표창하는 의전을 거행하여 그가 눈을 감고 지하에 들어가도록 하옵소서. 느슨하게 처리하는 것은 조금도 용납될 수 없습니다.

박씨의 노(奴) 만석은 먼 고장의 무식한 사천(私賤)으로서 능히 그 주인을 위해 복수할 마음을 가졌으니 벌써 기특하다 하겠습니다. 게다가 만석의 처는 곧 김조술의 종이고, 또한 이미 자식이 있는데도 만석은 '원수의 종을 어떻게 배필로 삼을까 보냐'고 생각하였습니다. 이에 이르러 부부의 정이 도리어 가볍고 노주(奴主)의 의리가 중하다 하여 곧바로 은정과 자애를 끊어버려 아내를 쫓아내고 자식을 외면한 것입니다. 또한 상전의 원수를 갚지 못한 채 3년이 이미 지났어도 상복을 벗지 않았으니 그가 의리에 대처한 바는 참으로 열렬한 장부라 일컬어도 좋겠습니다. 이는 『춘추(春秋)』에 나오는 복수의 의에 내용상으로 들어맞는다고 하겠으니 훌륭하고 특이하지 않습니까. 더구나 그의 지극히 미천한 자취와 지극히 하찮은 몸으로 감영과 고을을 왔다 갔다 하며 눈물을 흘리고 그 상전의 원한을 호소하고, 감히 난필(鸞蹕)[141]을 범해서 피를 뿌리며 그 주인의 원수를 갚아주기를 호소하며, 한 번 죽고 말리라고 스스로 맹세하고 3년이 지나도록 풀어지지 않았으니, 실로 하늘에 근거한 충의가 아니면 어떻게 이럴 수 있겠습니까. 그의 전후 사실을 살펴보건대 옛날의 충신·의사가 삶을 죽음과 같이 한 것을 함께 기록해서 전하더라도 부끄러움이 없을 것입니다. 어찌 이 주인이 있어 이 종이 있다 하지 않겠습니까. 주인은 절의를 세웠고 노복은 충성을 바쳤으니, 사관이 연계해서 쓰는 법에 붙이고 이에 또 끝에 기록하여 아울러 포상을 내리시길 비오니, 세상 사람들에게 노주의 의가 삼강(三綱)에 나란히 들어 있음을 알도록 한다면, 풍교에 크게 도움이 될 것입니다.

김정원(金鼎源)은 무함한 기록을 만들었으니, 비록 아비로서 자식의 죽음을 면하게 하기 위한 계책에서 나왔다고 하나, 그 책이 드러난즉 부자를 함께 취조한다는 혐의가 있다고 해서 불문에 부칠 수 있겠습

---

141 난필(鸞蹕): 제왕의 행차를 가리키는 말.

니까. 이정민은 김조술과 한통속이 되어 관가에 줄을 대 몰래 통하여, 박씨의 지극한 원통이 이로 인해 씻지 못했고 김조술의 흉계가 이로 인해 나왔으며, 그 당시에 영천 군수가 오판을 하였으니 모두 다 이정민의 소행입니다. 그의 죄상을 논하건대 보통으로 처리해서는 안 됩니다. 정필주(鄭弼周)는 이정민과 결탁하여 박씨가 비상을 사 먹고 죽게 된 것으로 거짓을 꾸며 같은 소리로 말을 맞추고 같은 마음으로 그 말을 퍼트렸으니, 그 계교를 꾸민 것의 흉악함은 이정민과 다름이 없습니다. 위 3인은 지금 신의 감영 옥에 갇혀 있으니, 엄중하게 죄를 다스릴 계획입니다.

그때에 영천 군수 윤이현이 이정민의 무고에 속임을 당해 마침내 박씨가 그렇게 억울하게 되고 김조술이 그렇게 악행을 자행하게 된 것은, 관장으로서 잘 대처하지 못한 과오가 아니겠습니까. 무겁게 문책하지 않을 수 없는데, 전의 도신(道臣)이 이미 아뢰었던 바이니 여기서는 다시 거론하지 않겠습니다. 김후경과 박곤수, 임재회 등은 이미 다 자백하였으니 모두 원적의 고을로 압송해서 멀리 유배를 보낼 것입니다. 김정원은 홀연 도망쳐서 지금 바야흐로 진영에 엄히 신칙하여 기한을 정해 체포하도록 하였으며, 그 밖의 여러 사람들은 별로 문죄할 만한 단서가 없으니 모두 아울러 방송하겠습니다. 원 옥안(獄案)의 부속 문서는 급히 보고하오니, 이러한 연유의 사안입니다.

44. 걸객시(乞客詩)

예전에 어떤 사람이 상처(喪妻)하고 나서 슬픈 마음을 걷잡지 못했다. 어느 날 밤 꿈에 죽은 아내를 만나서 평소와 같이 말을 주고받는데, 문득 창밖의 오동잎에 비가 듣는 소리가 들렸다. 놀라 꿈에서 깨어나 곧 다음과 같이 시를 지었다.

　　옥 같은 자태 어렴풋이 보일 듯 말 듯
　　꿈이 깨자 등불 앞의 그림자 너무도 외로워라.
　　가을비에 놀라 꿈 깰 줄 진작 알았더라면
　　창문 앞에 벽오동 심지 않았을 것을.

　나는 일찍이 이 시를 읊으면서 그 정회에 애달파하였다. 병자년(1816) 여름에 우연히 중씨(仲氏) 댁에 모여서 간소하게 술상을 벌이고 담소를 하였다. 이때 어떤 걸객이 하나 들어와서 말하기를,

　"저는 구걸하러 온 사람이 아닙니다. 일찍부터 글공부에 힘쓰다가 마침 일이 있어 서울로 올라오는데 길에서 도적을 만나 행장을 다 빼앗겼습니다. 지금 돌아가려는데 손에 한 푼도 가진 것이 없으니 노자를 얻어 갈까 하고 찾아온 것입니다."

라고 하였다. 자리에 있던 사람들이 모두들,

　"기왕에 이렇다니 대단히 안됐군."

하였다. 그 사람이 또 말하는 것이었다.

　"저는 시 짓기를 썩 잘하는 편이니 한 수 읊어볼까 합니다. 여러분들이 고쳐 주시기 바랍니다."

　나는 마침 베개에 기대 누워 있다가 일어나서 그의 말에 대꾸하였다.

　"한번 들어봅시다."

　"제가 상처를 하고 나서 슬픈 마음을 누르기 어려웠습니다. 지난번 꿈에 죽은 아내를 만났는데 오동잎에 떨어지는 가을비 소리에 놀라 꿈을 깼으니, 이 일이 지금까지 한스럽습니다."

　그리고서 그 시의 앞 두 구절을 읊는 것이었다. 나는 웃으며,

　"나 또한 일찍이 상처하여 그리워하는 마음이 대략 비슷하기에, 그

아래 구를 내가 이어보겠소."

라고 말하자, 그 사람도 "그래보시오." 하였다. 내가 그 시의 아래 두 구를 읊으니 그는 황급히 일어나서 인사도 않고 갔다. 자리에 있던 사람들이 모두 웃느라고 배를 움켜쥐었다.

45. 방앗공이

　횡성 읍내에 어떤 여자가 있었다. 그녀가 출가하였는데, 홀연히 한 장부가 들어와서 겁간하는 것이었다. 그녀는 백 가지로 저항하였으나 어쩔 도리가 없었다. 그 장부가 매일 밤 거르지 않고 찾아왔는데 다른 사람 눈에는 보이지 않았고 오직 그 여자 눈에만 보였다. 그 남편이 옆에 있어도 아무 어려움이 없이 접근하여 동침하였다. 매양 교접할 때 통증이 견딜 수 없는 지경이어서 그녀는 무슨 귓것이라 여겼지만 어쩔 도리가 없었다.

　그날 이후로 귓것이 밤낮을 가리지 않고 들어오는데 사람을 보고도 피하지 않았다. 그런데 다만 그녀의 재당숙이 들어오는 것을 보면 반드시 피해 갔다. 그녀가 자신이 당하는 일을 이야기하자 재당숙이 다음과 같이 계교를 일러주었다.

　"내일 그것이 오거든 몰래 실꾸리의 명주실을 바늘에 꿰어 그것의 옷깃에 꽂아두면 어디로 가는지 알 것이다."

　그녀는 재당숙이 지시한 대로 이튿날 바늘을 명주실에 꿰어 귓것의 옷깃에 꽂아두었다. 이때 재당숙이 갑자기 뛰어들자 귓것은 깜짝 놀라 일어나서 방문을 열고 달아났다. 실꾸리에서 명주실이 차츰 풀려나가면서 그 귓것을 따라가서, 나중에 실만 보고 따라가니 집 앞의 수풀 아래서 그쳤다. 다가가서 보니 실이 땅속으로 들어가 있었다. 이내 땅을 조금

파 들어가니 썩은 방앗공이 한 개가 나오는데, 실은 나무 아래쪽에 묶여 있었다. 공이의 머리 부분에 총알 정도 크기의 자색 구슬 한 개가 붙어 있어 광채가 눈부셨다. 재당숙은 구슬을 뽑아 주머니 속에 담아두고 방앗공이는 불에 태워버렸다. 그 후로는 다시 귓것이 찾아오지 않았다.

어느 날 밤에 그의 집 문밖에서 홀연히 어떤 사람이 와서 애걸하는 소리로,

"그 구슬을 내게 돌려주소서. 돌려주면 부귀공명을 당신이 원하는 대로 얻을 수 있으리다."

라고 하였으나, 그는 돌려주지 않았다. 귓것은 밤이 새기 전까지 애걸하다가 사라졌다. 매일 밤 그와 같이 하여 4~5일 계속되었다. 그리고 어느 날 밤 또 와서,

"그 구슬이 나에게는 아주 긴요하지만, 당신에게는 아무 필요 없는 것이오. 내가 다른 구슬로 바꿔줄 터이니, 그렇게 하겠소? 이 구슬은 당신에게 유익한 것이라오."

라고 말하였다. 그가,

"우선 나에게 보여주거라."

라고 하였다. 귓것이 밖에서 안으로 들어와 검은색 구슬을 하나 건네주는데 크기는 먼저 구슬과 똑같았다. 그는 이 구슬까지 함께 차지하고 내주지 않았다. 귓것은 통곡을 하고 떠나더니 다시는 나타나지 않았다. 그는 매양 사람들에게 이 일을 자랑삼아 이야기하였으나 그 구슬을 어디에 쓰는 것인지 용도를 알지 못했다. 그가 용도를 묻지 않았던 것은 참으로 애석한 일이다.

그 후 어느 날 그 사람은 밖에 나가서 술에 잔뜩 취해 돌아오다가 길에서 쓰러져 잠이 들었다. 주머니에 들었던 구슬 2개는 다 어디로 갔는지 알 수 없었다. 필야 그 귓것이 가지고 갔을 것이다. 홍천 읍내 사람들 중에 그 구슬을 구경한 사람들이 많았는데, 누가 나에게 이야기를

해주기에 기록하는 것이다.[142]

46. 임기응변

　김화현 어느 마을의 부자(父子)가 토산(兎山) 땅을 오고 가며 장사를 하고 있었다. 김화와 토산 사이에는 길이 좁고 다니는 사람도 드물다. 어느 날 토산 장터에서 소를 사가지고 수십 냥을 소에 싣고 돌아오는데 아버지는 앞에 가고 아들은 뒤에 따라갔다. 아들은 나이가 겨우 14~5세 된 아이였다. 돌아오는 길이 마침 외진 곳에 다다랐을 때 홀연 한 건장한 사내가 뛰쳐나와서 그 아버지를 칼로 찔러 죽이고 아들까지 죽일 판이었다. 아들이 살려달라고 빌면서,

　"저는 토산 장터에서 사람들에게 걸식하는 아이랍니다. 부모형제도 없고 사고무친인 신세여서 점막에서 구걸하여 살아가는데, 이 사람이 소를 함께 몰고 가자고 하기로 따라온 것이랍니다. 저를 죽여서 무엇 하겠습니까. 살려주면 내 마땅히 당신을 따라다니며 부하 노릇을 하겠소. 어떻게 하시렵니까?"

　도적이 그러자 하여 소를 몰고 동행하게 되었다. 길을 돌려 토산 읍내로 돌아와서 고깃간에 소를 팔려고 바야흐로 흥정하는 즈음인데 그 아이가 홀연히 크게 소리쳤다.

　"이 사람이 우리 아버지를 죽인 도적놈이라오. 내가 곧 관에 고발할 겁니다."

　여러 사람이 놀라 그놈을 붙잡아서 꼼짝 못 하게 묶었다. 그 아이는

---

142 홍천과 횡성은 강원도에 가까이 있는 고을로서, 작자 이희평이 1818~1822년에 홍천 현감으로 있었는데 그때 들은 이야기로 추정된다.

곧바로 관정에 들어가서 지난 일을 울며 호소하여 법의 처벌을 받게 되었다.

내가 홍천 고을에 있을 때 김화의 원님이 와서 이 이야기를 해주었다. 나는 듣고서 탄식하며 이렇게 말했다.

"이 아이는 나이 10여 세로, 갑자기 놀라운 일을 당하여 이와 같이 임기응변하였으니 대담하고도 꾀가 있다고 할 것이다. 그의 성명을 모르는 것이 한이로다."

47. 평생 잊지 못할 두 남자

평양의 어떤 기생이 용모와 가무로 어려서부터 이름을 날렸다. 스스로 말하기를,

"내가 사람을 많이 겪어 보았지만, 평생 잊지 못하는 사람 둘이 있답니다. 하나는 잘생겨서 잊지 못하고 하나는 추악해서 잊지 못하지요." 하였다. 누군가 그 까닭을 묻자 다음과 같이 이야기를 하였다.

그녀가 젊은 시절에 순사또를 모시고 연광정 연회에 참석하였다. 석양 무렵 난간에 기대어 긴 숲을 바라보니, 마침 한 잘생긴 청년이 말을 타고 달리는 듯이 오다가 강변에 다다라 배를 불러 타고 건너와서 대동문으로 들어가는 것이었다. 그 외양이 멋들어져서 바라보기에 마치 신선처럼 보여서 완전히 정신이 빠졌다. 그녀는 볼일을 보러 간다고 핑계를 대고 자리에서 빠져나와 그가 머문 곳을 알아보았더니 대동문 안의 객점이었다. 그런 줄 알고 나서 연회가 파하기를 기다려 시골 아낙네 모양으로 옷을 바꾸어 입고 해가 진 뒤에 그 집을 찾아가 창문 틈으로 엿보았더니, 옥같이 아름다운 젊은이가 촛불 아래서 책을 보고 있었다. 이에 '저

렇게 빼어난 사나이와 지금 같이 자지 못한다면 죽어도 눈을 못 감겠다.'
하는 생각이 저절로 들었다.

그래서 그녀가 인기척을 하고 창문을 두드렸다.

"누구요?"

"주인 집 여자요."

"어째서 어두운 밤에 여기를 찾아왔소?"

"저희 집에 장사꾼들이 많이 들어와서 제가 잘 곳이 없는데, 윗목의
한 자리를 빌려서 자려고 합니다."

"그렇다면 들어와도 좋겠군."

그녀는 문을 열고 들어가서 촛불 뒤쪽에 앉았다. 그 젊은이는 여자를
곁눈질해 보지도 않고 단정히 앉아 책만 읽고 있다가 밤이 깊어지자 촛
불을 끄고 드러누웠다. 이에 그녀는 신음하는 소리를 냈다. 그제야 젊은
이가 물었다.

"어디가 아프시오?"

"전부터 복통 증세가 있는데, 지금 차가운 구들에 누워 있었더니 증세
가 다시 일어납니다."

"그렇다면 나의 등 뒤로 따뜻한 곳에 와서 누우시오."

그녀는 남자의 등 뒤에 드러누웠다. 한 식경이 지나도록 남자가 돌아
보는 기색이 없었다. 그녀가 또 말했다.

"행차께서는 어떤 분인지 모르겠으나 고자가 아닙니까?"

"왜 그러는가?"

"저는 주인의 아낙네가 아니고 기생이랍니다. 오늘 연광정 위에서 행
차의 풍채가 훌륭하신 것을 바라보고 흠모하는 마음에 이런 모양으로
여기에 온 것이랍니다. 한 번 안아주시기 바랍니다. 저는 본디 생김새가
추하지 않고 행차는 노쇠한 나이도 아니시거늘, 이처럼 고요한 밤 아무
도 없는 때에 남녀가 함께 자리하고 있는데 한 번도 돌아보지 않는다니

고자가 아니라면 이럴 수 있겠습니까.”

그는 웃으며 말했다.

“네가 관기이더냐? 그렇다면 어찌 일찍 말하지 않았느냐. 나는 주인의 아낙네인 줄로 알고 그런 것이다. 옷을 벗고 같이 자자.”

이내 더불어 관계를 맺게 되었는데, 그의 풍류와 흥은 그야말로 화류장의 멋들어진 사나이였다. 두 사람의 사랑이 흡족하였음은 물론이다. 그는 새벽이 되어 일어나 행장을 서둘러 차려 떠나면서 그녀를 보고 말했다.

“뜻밖에 만나 천행으로 하룻밤의 인연을 맺고 이처럼 바로 헤어지니 후일에 만날 것을 기약하기 어렵군. 이별의 감정을 어떤 말로 표현할 수 있을까. 내가 지금 가진 것에 정을 표할 만한 물건이 아무것도 없으니 대신 시 한 수를 남겨두겠네.”

그러더니, 그녀의 치맛자락을 펼치고 다음과 같이 시를 썼다.

　　물은 흘러 나그네처럼 머물지 않는데
　　산은 가인인 양 헤어짐의 정이 있어라.
　　오경의 촛불 아래 휘장이 차갑고
　　숲에 이는 비바람은 가을 소리로다.

시를 다 쓰고 나서 붓을 던지고 일어서는 것이었다. 그녀가 소매를 붙잡고 눈물을 흘리며 그의 사는 곳과 성명을 묻자 그는 웃으며 대답했다.

“나는 산수와 누대 사이에서 떠도는 사람인데 거주, 성명은 물어서 무엇 하겠는가.”

그리고 훌쩍 떠나갔다. 그녀는 집으로 돌아가서 잊고 싶어도 잊지를 못하고 매양 그 치마를 안고 울었다.

“이것이 잘생겨서 연모하여 잊지 못하는 사람이라오.”

언젠가 그녀가 순사또의 수청기로 모시고 있는데, 어느 날 문졸이 들어와서 아뢰기를,

"아무 곳의 마름 모 동지(某同知)가 뵈러 와서 문밖에 와 있습니다."
라고 하였다. 순사또가 곧 들어오도록 하였는데, 보니 체구가 거대한 시골 사람으로 베옷에 짚신을 신고 허리에는 다 바랜 홍대를 띠었으며, 이마에는 명색 금관자를 붙였으나 완전히 구릿빛이었으며 미목이 고약해 보이고 생김새도 아주 추악했다. 그야말로 천봉장군(天蓬將軍)[143]이 앞으로 나와서 절을 하는 것이었다.

"네가 어찌하여 멀리 여기까지 왔느냐?"
순사또가 이렇게 묻자 그 인간이 대답하였다.

"소인은 먹고 사는 것이 구차하지 않아 사또께 특별히 바라는 바가 있어 온 것이 아니요, 평생 소원이 예쁜 기생 하나를 끼고 정을 풀어보는 것입니다. 그래서 이처럼 불원천리(不遠千里)하고 온 것입니다."
순사또는 웃으며 대답했다.

"네가 그런 마음을 가지고 있다면 저들 가운데에서 가장 마음에 드는 기생 하나를 고르거라."
그 인간이 이 말을 듣고 곧바로 수청방으로 들어오니 여러 기생들이 일시에 흩어져 달아났다. 그 인간은 기생들의 뒤를 쫓아가서 하나를 붙잡아보고 "모양이 예쁘지 않군." 하고 놓아두고, 또 하나를 붙잡고서 "몸매가 좋지 않군." 하고 놓아두었다. 그녀에게 달려들어 붙잡아 들여다보고 "쓸 만하군." 하더니, 안고 담장 구석으로 가서 즉시 강간을 하는 것이었다. 이때에 그녀는 힘이 약한 까닭에 달아나지 못하고 죽고 싶어도 죽지 못해 그자가 하는 대로 맡겨둘 수밖에 없었다. 이윽고 겨우 몸을

---

143 천봉장군(天蓬將軍): 천봉신장(天蓬神將)을 이르는 것으로 보인다. 천봉신장은 머리가 셋이고 팔이 여섯으로, 기괴한 형상을 하고 있다고 한다.

빼내서 자기 집으로 돌아가 따뜻한 물에 몸을 씻었다. 그래도 비위가 다 뒤집혀서 여러 날 밥도 먹지 못했다.

"이것이 추악해서 잊지 못하는 사람이랍니다."[144]

48. 무운(巫雲)

무운(巫雲)은 강계(江界) 기생인데 인물과 재주로 한때 이름이 높았다.

서울 사는 성진사(成進士)가 우연히 내려왔다가 동침하고는 서로 정이 깊이 들었다. 성진사가 돌아갈 적에 피차 연연한 마음으로 차마 떨어지지 못했다.

무운은 성진사를 송별한 뒤 어느 누구에게도 몸을 허락하지 않기로 마음에 맹세하고, 양쪽 다리에 쑥으로 뜸을 떠 창독(瘡毒)의 흔적처럼 만들었다. 그리고 고약한 병을 얻었노라고 핑계를 대어 전후로 내려온 관장들에게 시침(侍寢) 드는 일을 면할 수 있었다.

대장 이경무(李敬懋)[145]가 그 고장에 부임해서 무운을 불러 보고 가까이 하고 싶어했다. 무운은 창독 흔적을 내보이며 사정을 말했다.

"소인에게 이런 악질(惡疾)이 있으니 어찌 감히 가까이 모시오리까."

"그렇다면 내 앞에 있으면서 심부름이나 해라."

이후로 매일 수청을 들다가 밤이면 반드시 물러 나왔다. 이렇게 4, 5개월이 지난 어느 날 밤, 무운이 가까이 다가오더니 하는 말이었다.

"소인이 오늘 밤 모실까요?"

---

144 이 작품이 『청구야담』 권7에 「평양기연추양불망(平壤妓妍醜兩不忘)」이라는 제목으로 실려 있다.

145 이경무(李敬懋, 1728~1799): 영조 때 무과에 급제하여 삼도수군통제사·어영대장 등을 역임하고 형조판서에까지 올랐다. 무관으로 당대에 명성이 높았다.

이 대장은 깜짝 놀라 물었다.

"아니, 네가 고약한 병에 걸렸는데 어떻게 시침을 든단 말이냐?"

"소인이 성진사를 위해 수절하려고 일부러 쑥으로 뜸을 떠서 사람들의 접근을 막은 겁니다. 사또님을 여러 달 모시면서 두루 살펴보니 훌륭한 분이신 줄 알았어요. 소인은 기생인데 사또님 같은 대장부를 모시고 싶은 마음이 왜 나지 않겠어요."

이 대장은 껄껄 웃으며

"그렇다면 같이 자자꾸나."

하고 드디어 동침하였다.

이 대장이 임기를 마치고 돌아가게 되자 무운은 따라가기를 원했다.

"내가 거느린 소실이 셋이란다. 네가 따라오는 건 심히 긴치 않느니라."

"그러시면 저는 응당 수절하겠습니다."

이 대장은 웃으며 말했다.

"수절이라니, 성진사를 위한 수절처럼 할 것이냐?"

무운은 발끈해서 얼굴을 붉히며 장도칼을 뽑아 왼손 넷째 손가락을 자르려 했다. 이 대장이 대경실색하여 데려가겠다고 했으나, 끝끝내 응하지 않았다. 그래서 작별하게 되었다.

10여 년이 지나 이 대장은 훈련대장으로 있다가 성진진(城津鎭)[146]에 임명이 되었다. 조정에서 성진에 군영을 신설하고 명망이 높은 노장을 임명했던 것이어서 이 대장은 단기(單騎)로 부임했다.

성진은 강계와 접경이지만 거리는 3백 리나 되었다. 어느 날 무운이 성진으로 찾아왔다. 이 대장이 반갑게 맞아 그동안 쌓이고 막힌 회포를 풀며 하루해를 넘기고 밤이 되어 가까이하려 하자 무운이 죽기로 거부하

---

146 성진진(城津鎭): 함경북도에 있는 지명. 변경 지역으로 원래 여진족이 살던 곳이며 길주(吉州)에 속했는데, 영조 때 진(鎭)을 설치한 일이 있다. 지금 김책시(金策市)로 되어 있다.

는 것이었다. 이 대장이 물었다.

"왜 이러느냐?"

"사또님을 생각해서 수절하는 때문입니다."

"나를 위해 수절한다면서 왜 나를 거부하느냐?"

"기왕에 남자를 가까이하지 않기로 맹세했으니 아무리 사또님이라도 동침할 수 없습니다. 한번 동침하고 보면 곧 훼절이 됩니다."

그러고는 한사코 잠자리를 함께하기를 거부했다. 1년 넘게 함께 지냈으나 끝끝내 동침하지 못하였다.

이 대장이 돌아가자 무운도 강계 집으로 돌아갔다. 그 후에 이 대장이 상처하자, 무운은 분상(奔喪)하여 서울 집에 머물다가 장례를 치른 후에 내려갔다. 이 대장이 죽었을 때에도 역시 올라와서 상복을 입었다.

무운은 자호를 운대사(雲大師)라 하고, 끝내 수절하여 생을 마쳤다고 한다.[147]

49. 공동(公洞) 홍 판서

참판 김응순(金應淳)[148]이 젊은 시절에 한 꿈을 꾸었다. 꿈속에서 남천문(南天門)[149]이 열리더니 어디서 큰 소리로 그의 이름을 불렀다.

"김응순은 이걸 받으라."

그가 마루를 내려가 마당 가운데 섰더니 하늘에서 옻칠을 한 함이

---

[147] 이 작품이 『청구야담』 권7에 「강계기위이수수절(江界妓爲李帥守節)」이라는 제목으로 실려 있다.

[148] 김응순(金應淳, 1728~1774): 본관은 안동(安東). 김상용의 7대손으로, 영조 때 문과에 급제하여 벼슬이 예조참판에 이르렀다.

[149] 남천문(南天門): 도교에서 하늘로 통하는 문을 일컫는 것임.

하나 내려와서 받아보았다. 함 위에 금으로 큰 글자가 쓰여 있는데 '무첨이조(無忝爾祖: 너의 조상에게 누를 끼치지 말아라)'라는 네 글자였다. 함을 열고 들여다보니 속에 비단 보자기로 싼 책이 들어 있었다. 보자기를 풀고 책을 보니 자신의 평생 사주를 적어 놓은 것이었다. 그의 일생의 길흉을 낱낱이 일시까지 적어 놓았는데 끝에 가서 모년 모월 모일 모시에 죽는다 하였고 지위는 예조판서에 이를 것이라고 하였다. 그는 꿈에서 깨어 이상하게 여겨서 불을 밝히고 책자에다 연도에 따라 기록해 놓았다. 뒤에 맞춰보니 그대로 부합하지 않는 것이 없었다. 장차 죽을 날이라 한 그 날짜에 의관을 정제하고 가묘에 들어가 인사를 드린 다음 자질과 친지들을 모아 놓고 낱낱이 영결하는 말을 하였다.

"오늘 아무 시각에 내 장차 세상을 떠날 것인데, 예조판서 직함은 아직 얻지 못했으니 이 또한 이상한 일이로군."

대개 이때에 그는 지위가 아직 참판에 있었던 것이다. 그 시간이 되어 과연 자리에 몸져눕더니 갑자기 사망하여 부음이 들렸다. 영조는 탄식하며,

"내가 예조판서를 제수하려고 했는데 미처 못 했군."

이라 하고 명정에 예조판서를 써도 좋다는 하교가 내렸으니 또한 이상한 일이다. 그가 일찍이 승지로 입시를 하였는데 영조가 어필로 '이시선원지손, 무첨이조(爾是仙源之孫, 無忝爾祖: 너는 선원(仙源)의 후손이니 너의 조상에게 누를 끼치지 말아라)'라는 열 글자를 써서 하사하였는데 역시 꿈속의 글씨와 부합이 된 것이다.

판서 홍상한(洪象漢)[150]은 나이 80이 넘었는데 그 손자 홍의모(洪義謨)가 계미년(1763) 겨울 증광사마시에 올랐다. 홍 판서는 매일 풍악을 벌이고

---

[150] 홍상한(洪象漢, 1701~1769): 본관은 풍산(豊山). 영조 때 문과에 급제하여 벼슬이 병조판서에 이름. 홍봉한과 사촌 간이다.

마당에 가득 찬 구경꾼들에게 일일이 떡국 한 그릇과 고기 산적 한 꿰미를 나누어주었다. 날마다 이렇게 하여 한 달에 가까워졌다. 뒤에 영의정에까지 오른 홍낙성(洪樂性)이 그의 큰아들인데 이때는 참판으로서 한 집에 살았다. 홍낙성은 사람됨이 조심스럽고 일 벌이기를 좋아하지 않아 매일 지나치게 흥청거리는 것을 걱정하였으나 부친께 말씀드려 그만두게 할 계책이 없었다. 그래서 친척 가운데 부탁할 만한 사람을 찾아서 간언을 올리고자 하였다. 도정(都正) 김이신(金履信)[151]이 재주가 많고 말을 잘하는데 이성육촌(異姓六寸)[152] 간이었다. 홍낙성이 김이신을 자기 집으로 오게 하여 그 일을 이야기하고 중지하도록 말씀드려 줄 것을 간청하였다.

이에 김이신은 홍 판서를 보고 먼저 복이 많은 것을 칭송하고 나서 복이 너무 가득 차면 손해를 부른다는 말로 경계를 하였다. 홍 판서는 그 말을 듣더니 빙긋이 웃으며 말했다.

"네가 들어올 때에 내 자식을 만났구나! 내가 재주가 없고 덕이 없는 사람으로 성대(聖代)를 만나 지위가 높이 올랐고 나이 팔순이 넘었다. 게다가 손자 아이가 등과(登科)하여 이처럼 잔치를 벌이니, 세상 사람들이 모두들 '공동(公洞)[153] 사는 아무는 지위가 1품이요, 나이 80인데 또 손자의 등과를 경축하다니 미쳤군.'이라고 할 것이다. 그러나 너와 무슨 관계가 있느냐? 너는 기다려 보아라. 내가 죽은 뒤에는 청풍당(淸風堂)[154] 위에 먼지가 쌓이고 참판은 그 한 곳에 우두커니 앉아 있을 터이다. 그 형상이 어떻겠는가? 네 말은 듣고 싶지 않다."

---

151 김이신(金履信, 1723~?): 본관은 안동. 벼슬은 청주 목사에 이름. 김응순과는 족숙(族叔)의 관계이다.

152 이성육촌(異姓六寸): 고모 쪽으로 6촌이 되는 관계를 내6촌, 외가 쪽으로 6촌이 되는 관계를 외6촌이라고 불렀다. 이런 관계를 가리켜 이성육촌이라고 한다.

153 공동(公洞): 서울의 소공동을 가리킴.

154 청풍당(淸風堂): 청풍당은 공동 홍씨 댁의 건물이름이며, 참판은 홍낙성을 가리키는 것으로 추정된다. 불원간에 그 가문의 몰락을 예견한 것이라 생각된다.

그러고는 기생을 불러 가곡을 부르게 했다. 김이신은 멋쩍어 그냥 앉아 있는데 홍판서가 또 말했다.

"요즘은 후배들이 신래(新來)를 부를 때에 풍도(風度) 있는 사람이 하나도 없더군. 쇠퇴한 세상이라고 하지 않을 수 없으니 어찌 개탄스럽지 않은가."

김이신이 하직을 여쭙고 돌아오는 길에 김응순을 만났다. 이때 그는 옥당으로서 군문종사(軍門從事)를 겸하고 있어 대예(帶隷: 대동하는 아랫 사람)를 많이 거느리고 있었다. 김이신을 보고 말에서 내려 길 왼편에 서 있는데, 김이신이 그를 보고 어디로 가느냐고 물었다. 그는 공동의 홍의모가 진사가 된 것을 축하하러 간다고 대답했다.

"홍공의 말씀이 이러이러했으니 군은 모름지기 여기 잠깐 말을 세워두고 신은(新恩)을 부르되 기악(妓樂)을 동원하여 앞세우도록 하게."

김이신이 이렇게 지시하자 김응순은 "좋습니다." 하고, 말을 광통교에 세워놓고 하인을 보내서 신은을 불러오게 하였다. 홍 판서가 하인에게 누가 보냈느냐고 물었다.

"장동(壯洞) 김 응교(金應敎)입니다."

"지금 어디 있느냐?"

"바야흐로 광통교 위에 있습니다."

홍 판서는 무릎을 치며 감탄하는 어조로 말했다.

"이 아이가 매우 기특하군."

이윽고 한 하인이 또 와서 "기악이 오고 있습니다."라고 전하는 말에 홍 판서는 듣고 일어나며,

"이 아이가 더욱 기특하군."

이라고 말하고 지팡이를 짚고 따라서 동구 밖으로 나가 길 위에 서 있었다. 김응순이 신은과 기생을 함께 말 한 필에 태우고 신은의 얼굴에 검정칠을 하게 하고 앞에서 인도하여 갔다. 홍 판서가 길 위에 서 있는 것을 보고 말에서 내려 인사를 드리니, 홍 판서는 그의 손을 붙잡고 등을 두드

리며 말했다.

"요즘 세상 사람들은 모두 시체가 다되었는데 너 홀로 살아 있구나."

이 이야기를 들은 사람들은 모두 배를 움켜잡았다.

50. 청학동(靑鶴洞)

진사 김기(金錡)는 참판 김선(金銑)[155]의 아우이다. 그의 집은 원주 흥원창(興元倉) 아래에 있었으며 아들 하나를 두었다. 그 아들은 나이 20이 넘었는데 재주가 있었다.

그가 어느 날 낮에 앉아 있는데 어떤 건장한 사내가 붉은 갈기의 백마에 안장을 갖추어 끌고 와서 말하는 것이었다.

"주인을 맞으러 왔으니 모름지기 바로 이 말을 타고 가셔야 합니다."

김생(金生)만 그것이 눈에 보이고 집안사람들은 모두 보이지 않았다. 이에 말을 타고 대문을 나서자, 말이 나는 듯이 달려 산을 넘고 고개를 넘어서 어느 골짝에 당도했다. 그곳은 기이한 꽃과 풀에 진귀한 짐승과 새들이 노는 그야말로 하나의 별세계였다. 한 백발의 신선이 웃는 얼굴로 맞으며,

"너는 나와 인연이 있는 까닭에 맞아온 것이다. 너는 나를 따라서 도를 배우는 것이 좋겠다."

라고 말하였다. 그대로 그곳에 머물러 있는데, 같이 공부하는 사람이 10여 명이 되었다. 그중에 수준 높은 제자로 도를 전할 만한 사람은 셋이었

---

155 김선(金銑, 1750~?): 본관은 연안(延安). 자는 택지(澤之). 1794년 문과에 급제하여 호조참판·형조판서·한성부판윤 등을 지냈다. 1812년 6월 호조참판에 제수되었다.

다. 하나는 그 자신이고, 다른 하나는 중국 강남 사람이며, 또 하나는 일본 오사카 사람이었다. 그곳의 이름은 청학동으로 몇 달 머물러 있으면서 도를 다 배워, 이내 떠나서 자기 집으로 돌아오게 되었다.

그로부터서 눈을 감고 정신을 모으고 앉아 있으면 말과 마부가 대령하여 어디든 마음대로 왕래를 할 수 있었다. 그때마다 문을 닫고 눈을 감고 잠을 자듯 앉아 있다가, 2~3일이나 6~7일이 지난 후에 비로소 눈을 떴다. 집안사람들이 모두 괴이하게 여겼음이 물론이다.

그가 어느 날 청학동으로 가서 그 스승과 산 위에서 소요하는데, 스승이 이르기를

"내가 너희들의 도술을 보고 싶으니, 변신술을 부려서 나를 즐겁게 해 보아라."

라고 하였다. 강남 사람은 한 마리 백학으로 변해서 날아갔고, 일본 사람은 한 마리 큰 호랑이가 되어 웅크리고 앉았으며, 그 자신은 추풍낙엽으로 변해서 바람에 나부껴 떨어졌다. 그 스승은 크게 웃더라 한다.

그는 어느 날 자기 부모에게 작별을 고하며,

"저는 오래도록 속세에 살아갈 사람이 아닙니다. 지금 곧 영원히 떠날 터인데 부모님은 조금도 마음에 두지 마옵소서."

하고, 또 자기 처에게도 영결하는 말을 하였다. 그리고 아무 병이 없이 가만히 앉아서 죽었다고 하니, 일이 허황한 데 가깝다.

그의 아버지는 처음에 아들이 마음에 병이 있는 것으로 알고 있다가 후에 우연히 아들의 상자 속에서 '청학동 일기(靑鶴洞日記)'라는 기록을 발견했는데, 대부분 시를 주고받거나 신이한 일을 기록한 내용이었다. 거두어 비장해 두고 사람들 눈에 띄지 않도록 했다고 한다.

내가 홍천에 있을 때에 읍내의 친구인 김 아무개에게서 이 이야기를 들었는데, 이 친구는 그 책을 대강 보았다고 하였다.[156]

51. 곽사한(郭思漢)

곽사한(郭思漢)은 현풍(玄風) 사람으로 망우당(忘憂堂) 곽재우(郭再祐)의 후손이다. 그가 젊어서 과거 공부를 하다가 이인(異人)을 만나 비술을 전수받아 천문·지리·음양·술수에 두루 통하게 되었으나, 집은 몹시 가난했다.

그의 선산이 경내에 있었는데 나무꾼이며 목동들이 날마다 들어와서 산을 지키기 어려웠다. 하루는 산 아래 둘레로 나무를 꽂아 표를 하고서,

"누구라도 이 표지 안으로 함부로 들어오면 반드시 헤아릴 수 없는 화를 만날 것이다."

라고 동네 사람들을 경계하여 그 안으로 한 발자국도 들어오지 못하게 하였다. 사람들은 모두 속으로 비웃었다. 동네의 성질이 거친 한 젊은이가 일부러 그 산 아래에 나무하러 가서 표지목 안으로 들어갔다. 그러자 하늘과 땅이 돌면서 바람이 불고 우레가 치며 칼과 창이 무시무시하게 번득여서 빠져나올 길이 없었다. 그 사람은 정신이 어지러워 땅에 쓰러졌다. 그의 어미가 이 일을 전해 듣고 달려가서 곽생에게 애걸복걸하였다. 곽생이 노하여 말했다.

"내가 분명히 경계했거늘 어기고서 무엇 때문에 와서 나를 귀찮게 하는가? 나는 모르겠다."

그 어미가 울며불며 계속 애걸하여 한 식경이 지나서야 곽생이 직접 가서 보고 그의 손을 잡아 끄집어냈다. 그 이후로부터 사람들이 감히 산에 들어가지 못했다.

곽생의 중부(仲父)가 병이 위중하였는데, 의원의 말이 산삼을 써야만 나을 수 있다고 하여 종제가 와서 간청하였다.

---

156 이 작품이 『청구야담』 권9에 「흥원사종유청학동(興元士從遊靑鶴洞)」이라는 제목으로 실려 있다.

"아버지의 병이 극히 위중한데 산삼은 구할 도리가 없습니다. 형님이 품은 재주는 제가 본디 알고 있는 바입니다. 몇 뿌리 구해서 치료할 수 있도록 해야 되지 않겠습니까."

곽생은 이마를 잔뜩 찌푸리고 말했다.

"이는 매우 어려운 일이지만 병환이 이와 같으니 아무래도 힘껏 주선하지 않을 수 없겠군."

그러고서 종제와 함께 그 산의 뒤쪽 기슭으로 올라가 한 곳에 이르렀는데 소나무 그늘 아래로 평평한 언덕이 온통 산삼밭이었다. 거기서 가장 큰 것으로 세 뿌리를 캐서 약으로 쓰도록 하고 경계하는 말을 하였다.

"이 일은 입 밖으로 꺼내지 말고, 다시 또 캘 생각도 하지 말아라."

종제가 급히 돌아와서 산삼을 달여서 쓰니 과연 효험을 보았다. 그는 돌아올 때 올라가던 길과 산삼이 있던 곳을 기억해 두었다가 종형이 집에 없는 틈을 타서 몰래 그곳에 가서 보았으나, 전에 갔던 곳을 다시 찾을 수 없었다. 마음속에 몹시 의아하여 탄식하고 돌아왔다. 곽생을 보고 이 일을 이야기했더니, 곽생은 웃으며 말했다.

"지난번에 너와 같이 갔던 곳은 지리산이다. 네가 어떻게 그곳을 다시 찾아갈 수 있겠느냐. 다음에는 다시 그러지 마라."

곽생이 한번은 집에 있으면서 건넛방을 깨끗하게 청소해놓고 자기 처에게 주의를 주었다.

"내가 이 방에 있으면서 3~4일 동안 할 일이 있으니 절대로 방문을 열지 말고 또 들여다보지도 마시오. 정해진 날이 되면 나 스스로 나올 것이오."

그러고 나서 방문을 닫고 들어가 있어서 집안사람들은 그의 말대로 두고 보았다. 여러 날이 지나 그 처가 의아한 마음이 일어나 문틈으로 몰래 들여다보았더니, 방안이 큰 강으로 변해서 강 위로 훌륭하게 단청한 누각이 서 있는데, 곽생은 그 누각 위에 앉아서 거문고를 앞에 놓고 타고 있었다. 그 앞으로 5~6명의 학창의(鶴氅衣)를 입은 신선들이 대좌해 있었으며, 노을빛 치마에 안개처럼 가벼운 저고리를 입은 선녀들이 악기를 연주하는가 하면 춤을 추기도 했다. 그의 처는 이 광경을 보고 놀라워 입에서 소리도 내지 못했다. 기일이 되어 곽생이 방문을 열고 나와서 그 처가 엿보았던 것을 질책하였다.

"뒤에 또 이런 일이 있으면 나는 여기 오래 머물러 있을 수 없소. 절대로 그만두시오."

한 절친한 친구가 그에게 만고 명장(萬古名將)의 신령을 한번 보기를 소원한다고 하자, 곽생이 웃으며 말했다.

"이 일은 어렵지 않지만, 자네의 기백으로 이기지 못해 몸에 해가 있을까 걱정되네."

"한 번 보면 죽더라도 한이 없겠네."

"자네가 정 보고 싶다면 내 말대로 해 보게."

"그러지."

곽생은 그 친구에게 자기 허리를 꼭 껴안게 하고, "눈을 꼭 감고 있다가 내가 하는 소리를 기다려서 눈을 떠야 하네."라고 당부하였다. 그 친구가 이 말대로 하였더니 두 귀에 바람과 우레 소리만 들렸다. 이윽고 눈을 뜨도록 하여 둘러보니 높은 산꼭대기에 앉아 있었다. 그 친구가 당황해서 물어보니, 여기는 가야산이라고 하는 것이었다. 조금 있다가 곽생이 의관을 정제하고 향불을 피운 다음에 앉아 있는데 마치 무엇을 지휘하고 불러내는 것 같았다. 이윽고 광풍이 크게 일어나더니 신장(神將)들이 무수히 하늘에서 내려오는데, 열국 시대로부터 진·한·당·송의 여러 유명한 장수들이었다. 위풍이 늠름하고 형상이 당당하여, 혹은 갑옷을 입고 혹은 칼을 짚고 좌우로 늘어서는데, 그 친구는 이 광경을 보고 혼이 나가고 정신이 아득해져서 곽생의 옆에 엎드렸다. 이윽고 곽생이 모두 물러가게 하였는데 친구는 기절한 상태로 있었다. 곽생은 그가 차즘 깨어나기를 기다려 말했다.

"내가 말하지 않던가. 자네는 기백이 부족한데 나에게 기어이 간청해서 필경에 병을 얻었으니 참으로 안타깝군."

그러고 올 때와 같이 허리를 꼭 껴안게 하고 집으로 돌아왔다. 그 친구는 공포증을 얻어 오래지 않아 죽었다.

곽생은 이처럼 신이한 도술을 사람들에게 보여준 일이 허다했다. 곽생은 나이 80이 지났는데도 젊은 사람처럼 건강했다. 어느 날 아무 병이 없이 앉아서 그대로 세상을 떠났다고 한다. 영남 사람들 가운데 친히 아는 사람이 많았는데, 그가 죽은 것은 불과 수십 년 전이라고 한다.[157]

---

157 이 작품이 『청구야담』 권7에 「초신장곽생시술(招神將郭生施術)」이라는 제목으로 실려 있다.

계서잡록
권4

01. 양봉래(楊蓬萊)

봉래(蓬萊) 양사언(楊士彦)의 아버지는 음관으로 영암 군수가 되었다. 말미를 얻어 상경했다가 부임지로 돌아가는 길이었다. 본 고을에 당도하자면 하룻길 정도 남아 있었다. 새벽에 길을 나서서 객점까지는 아직 멀었고 사람과 말이 다 지쳐서 길가의 민가를 찾아서 중화(中火)할 생각이었다. 그런데 때가 마침 농사철이 되어 사람들이 모두 들판으로 나가고 동네가 비어 있었다. 그런데 마침 어느 집에 열한두 살쯤 되어 보이는 여자아이가 있었다. 그 아이가 수행하는 노속을 보고,

"제가 진지를 해 드릴 터이니 행차는 잠깐 우리 집에 머물러도 좋겠습니다."

라고 하는 것이었다.

"너는 아직 어린아이로 어떻게 밥을 지어서 행차께 드시도록 할 수 있겠느냐?"

하고 노속이 묻자 이렇게 대답하였다.

"이 일은 걱정할 것이 없습니다. 잠깐 들어오시지요."

일행이 달리 어찌할 도리도 없어서 그 집으로 들어간즉, 여자아이가 집을 깨끗이 치우고 자리를 깐 다음에 맞아들이고 나서 노속에게 말했다.

"행차의 진지에 들어갈 쌀은 우리 집에서 마련할 터이오니, 여러분들에게 들어갈 양식은 따로 내주십시오."

원님이 그 아이를 자세히 살펴보니 용모가 썩 단정하고 귀여웠으며 말소리도 맑아 조금도 시골 아이 태가 없어서 마음속에 매우 기특하게 여겼다. 이윽고 점심밥을 내오는데 정결하고 담박하여 보통 대하는 음식과 아주 달랐다. 위아래 사람들 모두 기특하다며 혀를 찼다. 원님이 가까이 불러서 나이가 몇인가 물었더니 12세라고 하였다.

"너의 아버지는 무엇을 하느냐?"

"이 고을 장교이온데 아침부터 우리 어머니와 들에 나가서 풀을 매고

있습니다."

원님은 아이가 기특하고 사랑스러워서 상자 속에 있는 청색, 홍색의 부채를 하나씩 꺼내 주면서 장난조로 말했다.

"이건 내가 너에게 예물로 주는 것이니 잘 받아라."

그 아이는 이 말을 듣고서 방으로 들어가더니 홍색의 보를 꺼내 와서 앞에 펼치고 말하는 것이었다.

"부채를 이 보 위에 놓아주십시오."

원님이 까닭을 물었더니,

"기왕에 예폐(禮幣)라고 하셨으니 막중한 예물을 어떻게 손으로 주고 받겠습니까."

라고 대답하여 일행 상하가 다들 또다시 기특한 아이라고 칭찬하였다.

원님은 문을 나서서 길을 떠났다. 고을에 당도한 이후로 그 일은 잊어버렸다. 그로부터 몇 년 지나 문지기가 들어와서 아뢰기를,

"이웃 고을 아무 곳의 장교가 와서 뵙겠다고 통자(通刺)[1]를 합니다."

하여, 들어오도록 했는데 전혀 모르는 사람이었다. 원님이 물었다.

"너는 성명이 무엇이며, 무슨 일로 나를 보러 왔는가?"

그 사람은 엎드려 절하고 말하였다.

"소인은 아무 고을 장교입니다. 사또께서 재작년 서울에 가셨다가 돌아오시는 길에 소인의 집에서 중화를 하실 때 저의 여식이 밥을 지어드린 일이 있었습니까?"

"그런 일이 있었지."

"그때 혹시 신물(信物)을 주신 것이 있습니까?"

"그건 신물이 아니고, 내가 여자아이가 워낙 영리하고 기특하기로 귀여워서 색 부채를 상으로 준 것이다."

---

1 통자(通刺): 누구의 집을 방문할 때나 사람을 만날 때 먼저 명함을 건네는 것.

"그 아이가 바로 소인의 딸입니다. 금년에 나이 15세가 되어 바야흐로 혼사를 의논해서 사위를 맞으려고 하는데, 아이가 저는 영암 사또의 예폐를 받았으므로 죽어도 다른 데로는 가지 않겠다고 합니다. 그래서 일시 장난의 말을 어떻게 믿을 수 있겠느냐 하고 억지로 시집을 보내려 하였으나, 죽기로 작정하여 만단으로 타일러도 마음을 돌리지 않습니다. 그래서 어쩔 도리가 없어 와서 아뢰는 것입니다."

원님이 웃으며 말했다.

"네 딸의 호의를 내가 어떻게 거절하겠느냐. 네가 택일을 해 오면 내 응당 맞아들이겠노라."

택일한 날이 되어 예로 맞아들여서 소실로 삼았다. 이때 그는 부인이 없는 처지여서 소실이 정당의 위치에 있게 되어 음식·의복을 주관하였는데 그의 뜻에 맞지 않는 것이 없었다. 임기를 마치고 본가로 돌아가게 되자 정실의 자녀들을 정성스럽게 보살피고 여러 비복을 어거하여 각기 도리에 부족함이 없었으며, 일가친척까지도 누구에게나 다 환심을 얻어서 칭찬하는 말이 상하와 안팎에 넘쳤다. 그 몸에서 아들 하나를 낳았는데 다름 아닌 봉래 양사언이다. 정신이 빼어나고 미목이 청수하여 바로 선풍도골(仙風道骨)이었다.

얼마간 세월이 지난 후에 원님이 작고하여 상례를 절차대로 치르는데 성복(成服)하는 날에 종족들이 다 모인 자리에서 양봉래의 모친이 울며 자리에 나와 호소하였다.

"오늘 여러분들이 다 모이고 상제들도 있는 자리인데, 저에게 한 가지 부탁드릴 말씀이 있습니다. 허락해 주실지요."

상제들이 말하기를, "현숙한 서모가 부탁하시는 말씀을 우리들이 어찌 따르지 않을 이치가 있겠습니까."라고 하였고, 여러 일가들의 대답 또한 그러했다.

"저에게 자식 하나가 있는데 사람됨이 우매하지 않습니다. 그런데 우리나라 풍속이 자래로 서자를 천하게 여기니 성인이 되어서도 장차 어디에 쓰이겠습니까. 여러 공자들이 비록 차별을 두지 않고 사랑한다지만 제가 죽은 뒤에 서모의 복을 입을 터인데, 그러면 적서(嫡庶)가 현저히 드러날 수밖에 없습니다. 이 아이가 장차 어떻게 행세하겠습니까. 제가 오늘 자결을 하여 대상(大喪) 중에 적당히 넘어가면 아마도 적서의 구별이 없게 될 것입니다. 바라옵건대 여러분들은 이 사람을 안타깝게 여기셔서 지하에서 한을 품지 않도록 해주옵소서."

여러 사람들이 모두 말했다.

"이 일은 우리들이 상의하여 좋은 도리를 마련해 흔적이 없도록 할 것입니다. 어찌 꼭 죽음으로 기약할 일이겠소."

"여러분들의 뜻은 매우 감사하옵니다. 그래도 제가 지금 죽는 것만 같지 못합니다."

봉래의 어머니는 말을 마치자 품속에서 조그만 칼을 뽑아 원님의 시신 옆에서 자결하였다. 여러 사람들이 모두 크게 놀라 탄식해 말했다.

"이분이 현숙한 성품으로 자결해 죽으면서 이와 같이 부탁하였는데, 죽음으로 당부한 말을 저버릴 수 없습니다."

드디어 의논이 모아져서 적형들이 그를 친형제처럼 여기고 조금도 적서의 구별이 없이 대했다. 양봉래는 장성한 후에 사대부가 하는 벼슬을 두루 거쳤고 이름이 온 나라에 가득 찼는데, 사람들이 그가 서출인 것을 알지 못했다.[2]

2　비슷한 이야기가 『청구야담』 권2에 「양승선북관봉기우(楊承宣北關逢奇耦)」라는 제목으로 실려 있다.

02. 꿈

해풍군(海豊君) 정효준(鄭孝俊)[3]은 나이 43세로 빈궁하여 의지할 곳이 없었다. 세 번 상처하여 딸만 셋이 있고 아들을 두지 못했다. 그는 영양위(寧陽尉) 정종(鄭悰)[4]의 증손으로 본가의 제사를 받드는 이외에 노릉(魯陵, 단종) 및 현덕왕후 권씨, 노릉왕후 송씨, 이렇게 3위의 신주를 받들고 있었지만 이제 향화(香火)를 이어갈 도리가 없게 된 것이다.

집에 있으면 마음이 근심스럽고 괴로워 매일 이웃에 사는 병사(兵使) 이진경(李進慶)의 집으로 가서 놀며 장기 두기로 울적한 심회를 달랬다. 이진경은 판서 이준민(李俊民)의 손자인데, 이때 당하관 무변으로 날마다 해풍군과 장기를 두었다. 어느 날 해풍군이 뜻밖에 말을 꺼냈다.

"나에게 가슴 속에 있는 말이 하나 있는데 그대가 들어줄 텐가?"

"자네와 나 사이는 이처럼 친숙하거늘 어찌 따르기 어려운 청이 있겠는가. 우선 말해보게."

해풍군은 한참을 머뭇머뭇하다가 입을 열었다.

"우리 집은 여러 대 제사를 지낼 뿐 아니라 지존(至尊)의 신위를 받드는 터인데, 내가 지금 홀아비로 있으면서 자식이 없으니 제사가 끊어지고야 말 것이네. 어찌 고민이 되지 않겠는가. 자네가 아니면 이런 말을 어떻게 입 밖에 내겠는가. 자네는 나의 이 정상을 동정해서 나를 사위로 삼아줄 수 있겠는가?"

이 병사는 불끈 성을 내며 말했다.

"자네 말은 참말로 하는 것인가, 거짓으로 하는 것인가. 내 딸이 지금

---

3   정효준(鄭孝俊, 1577~1665): 본관 해주. 그의 가계는 왕실의 척족이었는데 직계 조상이 단종의 자형이 되는 관계여서 단종의 어머니 권씨와 단종의 제사를 지내게 되었다. 그가 해풍군으로 습봉하게 된 것은 80세 때였다. 그의 아들 다섯이 문과에 합격한 것은 실제 사실이다.

4   정종(鄭悰): 문종의 딸인 경혜공주(敬惠公主)와 결혼하여 영양부위가 된 인물. 경혜공주는 단종과 남매 관계이다.

15세인데 어떻게 50이 가까운 자네의 배필이 된단 말인가. 자네 말은 망령일세. 이런 몰지각하고 말도 안 되는 소리를 다시는 꺼내지도 말게."

해풍군은 얼굴에 부끄러운 기색을 가득 띠고 무안해서 돌아갔다. 이 후로는 다시 이 병사의 집에 발걸음을 하지 않았다.

그로부터 10여 일이 지난 날 밤에 이 병사가 잠자리에 들었는데 꿈결에 대문 앞이 소란하더니 멀리서부터 벽제하는 소리가 들렸다. 그리고 관복을 입은 어떤 사람이 들어오더니,

"어가(御駕)가 군의 집에 거둥하시니 즉시 나와서 맞으시오."

라고 하여, 이 병사는 황망하게 섬돌 아래로 내려가 마당에 부복(俯伏)하였다. 이윽고 나이 어린 임금이 면류관을 쓰고 대청에 올라가 앉더니 이 병사를 가까이 오라 하고 하교하였다.

"정효준이 네 딸과 혼인을 하고싶어 하는데 네 생각은 어떠하냐?"

그는 몸을 일으켰다가 다시 엎드리고 아뢰었다.

"성교(聖敎)가 이러하신데 어찌 감히 어기겠습니까마는 신의 여식은 나이가 열다섯에 불과한데 정효준은 30세나 더 먹었으니 어떻게 짝이 되겠습니까."

"나이가 많고 적고는 따질 것이 없으니 모름지기 성혼하도록 하여라."

그러고 나서 임금 행차는 곧 돌아갔다. 이 병사가 꿈을 깨고 나서 하도 이상하여 일어나 안으로 들어갔다. 그의 처 또한 촛불을 켜고 앉아 있다가 물었다.

"날이 아직 새지 않았는데 어째서 안으로 들어오시오?"

그가 꿈속의 일을 이야기하였다.

"나도 같은 꿈을 꾸었습니다. 참으로 괴이한 일입니다."

"이야말로 우연한 일이 아닌데 어떻게 하면 좋겠소?"

"아무리 그래도 꿈인 걸 어떻게 믿을 수 있겠소."

그로부터 10여 일 후에 이 병사의 꿈에 또 어가가 나타났는데 임금의

기색이 좋지 않았다.

"전에 내가 하교한 일을 너는 어찌 아직까지 봉행하지 않고 있는가?"

이 병사는 황공하여 아뢰기를,

"마땅히 삼가 헤아려 거행하려 합니다."

하고 꿈이 깨어 자기 처에게 또 말을 하였다.

"이번에 꿈이 또 이와 같으니, 이는 아무래도 하늘의 뜻인가 보오. 하늘의 뜻을 어겼다가 큰 화가 있을까 두렵소. 이를 장차 어찌한단 말이오."

"꿈이 그렇더라도 결코 할 수 없는 일입니다. 우리가 어찌 사랑하는 딸을 가난뱅이의 네 번째 처로 준단 말이오. 이 일은 아무리 하늘이 정해주고 사람이 맺어준다 한들 나는 죽어도 따를 수 없습니다."

이 병사는 이후로 마음이 몹시 걱정스럽고 두려워 먹고 자는 것이 늘 편치 못했다. 다시 10여 일이 지나서 어가가 또 현몽을 하였다.

"지난번 내가 너에게 하교한 일은 하늘이 정해준 인연이 있을 뿐 아니라, 그는 다복한 사람으로 너에게도 무해하고 이롭기만 하다. 내가 누차 하교했거늘 끝내 거역하다니 이 무슨 도리인가. 장차 큰 화를 내릴 것이다."

이 병사는 황공해서 몸을 일으켰다가 다시 엎드려 아뢰었다.

"성교를 삼가 받들겠사옵니다."

"지금 일은 네가 하는 바 아니고 오로지 네 처가 고집을 부리는 때문이다. 명을 받들지 않으니 응당 죄로 다스릴 것이다."

그러고는 잡아들이라고 하교하는 것이었다. 삽시간에 형구를 차려놓고 그 처를 잡아들이라 하더니 죄를 물었다.

"너의 가장은 나의 명을 따르고자 한다. 그런데 네가 기어이 난색을 표하고 명을 받들지 않으니, 이 무슨 도리인가."

그리고 벌을 주도록 명하여 매 4~5대를 때리게 하고 그쳤다. 이 병사의 처는 벌벌 떨며 빌었다.

"어찌 감히 어기겠사옵니까. 삼가 하교를 받들겠나이다."

임금은 이내 형벌을 가하는 일을 중지하고 돌아갔다. 이 병사가 깜짝 놀라 꿈에서 깨어 안으로 들어갔더니, 그 처가 꿈의 일을 이야기를 하며 무릎을 비비며 앉아 있었다. 무릎에는 매를 맞은 흔적이 있었다. 이 병사 부처는 놀랍고 두려워 정혼을 하기로 합의하였다. 이튿날 해풍군 집에 가서 "요즘 어찌하여 오랫동안 오지 않는가?" 하고 청했더니, 해풍군이 곧바로 달려왔다. 이 병사는 맞아들여서 이렇게 말했다.

"자네는 지난번 거절을 당한 일로 오지 않은 건가. 내가 요즘 천 가지 만 가지로 생각해보니, 내가 아니고는 이 세상에 자네의 곤궁한 처지를 도와줄 사람이 있겠는가. 내 비록 내 딸의 일생을 잘못되게 하더라도 기어코 자네 집으로 보내겠으니, 자네는 우리 집 동상(東床, 사위가 된다는 뜻)이 되게. 나의 뜻은 이미 정했으니 다른 말을 할 것이 있겠는가. 사주 단자를 따로 보낼 것 없이 이 자리에서 쓰게."

그러고서 한 장의 간폭(簡幅)을 꺼내 주며 쓰도록 하였다. 바로 그 자리에서 책력을 펴놓고 택일하여 서로 약속한 다음 해풍군을 보냈다.

이튿날 아침에 그 딸이 일어나더니 모친을 보고 말하기를,

"간밤 꿈이 몹시 이상합디다. 아버지의 장기 친구이신 정생원이 홀연 용으로 변해서 저를 보고 말하기를 '나의 아들을 받아라.' 하여, 제가 치마폭을 펼치고 받으니 조그만 용 새끼 다섯 마리가 치마폭 위에서 꿈틀꿈틀하는데, 주고받는 사이에 그만 새끼 용 한 마리가 땅에 떨어져서 목이 부러져 죽었습니다. 참으로 괴이한 꿈이지요."

하여, 이 꿈 이야기를 듣고 그 부모들도 기이하게 여겼다.

그 딸이 정씨 집으로 시집가서 해마다 아들을 낳아 아들 다섯을 순산 하였는데 장성하여 모두 과거에 합격하였다. 첫째 아들과 둘째 아들은 지위가 판서에, 셋째 아들은 지위가 대사간에 이르렀고, 넷째 아들과 다섯째 아들은 모두 옥당(玉堂)이 되었다. 장손 또한 해풍군 생전에 등과를 하였으며, 사위도 등과를 하였다. 해풍군은 다섯 아들이 등과한 것으로

가자(加資, 품계를 올려주는 일을 뜻함)가 되어 지위가 아경(亞卿)에 이르렀다. 향년 90여 세에 손자, 증손자가 슬하에 가득 차서 그 복록의 대단함은 세상에 비할 데 없었다. 다섯째 아들은 서장관으로 중국에 들어갔다가 돌아오는 길에 책문을 나와서 죽어 영구(靈柩)로 귀국하였다. 이때 해풍군이 아직 생존해 있었으니 과연 꿈속의 일이 부합된 것이다. 그 부인은 해풍군보다 3년 먼저 세상을 떠났다.

해풍군이 곤궁한 시절에 마침 친구의 집에 가서 한 술사를 만났다. 좌중의 사람들이 모두 각기 앞날의 운수를 묻는데 해풍군 홀로 아무 말도 없었다. 주인이,

"이 사람은 상 보는 법이 신이한데 어찌 한 번 물어보지 않소?"

라고 해풍군에게 말하였다.

"곤궁한 사람이 상은 보아서 무엇 하겠소."

술사가 그의 얼굴을 찬찬히 바라보더니 말했다.

"이분이 누구신가요? 지금은 비록 곤궁하시지만, 장래 복록이 무궁하실 것이오. 선궁후통(先窮後通)하여 오복(五福)이 온전히 갖춰질 상입니다. 여기 있는 분들은 모두 이에 미치지는 못할 겁니다."

후일에 관상쟁이의 말이 과연 부합되었다.

해풍군이 맨처음 장가를 갈 때의 일이다. 초례 날 저녁 꿈속에서 어느 집에 들어갔더니 대청마루 위에 차려놓은 것이 혼례 치르는 의식과 꼭 같았으나 신부만은 보이지 않았다. 꿈을 깨고 나서 몹시 의아한 마음이 들었다. 상처(喪妻)한 다음 재취(再娶) 때의 밤에도 꿈에 또 그 집에 들어갔다. 역시 전에 꾸었던 꿈과 같은데 신부라는 사람이 포대기에 싸여 있었다. 또 상처해서 삼취(三娶)하는 저녁에도 역시 꿈속에서 그 집에 들어갔는데, 전에 꾸었던 꿈과 같았으나 신부라던 하던 포대기 속 아이가 자못 자라서 나이 열 살쯤 되어 보였다. 그리고 또 다시 상처를 하여 이씨 집으로 사취(四娶)를 하여 신부를 보니 바로 지난번 꿈에 보았던

그 아이였다. 무릇 일이란 다 처음부터 정해지는 것 같다.

이 병사의 꿈속에서 하교한 임금은 단종일 것이다.[5]

03. 광동(狂童)

일송(一松) 심희수(沈喜壽)[6]는 어려서 고아가 되어 공부를 하지 못했다.
떠꺼머리 때부터 오로지 방탕하기로 일을 삼아 밤낮으로 기생방을 들락
거리고, 귀인이며 대가의 잔치마당이나 노래하고 춤추는 자리라면 가지
않는 곳이 없었다. 더벅머리에 떨어진 신발과 해진 옷으로 조금도 거리
낌이 없어 사람들이 손가락질하며 광동(狂童)이라고 놀렸다.

어느 날 심 총각이 권세 있는 재상의 연회 석상에 가서 울긋불긋 곱게
차려입은 기생들 가운데 끼어들었는데, 사람들이 침을 뱉고 욕을 해도
돌아보지 않고 쫓아도 가지 않았다. 기생 중에 일타홍(一朶紅)이란 나이
어린 명기가 있었다. 금산에서 새로 올라온 기생인데 용모와 가무로 한
창 날리는 중이었다. 심 총각은 그녀의 미모에 끌려서 가까이 앉았다.
일타홍은 조금도 싫어하는 기색이 없이 때때로 눈을 돌려 그가 하는 모
습을 살펴보다가 변소에 가는 척하며 일어섰다. 심 총각을 손짓해 부르
자 그는 일어나서 따라갔다. 그녀가 귓속말로

"도련님 집은 어디 있나요?"

하고 물어, 심 총각이 아무 동 몇 번째 집이라고 자세히 일러주었다.

"먼저 댁으로 가서 기다리세요. 제가 뒤를 따라서 가겠습니다. 기다리

---

5   이 작품이 『청구야담』 권1에 「현소몽용만상폭(現宵夢龍滿裳幅)」이라는 제목으로 실
    려 있다.

6   심희수(沈喜壽, 1548~1622): 자는 백구(伯懼), 호는 일송, 본관은 청송. 노수신의 문인
    으로 벼슬이 우의정에 이르렀음. 문집으로 『일송집(一松集)』이 있다.

고 계시면 저는 약속을 지킬 겁니다."

심 총각은 뜻밖의 일이어서 크게 기뻐하며 먼저 집으로 달려와 깨끗이 청소하고 기다리고 있었다. 날이 저물어서 그녀가 과연 약속한 대로 찾아와서 심 총각은 기쁨을 이기지 못해 무릎을 맞대고 말을 주고받았다. 그때 한 어린 여종이 안에서 나오다가 그러는 것을 보고 돌아가서 모부인께 고하였다. 모부인은 아들이 미친놈처럼 노는 것을 근심하여 불러서 야단치려고 하였다. 이때 일타홍이 말했다.

"아이종을 얼른 불러 오셔요. 제가 들어가서 대부인을 뵙겠습니다."

심 총각은 그 말대로 여종을 불러 말씀드리게 해서 일타홍이 안으로 들어가 뜰 아래에서 절을 올리고 아뢰었다.

"저는 금산에서 새로 올라온 기생 아무입니다. 오늘 어느 재상 댁 연회에서 마침 귀댁의 도련님을 뵈었는데, 여러 사람들이 다 광동(狂童)으로 지목하지만 저의 어리석은 소견으로는 크게 귀인이 될 기상임을 알 수 있었습니다. 그러나 기질이 크게 거칠어서 색중아귀(色中餓鬼)라고 할 수 있습니다. 지금 만약 적절히 억제하도록 하지 않으면 장차 사람 노릇을 못 할 지경에 이를 것이니, 그 형세에 따라서 잘 인도해야 합니다. 저는 오늘부터 도련님을 위해 가무화류(歌舞花柳)의 마당에서 종적을 감추고 글씨와 서적의 사이에서 잘 보살펴서 도련님이 성취할 도리를 기대해보겠습니다. 마님의 뜻이 어떠실지 모르겠습니다. 제가 만약 욕망 때문에 이런 말을 한다면 하필 가난한 과부댁의 광동(狂童)을 택하겠습니까. 제가 아무리 가까이 모시더라도 결코 욕망에 빠져 몸이 상하는 일은 없도록 하겠으니, 이 점은 염려하지 마옵소서."

"우리 아이가 어려서 부친이 돌아가신 때문에 학업을 돌보지 않고 오로지 방탕한 데로 빠져 이 늙은 어미가 제지할 도리가 없어 이 때문에 밤낮으로 마음을 태우고 있었다. 지금 어디서 무슨 바람이 불어 너처럼 어여쁜 사람을 이리로 보냈을까. 저 미친 아이가 장차 성취하게 된다면 그야말로 큰 은혜라 할 수 있다. 내 어찌 혐의를 하겠느냐. 다만 우리 집이 본디 가난해서 조석도 이어가기 어려운 형편인데, 기방에서 호사하게 지내던 네가 어떻게 배고픔을 참고 여기 머물러 있겠느냐.”

“그 점은 조금도 문제 될 것이 없으니 염려하지 마옵소서.”

드디어 그날로부터 그녀는 기방에 자취를 끊고 심씨 댁에 은신하고 있었다. 심 총각이 세수를 하고 용모를 단정히 하는 등의 범절을 처음부터 끝까지 잘 살펴서, 해가 뜨면 책을 끼고 이웃에 있는 서당으로 가서 글을 읽게 하고, 돌아오면 책상머리에 앉아 있도록 하여 일과를 엄하게 세워 놓았다. 그러다가 조금이라도 게을리하는 기색을 보이면 발끈 정색하고 떠나겠다는 뜻으로 겁을 주었다. 그는 일타홍을 진심으로 좋아하기 때문에 그녀가 떠날까 두려워 글공부를 게을리하지 않았다. 장가보낼 의론이 나왔을 때에 그는 일타홍을 생각하여 장가를 가려고 하지 않았다. 일타홍은 그 뜻을 알고 따져 물으며 엄하게 책망했다.

“명가의 자제로서 전정(前程)이 만리(萬里)거늘, 어찌 일개 천한 여자 때문에 인륜의 대사를 폐한단 말입니까. 저는 맹세코 제 한 몸으로 남의 집을 망치고 싶지 않습니다. 저는 오늘로 떠나렵니다.”

그리하여 그는 부득이 정실 아내를 맞아들이게 되었다. 일타홍은 부인에 대해 말씨부터 공손히 하며 항상 공경하여 노부인을 대하는 것처럼 하였다. 신랑에게 날짜를 정해 4~5일은 부인의 방에 들어가고 하루는 자기 방에 들어오도록 하여, 혹시 이를 어길 것 같으면 반드시 문을 걸어 잠그고 들어오지 못하게 하였다.

이와 같이 몇 년이 지나자 심생은 공부에 염증을 내는 것이 전보다 더욱 심해졌다. 어느 날 책을 일타홍 앞에 던지고 드러누워,

“네가 아무리 글공부를 열심히 권한다 해도 내가 하지 않으면 어떻게 하겠느냐.”

하였다. 일타홍은 그의 공부를 싫어하는 마음이 아무리 입으로 다툰다

해도 어쩔 수 없을 것을 헤아리고, 심생이 밖에 나간 틈을 타서 노부인께 아뢰었다.

"서방님의 글 읽기 싫어하는 증세는 근래 더욱 심해졌습니다. 제가 아무리 성의를 다한다 해도 어쩔 도리가 없습니다. 저는 오늘로 하직을 고하려 합니다. 제가 지금 떠나려는 것은 격동을 시키는 방법입니다. 제가 비록 집을 나간다 해도 어찌 영영 헤어지겠습니까. 서방님이 과거에 합격했다는 소식을 듣게 되면 그날로 바로 돌아오겠습니다."

그러고 나서 일어나 하직 인사를 드렸다. 부인은 그녀의 손을 붙잡고 눈물을 흘리며 말했다.

"네가 온 이후로 우리 집의 마구 날뛰던 아이가 엄한 스승을 만난 것 같아, 다행히 무식을 면할 수 있게 된 것만 해도 오직 너의 힘이다. 지금 어찌 글 읽기를 싫어한다는 한 가지 일로 우리 모자를 버리고 떠난단 말이냐."

그녀는 일어나 다시 절하고 아뢰었다.

"제가 목석이 아닌데 어찌 이별의 괴로움을 모르겠습니까. 그러나 한 번 격동시켜 글을 읽도록 하는 방도로는 오직 이 한 가지 길밖에 없습니다. 서방님이 돌아오시면 제가 아뢰었던 말을 들려주고, 과거에 합격한 그때에 다시 만나기로 약속한다는 말을 들으면 필시 발분하여 부지런히 공부하게 될 것입니다. 멀면 6~7년이요, 가까우면 4~5년 사이의 일입니다. 저는 응당 몸을 깨끗이 하고 지내며 서방님이 등과할 날만 기다리겠습니다. 이 뜻을 서방님에게 전해주시기를 바라옵니다."

이내 뒤도 돌아보지 않고 그 댁 문을 나섰다. 그리하여 늙은 재상으로 안식구가 없는 집을 알아 가지고 그 집을 찾아갔다. 그 댁 주인 노재상(老宰相)을 뵙고 말했다.

"저는 가화(家禍)를 당한 집의 사람입니다. 몸을 의탁할 곳이 없기에, 원하옵건대 비복의 사이에 끼어 있으면서 조그만 정성이나마 바치며 바느질이나 음식 일을 살필 수 있도록 하여 주옵소서.”

노재상은 그녀의 용모가 얌전하고 총명해 보이는 것을 기특하게 여겨 머물 수 있도록 허락하였다. 일타홍은 그날로부터 부엌에 들어가 음식을 마련하는데 솜씨가 좋아서 노재상의 입맛에 잘 맞았다. 노재상은 그녀를 더욱 사랑스럽게 여겨 말했다.

“이 늙은이가 궁한 처지로서 요행히 너를 만나 의복, 음식이 편안하게 되었구나. 이제는 의지할 곳이 생겨, 나는 이미 너에게 마음을 주었으니 너 또한 정성을 다하기 바란다. 지금부터는 부모의 정으로 맺는 것이 좋겠다.”

그녀를 안에 들어가 머무르도록 하고 딸처럼 대했다.

심생이 집에 돌아와 보니 일타홍이 어디로 갔는지 보이지 않는다. 괴이하여 묻자 모부인은 그녀가 떠날 때 하던 말을 전하면서 책망하여 일렀다.

“네가 공부를 싫어한 까닭으로 이 지경에 이르렀으니 장차 무슨 면목으로 세상에 서겠느냐. 그 애가, 네가 과거에 합격한 뒤에 만나겠다고 이미 약속했는데 그 아이의 성격으로 보아 필시 말을 어길 까닭이 없다. 네가 과거에 합격을 못 하고 보면 이승에 다시 만나볼 기약이 없을 것이니, 네 뜻대로 하여라.”

심생은 그 말을 듣고서 괴로운 마음에 어찌할 바를 몰랐다. 여러 날 동안 서울의 안팎을 두루 찾아다녔으나 끝내 종적도 알 길이 없었다. 이에 마음속으로 맹서하기를,

‘내가 한 여자에게 버림을 받았는데 무슨 면목으로 남을 대하랴! 그녀가 과거에 합격한 뒤에 상봉하기로 기약하였으니, 내 응당 뜻을 굳게 세워 공부하여 옛 사람들의 기이한 만남처럼 상봉할 것이다. 만약 내가 과거에 합격을 못 해 약속을 지킬 수 없게 되면 살아서 무엇하랴!’ 라고 하여, 드디어 문을 닫고 찾아오는 사람을 거절하고서 밤낮으로 공

부를 열심히 했다. 그리하여 몇 년 지나지 않아 과거시험에 높이 합격하였다. 심생은 신은(新恩)으로서 유가(遊街)하는 날에 선배들을 두루 방문했다. 그 노재상은 심생의 아버지뻘 되는 분이어서 길에서 배알을 하니, 노재상이 반갑게 맞아 집으로 데리고 갔다. 방안으로 데리고 와서 그사이 지내던 정의를 이야기하는데 이윽고 안에서 다과상이 나왔다. 심생은 다과상의 찬품을 보더니 얼굴에 몹시 서글픈 기색이 나타났다. 노재상이 이상해서 왜 그러느냐고 묻자, 그는 일타홍과의 일을 상세하게 말하고,

"시생(侍生)이 뜻을 세워 공부하여 등과하기를 기약했던 것은 오직 그 사람을 만나기 위해서였습니다. 지금 다과상을 대하니 완연히 그 손에서 나온 것입니다. 그래서 상심이 되었던 것입니다."

라고 하였다. 노재상은 그 여자의 나이와 외양을 물어보고 나서,

"내가 양녀를 하나 두었는데 그 소종래(所從來)를 몰랐더니 바로 이 여자군."

라고 하는데, 말이 미처 끝나기도 전에 문득 한 가인(佳人)이 뒷문을 밀고 뛰어들어 심생을 붙잡고 통곡하는 것이었다. 심생은 일어나서 주인 대감에게 절하고 말했다.

"어르신께서는 이제 이 여자를 불가불 시생에게 양보하셔야 되겠습니다."

"내가 죽음이 멀지 않은 나이에 요행히 이 아이를 얻어 의지해서 살아가는데, 지금 만약 떠나보내고 보면 이 늙은이가 수족을 잃는 것 같겠네. 나로서는 퍽 난감하나, 일이 매우 기이하고 서로 이처럼 사랑하니 내 어찌 보내지 않을 수 있겠나."

심생은 일어나 절하고 두 번 세 번 감사해하였다. 이때 날은 벌써 어두워져서 그녀와 말을 함께 타고 횃불을 밝혀 앞세우고 집으로 돌아왔다. 심생은 대문에 들어서자 큰 소리로 어머니를 부르며, "홍랑(紅娘)이 왔어요, 홍랑이 왔어요." 하였다. 모부인이 기쁨을 이기지 못해 중문으로 뛰

어나가 그녀의 손을 붙잡고 계단을 올라서는데, 온 집안에 기쁨이 넘쳤으며 다시 전처럼 사이좋게 지냈음이 물론이다.

그 후에 심생은 이조의 낭관이 되었다. 어느 날 저녁 일타홍이 옷깃을 여미고서 말했다.

"저는 오로지 성심을 다해서 나으리의 성취를 위해 10여 년 동안 다른 일은 생각할 겨를이 없었습니다. 제 고향에 계시는 부모님의 안부도 알아볼 겨를이 없었습니다. 이것이 저의 마음에 밤낮으로 맺힌 일입니다. 나으리는 이제 할 수 있는 위치에 있으시니, 저를 위해 금산 원님으로 나가시게 되어 저로 하여금 부모님을 생전에 뵙게 하면 저의 지극한 한이 풀릴 것입니다."

"그건 어려운 일이 아니다."

그는 지방으로 나가기를 자원해서 금산 원이 되어 일타홍을 데리고 함께 내려갔다. 부임한 그날로 그녀 부모의 안부를 알아보니 모두 별일 없이 잘 있었다. 3일이 지나서 일타홍은 관부에서 술과 음식을 성대하게 차려 가지고 자기 집으로 가서 부모님을 뵙고 친척들을 모두 모아 3일 동안 큰 잔치를 벌였다. 의복을 마련할 비용을 아주 풍족하게 부모님께 드리고 당부했다.

"관부는 사가와 다른데 관가의 안식구는 더구나 다른 사람과는 다릅니다. 부모 형제라도 혹시 인연이 있어 자주 출입하다 보면 사람들의 말을 사게 되어 정사에 누를 끼칩니다. 제가 오늘 관아에 들어가면 한번 들어간 다음부터는 다시 나올 수 없으며, 자주 상통할 수도 없습니다. 제가 서울에 그냥 있는 것으로 치고 다시는 오고 가고 상통하지 말아서 이를 엄하게 지켜야 하겠습니다."

그리고 이내 인사를 드린 다음에 들어가더니 다시는 바깥과 통하지를 않았다.

반년쯤 지났을 무렵 안에서 부리는 종이 나와 소실의 말이라 하면서 그에게 안으로 들어오시라고 하였다. 마침 공무가 있어 즉시 안으로 들어가지 못하는데, 그 여종이 연이어 나와 얼른 들어오시라고 재촉하는 것이었다. 심공이 괴이하게 여겨 안으로 들어갔더니, 그녀는 의상을 새 것으로 바꾸어 입고 새 이부자리를 펼쳐 놓았는데 특별히 아픈 것 같지는 않았으나 얼굴에 아주 처연한 기색을 띠고서 말하였다.

"저는 오늘로 나으리를 영결하여 이승을 하직합니다. 바라옵건대 나으리는 잘 지내시며 길이 부귀영화를 누리시옵고, 부디 저 때문에 마음 아파하지 마옵소서. 저의 몸은 반장(返葬)을 하여 나으리 댁 선영에 묻히는 것이 소원입니다."

말을 마치자 그대로 숨을 거두었다. 심공은 통곡해 마지않았다. 그리고 "내가 외임으로 나간 것은 오직 홍랑 때문이다. 그녀가 죽었거늘 나 홀로 여기 머물러 무엇 하겠는가." 하고서, 곧 사임하는 글을 올려 체직(遞職)이 되었다. 그 영구와 함께 떠나 금강에 이르러서,

"금강 가을비에 명정(銘旌)이 젖는데, 아마도 가인이 흘린 눈물이겠지. (錦江秋雨銘旌濕, 疑是佳人泣別時)"

라고 읊었는데, 이는 그가 지은 도망시(悼亡詩)이다.[7]

04. 홍우원(洪宇遠)

홍우원(洪宇遠)[8]이 젊은 시절에 시골로 내려가다가 어느 점막에 들어 하룻밤 묵게 되었다. 그 집에는 남자 주인은 없고 여주인만 있었는데,

---

7   이 작품이 『청구야담』 권7에 「득가기심상국성명(得佳妓沈相國成名)」이라는 제목으로 실려 있다.

8   홍우원(洪宇遠, 1605~1687): 호는 남파(南坡). 인조~숙종 연간에 활동했던 인물로, 당파는 남인에 속하였으며 벼슬은 이조판서에 이르렀다.

나이 스물 남짓으로 용모가 자못 예뻤으나 음란한 기색이 얼굴에 넘쳐났다. 주인 여자가 홍우원이 나이 젊고 미소년인 것을 보고 반갑게 맞아들이는데, 어여쁜 얼굴로 교태를 부리니 마주 보기 어려웠다. 홍우원은 본 척 만 척하고 방으로 들어갔다. 그녀가 자주자주 들어와서 손으로 방바닥을 만지며 묻기를 "방이 차지 않습니까?" 하며 때때로 추파를 보내 정을 표시했으나, 홍우원은 단정히 앉아 대답도 하지 않았다.

밤이 깊어 홍우원은 윗방에 누워 있는데 그녀가 아랫방에 누워 있으면서 은근히 유혹하는 말을 하였다.

"행차께서 계시는 방은 누추하니 이 방으로 내려와서 주무시지 않겠습니까?"

"이 방도 족히 잘 만하니, 하룻밤 지내는데 어딘들 안 되겠소. 굳이 딴 방으로 옮길 것이 없네."

그래도 여자가 또 말하기를,

"행차께서는 남녀의 구별이 있는 것을 어렵게 생각하십니까? 저희 상것이야 남자, 여자라고 무슨 구별이 있겠습니까. 얼른 아랫방으로 오시는 것이 좋겠습니다."

라고 했으나, 홍우원은 이 말에 아무 대꾸도 않고 그녀의 기색을 살펴보니 필시 방문을 밀치고 뛰어 들어올 염려가 있어, 행낭 중에 있는 삼끈을 찾아내서 아래 윗방으로 통하는 문의 고리를 꼭꼭 잡아 묶고 잠자리에 들었다. 그러자 그녀가 혼잣말하는 것이었다.

"손님은 고자가 아닌지 모르겠네요. 제가 좋은 뜻으로 두 번 세 번 타일러서 미인의 품속에 들어와 하룻밤을 편히 지내시게 되면 풍류호사(風流好事)에 해로울 것이 없거늘, 제 말을 못 들은 척하고 방 문고리를 단단히 묶어 놓으시다니 천하 괴물이라 하겠습니다. 한심하기 짝이 없군요."

홍우원은 일부러 들은 척도 하지 않고 잠들었다. 깊이 잠이 든 가운데 문득 아랫방에서 괴이한 소리가 들리더니 이윽고 창밖에서 기침 소리가

나며,

"행차께서 주무십니까?"

하는 말이 들렸다. 홍우원은 놀랍고 의아하여 말했다.

"당신은 누구요? 나에게 무슨 일이 있소?"

"소인은 이 집 주인이올시다. 지금 문을 열고 불을 밝힐까 합니다. 아뢸 일이 있습니다."

이에 홍우원은 일어나 앉아 문을 열었다. 주인이 불을 들고 들어와서 초를 밝히고 앉아 주안상을 벌이고 권하는 것이었다.

"이게 무엇인가? 네가 주인이라면 낮에는 어디 갔다가 밤이 깊어서 이제야 오는가?"

"행차께서는 오늘 밤 큰 위경(危境)을 넘기셨습니다. 소인의 처는 용모는 반반하지만, 마음은 몹시 음란하여 매번 소인이 밖에 나간 틈을 타서 간음을 일삼았습니다. 소인이 그 못된 짓 하는 현장을 붙잡으려 하였지만 끝내 뜻대로 되지 않았습니다. 오늘 밤에는 반드시 붙잡으려 하여 어디 다녀온다는 핑계를 대고서 칼을 품고 집 뒤에 숨어 있었습니다. 아까 행차와 주고받는 말을 다 들었던 것입니다. 행차께서 만일 그년의 유혹에 넘어갔다면 필야 소인의 칼날 아래 목숨을 마쳤을 겁니다. 행차께서는 선비의 철석같은 심사로 끝끝내 거절하시고 방문을 단단히 묶는 지경까지 이르셨습니다. 소인은 어두운 가운데에서 혼자 흠모하고 감탄한 나머지 술과 안주를 마련하여 감히 저의 마음을 표하고자 하옵니다. 그년은 행차를 유혹하려다가 일이 뜻대로 되지 않아 음심(淫心)을 억제하기 어려워서 이웃에 사는 김 총각에게 가서 동침했습니다. 그래서 방금 소인이 단칼에 그 남녀의 목을 끊어버렸지요. 일이 이미 여기에 이르렀으니 행차께서는 즉시 문을 나가 떠나셔야 합니다. 머뭇거리다가 연루될 염려가 있습니다. 소인 또한 지금 곧 떠날 겁니다."

홍우원은 크게 놀라 일어나서 서둘러 행장을 챙겨가지고 그 집 문을 나섰다. 주인 남자는 바로 그 집에 불을 지르고 나서 홍우원과 동행하여 수십 리를 가다가 갈림길에서 작별하였다.

"행차께서는 조만간에 필시 현달하실 것입니다. 여기서 작별하면 뒤에 언제 다시 뵐지 기약할 수 없겠습니다. 부디 잘 지내시기를 바라옵니다."

주인 남자는 이처럼 은근히 뜻을 표하고 갔다.

홍우원이 과거에 급제한 이후 암행어사가 되어 어느 산골길을 가는데 길가에 초가집이 하나 있었다. 날이 이미 저물어 그 집에 유숙하게 되었는데, 그 주인을 보니 예전에 봤던 남자였다. 그래서 그에게 말을 물었다.

"네가 나를 알아보겠는가?"

"한 번도 뵌 일이 없는데 어떻게 알겠습니까?"

"아무 해 아무 고을 아무 땅에서 한 과객을 만나 이러저러한 일이 있은 다음, 밤중에 그 집에 불을 지르고 나와 동행해서 수십 리를 갔던 일을 너는 기억하느냐?"

그제야 주인은 깨닫고 놀라 홍우원에게 절을 하고 물었다.

"행차께서는 그사이에 필시 과거에 합격하여 벼슬을 하고 있겠지요."

홍우원은 숨기지 않고 사실대로 말하고 나서 물었다.

"너는 어찌하여 사방에 이웃집이 없는 이런 곳에 살고 있느냐?"

"소인은 그 이후 이웃 고을에 살면서 또 한 여자를 맞아들였는데 용모가 역시 제법 어여뻤습니다. 사람이 북적이는 마을 가운데 살다가는 지난번 겪은 일이 또 일어날까 하여 깊은 산속 사람이 없는 땅을 택하여 살고 있답니다."[9]

---

9 비슷한 이야기가 『청구야담』 권1에 「홍상서수정면인(洪尙書受挺免刃)」이라는 제목으로 실려 있다.

05. 유기장의 딸

연산군(燕山君) 때에 사화(士禍)가 크게 일어나 이(李)씨 성의 교리가 망명하여 보성 땅에 당도했다. 목이 몹시 마른데 한 여자아이가 냇가에서 물 긷는 것을 보고 다가가서 물을 달라고 말했다. 그녀는 바가지에 물을 떠서 냇가의 버들잎을 따 물에 띄워 주는 것이었다. 마음에 적이 괴이해서,

"지나가는 길손이 목이 말라 급히 마시려고 하는데, 너는 어째서 버들잎을 물에 띄워서 주는가?"
라고 물으니 그녀의 대답이 이러했다.

"제가 길손이 목이 심히 마르신 것을 보고, 혹시 찬물을 급히 마시다가 병이 날까 싶기에 일부러 버들잎을 띄워 물을 천천히 마시도록 한 것입니다."

그는 대단히 놀랍고 기특해서 어디 사는 아이냐고 물었다.

"건너편의 고리백정 집의 딸입니다."

아이가 이렇게 대답하여, 그는 뒤를 따라 고리백정 집으로 가서 그 집의 사위가 되기를 청해 몸을 의탁하였다. 서울의 고귀한 사람으로서 어떻게 버들고리를 짤 줄 알겠는가. 매일 하는 일이 없이 낮잠만 잘 따름이었다. 고리백정 부부는 화가 나서 꾸짖었다.

"우리가 사위를 들인 것은 유기(柳器) 만드는 일에 도움을 받자고 한 것이었는데, 지금 새 사위는 아침저녁으로 밥만 먹고 밤낮으로 잠만 퍼 자니 그야말로 밥주머니로군."

그날부터서 아침저녁으로 주는 밥이 반으로 줄었다. 그의 처가 민망히 여겨서 매양 솥 바닥의 누룽지를 따로 주곤 하였다. 이 부부의 은정은 이와 같이 아주 돈독하였다.

이처럼 고리백정 집에서 몇 년을 지냈는데 중종의 반정이 일어나 조정이 일신(一新)되었다. 그리하여 연산조에서 죄를 받아 폐기된 사람들을

모두 불러서 벼슬을 내렸다. 이생에게도 역시 다시 관직을 내려 팔도에 알려서 찾도록 하니, 이 말이 널리 전해져서 이생은 풍편(風便)에 듣게 되었다. 그때가 마침 그믐날이어서 처가는 유기를 관부에 바치게 되어 있었다. 이에 이생이 장인에게,

"이번 그믐에 관가로 유기를 바치는 일은 내가 맡아서 수납해보지요."

라고 말하자, 장인이 꾸짖었다.

"너같이 잠꾸러기로 아무것도 모르는 놈이 어떻게 관가에 유기를 바친단 말이냐. 내가 바치더라도 매양 퇴짜를 받는데 너 같은 놈이 어떻게 무사히 바친단 말이냐."

하고 보내려 하지 않았다. 그 처가 듣고는,

"한번 시험해보지도 않고 어찌 가지 못하게 하시나요?"

라고 하여, 장인이 비로소 허락하였다. 이생은 유기 짐을 등에 지고 가서 관가의 문에 다다라 곧바로 관정에 들어갔다. 그리고 동헌 마루 앞으로 다가서서,

"아무 곳의 유기장이 유기를 바치려고 왔소이다."

라고 큰 소리로 외쳤다. 본관(本官)은 본디 이생과 평소 절친한 무변이었다. 그 용모를 살펴보고 그 목소리를 듣고서 크게 놀라 일어서서 동헌 아래로 뛰쳐 내려가 그의 손을 붙잡고 마루 위로 올라섰다.

"이공(李公), 이공! 어느 곳에 숨어 있다가 이런 모양을 하고 여기 왔소이까. 조정에서 찾은 것이 벌써 오래요. 감영에서 두루 찾고 있소. 얼른 서둘러 서울로 가는 것이 좋겠소이다."

그리고 주안상을 올리도록 하고, 또 의관을 가져다가 갈아입게 했다. 이생이,

"죄를 지은 사람으로 고리백정 집에 몸을 의탁하여 오늘에 이르기까지 목숨을 부지하였지만, 하늘의 해를 다시 보리라고 생각하였겠소."

라고 하였다. 이에 본관사또는 이 사실을 감영에 보고하고 역마를 재촉

해서 서울로 올라가라고 했다.

"3년 동안 주객으로 지낸 관계에 인사가 없을 수 없고 아울러 조강(糟
糠)의 정이 있으니 내 응당 주인 되는 사람에게 작별을 고해야겠소이다.
지금은 일단 돌아가려 하니 사또께서 내일 아침에 내가 머물고 있는 처
소에 내방해주시면 좋겠소."

그의 말에 본관은 "그러지요."라고 응낙하였다. 그는 올 때의 옷으로
바꾸어 입고 관문(官門)을 나가 고리백정의 집으로 돌아가서 말했다.

"이번 유기는 무사히 바쳤습니다."

"기이한 일이로다. '솔개가 천년 묵으면 꿩을 잡는다'는 속담이 헛말
이 아니로군. 우리 사위도 다른 사람처럼 하는 일이 있군. 신기한 일이로
다. 오늘 저녁에는 밥을 몇 숟갈 더 주어라."

이튿날 아침에 그는 일찍 일어나서 문 앞을 쓰니, 장인이 이렇게 말했다.

"우리 사위가 어제는 유기를 관가에 잘 바치더니 오늘은 또 마당을
쓰는군. 오늘은 해가 서쪽에서 뜨겠네."

그가 마당에 멍석을 펴는 것을 보고 장인이 물었다.

"멍석은 왜 까는가?"

"본관사또가 행차하시는 까닭에 이러는 겁니다."

장인은 비웃으며 말했다.

"자네는 지금 꿈을 꾸고 있는가? 본관사또가 우리 집에 무엇 하러 온
단 말인가? 그런 일은 천 번 만 번 있을 수 없는 허황한 일이다. 이제
생각해보니 어제 유기를 잘 바쳤다는 것도 필시 길에다 버리고 돌아와
말을 지어내 헛소리를 한 것이로군."

이 말이 미처 끝나기도 전에 관아의 공방아전이 돗자리를 가지고 숨
을 헐떡이며 와서 방 가운데 자리를 펴고 말하기를,

"사또님 행차가 곧 당도합니다."

라고 하였다. 고리백정 부부는 당황하여 어쩔 줄 몰라 하며 머리를 싸안

고 울타리 사이로 숨었다. 얼마 지나지 않아 전도성(前導聲)[10]이 문 앞에 이르렀다. 본관은 말을 타고 와서 말에서 내려 방으로 들어와 그사이 인사를 나누었다. 그리고 본관사또가 물었다.

"아주머니는 어디 계시는가? 나오시도록 하시오."

이생이 그 처를 불러 인사를 드리게 하였다. 그 여자가 가시 비녀에 베옷을 입고 앞에 나와 절을 하는데, 옷은 다 낡았으나 용모와 태깔이 아담해서 미천한 여자로 보이질 않았다. 본관이 치하하여 말했다.

"이 학사(李學士)가 곤궁한 처지에 있을 때 요행히 아주머니의 도움을 받아서 오늘날이 있게 되었습니다. 아무리 의로운 남자라도 이보다 더할 수 없지요. 어찌 놀랍지 않겠습니까."

그녀는 옷깃을 여미고 대답하였다.

"돌아보건대 지극히 천한 시골 여자로서 군자를 받들어 모실 적에 이처럼 귀하신 분인 줄 전혀 몰랐습니다. 모시는 절차가 극히 무례하였사오니 죄를 지은 것이 큽니다. 어떻게 감히 존귀한 분의 치하를 받겠습니까. 사또께서 오늘 누추한 저의 집에 왕림하셨으니 저희로서는 이를 데 없는 영광입니다. 천한 여자의 집이 손복(損福)을 할까 걱정됩니다."

본관은 이 말을 듣고 하인에게 명해 고리백정 부부를 불러오게 해서 대면하여 술을 대접했다. 얼마 지나지 않아 이웃 고을의 수령들이 줄을 이어 찾아왔으며, 감사도 막객(幕客)을 보내 인사를 전했다. 고리백정 집의 문밖이 사람과 말로 야단스러워 구경하는 사람들로 담을 쌓았다. 그가 본관에게 말했다.

"저 사람이 비록 천한 신분이지만 내 이미 저와 부부관계를 맺었으니 반드시 배필로 삼아야 하겠소. 여러 해 고생하며 이를 데 없이 정성을

---

10 전도성(前導聲): 관인이 행차할 때 그 앞에 통행하는 사람들을 물리치기 위해 외치는 소리.

다했거늘, 내 지금 귀한 사람이 되었다고 하여 바꿀 수 있겠소. 바라건대 가마 한 채를 빌려 함께 돌아가려 합니다."

본관은 곧바로 가마 한 채를 마련하여 행장을 갖추어 떠나보냈다. 그가 입궐하여 사은하는 때에 중종께서 입시하도록 하여 떠돌던 때의 경위를 하문하시어 그사이 있었던 일을 자세히 아뢰었다. 임금이 두 번 세 번 탄식하며 말했다.

"이 여자는 천첩(賤妾)으로 대우할 수 없겠구나. 특별히 후부인(後夫人)으로 올려주는 것이 좋겠다."

그는 이 여자와 해로하여 부귀영화를 누리고 자녀도 여럿 두었다. 이 일은 판서 이장곤(李長坤)[11]의 일이라고 한다.[12]

06. 호랑이에게 물려간 신랑

충청도의 한 선비가 아들의 혼사를 이웃 고을로 정했는데, 5~60리 거리였다. 신랑이 혼례를 마치고 밤이 되어 신방으로 들어가 신부와 마주 앉았다. 밤이 깊어가는 즈음 벽력같은 소리가 들리더니 뒷문이 부서지며 홀연 큰 호랑이 한 마리가 방안으로 뛰어 들어 신랑을 물고 달아났다. 신부는 그런 중에도 급히 일어나 호랑이의 뒷다리를 꽉 움켜쥐고 놓지 않았다. 호랑이가 곧바로 뒷산으로 올라가는데 그 걸음이 나는 듯했으나 신부는 죽어라 붙들었다. 산악을 오르내리고 가시덤불이 험한데도 따라가서, 옷이 다 찢어지고 머리가 흐트러지고 온몸에 유혈이 낭자

---

11 이장곤(李長坤, 1474~1519): 본관은 벽진(碧珍), 자 희강(希剛). 연산군 때 유배를 가 있던 중에 갑자사화를 당해서 도망을 하여 죽음을 면한 사실이 있다.

12 이 작품이 『청구야담』 권7에 「췌유장이학사망명(贅柳匠李學士亡命)」이라는 제목으로 실려 있다.

했으나 죽어라고 놓지 않았다. 그런 채로 몇 리를 가서 호랑이는 기진해서 신랑을 풀밭 언덕에 버리고 갔다.

신부가 비로소 정신을 차리고 신랑의 몸을 만져보니 명치 아래로 약간의 온기가 느껴졌다. 사방을 둘러보니 언덕 아래로 인가가 보이는데 집 뒤 창문에 불빛이 있었다. 신부는 호랑이가 멀리 사라졌다고 생각하고 불빛을 찾아 언덕을 내려와서 그 집 뒷문을 열고 들어가니, 마침 대여섯 사람이 둘러앉아 주안상을 걸게 차려놓고 술을 마시고 있는 참이었다. 사람들이 뜻밖에 집으로 들어온 여자를 보니, 화장한 얼굴에 피가 엉겨 붙고 온몸에 걸친 옷가지가 온통 찢어져 그야말로 한 여자 귀신의 모양이어서 다들 경악하여 방바닥에 쓰러졌다.

"저는 사람이니 여러분은 놀라지 마옵소서. 뒤편 언덕에 한 사람이 죽을지 살지 모르는 상태에 놓여 있습니다. 급히 구해주소서."

신부가 이렇게 호소하자 사람들이 비로소 놀란 정신을 수습하고 일제히 횃불을 들고 뒤꼍 언덕으로 올라가서 보니 과연 한 젊은 남자가 쓰러져 있는데 숨이 곧 끊어질 것 같았다. 사람들이 살펴보니 다름 아닌 그 집 주인의 아들이었다. 주인은 크게 놀라 함께 들어서 집안으로 운반하고 약물 등을 입에 떠 넣었더니 얼마 지나서 소생하였다. 온 집안이 처음에는 경황이 없다가 나중에는 큰 경사요 다행이라고 여겼다.

그날 신랑의 아버지는 혼삿길을 떠나보내고 마침 이웃 친구들을 불러서 술을 마시는 즈음이었는데, 그곳이 바로 그 집 뒤편이었던 것이다. 비로소 그 여자가 바로 신부인 줄을 알고 방안으로 맞아들여 죽과 음식을 먹게 했다.

그 이튿날 신붓집으로 기별하였음은 물론이다. 양가의 부모들은 더없이 놀라고 기뻐했으며 신부의 지성고절(至誠高節)을 탄복했다. 향리의 여러 선비가 이 일을 그 고을과 감영에 보고하여 정표(旌表)를 받았다고 한다.[13]

07. 사주(四柱)

감사 김치(金緻)는 호가 남곡(南谷)이며, 백곡(柏谷) 김득신(金得臣)의 부친이다. 젊어서부터 운수를 점치는 데 정통하여 영검하게 맞춘 일이 많았다. 그는 마침 혼조(昏朝: 광해군 시기를 가리킴) 때 홍문관 교리 벼슬을 하다가 뒤늦게 뉘우치고 병을 핑계하고 관직에서 물러나 용산으로 나가서 지내면서 문을 닫고 자취를 감추며 찾아오는 손님을 사절하였다. 어느 날 시종이 들어와서 남산동 사는 심생(沈生)이 뵙기를 청한다고 하였다.

"손님께서 이 사람이 병들어 누워 있는 줄 모르시고 잘못 찾아오신 것입니다. 인사(人事)를 폐하여 누구도 만나지 않은 것이 벌써 오랩니다. 지금 손님을 맞을 도리가 없으니 매우 한스러울 따름입니다."

김공은 이렇게 사절하는 말을 전하고 돌려보냈다. 김공은 평소에 매양 자신의 사주를 놓고 평생 운수를 점쳐본바 응당 물수변[水] 사람의 힘을 보아야만 큰 화를 면할 수 있으리라는 것이었다. 문득 찾아온 손이 물수변 성의 사람임을 생각하고 '이 사람이 나에게 힘이 되어줄 수 있지 않을까?' 하여, 급히 시종을 시켜서 쫓아가 길에서 맞아 들어오도록 했다. 그 사람은 심기원(沈器遠)이었다. 심생이 그 시종을 따라온즉 김공은 부산하게 일어서 맞아들이며 말했다.

"이 늙은이가 인사를 폐한 것이 오래여서 손님이 왕림하셨는데도 마침 병이 들었기로 영접하는 예의를 잃었으니 부끄러워 몸 둘 바를 모르겠습니다."

"미처 승안(承顏)을 못 하였사온데 어르신이 수리에 정통하시다는 말을 듣고 외람됨을 무릅쓰고 감히 여쭈어보러 왔습니다. 저는 나이 40의 궁한 선비로 신세가 기구한 처지인데 오늘 이렇게 찾아뵌 것은 한번 신

---

13 이 작품이 『청구야담』 권8에 「신부변호구장부(新婦抃虎救丈夫)」라는 제목으로 실려 있다.

안(神眼)의 질정을 받아볼까 해서입니다."

그러고는 소매 속에서 사주를 꺼내 보이며 말했다.

"제가 올 때 한 절친한 친구가 자기 사주를 내놓으며 부탁하기에 거절하기 어려워 부득이 가지고 온 것입니다."

김공은 일일이 들여다보고 극구 칭찬해 말하였다.

"부귀가 눈앞에 다가와 있으니 다시 물을 것이 없소이다."

그 말을 다 듣고나서 심기원은 부탁받은 사주를 내놓으며 말했다.

"이 사람은 부귀를 원치 않으며 다만 평생 무병하기를 바란답니다. 수한(壽限)이 어떨지만 알고 싶어합니다."

김공은 그 사주를 슬쩍 한 번 스쳐보고서 즉시 시종에게 명해 자리를 펴고 책상을 갖다 놓게 하더니 일어나 관복을 갖추어 입고 무릎을 꿇고 앉았다. 그 사주를 책상 위에 올려놓고 향을 피우고서 말하는 것이었다.

"이 사주는 귀하기가 말할 수 없소이다. 보통 사람의 운명이 아니니 공경히 대하지 않을 수 있소이까."

심기원이 돌아가려고 하자 김공이 말했다.

"이 늙은이가 오래 병석에 있어 정신이 어지러워 시간을 보내기 어려우니 손님께서 하룻밤 머물러 병든 마음을 위안해주면 좋겠소이다."

그리하여 심기원이 그 집에서 유숙하게 되었는데 밤이 깊어서 다른 사람이 없는 시각에 이르러 김공이 무릎을 가까이 대고 앞으로 다가가서 말하였다.

"나는 실상 병을 핑계 댄 것이라오. 늙은이가 불행히도 이때 출사하여 조정에 자취를 더럽히게 된 것을 늦게 후회하고 뉘우쳐서 문을 닫고 칩거하고 있답니다. 조정이 뒤집힐 날은 멀지 않소이다. 공이 물으러 올 것은 내 이미 짐작하고 있었다오. 행여 나를 밖으로 따돌려 속이지 말고 사실대로 말해주시면 좋겠소."

심기원은 깜짝 놀라 처음에는 숨기려고 하다가 끝내 그 일을 고하였다.

"이 일은 성공할 테니 조금도 염려할 것이 없소. 장차 어느 날 거사를 할 것이오?"

"아무 날로 정했습니다."

김공이 한참을 묵묵히 생각하다가 말했다.

"이날이 좋기야 좋지만 이런 큰일은 응당 살파랑(殺破狼)[14]이 있는 날을 택해야 성사할 수 있습니다. 아무 날은 작은 일이라면 길하지만 큰일을 도모하기에는 맞지 않습니다. 제가 마땅히 공을 위하여 다시 길일을 택해보겠소."

이내 책력(冊曆)을 펴들고 자세히 보다가 말했다.

"3월 열엿새 날이 과연 길하니, 이날이 살파랑을 범하는 날이오. 거사할 즈음에 먼저 고변하는 사람이 있을 텐데 조금도 해가 될 것이 없고 필경에는 무사히 잘 이루어질 것이오. 필히 이 날 거사하는 것이 좋겠소."

심기원은 대단하게 여겨 말했다.

"그렇게 되면 공의 성명을 응당 우리들의 명단에 올릴 것이오."

"그것은 내가 소원하는 바 아니오. 다만 대사를 이룬 다음에 죽을 목숨을 구해주어 화가 미치지 않도록 해주기를 소망할 뿐이라오."

심기원은 쾌히 응낙하고 떠났다. 드디어 세상이 바뀐 날에 이르러 김공의 죄는 용서할 수 없다고 말하는 사람이 많았으나 심기원이 나서서 극력 구해주었다. 그리고 김공은 경상도 감사로 높이 임명을 받고 생을 마쳤다.

김공이 일찍이 자기 사주를 중국의 술사(術士)에게 물어본 일이 있었는데 거기에 한 시구가 적혀 있었다. 그 시구는 '화산(花山)의 기우객(騎牛客)이 머리에 일지화(一枝花)를 이었도다[花山騎牛客, 頭戴一枝花].'라는 것으로, 무슨 뜻인지 알 수 없었다. 김공이 경상도 감사가 되어서 순행을 나갔다가

---

14 살파랑(殺破狼): 칠살(七殺), 파군(破軍), 탐랑(貪狼)의 세 별이 겹치는 날로, 택일하는 데 있어서 크게 불길한 날이라고 여겼다.

안동부(安東府)에 당도해서 갑자기 학질에 걸렸다. 병을 물리칠 방도를 두루 물었더니, '학질이 일어난 당일에 검은 소를 거꾸로 타면 곧 낫는다'고 말하는 사람이 있어 그 말대로 소를 타고 마당을 돌다가 소에서 겨우 내려 방안에 드러누웠다. 두통이 아주 심하여 한 기생을 시켜서 머리를 주무르도록 하면서 그녀의 이름을 물었더니 일지화라고 대답하였다. 이 때 김공은 문득 중국 사람의 시구가 떠올라 "죽고 사는 것은 명이 있구나!" 하고 탄식하였다. 그는 새 자리를 깔라고 명하고서 새 관복으로 갈아입고 베개를 반듯하게 베고 누워 차분히 숨을 거두었다.

이날 삼척 부사 모(某)가 관아에 있다가 홀연 김공이 행차를 성대하게 갖추고 문으로 들어서는 것을 보고 놀라 일어나 맞이했다.

"공은 어찌하여 경계를 넘어 타도(他道)로 들어와서 하관(下官)을 찾으십니까?"

김공은 웃으며 말했다.

"나는 이 세상 사람이 아니라오. 아까 이미 고인이 되어 시방 염라대왕으로 부임하러 가는 길에 군을 들러서 보고 또 부탁할 일이 있다오. 내가 부임을 하는데 복장이 미처 갖추어지지 못해 곤란하오. 군이 평소의 정의를 생각하여 마련해줄 수 없겠소?"

삼척 부사는 마음에 매우 황당한 일로 생각이 되었으나 김공이 워낙 간곡히 청하는 까닭에 상자에서 비단 한 필을 꺼내 주었다. 김공은 그것을 흔연히 받고 나서 작별하고 떠났다. 삼척 부사가 크게 놀라 사람을 보내 탐문해 보니, 과연 그날 김공이 안동부를 순행하다 들른 처소에서 서거하였다. 그런 까닭에 김공이 염라대왕이 되었다는 말이 세상에 두루 돌아다니게 되었다.

구당(久堂) 박장원(朴長遠)은 김공의 아들 백곡과 절친한 사이였다. 구당이 일찍이 북경에서 사주를 보아 왔는데 거기에 모년 모월에 죽는다고 적혀 있었다. 그러다가 그해 정월 초에 당해서 구당이 인마를 보내 백곡

을 맞아와 한 장의 간폭(簡幅)을 내주며 써달라고 하는 것이었다. 백곡이,

"어느 곳에 편지를 쓰라는 말인가?"

하고 물었더니, 구당은,

"선존장(先尊丈)께 보내는 그대의 편지 한 장을 얻고 싶네."

라고 하였다. 백곡이 황당해서 편지를 쓰지 않자 구당이 말했다.

"그대는 내가 허황하다고 여기겠지. 허황하고 허황하지 않고를 물론하고 우선 나를 위해 써주게."

구당이 두 번 세 번 간청해서야 백곡은 마지못해 붓을 들었다. 구당은 사연을 입으로 불러 받아쓰게 하였다.

'저의 절친한 친구 박장원은 목숨이 금년으로 끝난답니다. 바라옵건대 특별히 가긍하게 여기사 그 수명을 연장해주옵소서……'

하고, 겉봉에 '부주전(父主前)'이라고 쓰고 안에는 '자(子) 득신이 아뢰옵나이다.'라 썼다. 그 편지를 다 쓰고 나서 구당이 방 하나를 깨끗이 치우고 백곡과 함께 분향하였다. 그 편지를 불사르고 나서,

"이제 나는 죽음을 면하였구나."

라고 하였다. 구당은 과연 그해를 별일 없이 넘기더니 수십 년이 지난 후에 세상을 떠났다. 일이 허탄하고 망령스러운 데 가깝지만 김공의 혼백이 다른 사람과 크게 달랐던 것이다.

그 후로 김공은 매양 밤에 호종하는 무리를 성대하게 갖추고 등촉을 줄지어 밝히고서 장동(長洞)과 낙동(駱洞)[15]의 사이를 왕래하곤 하였다. 어쩌다가 아는 사람을 만나면 말에서 내려 회포를 풀기도 했다고 한다. 어느 날 밤에 한 젊은이가 새벽에 낙동을 지나다가 길에서 김공을 만나서 물었다.

---

15 장동(長洞)과 낙동(駱洞): 장동은 서울 도성 서쪽의 북악산과 인왕산 사이에 있는 동명이며, 낙동은 낙산 아래에 있는 동명임.

"영감님, 어디서 오십니까?"

"오늘 새벽이 나의 기일이라네. 제사 음식을 먹으러 갔다가 제물(祭物)이 불결해서 흠향하지 못하고 서운한 마음으로 돌아간다네."

그 말이 끝나자 홀연 보이지 않았다. 그 사람이 즉시 백곡의 집을 찾아갔는데 집이 창동(倉洞)¹⁶에 있었다. 주인이 파제(罷祭)를 하고 나와서 그 사람이 아까 있었던 일을 들려주었다. 백곡은 크게 놀라 곧바로 안대청으로 들어가 제수를 두루 살펴보았다. 하나도 불결한 물건이 보이지 않는데 떡 속에 사람의 털이 한 가닥 들어 있었다. 온 가족이 황공해하였다. 그 후로 또 어떤 사람이 길에서 김공을 만났는데 다음과 같이 말하더라고 한다.

"내가 전에 누구에게 『강목(網目)』을 빌려 보고 나서 미처 돌려주지 못했다오. 몇째 권 몇째 장에 금박을 끼워두었소. 뒤에 돌려줄 때 살펴보지 않으면 금박을 잃어버릴 염려가 있으니, 모름지기 잘 살펴보고 보내는 것이 좋겠다는 말을 우리 집에 전해주시오."

그 사람이 백곡을 찾아가 보고 이 말을 전해주어, 백곡이 그 『강목』을 찾아보니 과연 금박이 끼어 있어서 사람들이 모두 기이하게 여겼다. 이밖에 여러 가지 신이한 일들이 있었으나 다 기록하지 못한다.¹⁷

08. 동계 정온(鄭蘊)

동계(桐溪) 정온(鄭蘊)이 젊은 시절에 지역의 이름난 선비 몇 사람과

---

16 창동(倉洞): 서울역 앞쪽과 남대문 사이에 있었던 지명으로, 그곳에 선혜청 창고가 있어서 붙여진 이름이다. 일명 남창동이라고 했다.

17 이 작품이 『청구야담』 권7에 「김남곡생사개유이(金南谷生死皆有異)」라는 제목으로 실려 있다.

회시(會試)를 보러 길을 떠났다. 가던 길에 소교(素轎) 하나를 만나 앞서거니 뒤서거니 하는데, 그 소교 뒤에 여종 하나가 따라가고 있었다. 그녀는 땋은 머리가 발꿈치까지 내려오고 얼굴이 어여쁜데 행동거지도 단아해 보였다. 여러 친구가 말 위에서 바라보며 그녀의 아름다움에 마음이 빼앗겼다. 그녀는 자주자주 뒤를 돌아보며 유독 동계에게 눈길을 주었다. 이처럼 한참 길을 가는데 여러 사람이 장난말로,

"문장과 학식은 우리가 휘언(輝彦: 정온의 자)에게 한발 양보해야겠지만, 외모를 두고 말하면 어찌 우리가 휘언만 못하겠나. 그런데 저 애는 어찌 유독 휘언에게 눈길을 보낸단 말인가. 세상일이란 참으로 알 수 없군." 하며 다들 함께 웃었다. 얼마 지나지 않아서 그 가마는 어느 마을로 향해 갔다. 동계는 말을 세우고 친구들에게 말했다.

"여기서 20여 리 가면 객점이 있을 거네. 자네들은 거기서 유숙하며 나를 기다리게. 나는 저 마을에서 자고 내일 새벽에 뒤따라감세."

여러 사람이 말했다.

"우리가 휘언에게 기대하는 것이 어떻거늘, 지금 과거를 보러 천 리 길을 떠나 말고삐를 함께 하고 가는데 도중에 서로 헤어지는 것은 있을 수 없는 일이지. 그런데 지금 요망한 계집 하나를 만나 공연히 욕망에 끌려서 의롭지 않은 마음을 일으켜서 동행을 버리고 이처럼 망령된 행동을 하려고 하다니, 사람 마음은 참으로 알기 어렵군. 사람 속은 알기 어렵다더니…"

동계는 웃으며 아무 대답도 없이 말채찍을 재촉해서 그녀가 간 마을로 향해 갔다. 그 집의 대문에 당도해본즉 큰 저택인데 사랑은 폐한 지 오래되어 보였다. 동계는 말에서 내려 사랑의 마루 위에 앉았다. 그 여종은 가마를 따라서 안으로 들어갔다가 이윽고 밖으로 나오는데 웃는 얼굴이 손에 잡힐 듯이 어여뻤다.

"행차께서는 여기 차가운 마루에 앉아계실 것이 없습니다. 잠깐 쇤네

의 방으로 들어오시지요."

동계가 그녀를 따라 들어가 본즉 방이 극히 정결하였다. 얼마 지나지 않아 저녁상이 나오는데 역시 담박하면서도 맛깔스러웠다. 그녀가,

"쇤네는 안으로 들어가 설거지하고 나오겠습니다."

하고서 들어가더니 초경에 이르러 다시 나왔다. 그 친속들을 내보내 피하게 하고 촛불 아래 무릎을 가까이하고 앉았다. 동계는 웃으며 물었다.

"너는 어찌하여 내가 따라올 줄 알고 준비해두었느냐?"

"쇤네는 외모가 밉지 않고 나이도 열일곱으로 아직 눈을 들어 사람을 대해보지 못했습니다. 그런데 오늘 낮에 길에서 행차께 눈길을 여러 번 보냈으니 행차가 아무리 강철 같은 심장의 남자라도 어찌 움직이지 않겠습니까. 쇤네가 이와 같이 한 것은 지극히 슬프고 원통한 일이 있어 행차의 힘을 빌려 설원(雪冤)을 하고자 해서입니다. 행차께서 응해주실지요."

그러고서 눈물을 뿌리는데 얼굴에 처연한 기색이 있었다. 동계가 괴이하게 여겨 까닭을 묻자 대답이 이러했다.

"저의 상전은 여러 대 독자로 내려왔는데 한 음녀에게 장가들어서 젊은 나이로 간부(奸夫)의 손에 죽고 말았습니다. 기왕에 가까운 친척이라고는 하나도 없어 원한을 씻고 복수를 할 길이 없습니다. 단지 저 한 사람만 이 일을 알아 분통한 마음이 가슴속에 맺혔지만 한 여자의 몸으로 어떻게 해볼 계책이 없습니다. 오직 바라건대 천하의 호걸 남아에게 몸을 허락하여 그 손을 빌려 원한을 갚고자 합니다. 오늘 마침 상전의 음란한 처가 저의 친가에서 돌아왔기로 제가 부득이 뒤를 따라서 온 것입니다. 길에서 동행하는 여러분들 중에 행차의 용모를 보면 특별하지 않지만, 담력이 다른 사람보다 배나 더하니 참으로 제가 바라는 분입니다. 이런 까닭에 눈으로 정을 보내 유혹하여 여기에 이른 것입니다. 지금 그 처가 간부와 만나 음란한 짓을 벌이고 있을 터이니 지금이야말로 다시 없는 좋은 기회입니다. 행차는 이 기회를 타서 도모하옵소서."

"너의 뜻이 장하고 기특하지만 나는 일개 서생으로 손에 아무 가진 무기가 없는데 갑자기 이런 위험한 일을 해낼 수 있겠느냐."

"제가 마음을 먹고 활과 화살을 준비해 둔 것이 있습니다. 행차께서 활 쏘는 법을 모르신다고 하더라도 어찌 활을 당겨 화살을 쏘는 일을 못 하겠습니까. 화살을 쏘아서 맞히면 제아무리 흉악한 놈이라도 어찌 죽지 않을 이치가 있겠습니까."

그리고 활과 화살을 꺼내어 주고 함께 안으로 들어갔다. 창틈으로 들여다보니 촛불이 밝은데 살이 쪄 장대한 놈이 발가벗은 몸으로 여자와 서로 끌어안고서 음란한 짓을 벌이고 있었다. 그 자리가 방문에서 아주 가까웠다. 이에 동계가 활을 힘껏 당겨 창구멍으로 쏘니 화살이 그자의 등에 정통으로 꽂혀서 가슴을 뚫어 쓰러졌다. 또 화살 한 대를 꺼내 그 여자를 쏘려고 하자 여종이 손을 저어 중지시키고 재촉해서 밖으로 나왔다.

"저이는 비록 죽여야 마땅한 사람이지만 제가 오래 상전으로 받들었습니다. 노주(奴主)의 명분이 있는데 제가 어떻게 제 손으로 죽이겠습니까. 그냥 버려두고 가는 것이 좋겠습니다."

서둘러 그녀의 방으로 와서 짐을 수습해가지고 동계를 따라서 나왔다. 마침 동계에게 짐을 실은 말 한 필이 더 있어 부득이 뒤에 싣고 동행하여 몇 리를 가서 과거 보러 가는 동행들이 묵고 있는 객점에 당도하니 날이 아직 새지 않은 때였다. 간신히 그 객점을 찾아서 들어가자 동행들이 놀라 일어나 내다보니 동계가 한 여자와 같이 들어오는 것이었다. 한 친구가 정색하고 말하기를,

"내가 평소에 휘언을 학문하는 사람으로 생각했는데 지금 갑자기 어두운 밤에 길에서 만난 여자를 데리고 오다니. 군의 이 행동은 우리가 전혀 생각지 못한 일일세. 군자의 행사가 어떻게 이럴 수 있겠는가."
하며 책망하였다. 동계는 웃으며 대답했다.

"내 어찌 여색을 탐하는 것이겠는가. 사대부의 행실을 몰라서 이런

행동을 하겠는가. 중간에 많은 곡절이 있는데 뒤에 자연히 알게 될걸세."

동계는 일행과 함께 상경하고 그녀를 객점에 머물게 하였다. 그는 회시(會試)에 응시하여 과연 합격하였다. 방(榜)을 보고 나서 고향으로 돌아오는 날에 그 여자를 데리고 와서 이내 부실(副室)로 삼았다. 그녀는 성격도 공손하고 외모도 고운데다가 모든 일에 민첩해서, 집안이나 향리에서 그 현숙함을 일컬었다.[18]

09. 조보(朝報)

병사(兵使) 우하형(禹夏亨)은 황해도 평산 사람이다. 집안이 몹시 가난하였는데 무과에 급제하고 처음 평안도 압록강 변 어느 고을에서 근무하였다. 그곳에서 역을 마친 수급비 한 사람을 만났는데 용모는 추함을 면할 정도였다. 우하형은 그녀를 좋아하여 함께 살아가게 되었다. 하루는 그녀가 우하형에게 말했다.

"선다님이 저를 첩으로 삼으셨는데 장차 무슨 재물로 저를 먹여 살리렵니까?"

"나는 본디 가난한 사람인 데다 천 리 밖의 나그네 신세로 손에 가진 것이 하나도 없다. 내가 너와 함께 살아가는데 옷이나 빨아주고 해진 버선을 기워주는 것을 바랄 따름이요, 내 무엇으로 너에게 덕을 입힐 것이 있겠느냐."

"저도 잘 알고 있습니다. 제가 기왕 몸을 허락하여 첩이 되었으니 선다님의 옷가지는 제가 맡을 것입니다. 염려하지 마십시오."

---

18 비슷한 이야기가 『청구야담』 권1에 「복주수충비탁금호(復主讐忠婢托錦湖)」라는 제목으로 실려 있다. 정온이 금호(錦湖) 임형수(林亨秀, 1504~1547)로 바뀌어 있다.

"거기까지 기대하는 건 아니네."

그녀는 그 이후로 바느질과 길쌈을 부지런히 하여 의복, 음식에 부족한 것이 없었다. 근무 기간이 다하여 돌아가려고 할즈음 그녀가 물었다.

"선다님은 지금 돌아가시면 서울로 가서 벼슬자리를 구하시렵니까?"

"내가 빈털터리로 서울에 아는 사람이 없는데 양식이 어디에 있어 서울 가서 지내겠느냐. 이건 가망이 없는 일이다. 이로부터 고향으로 돌아가서 선산 아래서 늙어 죽을 생각이다."

"제가 보기에 선다님은 용모와 기상이 초초(草草)한 사람이 아닙니다. 장차 앞날에 넉넉히 병사 자리에 오르실 겁니다. 남자가 기왕에 해볼 만한 기회가 있으면 어찌 재물이 없다고 주저앉아 초야에 파묻히겠습니까. 심히 안타까운 일입니다. 저에게 여러 해 모아 쌓아둔 은화가 600냥이 됩니다. 이것을 노자로 드릴 터이니 안장말과 자금으로 이용하시고 행여 고향으로 돌아갈 생각은 마시고 곧바로 서울로 올라가서 벼슬을 구해보십시오. 10년을 기한하면 이룰 수 있을 것입니다. 저는 천한 몸이니 어찌 선다님을 위해 수절을 할 수 있겠습니까. 응당 아무 곳에 몸을 의탁하여 선다님이 본도(本道)의 원님으로 오신다는 소식을 듣게 되면 그날로 찾아가 뵙겠으니, 이것으로 약속하겠습니다. 원컨대 선다님은 아무쪼록 잘 지내십시오."

우하형은 뜻밖에 큰 재물을 얻고서 마음에 한편 감동하고 한편 행운으로 생각했다. 드디어 그녀와 눈물을 뿌리며 작별하고 떠났다.

그녀는 우하형과 작별한 후 읍내에 홀아비로 사는 한 장교의 집에 의탁하였다. 장교는 그의 사람됨이 영리한 것을 알고 배필로 맞아 살았다. 그 집은 제법 먹고살 만했는데 그녀가 장교에게 말했다.

"전(前) 사람이 살림살이하고 남은 재물이 얼마나 되나요? 무릇 일이란 명백히 처리하지 않아서는 안 되니, 곡식은 얼마나 되고 돈과 포백은 얼마나 되며 그릇이나 다른 물건들은 얼마나 되는지 등을 모두 명목과 수효를 나열해 써서 문서를 작성해주십시오."

"부부의 사이에 있으면 쓰고 없으면 마련하면 될 것이거늘, 무엇을 의심해서 이런 일을 하겠는가."

"그렇지 않지요."

하고 그녀가 간청해 마지않아 장교는 그 말대로 써서 주었다. 그녀는 그것을 받아 옷상자에 보관해 두고서 치산(治産)을 부지런히 하여 날로 재산이 늘었다.

"저는 문자를 대강 읽을 수 있습니다. 서울 조보(朝報)의 인사 관계를 보기 좋아합니다. 당신이 저를 위해서 매번 관아에 있는 것을 빌려다 주시지 않으렵니까."

장교는 그 말대로 조보를 빌려다 주었다. 몇 해 동안의 인사발령에서 선전관(宣傳官) 우하형, 주부(主簿) 우하형에서 경력(經歷)을 거쳐 부정(副正)에 오르고 관서의 좋은 고을에 임명된 것을 보게 되었다. 그녀는 그때부터 조보만 들여다보는데 모월 모일 모읍의 관장 우하형이 사조(辭朝)를 한다는 것을 보고 이에 장교에게 말했다.

"제가 이 집에 들어온 것은 오래 살려는 생각이 아니었습니다. 오늘로 길이 작별을 해야겠습니다."

장교는 깜짝 놀라 까닭을 물었다.

"일의 전후를 물어볼 것이 없습니다. 저는 저대로 갈 곳이 있으니 당신은 미련을 두지 마십시오."

그러고 나서 지난번 받아두었던 문서를 꺼내 보이며 말했다.

"제가 지난 7년 동안 남의 아내가 되어 살림을 맡아서 했는데, 만일 하나라도 전보다 줄어든 것이 있으면 떠나는 사람의 마음이 어찌 편안하겠습니까. 지금 현황을 전과 비교하면, 다행히 줄어든 것이 없고 두 배, 세 배, 네 배로 불어난 것이 있으니, 제 마음이 매우 후련합니다."

이내 장교와 작별하였다. 그리고 사람 하나를 사서 짐을 지우고, 자신은 남자의 복장으로 패랭이를 쓰고 도보로 우하형의 고을을 찾아갔다. 이때 우하형은 부임한 지 하루만이었다. 송사하러 온 백성이라 하고 관정으로 들어갔다.

"아뢸 일이 있사오니, 원하옵건대 계단에 올라가서 발괄(白活)[19]을 하겠사옵니다."

태수는 괴이하게 여겨 처음에는 허락하지 않다가 끝내 허락하였다. 또 창문 앞에 가까이 가기를 청하니 태수는 더욱 괴이하게 여기며 허락하였다. 그 사람이 말했다.

"사또께서는 소인을 알아보시겠습니까?"

"내가 도임한 처음인데 이 고을 백성을 어떻게 알겠는가."

"아무 해 아무 고을에 계실 때 가까이 모셨던 사람을 기억하지 못하십니까?"

태수는 찬찬히 들여다보다가 크게 놀라 급히 일어나서 손을 잡고 방으로 들어가서 물었다.

"너는 어찌하여 이런 모양을 하고 왔느냐? 내가 부임한 다음날 네가 또 여기를 찾아왔으니 참으로 하나의 기이한 만남이로군."

두 사람이 다 기쁨을 이기지 못하여 중간에 막혔던 회포를 함께 풀었다. 이때 우하형은 상처하였기 때문에 그녀를 내아(內衙)의 정당에 거처하게 하고 가정(家政)을 맡겼다. 그녀는 정실 자녀들을 잘 보살피며 비복들을 부리는 데도 법도가 있었고 은혜와 위엄을 아울러 베풀어서 관아 안에서 다들 칭찬하였다. 그리고 우하형으로 하여금 비변사의 이속에게 돈냥을 주게 하고 매달 초에 조보를 얻어 보았다. 그녀는 조보를 보고 세상일을 짐작할 수 있게 되어 재상급들 중에서 아직 전관(銓官)[20]이 되

---

19 발괄(白活): 백성들이 관에 올리는 청원서 혹은 진성서. 원문은 '白活'로 나와 있는데 이는 이두어임.
20 전관(銓官): 인사를 관장하는 장관. 여기서는 병조판서를 가리킴.

지 않았으나 미구(未久)에 될 만한 사람에게 필히 후하게 선물을 바쳤다. 이와 같이 한 까닭에 그 재상이 인사권을 쥐게 되면 극력 도와 기름진 고을 서너 곳의 관장을 하게 되어 집안 형편이 점차 넉넉하게 되니 선물을 바치는 것도 더욱 후해져서 차차 승급하여 지위가 절도사에 이르렀다. 그리하여 나이 80이 가까워 고향 집에 돌아가서 천수를 누리다가 생을 마쳤다. 그녀는 예에 따라 치상을 하는데 성복(成服)이 지나서 상주인 정실의 아들을 보고 말했다.

"영감께서는 시골 무변으로 지위가 아장(亞將)²¹에 이르렀으니 이미 지위가 극에 달했고 나이가 희수를 넘어 수명도 이미 극에 달했으니 무슨 유감이 있겠소. 나로 말하더라도 아내가 되어 지아비를 섬겼으니 당연한 도리라 하필 자랑할 것이 있겠는가마는, 여러 해 정성과 힘을 다하여 벼슬을 구하는 방도를 도와서 오늘에 이르렀으니 나의 책임도 다했다 할 것이오. 나는 먼 시골의 천한 사람으로 무관의 소실로 있으면서 여러 고을을 거치면서 호강을 누렸으니 나의 영화로움 또한 극에 달했다 하겠소. 그러니 무슨 원통한 마음이 있겠소. 영감이 세상에 살아계실 때 나에게 가정을 주관하도록 한 것은 부득이한 일이었소. 지금 상주가 이처럼 장성하여 가사를 주관할 수 있고 큰며느리가 응당 가정을 주관해야 할 것이라, 오늘부터 가정을 돌려주려 하오."

큰아들과 큰며느리는 울며 사양하였다.

"우리 집이 오늘에 이른 것은 모두 서모의 공입니다. 우리는 오직 서모께 의지하여 받들어 나갈 텐데, 지금 어찌하여 뜻밖에 이런 말씀을 하십니까?"

"이렇게 하지 않을 수 없는 일이니, 이러지 않으면 집안의 도가 문란

---

21 아장(亞將): 무관으로서 어영대장과 같은 장관급 다음의 지위. 절도사 등이 여기에 해당함.

해집니다."

이에 여러 가지 물건이나 가구, 전곡 등속을 모두 문서를 작성하여 큰며느리에게 맡기고 정당에 거처하도록 하였다. 그리고 자기는 물러나 건너편의 한 칸 방으로 들어가면서,

"오늘부터 한 번 들어가면 다시는 나오지 않겠네."

하고 문을 닫고서 완전히 음식을 끊어 여러 날이 지나 죽었다. 정실의 자녀들이 모두 애통해하며,

"우리의 서모는 보통 사람이 아니거늘, 어찌 서모로 대접할 것인가. 초종(初終) 후에 장사는 석 달을 기다려 행하고 별묘(別廟)를 세워서 제사를 올릴 것이다."

라고 하였다. 우 병사(禹兵使)의 상기(喪期)[22]가 닥쳐서 상여가 나갈 때 상여꾼들이 상여를 들어 올리지 못해 수많은 사람이 아무리 해도 움직일 수가 없었다. 모두 "소실을 잊지 못해 이러는 것이 아닌가."라고들 말하였다. 이에 소실의 상여까지 급히 꾸며서 함께 출발하였더니 우 병사의 영구가 가볍게 움직였다. 사람들이 모두 기이한 일이라고 하였다.

평산 땅의 큰길가에 장사를 지냈는데, 서향해서 있는 것은 우 병사의 무덤이고 그 오른쪽 10여 보에 동향해서 있는 것은 소실의 무덤이라고 한다.[23]

10. 청풍 김씨 댁 제사

청풍 김씨의 선조가 중간에 형편이 매우 어렵게 되었다. 김 화순(和順)

---

22 상기(喪期): 여기에서는 초상에서 발인까지의 기간을 가리킴.

23 이 작품이 『청구야담』 권9에 「우병사부방득현녀(禹兵使赴防得賢女)」라는 제목으로 실려 있다.

모(某)²⁴의 부친이 광주 땅의 사근평(肆覲坪)에 살고 있는데 집이 몹시 가
난하여 세상에 아는 사람이 없었다. 낙정(樂靜) 조석윤(趙錫胤)²⁵이 마침
그와 이웃에 살았다. 서울에서 이사 온 지 얼마 되지 않아 책들을 미처
운반해오지 못했다. 조낙정은 김씨 집에 『강목(綱目)』한 질이 있다는
말을 듣고 빌려주기를 청하였더니 승낙하였다. 그런데 여러 날 지나도록
책을 보내오지 않았다. 낙정은 마음속에 의아하여 사람이 인색해서 빌려
주지 않는 것으로 생각하게 되었다. 때가 마침 단오 명절이 되었는데
조씨 댁 여종이 김씨 집에 갔다가 와서 말하기를,

"아까 김씨 댁에서 차례 지내시는 것을 보니 그 댁은 참으로 제사를
지냅니다. 우리 상전댁의 제사는 제수야 풍성하지만 정성과 정결함이
김씨 댁에 도저히 미치지 못해 필시 신도(神道)가 흠향하지 않을 것입니
다. 김씨 댁으로 말하면 신이 양양(洋洋)하게 내려와서 흠향하실 겁니다."

조낙정의 부인이 까닭을 묻자 여종의 대답이 이러했다.

"아까 김씨 댁에 가서 보니 바야흐로 단오 차례를 모시는데 대청 위에
서 섬돌 아래까지 청소를 깨끗하게 하여 한 점의 먼지도 없습니다. 김씨
댁 양반 내외가 낡은 옷이나마 깨끗하게 세탁하여 눈빛 같은 옷을 목욕
하고 갈아입었습니다. 새 자리를 마루에 펴고서 그 위에 책자를 놓고
책 위에다 제수를 진설하였습니다. 제수는 밥과 국, 채소, 과일에 불과해
서 그릇 수는 적었으나 모두 극히 정결하였고, 신주를 놓고서 부부가
잔을 올리고 절하고 무릎을 꿇는 것이 모두 법도가 있었고 정성과 공경
이 더할 수 없이 지극했습니다. 쇤네가 그 옆에 서서 보았는데 저도 모르
게 바짝 긴장되어 신령이 임하시는 것을 황홀히 보는 것 같았습니다.

---

24 김 화순(和順) 모(某): 화순 현감을 역임한 김극형(金克亨, 1605~1663)을 말함. 그의
부친은 김인백(金仁伯, 1561~1617)임.

25 조석윤(趙錫胤, 1606~1655): 인조 때의 인물. 당대 명사로 평가받은 인물로, 이조참
의, 대사헌 등을 역임했음.

우리 주인댁의 제사는 이 댁에 비하면 제사를 지내나 마나라는 느낌이 들었지요. 진정한 제사는 오늘 처음 본 것입니다."

부인이 이 말을 조낙정에게 전하여 비로소 강목을 바로 빌려주지 않은 까닭을 알게 되었다. 대개 제사를 지낼 때 필요했기 때문이었다. 김씨 댁에서는 제상이 없었던 까닭에 이 책들을 대신 사용했던 것이다. 조낙정은 이 말을 듣고 특이하게 여겨 즉시 가서 김씨를 보고,

"들자 하니 그대가 지극한 행실이 있어 반드시 댁에 경사스러운 일이 있을 것이니 탄복할 일이외다. 내가 자제를 가르쳐 성취시키고 싶은데 허락하실지 모르겠습니다."

라고 하였다. 김공은 크게 기뻐하며 허락하였다. 김 화순은 조낙정의 문하에서 수학하다가 뒤에 박잠야(朴潛冶)[26]의 문인이 되었으며 학행으로 추천받아 음직으로 진출하였다. 김 화순의 아들 감사공[27]으로부터 비로소 현달하여 이후 삼대에 걸쳐 다섯 정승을 배출한 대가문이 되었다.

11. 바보 아재

서애(西崖) 유성룡(柳成龍)은 안동 땅에 살고 있었다. 집에 숙부 한 분이 있었는데, 사람됨이 어리석고 무식해서 콩과 보리도 구분 못 할 지경이었다. 집안에서 '바보 아재'라 부르며 속으로들 만만하게 여겼다.

바보 아재가 서애를 보고 매양, "내가 조용히 자네에게 이를 말이 있는데, 자네의 집이 늘 시끄러우니 손님이 없을 때를 보아서 나를 부르게. 내가 만 번 긴하게 할 이야기가 있네."라고 하는 것이었다.

---

26 박잠야(朴潛冶): 박지계(朴知誡, 1573~1635)를 가리킴. 당시 학자로 이름이 높았음.
27 감사공: 김극형의 아들 김징(金澄, 1623~1676)을 말함.

어느 날 마침 손님이 없이 조용하여 사람을 시켜 바보 아재를 불렀다. 그는 허름한 갓에 해진 옷을 걸치고 즉시 와서는 하는 말이었다.

"내가 자네와 내기 바둑을 한판 두고 싶은데 어떻겠나?"

"숙부께서는 평소에 바둑을 전혀 두지 않으신데 지금 갑자기 대국을 하자 하시니 저의 적수가 되지 못하실까 합니다."

서애의 바둑 솜씨는 세상에 유명하였다.

"잘 두고 못 두고 말할 것이 있겠는가. 한번 두어보기나 하세."

서애는 마지못해 대국을 하면서도 마음속으로 의아해하였다. 숙부가 선수로 두기 시작하여 미처 반판에 이르지 못해 서애 쪽의 바둑은 다 잡혀서 두고 말고 할 것이 없었다. 비로소 숙부가 재능을 숨기고 있는 줄 알고 바닥에 엎드려 말하였다.

"숙질 사이에 반평생 함께 살아오면서 이처럼 속이시다니 저의 마음에 억울함을 이기지 못하겠습니다. 이제부터 가르침을 주시기를 원하옵니다."

"어찌 자네를 속일 이치가 있겠는가. 어쩌다 이긴 것이지. 자네는 기왕 벼슬길에 나선 바에 나 같은 초야의 사람이 무슨 가르칠 일이 있겠는가. 그런데 내일 반드시 어떤 중이 찾아와서 자고 가기를 청할 걸세. 그러면 절대로 허락하지 말고 아무리 천번 만번 간청을 하더라도 끝끝내 거절하고 마을 뒤 암자로 가서 자고 가도록 하게. 나의 이 말을 명심하여 어기지 말아야 하네."

"말씀대로 잘 이행하겠습니다."

그날이 되어 뜻밖에 한 중이 찾아와서 통자(通刺)하고 뵙겠다고 들어오는데, 몸이 당당하고 나이는 삼사십쯤 되어 보였다. 어디 중이냐고 물으니 대답이 이러했다.

"강릉 오대산의 중이온데 영남의 산천을 둘러보기 위해 내려와서 명승을 둘러보고 지금 바야흐로 돌아가는 길입니다. 듣자옵건대 대감의 덕망이 당세에 제일이라는 말을 듣고 일부러 꼭 뵙고 싶어서 잠깐 들렀사옵니다. 오늘 해가 이미 저물었으니 청컨대 한 자리를 빌려 기숙하고 내일 아침에 떠날까 합니다."

"나의 집안에 연고가 있는 까닭으로 생소한 사람을 유숙시킬 수 없다네. 이 마을 뒤에 암자가 있으니 거기 가서 하룻밤 자고 아침에 내려오도록 하게."

라고 서애가 말하였다. 그 중이 만단으로 청원 하였으나 서애는 한결같이 강경하게 거절하여 중은 부득이 아이종을 따라 집 뒤편의 암자로 올라갔다. 이때 바보 아재는 여종 하나를 사당 모양으로 꾸미고 자신은 거사 모양으로 송낙에 갈옷을 입고 문에 나와서 합장하여 절을 하고 맞아들였다.

"어디서 오신 스님이 이처럼 누추한 곳에 찾아왔소?"

중이 답례하고 들어와 앉았다. 거사가 사당을 시켜 저녁상을 차려 내오게 하는데, 먼저 한 병 좋은 술을 대접하자 중은 받아서 달게 마시며 말했다.

"이 술은 비상하게 맑고 독한데 어디서 난 것이오?"

"이 여자는 이 고을의 주모 기생으로 은퇴한 사람이라오. 아직도 옛날 솜씨가 있어서 이런 거라오. 스님은 어떻건 간에 양껏 자시면 좋겠소."

이어 저녁상이 나오는데 나물과 채소로 극히 정결하였다. 그 중은 음식을 실컷 먹고 술에 잔뜩 취해 쓰러졌다. 밤이 아주 깊어서 가슴이 답답함을 느끼고 눈을 떠 보니 아까 거사가 배 위에 걸터앉아 손에 날카로운 칼을 들고 눈을 부릅떠 꾸짖었다.

"중놈이 어찌 감히 이런단 말이냐! 네가 바다를 건너오던 날부터 나는 너를 알고 있었다. 네가 나를 속일 수 있느냐! 네가 사실대로 털어놓는다면 혹시 너를 용서해 줄지 모르지만 그렇지 않으면 네 목숨은 지금, 이 칼날에 끊어질 것이다. 사실대로 말하라."

그 중은 살려달라고 빌며 말했다.

"지금 소승이 죽음이 임박했는데 어찌 털끝만큼이라도 속이려 들겠습니까. 소승은 과연 일본 사람이올시다. 관백 평수길(平秀吉)[28]이 바야흐로 군대를 보내 이 나라를 치려고 하면서 가장 꺼리는 바는 귀댁의 대감입니다. 그래서 소승을 시켜 먼저 여기 와서 우선 도모하도록 한 것입니다. 지금 선생의 귀신같은 안목에 들키고 말았으니 바라옵건대 저의 실낱같은 목숨을 붙여주신다면 맹세코 다시는 이런 일을 벌이지 않겠습니다."

바보 아재는,

"우리나라가 전쟁의 화를 입는 것은 천수(天數)로 정해진 바라 인력으로 어떻게 하기 어려우니, 나 또한 하늘을 거역하고 싶지 않다. 그러나 우리 고향은 아무리 전쟁의 화가 미친다고 하더라도 내가 있으니 충분히 구제할 수 있다. 왜병이 이 고장에 들어오면 하나도 발길을 돌려 돌아가지 못할 것이다. 너 같은 개미 목숨이야 죽여서 무슨 보탬이 될 것이 있겠느냐. 네 중대가리를 그대로 붙여서 보내니 돌아가 평수길에게 전하여 우리나라에 내가 있는 줄 알도록 하여라."

라고 하며 그를 놓아주었다. 그 중은 백 번 절하여 감사를 드리고,

"감히 그리하지 않으리까."

하며 머리를 싸매고 쥐가 도망치듯 달아났다. 돌아가서 평수길을 보고 자신이 겪은 이야기를 말하였다.

평수길은 그 이야기를 듣고 크게 놀랍고 기이하게 여겨 군사들에게 경계하여 바다를 건너가는 날에 안동 땅은 한 발짝도 감히 들어가지 말도록 하여, 이에 안동 지경은 전화를 입지 않고 평안히 넘겼다.[29]

---

28 평수길: 도요토미 히데요시(豊臣秀吉). 일본인의 성명을 세 글자로 지칭하는 관행이 있었는데, 그에 대해서는 평수길이라고 불렀다.

29 이 작품이 『청구야담』 권8에 「겁왜승유거사명식(劫倭僧柳居士明識)」이라는 제목으로 실려 있다.

12. 광작(廣作)

여주 땅에 옛날 허(許)씨 성의 양반이 있었다. 집이 몹시 가난하여 살아가기 어려웠으나 성품이 매우 어질고 착하였다. 아들 셋을 두어 부지런히 글공부를 시키는데, 집이 가난하여 친지들 간에 양식을 구걸하여 글공부를 이어가게 하였다. 알건 모르건 간에 그가 어질고 착한 까닭에 찾아가면 잘 대접하고 양식을 넉넉히 도와주었다. 그런데 몇 년 사이에 전염병으로 그 아비와 어미가 다 세상을 떠나, 세 아들이 밤낮으로 곡을 하며 울부짖었다. 간신히 상사(喪事)의 범절을 갖추어 겨우 장사를 지내고 삼년상을 마치고 나니, 집안 형편은 더욱 말할 수 없었다. 삼형제 중 가운데 아들은 이름은 허홍(許弘)인데 형과 아우에게 이렇게 말했다.

"우리가 오늘날까지 굶어 죽지 않은 것은 오로지 선친이 인심을 얻으신 덕분이지요. 지금 삼년상이 지났으니 선친의 은택은 이미 다해서 호소할 곳이 없소. 당장 절박한 형세로 우리 형제들이 굶어 죽는 밖에는 아무 다른 계책이 없소. 불가불 각자 살길을 도모할 수밖에 없지요. 오늘부터 우리 형제들이 각기 살아갈 길을 찾아야겠소."

그의 형님과 아우는 말했다.

"우리들은 어려서부터 해온 일이 글공부에 지나지 않는다. 그밖에 농사나 장사의 일은 돈이 없으니 해볼 도리가 없을 뿐 아니라 방법을 알지 못하니 어떻게 할 수 있겠느냐. 주림을 참고 과거 공부를 하는 외에는 다른 도리가 없지."

이에 허홍은 말했다.

"사람이 하는 일이 각자 같지 않은데 각자 좋은 대로 할 수밖에 없지요. 우리 삼형제가 다 글공부만 하다가는 수명이 다하기 전에 춥고 굶주려 모두 죽을 수밖에 없습니다. 형님과 아우는 기질이 심히 약하니 계속 학업을 해야겠지요. 나는 10년을 기한하고 힘을 다해 치산을 해서 후일에 우리 형제가 다시 살아갈 밑천을 마련해보겠습니다. 오늘로부터 파산을 하여 두 분 형수와 제수께서는 각자 친정으로 돌아가시고, 형님과 아우는 책을 짊어지고 절간으로 올라가서 중들이 먹고 남은 것을 얻어 자시면서 10년 후에 다시 만나기로 기약을 합시다. 부모가 물려주신 세업(世業)이라고는 가대(家垈)와 보리밭 세 두락과 여종 하나가 있을 뿐입니다. 이건 종가의 것이니 후일에 응당 종가로 돌려주어야 하지만, 제가 우선 빌려서 살림을 도모하는 밑천으로 삼으렵니다."

그날로 삼형제가 눈물을 뿌리며 작별하는데, 형수와 제수는 각기 친정으로 돌아가고 형님과 아우는 절간으로 떠났다. 허흥은 자기 처가 신혼 때 가져온 패물 등속을 팔아서 돈이 7~8냥 정도 되었다. 그해 마침 면화가 풍년이 들었는데 그 돈으로 모두 미역을 구매했다. 그 미역을 등에 지고 그 부친이 평소에 왕래하며 양식을 구걸했던 친지 집을 두루 방문하여 미역을 내놓고 안면을 보아 면화를 달라고 하니, 사람들이 모두 그 뜻을 가엽게 여겨 넉넉히 도와주었다. 좋고 나쁘고를 가릴 것 없이 얻은 면화가 몇백 근이 되었다. 그의 아내에게 밤낮으로 길쌈을 하도록 하고 그는 돌아다니며 팔아서 다시 귀리 10여 석을 사들였다. 매일 그것으로 죽을 끓여서, 그와 아내는 날마다 죽 한 그릇을 나누어 반 그릇씩 먹고 여종은 한 그릇을 먹도록 하며 말했다.

"네가 정 배고픔을 참기 어려우면 집을 나가도 좋다. 나는 너를 책망하지 않겠다."

그 여종은 울며,

"상전은 반 그릇을 자시고 쇤네는 한 그릇을 먹는데 어찌 감히 배고프다고 하겠습니까. 굶어 죽더라도 나갈 생각이 없습니다."

하고, 상전을 따라서 베 짜기를 부지런히 하였다. 허생은 자리를 짜기도 하고 짚신을 삼기도 하여 밤낮으로 잠시도 쉬지 않았다. 혹시 찾아오는 친구가 있으면 으레 울타리 밖에 세워놓고 말하기를,

"이제부터 나를 사람의 일로 꾸짖지 말게. 10년 후에 다시 만나도록

하세.”

하고, 누구도 나가서 만나지 않았다. 이처럼 3~4년을 하고 보니 이득이 자못 불어났다. 마침 문전옥답 10두락의 논과 며칠갈이 밭을 팔려는 것이 나와서 드디어 그 값을 치르고 사게 되었다. 봄이 되어 농사를 시작할 때 혼잣말을 했다.

“많지도 않은 전답을 어찌 사람을 부려서 갈고 뿌리고 하겠는가. 자신의 힘으로 하는 것만 같지 못한데, 농사일을 어떻게 할지 알지 못하니 이를 어떻게 할까.”

드디어 이웃 마을의 늙은 농부를 초청하여 술과 음식을 잘 대접하고 논 두둑 위에 앉아 지도하게 하고, 그는 직접 농기구를 손에 잡고 농부가 가르치는 대로 갈고 뿌리고 하였다. 그는 갈고 김을 매는 일을 다른 사람보다 3배나 더 하였던 까닭에 추수한 곡식도 다른 사람보다 배나 더 되었다. 밭에는 담배를 심었는데 때마침 몹시 가물어 매일 아침저녁으로 물을 길어다 주었다. 온 경내의 담배가 온통 말라서 죽어갔으나 유독 그의 밭에 심은 담배는 무성하였다. 서울 상인들이 미리 수백 냥을 맡기고 사 갔으며, 두 번째 딸 때도 잘 되어 역시 후한 값을 받았다. 담배 농사의 이득이 근 400냥이 되었다. 이처럼 5~6년을 하자 재산이 점점 불어나 4~500석의 곡식을 밖에 쌓아두어서, 가까운 지역의 100리 내의 전답이 온통 허생에게 귀속되었다. 그래도 먹고 입는 것을 절약하는 것은 한결같이 전날과 같은 모양이었다. 그의 형님과 아우가 한번은 절에서 내려와 보러 왔는데, 그의 처가 세 그릇의 밥을 좋게 지어서 올렸다. 그는 눈을 부릅뜨고 야단치며 그 상을 내가고 다시 죽을 끓여 오라고 하였다. 그의 형님은 잔뜩 골을 내어,

“너의 집 재산이 이처럼 부유한데 나에게 한 그릇 밥도 대접할 수 없단 말이냐.”

하고 꾸짖었다. 그는 이렇게 대답했다.

"저는 기왕에 10년을 기한하여, 10년 전에는 밥을 먹지 않기로 마음에 단단히 맹세를 하였습니다. 형님 또한 10년 뒤에 우리 집의 밥을 자실 수 있을 것입니다. 형님이 아무리 제게 노여워하시더라도 저는 조금도 개회하지 않겠습니다."

그의 형은 노여워서 죽을 먹지 않고 당장 절로 올라가 버렸다.

그 이듬해 봄에 형님과 아우가 나란히 소과(小科)에 합격하였다. 그는 돈과 포백을 많이 가지고 서울로 가서 응방(應榜)[30]의 비용으로 쓰고 또 광대를 거느리고 집으로 돌아왔다. 바로 그날로 광대들을 불러 이르기를,

"우리 집의 형님과 아우가 이번에 소과에 합격했다지만 또 대과(大科)가 있으니 응당 산에 올라가서 공부를 계속해야 할 것이다. 너희들은 여기 머물러 있어봤자 소용이 없으니 각자 집으로 돌아가도록 하여라."

하고, 각각 돈을 주어서 보냈다. 그리고 형님과 아우에게 말했다.

"10년 기한이 아직 되지 않았으니 모름지기 바로 절로 올라가서 기한이 차기를 기다려 내려오는 것이 좋겠습니다."

그날로 형제는 산으로 올라갔다. 10년 기한에 이르자 그는 어엿한 만석꾼이 되어 있었다. 이에 최고급의 포백을 골라 남녀의 의복을 각기 두 벌씩 새로 지어서 형수와 제수의 친정에 사람과 말을 보내 날짜를 약속해서 모셔 오도록 하고, 또 절간으로 사람과 말을 보내 형님과 아우를 맞아오게 하였다. 한 집에 단란히 모여 며칠 지낸 후에 그가 형님과 아우를 보고 말하기를,

"이 집은 비좁아 지내기 어렵습니다. 내가 경영해둔 바가 있으니 바로 가서 살 수 있습니다."

하고, 모두 함께 이사를 떠나 몇 리쯤 가니 고개 하나를 넘자 산 아래

---

30 응방(應榜): 과거시험 합격자가 스스로 축하하여 광대를 불러 연회를 베푸는 것. 창방연이라고도 함.

툭 트인 곳에 훌륭한 저택이 있었다. 전면에 긴 행랑이 있어서 노비와 우마가 그 안에 가득 차 있었다. 안으로 집이 세 구역으로 나뉘어 있고 바깥으로 사랑은 한 채가 매우 광활하였다. 삼형제의 가족들은 각기 안채에 한 구역씩 차지하고, 삼형제는 사랑채의 한 방에 거처하여 긴 베개와 큰 이불을 사용하니 그 즐거움이 이루 말할 수 없었다. 그 형님이 깜짝 놀라 물었다.

"이게 누구의 집인데 이처럼 굉장하냐?"

"이건 제가 경영한 것이랍니다. 저의 집사람도 알지 못하게 했습니다."

그리고 하인을 시켜 나무 상자 4~5개를 가져오게 하여 앞에 놓아두고,

"이건 논밭의 문서입니다. 이제 우리들이 재산을 골고루 나누는 것이 좋겠습니다."

하고, 덧붙여 말했다.

"재산을 이처럼 이룰 수 있었던 데는 제 처 역시 힘을 다한 공이 있습니다. 그 노고에 보답이 없을 수 없지요."

하고, 20섬지기의 논을 그 처의 몫으로 지급하고 세 형제가 각기 50섬지기를 나누어 가졌다. 그 이후로는 먹고 입는 것이 극히 풍성하고 정결하게 되었다. 그 이웃과 일가 중에 가난한 사람들에게도 적절히 헤아려 나누어주어 사람들이 모두 칭송하였다.

어느 날 허생이 문득 슬퍼하며 눈물을 흘렸다. 그 형이 이상히 여겨 물었다.

"지금 우리들이 살아가는 것이 삼공(三公)에 못지않거늘 무슨 부족한 일이 있다고 이처럼 슬퍼하느냐?"

"형님과 아우는 기왕에 공부를 부지런히 하여 모두 소과에 합격하였으니 출세를 한 셈입니다. 저로 말할 것 같으면 치산에 골몰하느라 전에 해오던 공부는 다 집어치워서 일개 무식한 사람이 되었습니다. 아버지께서 저에게 기대하신 바는 허무하게 되었습니다. 어찌 마음 아픈 일이

아닙니까. 지금 나이도 벌써 많아졌는데 유자의 업은 다시 시작할 수 없으니 붓을 던지고 무과로 나가보겠습니다."

그로부터서 활과 화살을 준비하여 활쏘기를 익혀서 몇 년 뒤에 무과에 올랐다. 서울로 가서 벼슬을 구하여 내직을 얻고 차츰 품계가 올라 안악(安岳) 군수를 제수받았다. 그런데 부임할 기일에 가까워 그의 처가 갑자기 세상을 떠났다. 그는 한숨을 쉬며 말했다.

"내 이미 영감하(永感下)³¹이니 녹을 받아도 봉양을 할 길이 없다. 지방 고을에 나가고 싶어 한 것은 노처(老妻)가 일생 동안 고생한 것을 생각해서 한 번 호강을 시켜줄까 한 것이었다. 지금 아내가 병들어 죽었으니 내가 무엇 하러 부임할 것인가."

그 길로 바로 사직하여 교체시켜주도록 하고 고향으로 내려가 여생을 마쳤다고 한다.³²

13. 소를 탄 늙은이

선조 임란 때에 명나라 장수 이여송(李如松) 제독이 황제의 명을 받들고 우리나라를 구원하러 왔다. 평양 싸움에 이기고 입성해서 주둔한 다음 조선의 산천이 아름다운 것을 보고 문득 딴마음이 생겨 선조 임금을 밀어내고 자기가 눌러앉을 마음을 품었다.

어느 날 여러 막료들을 거느리고 연광정(練光亭)에서 크게 연회를 벌이고 놀았다. 그때 강변 모래사장에 어떤 늙은이가 검은 소를 타고 지나가고 있었다. 군교들이 "물렀거라!" 하고 고함을 쳤으나, 노옹은 들은 척

---

31 영감하(永感下): 부모가 모두 돌아가신 것을 이르는 말.
32 이 작품이 『청구야담』 권7에 「치산업허중자성부(治産業許仲子成富)」라는 제목으로 실려 있다.

않고서 고삐를 잡고 천천히 걸어가는 것이었다. 이 제독은 대로하여 저 늙은이를 당장 잡아 오라고 호령했다. 소의 걸음이 빠르지도 않은데 장교들이 따라잡지를 못하였다. 이 제독이 분노를 이기지 못해 직접 천리마를 타고 칼을 뽑아 들고 쫓아갔다. 소는 멀지 않은 거리를 유지하며 가고 말은 나는 듯이 달리는데 끝내 따라잡지를 못하였다. 산을 넘고 물을 건너 몇십 리를 가서 어느 산골 마을로 들어갔다. 시냇가 수양버들 아래 검은 소를 매어 놓았는데 그 앞으로 초당의 사립문이 반쯤 열려 있었다. 이여송은 늙은이가 거기 있으리라 짐작하고 말에서 내려 칼을 들고 그 집으로 뛰어들었다. 노옹은 일어나 그를 맞이하여 마루 위로 모시는 것이었다. 이 제독이 대로하여 꾸짖었다.

"너는 웬 시골 늙은이냐. 하늘 높은 줄 모르고 당돌하기가 이에 이르다니. 내가 황상의 명을 받들어 백만의 대군을 거느리고 너희 나라를 구원하러 온 일이야 너도 필시 모를 이치가 없겠거늘 감히 우리 군사 앞을 범한단 말이냐. 네 죄는 죽여 마땅하다."

노옹이 웃으며 대답하는 말이었다.

"제 비록 산야의 늙은이이오나 어찌 장군의 높으심을 모르오리까. 오늘 제가 벌인 일은 오직 장군을 이 누추한 곳으로 모셔 오고자 한 꾀이옵니다. 제가 삼가 한 가지 부탁을 드릴 일이 있사온데 말씀드리기 어려운지라 부득이 이 계책을 낸 것입니다."

"부탁할 일이 무엇인지 우선 말해보구려."

"저의 불초한 자식 두 놈이 글 읽고 농사짓는 일은 하지 않고 오로지 강도짓을 하며 부모의 가르침을 따르지 않고 장유(長幼)의 구별을 알지 못하니 일대 화근이올시다. 이 늙은이의 기력으로는 제어할 도리가 없사오니, 삼가 장군의 신이한 용력이 세상을 덮었음을 듣고 그 위엄을 빌려 패륜아 두 놈을 제지하고자 하옵니다."

"지금 어디 있소?"

"뒤꼍의 초당에 있습니다."

이 제독이 즉시 칼을 들고 집 뒤로 돌아가 보니 과연 두 소년이 앉아서 글을 읽고 있었다.

"너희 두 놈이 이 집의 못된 자식놈이냐? 너희 아비가 나에게 너희를 징치해달라고 부탁했으니 삼가 나의 칼을 받아라."

이 제독이 큰 소리로 외치며 칼을 휘둘러 내리쳤다. 두 소년은 동요하는 빛이 없이 손에 든 서진(書鎭)[33] 막대를 천천히 들어 막아내니 끝내 일격도 가하지 못했다. 소년이 서진 막대로 칼날을 치니 칼이 쨍하는 소리와 함께 두 토막이 나서 땅에 떨어졌다. 이 제독은 숨을 헐떡이며 땀을 흘렸다. 이윽고 노옹이 뒤꼍으로 들어와서 두 아들을 꾸짖어,

"아이들이 어찌 감히 무례하게 구느냐."

하고 물러나 앉게 했다. 이 제독은 노옹을 향해 말했다.

"저 패륜아들은 용력이 워낙 비범해서 감당하기 어렵소이다. 노인장의 부탁을 저버리는가 싶소이다."

"아까 이야기는 우스갯소리올시다. 이 아이들이 완력이 좀 있다지만 저것들 열 명이라도 이 늙은이 하나를 당하지 못할 것이외다. 장군께서 황상의 뜻을 받들어 우리나라를 도우러 오셨으매 이 땅에서 왜적을 몰아내어 우리나라를 다시 안정시키고 개선하여 돌아가시면 아름다운 이름이 천추(千秋)에 드리우겠지요. 이 어찌 대장부의 일이 아니겠습니까. 장군께서 이렇게 하지 않고 도리어 딴마음을 품으시다니, 어찌 장군께 바라는 바이겠습니까. 오늘 벌인 일은 장군으로 하여금 우리나라에도 인재가 있다는 것을 알게 하려는 계책이올시다. 장군이 만약 뜻을 고치지 않고 미혹한 생각을 고집하신다면 내 비록 늙은이이나 족히 장군의 목숨

---

33 서진(書鎭): 책갈피를 눌러 표시하거나 책장이 바람에 날리지 않도록 나무나 돌 같은 것으로 만든 물건.

을 제거할 수 있소이다. 재삼 조심하시기 바랍니다. 산골의 늙은이가 말이 비록 당돌하오나 오직 장군은 살피시어 너그러이 용서하옵소서."

이여송은 한참을 말없이 머리를 떨어뜨리고 있다가 풀이 죽어 순순히 응답하고 떠나갔다 한다.[34]

14. 김천일(金千鎰)의 부인

창의사(倡義使) 김천일(金千鎰)[35]의 처는 어느 집안의 여자인지 알 수 없다. 시집온 날부터 아무 하는 일이 없이 날마다 낮잠 자기를 일삼았다. 그녀의 시아버지가 짐짓 이렇게 말했다.

"너는 참으로 좋은 부녀자인데 다만 부인의 도리를 알지 못하는 것이 흠이구나. 무릇 부인이라면 다 부인의 임무가 있다. 네가 이미 출가하였으니 집을 다스려 치산(治産)을 해야 옳거늘, 이런 일을 하지 않고 날마다 낮잠만 잔단 말이냐."

그녀는 이렇게 대답했다.

"아무리 치산하자 해도 적수공권(赤手空拳)에 어디에 의지해서 살림을 꾸려간단 말입니까."

이에 시아버지는 딱하게 여겨 벼 2~30포 정도와 노비 4~5명, 소 몇 마리를 주면서 물었다.

"이만하면 치산의 밑천이 되겠느냐?"

---

34 이 작품이 『청구야담』 권8에 「노옹기우범제독(老翁騎牛犯提督)」이라는 제목으로 실려 있다.

35 김천일(金千鎰, 1537~1593): 본관은 언양(彦陽), 호는 건재(健齋). 전라도 나주 사람으로, 일재(一齋) 이항(李恒)의 문인이다. 임진왜란이 일어나자 의병을 일으켜 여러 차례 공을 세웠고 나라에서 창의사(倡義使)의 칭호를 받았다. 1593년 진주성 싸움에서 분투하다가 순절하였다.

"충분합니다."

그러고 나서 그녀는 노비들을 불러 말했다.

"너희들은 이제부터 나에게 소속되어 있으니 응당 나의 지휘를 따라야 할 것이다. 너희들은 여기 곡식을 소에 싣고 무주(茂朱) 땅 아무 곳의 깊은 골짝으로 들어가서 벌목하여 집을 짓고, 이 나락을 농사지을 양곡으로 삼아 부지런히 화전(火田)을 갈아서 매년 가을에 수확한 전량을 나에게 와서 보고하되 겉곡식은 쌀로 만들어 저장해두도록 하여라. 매년 이와 같이 해야 한다."

노비들은 이 명을 받들고 무주로 향하여 떠났다. 그리고 며칠이 지나서 그녀는 김공을 보고 말했다.

"남자가 수중에 돈이 없고 곡식이 없으면 무슨 일이든 이룰 수 없습니다. 어찌 이 점을 생각하지 않습니까."

"나는 부모님을 모시고 있는 사람이라 의식을 모두 부모님께 의지하고 있는데 돈과 곡식을 어디서 마련해낸단 말이오?"

"듣건대 이 동네에 이(李) 아무개 씨 집은 여러 만금의 재산을 쌓아두고 있는데 타고난 성질이 내기 장기를 좋아한답니다. 서방님이 그 댁에 가서 천 석의 노적 한 자리로 내기장기를 두어보지 않으시렵니까?"

"이 사람은 장기를 잘 두어 세상에 유명하다오. 나는 장기 수가 형편없는데 내기 장기를 어찌 감히 마음이나 두겠소."

"이건 아주 쉬운 일입니다. 우선 장기판을 가지고 와보세요."

이에 장기판을 앞에 놓고 마주 앉아 여러 가지 묘수를 수순에 따라 가르쳤다. 김공 또한 영특한 사람이라 반나절 대국하는 사이에 장기 수를 환히 터득했다. 그의 처가 말했다.

"이제는 충분히 내기 장기를 둘 수 있습니다. 서방님은 삼판양승으로 내기를 걸되 첫판은 일부러 져주고 둘째 판 셋째 판에서는 근근이 이기도록 하십시오. 그리고 노적을 얻은 다음에 저분이 필시 다시 승부를 결판내고 싶어 할 터이니 이때에는 묘수를 내서 아예 대들지 못하도록 하는 것이 좋겠습니다."

김공은 이 말을 그럴듯하게 생각하여 이튿날 그 집으로 찾아가서 내기 장기를 두자고 청했다. 그 사람은 웃으며 말하기를,

"자네와 나는 한 마을에 살면서 자네가 장기를 둔다는 말을 들어보지 못했네. 지금 갑자기 와서 장기를 두자고 하다니 웬일인지 모르겠군. 자네는 나의 적수가 아니니 두어볼 것도 없네."

라고 하여 김공이,

"대국하여 두어본 다음에 누가 잘 두는지 알 수 있겠지. 두어보지도 않고 미리 정할 수 있겠소."

라고 하며 두 번 세 번 강청하였다.

"그렇다면 나는 평소 대국을 할 때에는 반드시 내기를 하네. 자네는 무엇을 걸려는가?"

"당신 집에 천 석의 노적가리가 서너 곳이 있으니 이것으로 내기를 걸면 되겠소."

"나야 이것으로 내기를 걸겠는데 자네는 무엇을 걸겠는가?"

"나도 천 석을 걸겠소."

"자네는 시하(侍下)의 사람으로 적지 않은 곡식을 어디에서 마련한단 말인가."

"이 문제는 승부를 결정한 뒤에 말할 일이오. 내가 이기지 못할 것이라면 천 석을 어떻게 말하겠소."

그 사람은 마지못해 장기판을 놓고 마주 앉았다. 두 번 이기는 것으로 정했는데 처음에 김공이 일부러 한 판을 지자 그 사람이 웃으며 말했다.

"그렇지. 자네는 나의 적수가 아니라고 내가 말하지 않던가."

"아직 두 판이 남았으니 또 우선 대국을 해봅시다."

이생은 마음속으로 심히 이상하게 여기며 다시 장기판을 놓고 마주

앉았는데 연거푸 두 판을 지고 말았다. 이생은 크게 놀라 말했다.

"이상도 하다. 어떻게 이럴 이치가 있는가. 이미 약속하였으니 천 석은 내주지 않을 수 없네. 즉시 시행하기로 하지. 다시 한번 내기 장기를 두어보세."

김공이 그러자 하고 다시 대국을 하였는데 이때 비로소 신묘한 수를 써서 이생은 형세가 완전히 기울어 손도 써보지 못했다. 김공이 웃으며 판을 끝내고 돌아와 자기 처를 보고 경과를 말했더니 그 처는 이렇게 말하는 것이었다.

"저는 벌써 이렇게 될 줄 알았습니다."

"이제 이 재물을 어디에 쓰는 것이 좋겠소?"

"서방님이 친히 지내시는 사람 중에 장가가기 어렵고 상례를 치르기도 어려운 사람이나 가난하여 생계를 잇지 못하는 이들에게 적당히 나누어주며, 멀고 가깝고 귀하고 천하고를 막론하고 걸출한 인재가 있으면 더불어 허교(許交)를 하고 날마다 데리고 오십시오. 주식(酒食)의 비용은 제가 다 마련하겠습니다."

김공은 그 말과 같이 실행하였다. 하루는 부인이 또 시아버지께 청하기를,

"제가 농사를 지어볼까 하는데, 울타리 너머 닷새 갈이의 밭을 제가 무엇이던 가꿀 수 있도록 해주시겠습니까?"

라고 하자 시아버지가 허락하였다. 이에 그 밭을 갈아 온통 박을 심었다. 박이 자라서 익기를 기다려 뒤웅박 모양으로 만들어 낱낱이 검게 칠을 하게 하였다. 매년 이와 같이 하여 오간(五間)의 창고를 가득 채웠다. 또 대장장이를 시켜서 쇠로 뒤웅박 모양을 본뜬 것을 두 개 제작하였다. 이것도 창고 속에 같이 보관해놓았는데 사람들은 무엇에 쓸 것인지 알지 못했다.

임진년에 왜적들이 쳐들어오자 부인이 김공에게 말했다.

"제가 평소에 서방님께 궁하고 가난한 사람을 도와주고 호걸들과 사귀도록 권했던 것은 지금 이때에 힘을 얻으려는 까닭이었습니다. 서방님께서 의병을 일으키시면 시부모님의 피란처를 제가 이미 무주 땅에 마련해 두었으니 집도 있고 곡식도 있어 그런대로 서방님의 근심을 끼치지 않겠습니다. 저는 여기에 있으면서 군량을 조달하여 끊어지지 않도록 하겠습니다."

김공이 흔연히 그 말을 따라 의병을 일으키자 원근에서 평소에 은덕을 받았던 사람들이 모두 와서 합류하여 열흘 사이에 정예병 사오천을 얻었다. 군졸들이 각기 검정 칠을 한 표주박을 들고 싸움에 나섰다가 회군할 때에 미쳐서 쇠로 만든 표주박 모양의 것을 길에 버려두고 돌아왔다. 왜군은 그것을 들어보고 크게 놀라,

"이 군인들은 모두 이걸 들고 다니기를 나는 듯하니 저들의 용력이 굉장한 줄을 알겠다."

하고, 드디어 저희들끼리 경계하여 저 군대와는 감히 맞서서는 안 되겠다고 하였다. 이런 까닭에 왜군들이 김공이 거느린 군대를 봤다 하면 싸우지도 않고 달아났다. 김천일이 큰 공을 세웠던 것은 대개 부인의 도움이 컸다.[36]

15. 선천(宣川) 기생

옥계(玉溪) 노진(盧禛)[37]은 어려서 아버지가 돌아가시고 집도 가난한데,

---

36 이 작품이 『청구야담』 권7에 「창의사뇌양처성명(倡義使賴良妻成名)」이라는 제목으로 실려 있다.

37 노진(盧禛, 1518~1578): 호는 옥계(玉溪). 1546년 명종 때 과거에 급제하여 벼슬은 예조판서에 이르렀다. 그는 원래 경상도 함양 땅에서 태어나 소년 시절을 보냈고

사는 곳이 남원(南原) 땅에 있었다. 나이가 장성했으나 장가갈 방도가 없었는데 그의 당숙이 무변으로 마침 선천(宣川) 부사로 가 있었다. 옥계의 모친이 옥계에게 선천 당숙을 찾아가서 혼수의 비용을 구해오라고 하였다. 옥계는 총각 머리 그대로 길을 떠나 걸어서 선천부에 당도했다. 관문(官門) 앞에서 문지기에 막혀 들어가지 못하고 길에서 서성거리는데, 마침 옷을 곱게 차려입은 동기(童妓) 하나가 지나가다가 보고 걸음을 멈추고 눈여겨보다가 물었다.

"도련님은 어디서 오셨습니까?"

옥계가 사실대로 대답하자 기생이 말했다.

"우리 집이 아무 동네의 몇 번째 집인데 여기서 거리가 멀지 않습니다. 도련님은 우리 집에 묵도록 하시지요."

옥계는 그러겠노라 하고 어렵사리 관문으로 들어가 당숙을 만나보았다. 당숙은 여기까지 온 이유를 묻고 나서 눈살을 잔뜩 찌푸리며,

"부임한 지 얼마 안 된 데다 백성들이 관에 진 빚이 산처럼 쌓여 있어 그렇지 않아도 심히 걱정스럽다."

하며 현저히 냉담한 빛을 보였다. 옥계는 나가서 묵겠다는 뜻으로 아뢰고 밖으로 나와서 즉시 기생의 집을 찾아갔다. 동기는 반가이 맞으며 자기 어머니에게 저녁을 정갈하게 차려서 대접하도록 하였다. 밤이 되어 함께 잠자리에 들자 그 기생이 말했다.

"제가 보기에 본관사또는 손이 아주 작아서 아무리 가까운 친척 간이라 하더라도 혼수를 넉넉히 도와줄지 알 수 없습니다. 제가 도련님을 뵙건대 기골이나 풍채가 크게 현달할 상입니다. 하필 스스로 걸객 노릇을 하신단 말입니까. 제가 따로 저축해 놓은 은 500여 냥이 있으니 여기서 며칠 묵어가시고 관문에는 다시 들어갈 것이 없습니다. 이 은을 가지

남원 땅으로 이사했다.

고 곧바로 돌아가는 것이 좋겠습니다."

"행동을 바람에 나부끼듯 하다가는 당숙에게 꾸지람을 듣지 않겠는가." 하고, 옥계는 몸가짐을 가볍게 해서는 안 된다는 뜻으로 말했다.

"도련님은 가까운 친척의 정의를 믿고 계시지만, 가까운 친척이라고 기댈 수 있나요. 여러 날 머물러 있다가 남의 눈살이나 찌푸리게 만들고 돌아갈 때 기껏 돈 몇십 냥을 노자라고 줄 것인데 장차 어디다 붙이겠습니까. 여기서 바로 떠나느니만 못합니다."

옥계는 며칠 지내는 동안 낮에는 들어가서 당숙을 보고 밤이면 그 기생의 집에서 묵었다. 어느 날 밤에 기생은 등불 아래서 행장을 꾸리고 은자를 꺼내 함께 보에 쌌다. 그리고 새벽에 마구간에서 말 한 필을 꺼내 짐을 싣고 옥계를 서둘러 떠나게 했다.

"도련님은 10년이 지나지 않아 반드시 귀하게 되실 것입니다. 저는 마땅히 몸을 깨끗이 하고 기다리겠습니다. 다시 만나 뵐 기약은 이 한 길이 있을 뿐이니 천번 만번 몸조심하옵소서."
라고 하더니 눈물을 뿌리며 문밖으로 나갔다. 옥계는 부득이 자기 당숙에게 하직 인사도 드리지 않고 길을 떠났다. 아침이 되어 고을 원님은 그가 돌아갔다는 말을 듣고 그의 행동이 황당함을 괴이하게 여겼지만 마음속으로는 돈을 하나도 들이지 않게 되어 무방하다고 여겼다.

옥계는 집으로 돌아가서 그 은화로 장가를 들고 살림을 살게 되어 의식이 궁하지 않게 되었고, 과거 공부를 열심히 하여 4~5년 뒤에 급제하였다. 등과하고 나서 벼슬길에 올라 크게 임금에게 알려졌다. 그리고 얼마 지나지 않아 암행어사가 되어 관서 지방으로 나갔다. 곧바로 그 기생의 집을 찾아가니 그 어미가 혼자 집에 있었다. 그녀가 옥계의 얼굴을 알아보고서 소매를 붙잡고 눈물을 흘리는 것이었다.

"내 딸이 낭군을 떠나보낸 그날로 어미를 버리고 달아나서 어디로 갔는지 모릅니다. 지금 몇 년 사이에 이 늙은 몸이 밤낮으로 딸을 생각하느라 눈물이 마를 날이 없답니다."

옥계는 망연자실해서 속으로 생각하기를,

'내가 여기 온 것은 오직 그녀를 만나기 위함인데, 지금 그림자도 볼 수 없으니 애간장이 다 녹을 지경이다. 그런데 그녀는 필시 나를 위해 종적을 감춘 것이리라.'

하고 다시 물었다.

"따님이 한 번 떠난 이후로 어떻게 되었는지 소식을 듣지 못했소?"

"근래 전해오는 말이, 내 딸년이 성천(成川) 경내의 산사에 의탁해서 종적을 숨기고 있어 사람들이 그 얼굴도 보지 못한다고 합니다. 풍문에 들리는 말이라 꼭 믿을 수 없는데 늙은 몸이 기력도 쇠하고 집안에 남자도 없으니 종적을 찾아볼 도리가 없다오."

옥계는 그 말을 듣고 곧바로 성천 땅으로 가서 온 경내의 사찰을 두루 돌아다니며 찾았으나 끝내 그림자도 볼 수 없었다. 그러던 중에 어느 한 절에 들르니, 그 절 뒤에 천 길의 절벽이 있고 그 절벽 위로 조그만 암자가 있는데 워낙 가팔라서 발을 붙일 곳이 없었다. 옥계가 넝쿨을 붙잡고 등나무를 타고서 간신히 위로 올라갔더니 중 몇 사람이 있었다. 그들에게 물어본즉 대답이 이러했다.

"4~5년 전에 나이 스물 남짓한 여자가 와서 약간의 은전을 수좌(首座) 스님에게 맡기고 조석의 비용으로 써달라고 하였습니다. 그리고 부처님을 모신 좌대 아래 들어가 있으면서 머리를 흩트려 얼굴을 가리고 아침저녁의 공양은 창구멍으로 들여놓도록 하였으며, 대소변을 볼 때만 잠시 밖에 나왔다가 다시 들어갑니다. 이와 같이 한 것이 벌써 여러 해 지났습니다. 소승들은 모두 보살, 생불이라고 여겨 감히 가까이하지 못한답니다."

옥계는 속으로 곧 그 기생인 줄로 생각하고 수좌를 시켜 창틈으로,

"남원의 노(盧) 도령이 오로지 낭자 때문에 여기까지 찾아왔는데 어찌 문을 열고 나와서 맞이하지 않는가."

라고 말을 전하게 했다. 그녀는 그 중을 통해서 말을 물었다.

"노 도령이 여기 오셨다면 과거급제는 어찌 되었나요?"

옥계가 과거에 급제한 후에 지금 어사가 되어, 이렇게 찾아온 것이라고 대답하였더니, 그녀의 말이 또 이러했다.

"제가 이와 같이 여러 해 종적을 감추고 갖은 고생을 한 것은 오로지 낭군 때문입니다. 어찌 기뻐 뛰어나가 맞이하고 싶지 않겠습니까마는 여러 해 숨어 있느라 귀신 꼴이 되었습니다. 당장 장부 앞에 나서기 곤란합니다. 저를 위하여 10여 일 동안 기다려 주시면 제가 몸을 씻고 치장을 하고 나서 다시 본래의 모습으로 돌아간 다음에 서로 만나는 것이 좋겠습니다."

옥계는 그 말대로 머물러 있었다. 10여 일 후에 그녀는 화장을 하고 옷을 차려입고 나왔다. 두 사람이 드디어 상봉을 하니 슬픔과 기쁨이 교차했다. 그 절의 중들이 비로소 그런 사연을 알고 다들 감탄해 마지않았다.

옥계는 성천 관아에 통보하여 가마와 말을 빌려서 그녀를 선천으로 태워 보내 그 어미와 상면하도록 했다. 옥계는 어사의 임무를 마치고 복명한 다음 비로소 인마(人馬)를 선천으로 보내 거느리고 오게 하여 함께 살아가며 종신토록 애지중지 하였다고 한다.[38]

16. 태수놀이

연원부원군(延原府院君) 이광정(李光庭)[39]이 양주목사로 있을 때 매 한

---

38 이 작품이 『청구야담』 권7에 「노옥계선부봉가기(盧玉溪宣府逢佳妓)」라는 제목으로 실려 있다.

39 이광정(李光庭, 1552~1627): 본관은 연안(延安), 호는 해고(海皐). 연원부원군에 이르

마리를 길렀는데 사냥꾼을 시켜 매양 사냥을 나가게 했다. 어느 날 매사냥꾼이 나갔다가 밤을 새우고 돌아왔는데, 다리를 다쳐서 절름거리는 모양이었다. 이공이 괴이하게 여겨 물어보았더니 그는 웃으며 다음과 같이 이야기하였다.

어제 매를 놓아 꿩을 잡는데 꿩은 달아나고 매도 도망쳐서 사방으로 찾았더니, 매가 아무 마을 이좌수의 집 문밖의 큰 나무 위에 앉아 있었습니다. 간신히 매를 불러 팔목에 앉혔습니다. 그래서 돌아서려고 하는 즈음, 홀연 울타리 안에서 왁자지껄하는 소리가 들려왔습니다. 울타리 사이로 들여다보았더니 다섯 명의 처녀들이 사내처럼 건장한 모양으로 서로 이끌며 우르르 몰려오는데 그 기세가 심히 사나웠습니다. 고로 혹시나 얻어맞을까 싶어서 몸을 급히 피하다가 발이 미끄러져 다쳤던 것입니다. 그때는 해도 거의 저물었고 심히 의아한 마음이 들어 울타리 아래 나무 덤불 사이로 몸을 숨기고 들어보았습니다. 다섯 처녀들이 서로 하는 말이었습니다.

"오늘 마침 조용하니 또 태수놀이를 하는 것이 어떻겠느냐?"

모두들 "좋다." 고 하였습니다. 그중에 큰 처녀는 나이가 삼십 가까이 되어 보이는데 높이 돌 위에 앉았습니다. 그 아래로 여러 처녀들이 저마다 좌수니 형방이니 급창이니 사령 따위가 되어 그 앞에 모시고 섰습니다. 이윽고 태수 처녀가 명령을 내립니다.

"좌수를 붙잡아 들여라!"

형방 처녀는 급창 처녀를 불러 이 명령을 전하고, 급창 처녀는 사령 처녀를 불러 분부를 전하니, 사령 처녀가 명령을 받들어 좌수 처녀를 붙잡아 들여서 뜰 아래 무릎을 꿇립니다. 태수 처녀는 큰 소리로 그 죄를

렀고 그 자손들이 크게 번창하였다.

묻는 것이었습니다.

"혼인은 인륜의 대사인데 너의 막내딸만 해도 나이가 이미 과년했으니 그 위의 형들은 다 알 만하다. 너는 어찌하여 다섯 딸로 하여금 속절없이 모두 인륜을 폐하도록 만든단 말이냐? 네 죄는 죽여야 마땅하다!"

좌수 처녀는 몸을 땅에 굽히고 아룁니다.

"민(民)이 어찌 인륜의 중함을 모르겠습니까. 하오나 민의 집안 형편이 적빈(赤貧)하니 혼사의 범절을 마련할 준비가 전혀 없습니다."

태수 처녀가 말했습니다.

"혼인이란 그 집의 형편에 따라서 하는 것이다. 단지 이불 한 채에 물을 떠놓고 예를 드린다 해서 안 될 이치가 어디에 있겠는가. 너의 말이 너무도 우활하다."

좌수 처녀가 대답했습니다.

"민의 딸은 한둘이 아니옵고 신랑감 또한 구할 만한 곳이 없습니다."

태수 처녀가 꾸짖어 말했습니다.

"네가 열심히 널리 구혼한다면 어찌 구하지 못할 이치가 있겠느냐? 고을에서 듣는 바로 말하더라도 아무 마을의 송좌수·오별감, 아무 동리의 정좌수·김별감·최향소의 집들은 모두 신랑감이 있다. 이들만 꼽아 보아도 너의 다섯 딸의 배필을 정할 수 있을 것이다. 이 사람들은 너와 지추덕제(地醜德齊)[40]하니 무슨 불가할 이치가 있겠느냐."

"삼가 마땅히 하교에 따라 통혼을 하겠습니다만 저들은 필시 민의 집이 가난한 때문에 응하지 않을 겁니다."

"네 죄는 응당 벌을 가할 것이로되 우선은 십분 참작하겠으니 조속히 정혼하고 혼례를 행하도록 하라. 아니면 후일에 엄히 처벌하겠노라."

이에 좌수 처녀를 끌어내도록 하는 것이었습니다. 다섯 처녀는 크게

---

40 지추덕제(地醜德齊): 지체나 명망이 서로 비슷하다는 의미임.

웃고 왁자지껄하며 헤어졌습니다. 그 꼴이 참으로 배꼽을 잡게 하였습니다. 그러고 나서 길을 떠나 객점에서 묵고 이제 비로소 돌아온 것입니다.

사또는 듣고서 크게 웃으며 즉시 향소를 불러 이좌수의 내력과 집안 형편, 자녀의 수 등을 물어보았다. 그의 대답은 "전에 이 고을의 좌수를 지낸 사람으로 집안 형편은 극히 가난하고 아들이 없이 딸만 다섯인데, 다섯 딸이 이미 과년하였으나 가난한 때문에 아직 성혼을 못 했습니다." 라고 하였다. 사또는 즉시 예방아전을 시켜 고목(告目)[41]을 보내 이좌수를 청하였다. 얼마 지나지 않아 이좌수가 와서 배알하자 물었다.

"그대가 전에 좌수를 지내 고을 일을 잘 안다고 하여 내가 의논해보고 싶었는데 미처 기회가 없었네."
하고, 자녀를 몇이나 두었는지 물었다.

"민은 타고난 명이 기구하와 아들은 하나도 기르지 못하고 쓸데없는 딸만 다섯이 있습니다."

"다들 시집을 보냈던가?"

"하나도 성혼시키지 못했습니다."

"나이가 각기 몇이나 되었는고?"

"끝의 것도 이미 과년하였습니다."

사또가 아까 들은 말에 따라 태수 처녀가 분부했던 대로 하나하나 물었고, 돌아오는 답변도 과연 좌수 처녀의 말과 같았다. 사또가 이에 모(某) 좌수·모 별감·모 향소의 집을 들면서 태수 처녀가 했던 대로 말했다.

"저들에게 어찌 통혼을 하지 않았던가?"

"저들은 필시 민의 집이 가난한 까닭으로 혼인하기를 원치 않을 것입

---

41 고목(告目): 지방 관아의 향리가 위에 보고하거나 상호 간에 알리는 문서를 이름.

니다."

"이 일은 내 마땅히 거간을 서겠노라."

그 좌수를 내보내고 다시 예방아전을 시켜 다섯 향소를 초청하여 물었다.

"그대들의 집에 각기 신랑감이 있다고 들었는데 그러한가?"

모두들 "과연 그렇습니다."라고 대답하였다. 장가를 보냈는지 여부를 물었더니 다들 대답이, "아직 정혼한 곳이 없습니다."라고 하였다.

"내 들건대 아무 마을의 아무개 좌수 집에 다섯 처녀가 있다는데 어찌 통혼하여 인연을 맺지 않는가?"

다섯 사람이 다 우물쭈물하며 즉시 대답을 하지 못했다. 사또는 정색하고 말했다.

"저도 향족이요, 이쪽도 다 향족이라 문호가 서로 비등하거늘, 그대들이 혼인을 하고 싶지 않은 것은 단지 빈부를 따져서 그런 것이 아닌가. 그렇다면 가난한 집 여자는 땋아 내린 머리로 늙어 죽겠군. 내가 나이나 지위로 보아 그대들과 비교해서 어떠한가. 내 이런 처지에서 발설하였거늘 그대들은 어찌 감히 따르지 않는단 말인가."

하고 즉시 다섯 장의 간폭(簡幅)을 꺼내서 다섯 사람 앞에 내놓고 말했다.

"각기 아들의 사주(四柱)를 쓰도록 하게."

목소리와 안색이 근엄해서 다섯 사람은 황공하여 몸을 엎드리고,

"삼가 하교를 받들겠나이다."

하였다. 이내 각기 자기 아들의 사주를 써서 바쳤다. 사또는 각기 나이의 많고 적음에 따라 다섯 처녀들과 차례대로 짝을 정했다. 그러고 나서 그들에게 주효를 대접하고 각기 모시 베 한 필씩을 내주며,

"이것을 도포 감으로 쓰라."

하였다. 그리고 따로 분부하기를,

"이좌수 집 다섯 처녀의 혼사는 관에서 마련해줄 것이니 본가에서는

걱정하지 말도록 하라."

하였다. 즉시 택일하도록 하였는데 그 날짜가 며칠 안으로 잡혔다. 그리하여 포백과 돈, 곡식을 보내 혼수에 쓰도록 하였다. 그날 사또는 이좌수 집으로 몸소 찾아갔으며, 병풍이나 자리, 차일 등속은 관에서 설치하여 다섯 벌의 탁자를 마당에 나란히 놓고 다섯 쌍의 신랑과 신부가 일시에 예식을 거행했다. 구경꾼들이 담을 이뤄 사또님의 선행을 탄복하지 않는 사람이 없었다. 이광정의 후손이 크게 번창하고 현달하게 된 것은 적선을 해서 복을 받은 때문이라고 한다.[42]

17. 고담(古談)

안동 양반 권 진사 모씨(某氏)는 집이 매우 부유했는데 성품이 준엄하여 치가(治家)에 법도가 있었다. 외아들을 두어 맞아들인 며느리가 성질이 사납고 투기가 심해 휘어잡기 어려웠다. 그러나 엄격한 시아버지 밑에서 며느리는 성깔을 부리지 못했다.

권 진사는 한 번 화가 났다 하면 반드시 대청에 자리를 잡고 앉아 죄를 다스려서 비복을 때려죽이는 일도 있었으며, 생명까지는 상하지 않더라도 피를 보고야 말았다. 이 때문에 대청에 자리를 한 번 벌였다 하면 반드시 사람이 상할 것으로 생각하여 온 집안이 벌벌 떨었다.

아들의 처가가 이웃 고을에 있었다. 아들 권생이 장인 장모를 뵈러 갔다가 돌아오는 길에 비를 만나서 어느 객점에 들게 되었다. 한 젊은 청년이 먼저 들어와 마루 위에 앉아 있었다. 마구에 5, 6필 준마가 매여

---

42 비슷한 이야기가 『청구야담』 권8에 「작선사수의계홍승(作善事繡衣繫紅繩)」이라는 제목으로 실려 있다.

있고 비복들도 여럿인데, 내행(內行)을 거느리고 길을 나선 것처럼 보였다.

그 청년이 권생에게 말을 붙이며 술과 음식을 권하는 것이었다. 술맛이 매우 준하고 안주도 더없이 풍성했다. 서로 통성명을 하고 사는 곳을 묻는데 권생은 다 사실대로 고했으나, 먼저 온 청년은 자기의 성만 대고 사는 곳은 말하지 않으면서,

"우연히 이곳을 지나다가 비를 피해 객점에 들려 동년배의 좋은 벗을 만나니 이보다 기쁜 일이 있겠소."

하여 두 사람이 마주앉아 술잔을 주거니 받거니 취토록 마셨다. 권생이 먼저 크게 취해 곯아 떨어졌다.

권생은 한밤중에 눈을 떠서 방안을 둘러보니 술잔을 주고받던 젊은이는 그림자도 찾을 수 없었다. 자기 혼자 내실에 누워 있는데 곁에 웬 소복을 한 여인이 홀로 앉아 있었다. 나이는 18, 9세쯤으로 용모가 빼어나고도 단아하여 결코 상것이 아니요, 서울의 재상가 부녀임에 틀림없어 보였다. 권생은 깜짝 놀라 물었다.

"내가 어떻게 여기 누워 있소? 임자는 어느 댁의 부인인데 이곳에 앉아 있소?"

그 여인은 부끄러운 기색으로 대답을 하지 못했다. 재삼 다그쳐 물어도 끝내 입을 열지 못하다가, 수식경이 지나서 비로소 모기만한 소리로 말을 시작하는 것이었다.

"저는 서울에 가문이 번창한 사환가의 딸입니다. 14세에 출가를 했다가 15세에 상부(喪夫)하고 부친도 일찍 작고하셔서 지금은 오빠에게 의지해 있습니다. 오빠는 성벽이 남달라서 시속대로 예법에 구애된 나머지 어린 누이동생을 혼자 늙게 만들고 싶지 않았답니다. 개가할 곳을 구하려 한즉 온 문중에 말썽이 크게 일어나서 모두들 가문을 더럽힌다고 반대하여 꾸중하시기로 부득이 파의했습니다. 그래서 오빠는 가마와 말을 준비하여 저를 싣고 서울을 떠나, 정해 놓은 곳이 없이 돌아다니다가

이곳에 당도했답니다. 오빠 생각은 적합한 남자를 만나면 소녀를 맡기고 자기는 돌아가서 일가들의 이목을 피하겠다는 생각입니다. 지난밤에 손님이 취하신 틈을 타서 하인을 시켜 내실로 모셔 들였는데, 오빠는 지금 쯤은 이미 멀리 가셨을 거예요."

말이 끝나자 옆에 놓인 상자를 가리키며 덧붙이는 말이었다.

"이 안에 5, 6백 냥의 은자가 있는데, 이것으로 저의 의식의 자료를 삼도록 하신 것입니다."

권생은 놀라움에 얼른 문밖으로 나가 둘러보았으나, 그 청년과 허다한 인마는 온데간데없었다. 다만 어린 몸종 둘이 한 구석에 웅크리고 있었다. 권생은 다시 방으로 들어와서 드디어 그녀와 동침을 하였다.

그러고 나서 가만히 생각해보니 정말 큰일이다. 엄한 아버지의 슬하에서 사사로이 작첩을 했으니 반드시 별반 거조가 날 것이요, 아내의 사납고 투기하는 성질로 미루어 받아들여질 가망이 없는 노릇이다. 장차 이를 어찌할 것인가? 천 가지 만 가지 생각해보아도 뾰족한 도리가 나서지 않았다. 미인과의 기이한 만남이 도리어 큰 두통거리가 된 셈이다. 아침이 되기를 기다려 권생은 몸종에게 잘 모시라 이르고, 그 여자에게 일렀다.

"집에 엄부가 계시니 우선 돌아가서 여쭈어야 옳겠소. 그리고 데려가 겠으니 조금 기다리시오."

객점 주인에게도 신신당부하고 그곳을 떠났다. 권생은 그 길로 지모가 많은 친구의 집을 찾아가 사실대로 털어놓고 좋은 계책을 물었다. 그 친구는 한참을 생각에 잠겼다가 대답하기를,

"참으로 어려운 문제네. 지난한 일이야. 정말 별 뾰족한 도리가 없는 걸……. 단 한 가지 방법이 있긴 있네. 자네가 귀가한 며칠 후에 내가 주연을 베풀고 친구를 청할 테니, 자네는 그 다음에 자리를 마련하고 우리를 청하게. 그러면 자연 좋은 방법이 생길 것일세."

라고 하였다. 권생은 그 친구의 말대로 시행하기로 약조하고 귀가했다.

며칠 후 그 친구가 하인을 보내 초대하는 말이 "마침 주찬이 마련되어 여러 벗들이 모두 모이는데, 이 자리에 형이 빠질 수 없으니 꼭 왕림해주십사" 하는 것이었다. 권생은 부친께 아뢰고 친구집 연회에 참석했다. 이튿날 권생이 아버지께 여쭈었다.

"아무가 어제 주연을 벌여 친구들을 초대했는데, 답례의 절차는 없을 수 없지 않겠습니까. 마침 오늘 약간의 음식이 준비되어 있으니, 여러 벗들을 부름이 좋을 듯합니다."

부친이 허락하여 주연을 베풀고, 그 친구와 함께 동네의 여러 젊은이들을 청했다. 여러 젊은이들이 모두 와서 먼저 권 진사에게 인사를 드렸다. 권 진사는 반갑게 말했다.

"자네들은 돌아가며 주연을 가지면서, 늙은 나를 한 번도 부르지 않다니 거 무슨 도리인가."

그 친구가 얼른 대답을 했다.

"어르신께서 좌석에 앉아만 계셔도 연소한 시생들은 도무지 기거좌립이 자유롭지 못합니다. 또한 어르신네께옵서 천품이 워낙 준엄하신 고로 시생들이 잠깐 뵈옵는 데도 혹시 과실이 있을까 조마조마 하는 터에, 어떻게 종일 주석에서 모실 수 있겠습니까. 어르신네께서 임석하시고보면 그야말로 살풍경입니다."

권 진사는 껄껄 웃으며 말했다.

"이 사람아, 주석에서 무슨 장유유서를 찾겠는가. 오늘 술은 내가 주인일세. 예법의 구속을 파탈하고 종일 실컷 놀아보세. 자네들이 내게 백 번 실체를 해도 내 조금도 허물하지 않음세. 어쨌든 실컷 즐기다 파하여, 이 늙은 사람의 하루 고적한 심회를 위로해주기 바라네."

젊은이들 모두 공순히 '예-' 하였다. 장유 노소가 섞여 앉아 잔을 들었다. 술이 반쯤 돌았을 때, 그 지모 많은 친구가 권 진사 앞에 말을 건넸다.

"시생에게 재미난 고담이 한 자리 있기로 내놓아서 한 번 웃으시게 할까 합니다."

"고담이라 아주 좋지. 나를 위하여 한 자리 해보게."

그 친구는 권생이 객점에서 미인을 만난 일을 가지고 고담으로 꾸며서 한바탕 이야기했다. 권 진사는 구구절절 찬탄을 하며

"기이한 일이다, 기이한 일이야! 옛날이야 혹 그런 기연이 있었을지 몰라도 요새는 도무지 듣지 못하겠는 걸."

이라고 하자, 그 친구가 얼른 말을 받았다.

"만약 어르신네께서 그런 경우에 당하면 어떻게 처하시겠습니까? 밤중에 아무도 없는 방에서 절대가인을 곁에 두고 가까이 하시겠습니까? 멀리 하시겠습니까? 기왕에 가까이 하셨다면 거두어 함께 살도록 하시겠습니까? 아니면 내버리시겠습니까?"

"고자가 아닌 담에야 황혼에 가인을 만나 어찌 헛되이 보낼 이치가 있는가? 그리고 기왕 동침했으면 데리고 사는 거지, 어찌 버려서 적악을 한단 말인가?"

"그래도 어르신네께서는 성품이 본시 엄정하신지라 아무리 그런 경우에 당해서도 결코 훼절(毁節)하지 않으실 걸요."

권 진사는 머리를 저었다.

"아니야, 아니야. 내가 그런 경우를 만났더래도 훼절하지 않을 수 없을 걸세. 그 사람이 규방에 들어간 것이 고의가 아니요, 속임을 당했으니 이는 자신이 짐짓 저지른 잘못이 아니네. 또 젊은 사람이 미색을 대해 혈기가 동함은 인정에 당연한 일이요, 저 여자가 사족의 딸로서 그렇게 되었으니 사정이 딱하고 처지가 측은한데 만약 한 번 버림을 받고 보면 필시 수치와 원한을 품고 자결할 것이니, 이 어찌 적악이 아닌가. 사대부의 처사가 그토록 각박해선 안 되느니."

그 친구가 다시 다그쳐 물었다.

"인정 사리가 과연 그럴까요?"

"그야 여부 있는가? 의당 그래야지. 사람이 야박해서야 어디 쓰겠나?"

이에 그 친구는 웃으며 아뢰었다.

"제 이야긴 실은 고담이 아니옵고, 바로 댁의 자제가 일전에 겪은 일입니다. 어르신네께서 사리에 당연함을 재삼 단언해 말씀하셨으니, 자제가 다행히 죄책을 면할 줄로 믿습니다."

권 진사는 이 말을 듣고 나서 한동안 말없이 있다가 이내 정색하고 노기를 띠어 소리쳤다.

"자네들은 그만 돌아가 주게. 내 조처할 일이 있네."

모두들 놀라 흩어졌다.

권 진사는 "얼른 대청에 자리를 벌여라!"고 소리를 벽력같이 질렀다. 집안사람들이 이번에는 누구를 치죄할까, 벌벌 떠는 것이었다. 권 진사는 대청에 앉아 다시 소리를 높여,

"작두를 대령하여라."

하여 하인들이 황망히 작두와 널판을 뜰아래 차려놓고 기다렸다. 또 큰소리로 호령한다.

"너의 서방님을 잡아다가 작두판에 올려라."

하인이 권생을 잡아다 목을 작두판 위에 늘여놓았다.

권 진사가 꾸짖는다.

"이 고연 놈! 입에 아직 젖내도 안 가신 놈이 부모에게 고하지 않고 제멋대로 작첩을 하다니, 이는 집안을 망칠 짓이다. 내가 아직 세상에 붙어 있어도 이런 짓을 하는 놈이, 하물며 내 죽은 뒤에야 오죽 하겠느냐. 너 같이 패악한 자식은 살려두어서 무익하니라. 내가 있을 때 머리를 베어 아예 후환을 없앰이 옳다."

그리고 호령을 하자, 하인이 발을 들어 작두를 밟을 기세를 취했다. 이때에 집안의 위아래로 다들 안색이 사색이 되었다. 권 진사의 부인과

며느리도 뜰에 내려가 애걸을 하였다.

"비록 죽을죄를 졌다지만, 어찌 차마 목전에서 외아들의 머리를 자른단 말입니까."

권 진사가 벽력같이 소리 질러 물러가라고 꾸짖으니, 노부인은 비실비실 피하고, 며느리는 땅에 머리를 두드려 얼굴에 피가 낭자했다.

"연소한 사람이 방자히 행동하여 죄를 지었사오나, 아버님의 피붙이는 단지 이뿐인데, 어찌 차마 잔혹한 일을 행하시어 누대 제사를 일시에 끊을 수 있겠습니까. 비옵건대 저의 몸으로 대신 죽게 해주옵소서."

"집안에 패자를 두어 집구석이 망하는 날, 조상께 누를 끼치느니 보다는 내 차라리 목전에서 이놈을 없애고 양자를 구해 들이는 것이 낫다. 이러나저러나 망하긴 일반이라. 망하더라도 깨끗이 망해야지."

권 진사가 당장 작두를 밟으라 호령하니, 하인들은 입으로는 "예이"하면서도 차마 발을 디디지 못했다.

며느리가 더욱 간곡하게 울며 호소하자, 권 진사는 며느리를 보고 말했다.

"이 일이 집안을 망칠 장본이 되는 것은 비단 한 가지만이 아니다. 부모시하의 사람이 제 맘대로 축첩을 했으니 그 첫째 망조요, 네 성질이 거세고 투기가 심하여 소실을 결코 용납하지 못할 터라. 그리되면 가정이 날마다 분란이 날 것이니 그 둘째 망조다. 이런 망조는 미리 제거하는 것이 현명하니라."

"저 역시 명색 사람의 가죽을 둘러썼고 사람의 마음을 가지고 있습니다. 이런 광경을 목견하고도 어찌 추호나마 질투할 마음을 두겠습니까. 만약 아버님의 한번 용서를 받자오면 이 자부는 새 사람과 함께 살면서 조금도 화기를 잃지 않기로 맹세하겠습니다. 바라옵건대 아버님께서는 그런 염려는 마시고 특별히 관전(寬典)을 베풀어주옵소서."

"아니다. 네가 지금은 사세가 급박하여 이런 말을 하지만, 필야 겉으로는 이러면서도 속은 다를 것이니라."

"어찌 그럴 이치가 있겠사옵니까. 만약 추호라도 이런 말씀과 비슷한 일이 일어난다면 하늘의 벼락을 맞을 것이며, 귀신의 죽임을 받을 것입니다."

"아니다. 네가 내 생전에는 그렇지 않다손 치더라도 내 죽은 뒤에는 네가 필시 다시 옛 버릇이 나타날 것이다. 그땐 내 이미 세상에 있지 않고 저 자식이 능히 제어하지 못할 것이니, 그 역시 집안 망칠 일이 아니냐. 아무래도 지금 저 놈 머리를 베어 화근을 없앰만 같지 못하니라."

"어찌 그럴리 있사오리까. 아버님 백세후에 혹시 일호라도 악한 마음이 생긴다면 개돼지만도 못할 것입니다. 이 말로 맹세하오니 다짐을 받아두셔도 좋습니다."

"그렇다면 네가 맹세의 말을 종이에 써서 바치거라."

며느리는 약속을 어기면 짐승만도 못하다는 의미로 맹세하는 각서를 쓰고 나서 다짐하는 말을 덧붙였다.

"만약 이 맹세를 어기는 일이 한 번이라도 있으면 저는 응당 하늘의 벼락을 맞고 죽을 것입니다.[43] 이렇게 맹세를 해도 시아버님께서 끝내 들어주시지 않는다면 저는 죽음이 있을 따름입니다."

권 진사는 그제야 아들을 용서하여 내보내고, 수노를 불러서 분부하는 것이었다.

"교자와 말과 인부를 거느리고 그 객점에 가서 서방님의 소실을 모시고 오너라."

노속들이 명령대로 가서 모셔왔음이 물론이다.

새 사람은 시부모께 현구례(現舅禮)[44]를 행한 다음 정실부인에게도 예

---

43 이 대목의 원문은 '父母之肉可以生啗矣'인데, 『계서야담』에는 '當天雷震死'로 되어 있다. 여기서는 『계서야담』 쪽을 택해 번역하였다.

44 현구례: 신부가 시집에 와서 시부모를 뵙는 절차. 구고례.

로 인사를 드리고 한 집에서 동거하였다. 며느리는 감히 한마디도 입을
떼지 못했다. 노경에 이르도록 화목하게 지내서 집안에 잡음이 전혀 없
었다고 한다.[45]

18. 소설(掃雪)

옛날 어느 재상이 평양 감사로 있을 때 외아들이 따라가 있었다. 동갑
짜리 동기(童妓)가 용모가 아리따워 서로 좋아지냈다. 어느덧 둘 사이의
두터운 정은 산 같고 바다 같은 것이 되었다. 감사는 임기가 끝나서 돌아
가게 되었다. 이때 그의 부모는 아들이 기생과 정을 끊고 떠날 수 있을지
자못 걱정이었다.

"네가 아무것과 정이 든 모양인데, 장차 마음을 정리하고 훌훌히 떠나
갈 수 있겠느냐?"

소년의 대답하는 말이 이러했다.

"한갓 풍류 호사에 불과합니다. 무슨 미련이 있겠습니까."

부모는 그렇다니 다행이고 반가운 노릇이었다.

정작 떠나는 날도 소년은 따로 석별의 정이 없는 듯 보였다.

서울로 돌아가자 그 아들에게 책을 짊어지고 절간으로 올라가서 삼여
지공(三餘之工)[46]에 힘쓰도록 하였다. 소년이 절집에서 독서하던 어느 날
마침 대설이 그치고 밤에 하얀 달빛이 뜰에 가득했다. 우연히 혼자 난간

---

45 이 작품이 『청구야담』 권9에 「외엄구한부출시언(畏嚴舅悍婦出矢言)」이라는 제목으
로 실려 있다.

46 삼여지공(三餘之工): 공부에 힘쓴다는 뜻. 겨울은 한 해의 나머지요, 밤은 하루의 나머
지요, 궂은 날은 때의 나머지이니, 이 삼여(三餘)를 이용하여 독서해야 된다고 중국
삼국(三國)시대 위나라의 동우(董遇)가 말했다.

에 비끼고 앉았다가 사방을 둘러보니 모든 소리가 그치고 숲속이 고요하여 마치 구름 사이에 외로운 학이 짝을 잃고 슬프게 부르짖고, 바위틈에서 짝을 부르는 외로운 잔나비가 구슬피 부르는 것 같았다. 이때 소년의 쓸쓸한 마음속에 문득 평양의 그 기생이 떠올랐다.

그녀의 아리따운 자태와 단아한 용모가 눈에 선하게 떠올라 그리움이 샘솟듯 일어났다. 잊을래야 잊히지 않고, 도저히 주체할 수 없는 감정이었다. 그대로 앉아서 새벽 종소리를 고대하다가, 옆에 사람도 모르게 살짝 빠져나와 짚신을 신고 약간의 노자를 차고 도보로 떠나서 그 걸음에 평양으로 향했다.

아침에야 여러 중들과 글 읽던 동창들이 그가 없어진 줄을 알았다. 깜짝 놀라 수색해보았으나 종내 그림자도 보이지 않아 그의 집으로 기별을 했다. 온 집안이 경황없이 산골을 이 잡듯 뒤졌으나 끝내 나오지 않아, 결국 호랑이에게 물려간 것으로밖에는 생각할 수 없었다. 부모의 애통한 정상은 이루 형언할 수 없었다.

소년은 고생고생 길을 가서 여러 날 걸려 평양성에 당도했다.

바로 그 집을 찾아갔으나 기생은 집에 없고, 기생 어미가 나오더니 소년의 행색이 초라한 것을 보고 쌀쌀한 눈으로 대하여 전혀 반가이 맞는 기색이 아니었다.

"자네 딸이 지금 어디 갔는가?"

"시방 신임 사또 자제의 수청을 듭지요. 한 번 들어간 뒤로 통 못나온답니다. 그런데 서방님은 무슨 연고로 천릿길을 도보로 오셨습니까?"

"자네 딸 생각으로 창자가 끊어질 듯하데. 불원천리하고 온 것은 한번 만나기 위해서네."

기생 어미는 냉소조로 대답했다.

"천리 타관에 공연히 허행을 하셨소. 내 딸은 이곳에 있건만 나 역시 얼굴도 못보는 형편이랍니다. 하물며 서방님이야……. 얼른 돌아가는 게 좋겠습니다."

기생어미는 말을 마치자 방으로 쏙 들어가더니 전혀 내다보지도 않았다.

소년은 개탄하며 나와서 올 데 갈 데 없어 망설이다가, 감영의 이방이 일찍이 친숙했고 자기 아버지에게 적지 않은 은혜를 입었으니 '어찌 찾아가보지 않으리오' 하고 그의 집을 물어서 찾아가 만났다. 이방은 크게 놀라 일어서 맞아들여 자리에 앉도록 하고 물었다.

"서방님, 이게 웬 일이십니까? 귀하신 몸으로 천리 머나먼 길을 도보로 오시다니……. 실로 꿈에도 생각하지 못한 일입니다. 대체 무슨 일로 내려오셨는지요?"

소년은 연유를 사실대로 말했다. 이방이 머리를 흔들며,

"난처하군요. 정말 난처해요. 요새 사또 자제가 그 기생을 독차지해서 촌보도 곁을 못 떠나게 하옵기에 실로 상면할 도리가 없습니다. 어쨌든 우선 소인 집에 며칠 유하시며 기회를 엿보기로 합시다."

하고, 대접이 극진했다.

소년이 이방집에서 며칠을 묵는데 홀연 하늘에서 눈이 내려 쌓였다.

"상면할 기회가 바로 지금인데, 도련님이 능히 실행할 수 있을는지요?"

"여부 있소. 내 그 기생의 얼굴을 보게만 된다면야 죽을 고비라도 피하지 않겠소. 하물며 다른 일이야……."

"낼 아침 시중의 인부를 조발하여 동헌 뜰의 눈을 쓸게 됩죠. 소인이 도련님을 소설(掃雪)의 인부로 충당하여 책실[47] 앞에서 눈을 쓸게 하겠으니, 혹시 잠깐 상면할 기회가 있을지 모르겠네요."

소년은 흔연히 이 말을 좇았다. 그는 상사람의 복장을 하고 눈 쓰는 인부들 총중에 끼어 한 자루 비를 메고 들어가서 책실의 뜰을 쓸었다.

---

47 책실(册室): 감사나 지방수령의 아들, 또는 아들의 거처를 지칭하는 말. 지방관의 비서 업무를 맡은 사람을 일컫기도 한다. 책방(册房).

눈을 쓸면서 자주자주 눈을 들어 마루 쪽을 훔쳐보는데, 그녀의 얼굴이 종내 나타나지 않았다.

한 식경이나 지나서 방문이 열리는 곳으로 그녀가 짙은 화장을 하고 난간에 나와 서서 설경을 완상하는 것이 아닌가. 소년은 눈 쓸기를 멈추고 뚫어져라 바라보았다. 그녀는 문득 안색이 싹 변하더니 부리나케 방으로 들어가서는 다시는 감감 무소식이었다.

소년은 마음속으로 무한히 저주하며 낙심천만하여 돌아왔다. 이방이 물었다.

"그 기생을 보셨습니까?"

"잠깐 얼굴은 보았소."

하고, 그녀가 한번 들어가더니 나오지 않던 전말을 이야기했다.

"기생이란 본디 그런 거죠. 차고 덥고를 재어서 송구영신(送舊迎新)하기 마련이라, 족히 책망할 것도 못 되구요."

소년은 자기 처지를 생각해보니 실로 진퇴양난이라 내심에 몹시 민망했다.

그녀는 소년의 모습을 한번 보고는 그가 왜 내려왔는가를 마음으로 알아챘다. 나가서 만나고 싶었으나 책실이 항상 곁에서 떠나지 못하게 하니 어찌할 것인가? 이에 빠져나올 도리를 궁리하여, 그녀는 문득 눈물을 똑똑 떨어뜨리며 가장 슬픈 표정을 지었다. 책실이 놀라 묻는다.

"얘, 왜 이러니?"

그녀는 울먹이며 대답했다.

"쇤네는 다른 형제가 없는 고로 쇤네가 집에 있을 때는 제 손으로 죽은 아비의 산소에 눈을 쓸었어요. 오늘 같은 대설에 눈 쓸 사람이 없어 이 때문에 슬퍼하는 것입니다."

"그거야 내가 하인 하나를 보내 쓸게 하면 그만 아니니?"

그녀가 고개를 외로 틀고,

"이것이 관청일이 아니온데, 이런 추운 날 방자를 시켜 소인 선산의 눈을 쓸게 하오면, 소인과 소인의 죽은 아비가 욕설을 무한히 듣고 말걸요. 결코 안 될 말씀이에요. 소인이 잠깐 가서 눈을 쓸고 나는 듯이 돌아올 테니, 보세요. 우리 아버지 산소가 성 밖에 십리 거리에 있으니 가고 오고 불과 수식경이면 될 거에요."

라고 말하였다.

책실은 그 사정을 동정하여 허락했다.

그녀는 즉시 자기 집으로 달려가서 어미에게 물었다.

"아무 서방님, 오시지 않으셨나요?"

"며칠 전에 잠깐 들렀다가 가더라."

"왔으면 왜 붙잡아 두지 않았나요?"

"네가 있지 않는데 붙잡아 보았자 무엇하니?"

"어디로 간답디까?"

"내가 묻지도 않았고, 그도 가는 곳을 말하지 않더라."

그녀는 울먹이며 자기 어머니를 원망했다.

"엄마, 인정이 어디 이럴 수가 있어요. 그분은 높은 벼슬아치 가문의 귀공자요, 천리걸음이 오로지 날 보자고 오신 것 아니에요. 엄만 왜 만류해두고 제게 기별은 못하나요. 엄마가 좀 쌀쌀히 대했길래 그렇지. 그분이 여기 머무르려 하지 않았겠어요."

하고 눈물을 그치지 않았다.

소년의 거처를 찾을래야 물을 곳도 없었다. 문득 전에 이방과 친근했음이 생각나서 혹시 그 집에 가 있을까 싶었다. 그래서 바쁜 걸음으로 이방 집을 찾아갔더니 과연 그 집에 있었다.

남녀는 서로 손을 맞잡고 슬픔과 기쁨이 교차했다.

그녀가 하는 말이,

"전 오늘 도련님을 뵈오니 결단코 떨어지고 싶지 않네요. 이곳에서 바로 우리 둘이 같이 도피하도록 해요."라 하는 것이었다.

그녀는 다시 자기 집으로 가보니 마침 모친이 집에 있지 않아서 상자 속에 넣어둔 은자 5, 6백 냥과 자기의 패물 등속으로 짐을 하나 만들었다. 그리고 인부를 사서 짊어지게 하고 이방의 집으로 돌아왔다.

이방에게 말 두필을 세내 달라고 했더니 이방이,

"세마(稅馬)로 왕래하다가는 종적이 탄로 나기 쉽습니다. 제게 두어 필 건장한 말이 있으니 타고 가시지요."

하고, 따로 4, 50냥을 노자로 쓰라고 내놓았다.

소년은 그녀와 함께 당장 길을 떠나 양덕(陽德)·맹산(孟山)[48] 어름의 조용하고 후미진 곳에 집을 구하여 살았다.

그날 감영에서는 기생이 늦도록 돌아오지 않는 것이 수상하여 사람을 시켜 찾았으나 종적을 알 수 없었다. 그 어미에게 물어도 당황해 할 뿐 역시 어디로 갔는지 알지 못했다. 사방으로 사람을 풀어 수색했지만 종내 그림자도 발견하지 못했다.

그녀가 집안일을 대강 정돈한 다음 소년에게 말했다.

"낭군은 부모님을 등지고 이렇게 와 있으니 죄인이올시다. 속죄할 길이란 오직 과거 급제에 있고, 급제하는 길은 부지런히 공부하는 데 있잖아요. 먹고 살아갈 걱정은 제게 맡기시고, 이제부터 학업에 전력하시면 뒤에 방도가 생길 것입니다."

그녀는 널리 서책을 구입하여 값의 고하를 묻지 않고 사들였다. 그때부터 부지런히 글공부를 하여 과문(科文)의 솜씨가 크게 진보하였다.

어느덧 4, 5년이 지났다. 나라에서 무슨 경사가 있어 별시(別試)를 보여 인재를 뽑는데, 그녀가 소년에게 과거를 보러 올라가라고 권했다. 그리고 노자를 마련해주어 길을 떠나게 되었다.

---

48 양덕(陽德)·맹산(孟山): 평안남도 동부지역에 있는 고을 이름으로 험한 산골임.

소년은 상경해서 자기 집으로 가지 못하고 여관에 들었다. 과장에 들어가서 제목이 걸린 것을 보고 일필휘지하여 정권(呈卷)을 하고 방이 나기만 기다렸다.

방이 난 것을 보니 소년이 제 일등으로 뽑혔다.

임금이 이조판서를 어전에 가까이 불러 물었다.

"일찍이 듣기로 경의 독자가 절에서 독서하다가 호환을 입었다고 하더니, 이번 신방(新榜) 장원의 봉내(封內)[49]를 보니 적실히 경의 아들이오. 그런데 직함을 어찌하여 대사헌으로 썼는지 괴이한 일이로군."

이조판서가 엎드려 절하고 말하였다.

"신도 의아합니다만 신의 아들은 결코 살아있을 리가 없습니다. 혹 성명이 같은 사람이 아닐까요."

"부자동명이란 드문 일이요, 조정의 재상 반열에 경과 동명은 없지 않소. 실로 무슨 영문인지 모르겠도다."

그리고 임금이 신은(新恩)을 부르니 이조판서는 어탑(御榻) 아래 부복하여 기다렸다.

신은이 명을 받들고 들어오는데 과연 그의 아들이었다. 부자가 서로 붙잡고 말이 막혀 눈물만 흘리며 손을 놓지 못했다. 임금이 가까이 불러 그 곡절을 물었다.

신은은 부복해 있다가 몸을 일으켜서 부모를 저버리고 도망한 일로부터 감영 책실 앞의 눈을 쓸던 일, 기생과 함께 도피해 살면서 글을 읽어 등과하기까지의 경과를 일일이 아뢰었다. 임금은 안상을 두드리며 기특한 일이로다 하고 칭찬한 뒤에,

"너는 패자가 아니라 효자로다. 네 첩의 절개와 지모는 누구보다 탁월

---

49 봉내(封內): 과거시험의 답안지의 오른쪽 상단을 일부 잘라서 응시자의 성명 및 선대와 출생지를 적어서 봉해둔 부분.

하구나. 천한 기생 중에 이런 인물이 있을 줄 미처 몰랐다. 이런 사람을 창기로 대접할 수 없느니라. 부실로 맞이하는 것이 옳도다."

하고 그날로 평양 감사에게 명을 내려 그녀를 치송하도록 했다.

그는 사은(謝恩)하고 물러나 자기 부친을 따라서 본가로 돌아갔다. 온 집안은 축제 분위기로 넘쳐 있었다.

봉내에 직함을 대사헌으로 쓴 것은 소년이 절에 있을 당시 부친의 관직이었다. 궐녀는 이름이 자란(紫鸞)이고, 자(字)는 옥소선(玉簫仙)이었다 한다.[50]

19. 박탁(朴鐸)

정익공(貞翼公) 이완(李浣)이 효종의 두터운 신임을 받아 북벌을 하기 위한 계책으로 널리 인재를 구하였다. 길을 가다가도 생김이 걸출해 보이는 사람을 만나면 필히 자기 문하에 데리고 가서 그 재능에 따라 조정에 천거하였다.

언젠가 훈련대장으로 말미를 얻어 성묘를 하기 위해 길을 나섰다가 용인의 주막에서 한 소년을 만났다. 나이는 30쯤 되어 보이고 키는 거의 10척에 얼굴도 길어 한 자나 되는데 삐쩍 여위어 뼈가 다 드러나고 단발에 더벅머리였다. 헤진 옷이 몸을 다 가리지 못한 채 토마루 위에 쭈그리고 앉아 한 동이 탁주를 고래처럼 마시고 있었다. 이공(李公)은 마상(馬上)에서 얼핏 보고 특이하게 여겨 바로 말에서 내려 토방에 앉아 사람을 시켜 그 총각을 불러오게 하였다. 총각은 인사도 드리지 않고 돌멩이

---

50 비슷한 이야기가 『청구야담』 권4에 「청기어패자등제(聽妓語悖子登第)」라는 제목으로 실려 있다.

위에 걸터앉았다. 이공이 그의 성명을 묻자, 성은 박(朴)이고 이름은 탁(鐸)이라고 대답했다.

"너는 집안이 어떠하냐?"

"저는 양반으로 일찍 아버지를 잃었으며 집에 편모가 계십니다. 가난해서 땔나무를 하여 봉양을 하고 있습니다."

"네가 술을 마시더니 더 마실 수 있겠느냐?"

"술을 왜 사양하겠습니까."

이공은 하인에게 명하여 백 푼의 돈을 주고 술을 사오게 하였다. 탁주 두 항아리를 사가지고 오자, 공이 먼저 한 사발을 마신 다음 항아리째 그에게 넘겨주었다. 그 총각은 사양하거나 머뭇거리는 태도가 없이 거푸 술 두 동이를 다 비웠다.

"네가 비록 초야에 파묻혀 있어 주림과 추위에 곤란을 당하고 있으나, 골상이 비범하니 크게 쓰일 사람이다. 너는 혹시 나의 이름을 들었는지 모르겠다. 내가 다름 아닌 훈련대장 이완이다. 바야흐로 조정에서 큰일을 꾀하여 장수감을 두루 구하는데, 네가 나를 따라가면 부귀야 말할 것이 있겠느냐."

"늙은 어머니가 집에 계시니 제가 감히 다른 사람에게 허락하겠습니까."

"그렇다면 내가 찾아가서 너희 어머니를 뵙겠다. 너희 집이 어디에 있느냐? 네가 앞장을 서라."

10여 리를 걸어가서 그의 집 문 앞에 다다르니 몇 간의 조그만 집이 비바람도 가리지 못할 지경이었다. 그 총각이 집으로 먼저 들어가더니 이윽고 헤진 자리 하나를 가지고 나와 사립문 밖에 펼치고 나와서 맞이하는 것이었다. 그 모친은 쑥대머리에 삼베치마를 걸쳤으며 나이는 60여 세쯤 되어 보였다. 서로 상석을 양보하다가 좌정하자 이공이 먼저 말했다.

"훈련대장 이 아무개올시다. 성못길에 이 아이를 만나 대번에 사람이

걸출한 것을 알아보았습니다. 아주머님은 이런 기특한 아들을 두었으니
크게 축하를 드립니다."

모친은 옷깃을 여미고 대답했다.

"초야에서 아비 없이 큰 아이라 아무 배운 것이 없어 산과 들의 짐승
과 다름이 없습니다. 대감께서 지나치게 칭찬을 하시니 부끄러움을 이길
수 없습니다."

"아주머님께서 초야에 계시지만 지금 사람들이 관심을 갖는 일을 필
시 들었을 것입니다. 바야흐로 우리나라가 큰일을 도모하려고 하여 인재
를 불러 모으고 있습니다. 제가 이 아이를 보고 그냥 지나치지 못해 함께
데리고 가서 공명을 이루고 싶은데, 이 아이가 모친의 말씀을 듣지 못했
다고 사양하는 까닭에 부득이 직접 와서 청하는 것입니다. 아주머님은
다행히 허락해주시겠습니까?"

"시골구석의 어리석은 아이가 무슨 지식이 있다고 감히 큰일을 감당
하겠습니까. 게다가 이 아이는 저의 외아들이라 모자가 서로 의지하고
있으니 멀리 떠나보내기 어려워 감히 명을 받들지 못하겠습니다."

이공이 두 번 세 번 간청을 하자 모친이 대답했다.

"사나이로 태어났으면 마땅히 원대한 뜻을 두어야겠지요. 이미 나라
에 몸을 허락하면 구구한 사정(私情)을 돌아볼 겨를이 있겠습니까. 대감
의 뜻이 이와 같으시니 늙은 이 몸이 어찌 감히 허락하지 않겠습니까."

이공은 크게 기뻐 그 안노인과 작별하고 총각을 데리고 바로 돌아왔
다. 서울로 올라가 대궐로 들어가서 알현을 하자 임금이 물었다.

"경은 성묘를 하러 가더니 어찌하여 금방 돌아왔소?"

"소신이 고향으로 돌아가는 길에 한 기남자(奇男子)를 만나 데리고 함
께 온 것입니다."

임금이 데려와 보도록 하자, 더벅머리에 거친 수염이 갈 데 없는 거지
아이인데 곧바로 탑전으로 들어와서 예를 갖추지도 않고 주저앉았다.

임금이 웃으며 말했다.

"너는 어찌하여 그렇게 수척하냐?"

"대장부가 세상에 뜻을 얻지 못하면 그렇지 않겠습니까."

"이 한 마디가 장하고 기특하구나."

임금은 이렇게 말하고 이공을 돌아보며,

"무슨 벼슬을 내려야겠는가?"

하고 물었다.

"이 아이는 산야의 짐승을 면치 못했으니, 신이 마땅히 저희 집으로 데리고 가서 한동안 다듬어 사람을 만들고 일을 가르친 다음에라야 무슨 일이건 맡길 수 있겠습니다."

임금이 허락하여 이공은 늘 곁에 두었다. 그의 의식을 풍족히 해주고 병법 및 세상을 살아가는 요령을 가르치니, 하나를 들으면 열을 아는 식으로 일취월장하여 전의 거친 모양은 찾아볼 수 없게 되었다. 임금은 이공을 보면 박탁이 어떻게 성취되어 가는가를 물었다. 이공이 그때마다 "곧 데리고 오겠습니다."라고 아뢴 것이 1년 남짓 되었다. 이공은 매양 박탁을 앞에 놓고 북벌의 일을 논하였는데, 그가 계책을 내는 것이 도리어 자기보다 나을 지경이어서 공은 아주 대단하게 여겼다. 그리고 곧 임금께 아뢰어 크게 쓰려고 하였는데, 얼마 지나지 않아 효종이 승하하여 박탁 또한 사람들을 따라서 곡반(哭班)에 참여해서 통곡해 마지않았다. 눈이 부어오르고 피눈물을 흘릴 지경이었다. 날마다 아침저녁으로 곡반에 참여하더니 인산(因山)의 절차를 마치매 이공에게 영결을 하겠다는 뜻으로 아뢰었다.

"이 무슨 말이냐? 나는 너와 정이 부자와 마찬가지다. 너는 어찌하여 나를 버리고 떠나겠다는 것이냐?"

"제가 어찌 대감께서 저를 돌보아주시는 은혜를 모르겠습니까. 제가 여기 와 있었던 것은 배불리 먹고 살기 위한 것이 아니요, 영걸스런 성주

(聖主)가 위에 계시매 세상에 쓰임이 있을까 해서였습니다. 그런데 하늘이 돌보지 않으사 문득 큰 상(喪)을 당하고 말았으니, 이제는 천하에 다시해볼 일이 없게 되었습니다. 이는 실로 천고의 영웅이 눈물을 금치 못했던 일입니다. 제가 대감의 문하에 머물러 있은들 쓰임을 얻을 기회가없습니다. 그럼에도 안면에 구애되어 헛되이 의식을 소비하며 머뭇거리고 떠나지 않다가는 심히 의롭지 못할 일입니다. 이제 곧 떠나는 것만같지 못합니다."

박탁은 눈물을 훔치며 인사를 드리고 고향으로 돌아갔다. 그리고 자기 어머니와 함께 그곳을 떠나 깊은 산골로 들어가서 나중에 어떻게 되었는지는 알지 못한다.

송우암 선생은 사람을 만나면 늘 이 일을 이야기하며 탄식을 하였다.[51]

20. 척검(擲劍)

정익공(貞翼公) 이완(李浣) 대장이 젊어서 산중으로 사냥을 가서 짐승을 쫓아 깊은 산속으로 들어갔다. 날은 저물고 사방을 둘러보아도 인가가 없어 마음이 다급해졌다. 고삐를 쥐고 숲을 뚫고 산등성을 여럿 넘어서 한 곳에 당도하니 산이 움푹한 자리에 웬 고래등 같은 기와집이 있었다.

그는 말에서 내려 대문을 두드렸다. 아무 응답이 없더니 한참을 지나서 한 여인이 안에서 나왔다.

"이곳은 손님이 잠시도 머물 곳이 못 됩니다. 얼른 떠나십시오."

그가 그 여인을 보니, 나이 스물 남짓으로 용모가 자못 단정하고 어여

---

51 이 작품이 『청구야담』 권7에 「계점사이정익식인(憩店舍李貞翼識人)」이라는 제목으로 실려 있다.

뺐다.

"산은 깊고 날도 저물어 호랑이가 득실거리는 곳에서 간신히 인가를 찾아온 걸 거절하면 어찌합니까."

"여기 머무르시다가는 죽음을 면치 못할 우려가 있기 때문입니다."

"문밖에 나가서 사나운 짐승에게 물려 죽느니 차라리 집 안에서 죽겠소."

그는 대문을 밀치고 들어섰다. 여인은 어찌할 도리가 없는 줄 알고 맞아서 방에 들어가 앉게 하였다. 그는 여인에게 머물러서 안 된다고 말한 연유를 물었다.

"이곳은 도적 대장의 집입니다. 저는 양가의 딸로 연전에 대장에게 붙잡힌 몸이 되어 이곳에서 지낸 지 몇 년이 되도록 아직 호구(虎口)를 벗어나지 못하고 있답니다. 대장은 마침 사냥하러 나가서 아직 돌아오지 않았는데, 밤이 이슥하면 필시 돌아올 것입니다. 만약 손님이 계시는 걸 보면 저와 함께 손님은 칼날에 목숨을 바쳐야 할 것입니다. 손님이 어떤 분이신지 모르겠으나 공연히 도적 대장의 손에 부질없는 죽음을 당하게 되는 것이 어찌 딱하지 않으리까."

여인의 대답이었다. 그는 웃으며 말했다.

"아무리 죽음이 임박해 있더라도 밥을 굶을 수야 없겠지. 저녁이나 좀 차려주오."

여인은 적장의 밥으로 준비해두었던 것을 내놓았다. 그는 밥을 배불리 먹고 나서 곧 여인을 끌어안고 누웠다.

"이러다가 장차 후환을 어찌하렵니까?"

여인이 한사코 거절하였지만 그는,

"이 판국에 이래도 의심을 사고 저래도 의심을 살 것 아니오. 고요한 밤중에 아무도 없는 곳에서 남녀가 한방에 같이 있는데 아무리 별 혐의가 없더라도 누가 그걸 믿어 주겠소. 죽고 살고는 명에 달렸으니 겁을 내봤자 무슨 소용이 있소."

하고 기어이 그 여인과 관계를 맺고 말았다. 그리고 태연히 드러누워 있는데 여러 식경이 흘러 밖에서 툭 하는 소리가 들렸다. 무슨 짐을 부려 놓는 소리였다. 여인은 벌벌 떨며 얼굴이 사색이 되었다.

"적장이 왔어요. 어쩌면 좋아요?"

그는 들은 척도 하지 않았다. 이윽고 신장이 10척에 하목해구(河目海口)[52]요, 외모가 웅걸스런데다가 풍모도 험악해 보이는 사나이가 손에 긴 칼을 들고 반취해서 문을 열고 들어오는 것이 아닌가. 그 사나이는 웬 사람이 방에 떡하니 드러누워 있는 것을 보고서 소리쳐 꾸짖었다.

"네 웬 놈이냐? 감히 이곳에 들어와 남의 처를 건드린단 말이냐."

그는 천천히 대답했다.

"산속에서 짐승을 쫓다가 날이 저물어 부득이 이곳에 유숙한 것이오."

적장이 또 크게 꾸짖었다.

"너는 대담한 놈이다. 이왕 이곳에 왔으면 바깥 행랑에나 있을 것이지, 어찌 감히 내실로 들어와서 남의 여자를 범한단 말이냐. 이것이 이미 죽을죄다. 게다가 너는 객으로 온 놈이 주인을 보고 인사도 않고 누운 채로 쳐다보다니 이 무슨 도리냐. 이러고도 죽음이 두렵지 않을까."

그는 피식 웃으며 대답했다.

"이 판국에 내가 아무리 한결같은 마음으로 결백해서 남녀가 자리를 같이하지 않았다 한들 네가 그것을 믿어주겠느냐. 사람은 이 세상에서 한번 죽을 뿐이다. 죽음이 무어 족히 두렵겠느냐. 네 마음대로 하여라."

적장은 굵은 밧줄로 그를 묶어서 들보 위에 매달았다. 그리고 그 처를 돌아보고 호령했다.

"대청마루에 내가 사냥해온 짐승이 있으니 썰어서 구워오너라."

여인은 부들부들 떨며 방문을 열고 나가더니 멧돼지·노루·사슴 따위

의 고기를 불에 구워 큰 소반에 담아가지고 들어오는 것이었다. 적장은 또 술을 가져오라 하여 큰 동이의 술을 기울여 연방 여러 잔을 들이켜고 칼을 빼어 고기를 잘라 씹는 것이었다. 그러다가 고기 한 덩어리를 칼끝에 꽂아 들고 디미는 것이었다.

"사람을 옆에 두고 혼자만 먹겠느냐. 네놈은 당장 죽을 목숨이지만 맛이나 보아라."

그는 입을 벌려 받아먹는데, 조금도 걱정하거나 겁내는 기색을 보이지 않았다. 적장은 그를 뚫어지게 보면서 말했다.

"이놈이 참으로 대장부로구먼!"

"죽이고 싶으면 얼른 죽여라. 무엇하러 이처럼 지체하고 있느냐. 그리고 무어 대장부 소장부 말할 것이 있느냐."

적장은 칼을 던지고 일어나 그의 결박을 풀어주고 손을 붙잡아 앉히고 말했다.

"당신 같은 천하의 기남자는 내 보기 처음이오. 장차 세상에 크게 쓰여 나라의 간성(干城)[53]이 될 터인데, 내 어찌 당신을 죽이겠소. 오늘부터 당신을 지기(知己)로 허락하겠소. 저 여자는 비록 나의 처이지만 당신이 이미 범했으니 당신 차지요. 내 어찌 다시 가까이하겠소. 또한 창고에 쌓인 재물들을 모두 다 당신에게 주겠으니 사양하지 마오. 장부가 세상에 할 일이 있는데 손에 돈이 없으면 무엇을 경영하리오. 나는 이제 떠날 거요. 후일 나에게 큰 액운이 닥칠 터인데, 그때 그대는 부디 나를 구해주기 바라오."

적장은 말이 끝나자 일어서 표연히 어디론가로 떠났다.

그는 타고 갔던 말에 그 여인을 태우고 마구에 매인 마필에 재물을

---

53 간성(干城): 방패와 성이라는 뜻으로, 나라를 지키는 믿음직한 군대나 인물을 이르는 말.

전부 신고서 산에서 내려왔다.

뒷날 그는 과연 현달해서 훈련대장 겸 포도대장에 올랐다. 어느 지방에서 대적당의 두목이 붙잡혀 서울로 압송되어왔다. 그자를 심문하려고 용모를 살펴보니 산속에서 만났던 그 사람이 아닌가. 이에 과거의 일을 임금께 아뢰고 석방을 시켜 장교 대열에 두었다. 그 사람은 차차 승진해서 무과에 합격하고 지위가 병사에 올랐다 한다.[54]

21. 북벌대계(北伐大計)

숭정(崇禎) 갑신년(1644) 이후로 명나라의 유민으로서 우리 동국 땅으로 온 사람이 자못 많았다. 어떤 벼슬 하던 사람이 삭발하고 중의 옷을 입고서 우리 서울에 와 있었다. 반년쯤 지나서 문득 자기의 상좌승에게 말하기를,

"내가 듣건대, 회덕의 정승 송시열이 바야흐로 국가의 대사를 지원하는데 진잠(鎭岑)의 신생(申生)[55] 또한 그 일에 참여한다고 한다. 이는 내가 밤낮으로 소망하는 바이다. 내가 곧 이 두 사람이 어떻게 생겼는지 직접 가서 보려 한다."

하고서 상좌승과 함께 회덕으로 길을 떠났다. 노정이 미처 반도 가기 전에 길에서 우암(尤庵)이 상경하는 것을 만났다. 그가 합장하고 말 앞에서 인사를 드리자, 우암 선생이 이내 말에서 내려 흔연히 말했다.

"내가 선사를 도중에서 이렇게 만나 뵈니 심히 안타깝소. 선생은 지금

---

54 이 작품이 『청구야담』 권8에 「적괴중소척장검(賊魁中宵擲長劍)」이라는 제목으로 실려 있다.

55 진잠(鎭岑)의 신생(申生): 진잠은 대전광역시에 속한 고을 이름. 신생은 신만(申曼, 1620~1669)을 가리키는데, 그의 호가 주촌(舟村)이다.

응당 서울로 가시겠지요. 서울에 들어오시는 날 반드시 내가 거처하는 곳으로 찾아오셔서 조용히 대화를 나누는 것이 좋겠소."

"그렇게 하지요."

그러고서 서로 작별하고 떠났다. 그 중은 상좌를 돌아보고 말했다.

"송 정승이 한 번 눈을 들어보고 내가 뜻이 있는 사람인 줄 알아보았군. 나 또한 그의 형상을 살펴보니 영걸이라 할 수 있겠더군. 백 가지 일을 다 이룰 수 있겠으니 나의 바라는 바에 부합이 되겠구나. 이제 진잠으로 향해 가서 신생이 어떤 인물인지 보아야겠다."

이내 진잠으로 향해 가서 신생의 집을 방문하였다. 그 집에 다다르자 신주촌(申舟村)은 바야흐로 점심상을 받아놓고 있다가 흔연히 웃으며 말했다.

"선사는 어디서 오시오? 얼른 마루로 올라오시오."

그 중이 두 번 세 번 사양해서 주촌이 먹던 것을 멈추고 손수 소매를 붙잡고 맞아 올려 자리에 앉았다.

"선사가 먼 길 오시느라 필시 배고프실 텐데, 우리 집이 빈한하여 별도로 상을 차릴 준비가 없으니 나와 더불어 밥 한 그릇을 나누어 드십시다."

"소승이 조금 전에 객점에서 이미 요기를 하였으니 마음 쓰실 것이 없습니다."

"주인이 밥상을 받아놓고 있는데 어떻게 손님이 끼니를 궐하게 할 수 있겠소."

하고 주촌은 그 중에게 밥을 같이 먹기를 강권하는데 격이 없이 대하는 태도가 평소에 가까이 지내던 사람과 다름없었다. 중은 하직을 고하고 문 밖으로 나서면서 상좌에게 말했다.

"이분 또한 큰일을 감당할 사람이다. 조야(朝野)에 다 이런 인물이 있으니 큰일을 이루지 못할까 걱정할 것이 있겠느냐. 그런데 반드시 크게 일을 이룰 만한 임금이 있은 연후에 이런 인물들을 쓸 수가 있다. 내 이제 주상이 어떤지 보아야겠다."

그리고 다시 서울에 올라가 여러 달 머물렀다. 마침 효종이 노들강가에서 군대를 사열하는데, 그 중이 관광(觀光)[56]하는 사람들 무리 속에 섞여서 천안(天顏, 임금을 가리킴)을 바라보았다. 그러더니 얼른 호젓한 곳으로 가서 방성대곡을 하였다. 상좌가 놀랍고 괴이해서 묻자, 눈물을 흘리며 말했다.

"나의 한 가닥 고심하며 일을 이루려는 뜻은 이제 그만이로구나. 내가 주상을 보건대 하늘의 해처럼 영걸스럽고 거룩한 군주라 일을 이룰 만하다고 하겠으되, 죽음의 기운이 얼굴에 가득 차서 목숨이 금년을 넘기지 못하겠다. 하늘이여, 하늘이여! 이런 인물을 내시고 또 어찌 그 목숨을 빨리 빼앗아 가십니까."

이러면서 애통해 마지않았다. 그 후로 열흘 사이에 효종은 승하하였고, 그 중도 어디로 갔는지 알 수 없었다고 한다.

22. 광주 경안촌(慶安村)

광주(廣州) 땅 경안촌의 성이 정(鄭)씨인 사람이 음관으로 벼슬이 임실 현감에 이르렀다. 그가 소시에 집안 형편이 몹시 가난하여 몸소 농기구를 들고 들에 나가 일을 하였다. 어느 날 이른 아침에 들로 나가서 밭을 가는데, 그곳은 큰길 가였다. 그때 문득 아주 사납게 생긴 한 놈이 하얀 전립을 쓰고 준마를 타고 달려 지나가서 정생은 무심코 바라보았다. 그가 이미 사라진 다음에 우연히 보니 길가에 봉해진 짐 하나가 떨어져

---

56 관광(觀光): 원래 나라의 가장 빛나는 문화를 뜻하는 말로, 예컨대 지방에서 서울을 구경하는 것을 관광이라고 일컬었다. 여기서는 임금을 바라보기 때문에 관광이라고 한 것이다. 지금의 관광이라는 말은 이 뜻에서 변용된 것이다.

있었다. 정생이 그것을 손으로 들어보니 아주 무거운데 10겹이나 싸서 봉한 물건이었다. 정생은 아까 지나갔던 사람이 떨어뜨린 것으로 생각하고 그 물건을 가지고 가서 밭머리에 숨겨두고 그대로 밭을 갈고 있었다.

한나절이나 지나서 아까 지나갔던 놈이 말을 돌려 와서 묻는 것이었다.

"저 밭을 가는 분은 아침부터 지금까지 여기서 갈고 있소?"

"그렇소."

"그렇다면 당신은 길가에 떨어진 물건을 혹시 보지 못했소?"

"과연 보지 못했소. 잃어버린 물건이 무엇인지 모르겠소."

"저는 충청도의 재상 댁 노속이올시다. 주인의 분부로 상경하여 집을 팔아 받은 은전 500백 냥을 이 말에 싣고서 타고 내려가는 길이라오. 아까 마침 술을 마신 다음에 가다가 어느 곳에서 잃어버렸는지 모르겠소. 당신이 만약 그걸 얻었다면 나에게 돌려주시오. 내 응당 그 반을 갚으리다."

"봉을 어떻게 했는지 모르겠소?"

"이런 식으로 한 것입니다."

정생이 웃으며,

"아까 과연 땅에 떨어진 물건을 얻어서 주인을 기다려 돌려주려고 여기에 묻어놓았지."

하고, 그것을 파내서 돌려주었다. 그 사람이 감사하다는 말을 연거푸 하며 그 반을 돌려주려고 하자, 정생은 머리를 저으며 말했다.

"기왕에 물건에 욕심이 있었다면 다 그냥 숨겨두고 있어야 하겠거늘, 어찌 그 반만 가지려 하겠소? 물건은 각기 주인이 있는 법이니 얼른 가지고 가시오. 내 비록 땅을 파서 먹는 사람이지만 이런 재물은 원하지 않소."

그자는 물끄러미 바라보다가 말했다.

"당신은 양반이 아니시오?"

"그렇소."

그 사람은 머리를 숙이고 가만히 있다가 먼 산을 바라보며 한식경이나 앉아있더니 갑자기 줄줄 흐르는 눈물을 훔치는 것이었다. 정생이 괴이하여 묻자 말이 이러했다.

"제가 이제 사실대로 말씀드리리다. 저는 큰 도둑놈이오. 이건 은봉(銀封)인데 은과 말 모두 훔쳐가지고 오는 것이라오. 대범 하늘이 사람을 낼 때에 귀천을 물론하고 천성은 다 같이 어질고 착하지요. 그런데 공은 가난한 형편으로 몸소 농사를 지어야 하는 처지임에도 저절로 굴러들어온 재물을 돌아보지 않고 기어이 그 주인을 기다려 돌려주는데, 저 같은 사람은 어둠을 틈타 남의 집에 들어가서 재화를 훔쳐내고 심지어는 사람을 죽여 빼앗기도 합니다. 공은 어떤 사람이며, 저는 어떤 사람입니까. 선악이 현저히 다른 것이 이와 같으니, 어찌 슬프지 않겠습니까."

그러고서 은봉을 열어서 바위 위에 놓고 부셔서 바람에 흩어버리고, 또 짐을 풀어 비단 등속을 꺼내 칼로 찢었다. 그 말도 고삐를 풀어 길로 몰고 가서, "너 갈 데로 가거라." 하고 놓아주었다. 그런 다음에 정생 앞으로 와서 절을 하며 말했다.

"공과 같이 어질고 선하고 청렴결백한 분을 제 어찌 버리고 떠나겠습니까. 오늘부터서 노예가 되어 섬기기를 원하옵니다."

"나는 집이 본디 가난하다. 네 어찌 주림을 견디며 나를 따르겠는가. 너는 모름지기 의뢰할 만한 곳을 찾아 가도록 하여라."

"저는 본디 처자도 없고 이 한 몸뿐입니다. 의식으로 어찌 공에게 걱정을 끼쳐드리겠습니까. 문밖에 한 칸 방을 빌려서 의탁해 살아갈 겁니다."

정생이 아무리 거절해도 듣지를 않아서 그를 데리고 함께 집으로 돌아와 문밖의 한 칸 허름한 집에 거처하도록 했다. 그 사람은 이후로부터 신 삼기를 업으로 하였는데 그 값을 정직하게 받아 일호도 부당하게 남의 것을 취하지 않았다. 늙어 죽을 때까지 떠나지 않았으니, 이 또한 기이한 일이다.

울산 군수를 지낸 정광은(鄭光殷)은 판서 정실(鄭實)의 손자인데, 이 일을 상세하게 들려주었다.[57]

23. 월해암(月海菴)

허적(許積)이 영의정으로 권력을 잡고 있을 때 그의 겸종(傔從)으로 염희도(廉喜道)란 자가 있었다. 그는 사람됨이 어리석어 사리에 밝지 못했지만 천성이 우직하여 허적의 과실을 매양 곧바로 말하니, 허적은 그를 미워하면서도 기특하게 여겨 일찍이 이런 일로 해서 그를 못마땅히 여기지 않았다.

어느 날 염희도가 밖에 나갔다가 돌아오면서 손에 큰 봉물(封物) 하나를 가지고 들어와서 아뢰었다.

"이건 길에 버려진 물건인데 필시 은화 등속인 것 같습니다. 누가 길에서 잃어버린 것인지 알 수 없었습니다. 소인은 그 주인을 찾아 돌려주고 싶었습니다만 누구 것인지 알 수가 없어 우선 가지고 왔습니다. 장차 어떻게 처리하면 좋겠습니까?"

"네가 기왕에 얻은 것이요, 네가 집이 가난한 터인데 어찌 네 것으로 삼지 않았느냐?"

염희도는 물끄러미 바라보며 말하는 것이었다.

"대감께옵선 어찌 이토록 소인을 박하게 대하십니까. 소인이 아무리 굶어죽을 지경이라고 해도 어찌 길 위에 버려진 물건을 취하겠습니까.

---

57 비슷한 이야기가 『청구야담』 권9에 「환금탁강도화양민(還金橐强盜化良民)」이라는 제목으로 실려 있다. 본 작품이 『동패낙송』에도 실려 있는데, 이 대목의 원문이 "鄭蔚山光運, 則任實之孫也, 常道其事云."으로 되어 있다. 『동패낙송』의 경우, 인명이 '光運'으로 되어 있으며, '任實之孫'으로 나온 점이 『계서잡록』 본과 다르다.

대감의 이 하교는 실로 꿈밖의 일이옵니다."

허적은 정색을 하고 사과하며 말했다.

"내가 어제 여럿이 앉아 있는 자리에서 들건대 병판 청성(淸城) 대감이 600냥 은자로 말을 팔았다고 한다. 이 돈은 필시 그 집 노속이 잘못 길옆에 떨어트린 것이다."

염희도는 그 봉물을 들고 청성 대감의 문하에 가서 통자(通刺)를 하고 배알하여 아뢰었다.

"대감 댁에서 혹시 말을 팔아 그 값을 받아오도록 한 일이 있습니까?"

"그런 일이 있지. 노속이 오늘 돈을 바치기로 되어 있는데 아직 가져오지 않았군."

"그 돈이 얼마나 됩니까?"

"600냥이다."

염희도는 소매 속에서 돈을 꺼내 바치며 아뢰었다.

"소인이 아침에 길에서 이 물건을 주웠습니다. 대감 댁에서 말을 팔았다는 말을 들은 까닭에 바로 이것일까 생각하여 가지고 와서 바치는 것입니다."

"네가 웬 사람이냐?"

"소인은 곧 영상 댁의 겸종으로 성은 염이요, 이름은 희도올시다."

청성이 이상하게 생각하여 말을 팔러 갔던 종을 불러 물었다.

"네가 말 값을 오늘 마땅히 가져오겠다고 하지 않았느냐. 이 사람이 길에서 얻은 물건이 우리 말 값인 것 같으니 심히 이상하구나."

그 종은 몸을 엎드리고 머리를 조아리며 말했다.

"과연 어제 말 값을 받을 때에 거래가 이루어져서 마신 술이 과도해서 취한 김에 지고 오다가 어디에서 떨어트렸는지 알지 못하게 되었습니다. 눈앞의 꾸지람을 면하기 위해 오늘 돈을 가지고 오겠다고 아뢰었던 것입니다. 그리고 두루 찾아보았으나 종적을 알 수 없는 까닭에 바야흐로 자결하려는 즈음에 이 하문을 받은 것입니다. 황공하옵기 그지없습니다."

청성이 염희도에게 말했다.

"네가 길에서 습득한 물건을 본 주인을 찾아 돌려주려고 하니, 그 청렴한 마음이 사람을 탄복하게 하는구나. 이 은으로 말하면 내가 이미 잃어버린 것을 네가 얻은 것이니, 곧 너의 재물이다. 네가 그 절반을 가지고 가거라."

염희도는 머리를 저으며 말했다.

"소인이 만약 이 물건에 욕심이 있었다면 그 전부를 감춰놓아도 될 것이거늘, 무엇 때문에 본 주인에게 돌려주고 그 절반을 바라겠습니까. 이 명은 죽어도 따를 수 없습니다."

기어이 거절하고 물러났다. 대문을 나서자 청성댁 하인의 어미와 처가 앞을 막고 절하였다.

"우리 아들, 우리 남편이 술을 마신 뒤에 이 말 값을 잃어버리고 빈손으로 돌아왔습니다. 상전의 성품이 엄하고 무서우니 내일이면 필시 죽고야 말리라고 생각하고 바야흐로 자결해 죽으려는 참인데, 이 무슨 천행으로 생불을 만나 이 죽어갈 목숨을 살아나게 하시었습니까. 그 산 같고 바다 같은 은덕은 아무리 몸이 가루가 되고 뼈를 갈지라도 보답할 도리가 없습니다. 은인께서는 잠시 저희 집에 들러주시기를 바라옵니다. 한 잔 술이나마 대접하여 감사의 뜻을 표하고 싶습니다."

"당연한 일인 걸 무슨 감사할 것이 있겠소."

염희도는 거절하고 가려 했으나, 그의 어미와 처가 소매를 붙들고 놓지 않고 눈물을 머금고 간청해서 부득이 그 집에 잠깐 들렀다. 걸게 차린 주안상을 대접 받는데 나이 13~4세쯤 되어 보이는 용모가 단정한 여자가 앞으로 나와서 하는 말이,

"저희 아비를 살려주신 은혜는 갚을 길이 없습니다. 제가 마땅히 은인을 따라가서 사환비라도 되겠습니다."

라고 하였다. 염희도는 좋은 말로 거절하고 옷깃을 떨치고 문을 나섰다.

경신년이 되어 옥사가 크게 일어나자 허적이 염희도에게 일렀다.

"너는 우리 집에서 받은 사적 은혜가 없지만 세상에서 모두 너를 나의 심복 겸인으로 지목하고 있으니 헤아릴 수 없는 화가 장차 미칠 것이다. 너는 미리 피하는 것이 옳다."

염희도는 울면서 아뢰었다.

"소인이 이런 때를 당해서 어찌 차마 대감을 버리고 떠나겠으며, 간들 어디로 가겠습니까."

"그렇지 않다. 네가 아무 죄 없는 사람으로 함께 죽을 땅으로 들어가는 것은 크게 불가한 일이다. 충주 목사는 나와 더불어 가장 가까운 사이이니, 내가 편지를 써서 부탁하면 구해줄 방도가 있을 것이다. 너는 충주로 내려가거라."

염희도가 울며 절하고 하직한 다음 편지를 받아들고 충주로 향해 갔다. 충주 목사를 보고 편지를 바치자, 목사가 말했다.

"이곳은 대로변이라 이목이 번다하니, 너는 순흥 부석사로 가서 몸을 숨기고 있는 것이 좋겠다."

그리고 양식을 후하게 주어 염희도는 부득이 부석사로 가서 머물게 되었다. 그로부터 서울 소식을 전혀 들을 길이 없어 먹고 자는 것이 불안하였다. 어느 날 밤 꿈에 한 신인(神人)이 나타나 이르는 말이었다.

"네가 월해암을 찾아가면 서울 기별을 들을 수 있을 것이요, 앞날의 길흉도 알게 될 것이다."

염희도는 놀라 잠을 깨어 절간의 중에게 월해암이 어딘지 물었으나 아는 사람이 없었다. 한 노승이 이윽고 말했다.

"이 절에서 6~7리쯤 되는 곳 절벽 위에 오래되고 낡은 암자가 하나 있는데 그곳이 월해암인 것 같소. 절벽길이 몹시 가팔라서 나는 새도

올라가기 어렵다오. 몇 십 년 전에 한 중이 올라갔다고 들었는데 아직 내려오지 않았소. 그의 생사는 알 수 없지만 필야 벌써 죽었을 것이오. 이 암자는 아무리 노승이라도 가본 사람이 없지요."

염희도는 혼자 생각하기를, '나의 신세가 기왕에 이와 같아 천지 사이에 용납할 곳이 없으니 암벽 위에 숨었다가 죽는다 해도 마음에 달가운 일이다.' 하고, 드디어 지팡이를 짚고 길을 찾아 나섰다. 다래 넝쿨을 붙잡고 등나무 넝쿨을 타고 어렵게 나아가 중간쯤 넘어서자 협곡이 마주 서서 깊이가 몇 만 길인지 알 수 없었다. 몇 십 간 사이에 외나무다리 하나가 놓여 있는데 온통 썩어서 발을 붙이기조차 어려웠다. 그는 죽음을 무릅쓰고 기어서 건너가 천신만고 끝에 겨우 그 외나무다리를 건너 암자 문에 당도하였다. 문 위에 과연 월해암이라고 쓰인 현판이 걸려 있었다. 그는 속으로 기이함에 감탄하며 문을 들어서니 다 무너져 내린 폐사(廢寺)에 먼지만 가득 쌓여 있었다. 상방의 탁상에 한 스님이 눈을 감고 가부좌를 하고 앉아 있는데 얼굴에 먼지가 가득 끼어 있고 형상은 마른 나무 같았다. 염희도가 탁자 앞에 절하고 엎드려,

"저 희도는 천지 사이에 돌아갈 곳이 없는 곤궁한 사람입니다. 원하옵 건대 생불께옵서 특별히 자비심을 내려주시어 저의 화복을 지시해주옵 소서."

하고, 합장하며 절을 백배나 하였다. 이에 생불이 이르는 말이었다.

"나는 너의 종중조이다. 헤어진 지 40년 가까이 되어 여기서 너를 만 나다니, 어찌 큰 다행이 아니겠느냐."

염희도는 눈물을 흘리며 말했다.

"그렇다면 생불 스님은 아명이 아무 씨가 아닙니까?"

"그렇다."

염희도의 종증대부 되는 분이 나이 15~6세 때에 갑자기 광증이 발작 해서 집을 나간 이후 형적이 없다는 말을 들었다. 지금 이 생불은 곧

그 사람인 것이다.

"저는 세상에 갈 곳이 없는 사람인데, 다행히 여기서 지친을 만났으니 지금부터 길이 옆에서 모시고 의지해 살아가며 다른 데로는 결단코 가지 않겠습니다."

염희도가 이렇게 말을 하자 생불이 대답하였다.

"그렇지 않다. 나는 너와 길이 전혀 다른데 네가 여기 머물러 있어봤자 너의 전정에 이로움이 없다. 내가 번거롭게 이야기 할 것이 없이 아무 곳에 아무 절에 있는 무엇이라고 이름한 중은 곧 나의 종제이다. 네가 가서 물어보면 네 길흉을 알 수 있을 것이다."

말을 마치자마자 얼른 가라고 재촉했다.

"제가 여기 올 때 독목교에서 거의 죽을 뻔 했습니다. 지금 어떻게 그 위험을 다시 밟으란 말입니까?"

생불이 껍질을 벗겨낸 삼대 지팡이 하나를 주면서 말했다.

"이걸 짚고 가면 무사히 내려갈 수 있을 것이다."

염희도는 어쩔 수 없이 그 지팡이를 들고 인사를 드린 다음 문을 나섰다. 그런데 몸이 가볍고 발이 빨라져서 걸음이 나는 듯하여 독목교를 평온히 건넜다. 의아한 마음에 혼자 생각하기를, '이 지팡이는 신선이 되는 도구인 모양이다. 이걸 짚고 세상에 나가면 가는 길에 필시 어려움이 없겠다. 기막힌 보배로군.'이라고 하였다. 계곡을 빠져 나와서 물을 건너다가 발이 미끄러져 물속에 떨어졌다. 그러는 중에 그 지팡이를 떨어트리고 말았다. 돌아보니 삼대 지팡이가 뱀처럼 꿈틀꿈틀하며 공중을 날아 월해암 쪽으로 향해 가는 것이었다. 염희도는 정신을 놓고 바라보다가 다시 길을 따라서 내려갔다. 생불의 종제가 사는 곳을 두루 찾아서 만나 생불의 말을 전하자 그 중이 이르는 말이었다.

"허씨 댁은 이미 법에 걸려 하나도 살아남은 사람이 없단다. 너의 몸에도 화가 박두해 있다. 너를 붙잡으려는 포교가 벌써 문 앞에 당도해 있으니 빨리 떠나거라. 천명과 왕명은 거역할 수 없느니라. 그런데 이번에 네가 잡혀가더라도 조금도 재앙이 될 것이 없다. 필시 한 귀인이 있어 극력 주선하여 그 힘을 크게 입게 되어 자연히 무사하게 될 것이다. 이후로 또 어진 아내를 얻고 집안 형편도 요족하며 자손도 번창할 것이다. 조금 흉하고 크게 길하니 걱정할 것이 없다."

염희도가 그 말을 듣고 나서 문을 나서자마자 서울 포교가 과연 뒤를 밟아 와서 곧 붙잡아 갔다. 서울로 잡혀가서는 의금부 감옥에 수감이 되었다. 이때 청성 김석주(金錫胄)가 판금오가 되어 이 옥사를 담당하고 있었다. 이에 청성은 염희도가 말을 판값의 은화를 습득하여 그대로 돌려준 일을 임금께 아뢰고 그의 지조가 이와 같으니 반드시 흉악한 역모에 관여할 이치가 없다고 아뢰었다. 임금은 특별히 용서해주어 백방의 조처를 내렸다. 그가 옥문을 나서자 청성에게 가서 인사를 드리며 구출해 살려준 은혜에 감사를 드렸다.

"너와 같이 당당한 기개로 어찌 흉악한 역모에 끼어들 이치가 있겠느냐. 내가 너를 힘써 구해준 것은 네가 보여주었던 지조에 탄복했던데 있었다. 나에게 특별히 감사할 것이 없다."

그리고서 청성은 은자 이십 냥을 내주면서 의식의 자료로 삼으라고 하였다. 염희도는 백배 감사를 드리고 물러나왔다. 그 은화를 밑천으로 팔도에 행상을 나가서 영남의 어느 곳에 발길이 닿은 즉 큰 주택이 있었다. 문 밖에 여종이 있다가 어떤 분인가 물어서 물화를 팔러 다닌다고 대답하였다. 그 여종은 그를 데리고 대문으로 들어가더니 중문으로 들어서자 시집가지 않은 여자 하나가 급히 마루에서 내려와 맞이하는 것이었다.

"제가 누군지 알아보시겠습니까?"

"모르겠소."

"저는 김청성 댁에서 말값을 잃어버렸던 하인의 딸입니다. 그때에 상면하지 않았습니까. 저는 제 아버지를 살려주신 은혜를 갚고자 하여 머리를 깎고 집을 나서 팔도를 두루 다니며 은인의 종적을 찾아다니다 여기에 이르렀습니다. 길쌈 일을 하여 오륙년 사이에 재산이 점점 불어나서 상당한 부자가 되었습니다. 주야로 빌어 은인을 한 번 뵙기를 소원하였더니 간 밤 꿈에 신인이 와서 이르기를, '내일 아무 시에 네가 보고 싶어하는 사람이 어느 방향에서 올 것이니 놓치지 말도록 하라.'라고 했습니다. 저는 이런 까닭에 아침부터서 여종을 시켜 맞아드리게 했던 것입니다. 이렇게 요행히 상봉하게 되다니 천운이 아니겠습니까."

이에 두 사람은 짝을 맺어 살았다. 염희도는 매양 허적이 망하게 된 것을 비통하게 여겨 재물을 들여서 신원할 방도를 찾고자 하여 마침내 재산을 전부 팔아 아내를 거느리고 서울로 올라왔다. 수천 금을 썼으나 종내 뜻대로 되지 못했다. 염희도는 어찌 할 수 없을 줄 알고 그만두었다. 그 후로 아들들을 낳고 손자를 낳고 재산도 풍족하였으며 팔십의 수를 누리다가 세상을 떠났다.

안동(安洞)의 김생 모[58]가 그의 전을 지어 풍원군 조현명에게 보여주자 조현명이 염희도의 자손을 찾았는데 자손 중 한 사람이 장악원 원역을 맡고 있었다고 한다.[59]

24. 명부(冥府)

판서 권적(權謫)[60]은 석주 권필의 봉사손이다. 사는 곳이 연산의 반곡

---

58 안동(安洞)의 김생 모: 이 대목이 『동패낙송』본에는 '安東金進士'로 나와 있다. 김진사는 성명이 김경천(金敬天, 1675~1765)으로 「염승전(廉丞傳)」을 지어 현재 전하고 있다. 여기서 사는 곳이 경상도 안동(安東)에서 서울의 안동(安洞)으로 바뀐 것으로 보인다.

59 비슷한 이야기가 『청구야담』 권5에 「염의사풍악봉신승(廉義士楓岳逢神僧)」이라는 제목으로 실려 있다.

60 권적(權謫, 1675~1755): 숙종에서 영조 사이의 인물. 벼슬은 병조 참판 등을 거쳐

인데, 효자로 세상에 알려졌다. 나이 사십에 갑자기 죽어 온 집안이 상을 치르려고 하였으나 그의 가슴 사이에 한 가닥 온기가 남아 있어 염을 못 하고 있었다. 하루가 지나서 홀연 회생을 하여 다음과 같은 이야기를 하는 것이었다.

내가 죽어서 보았던바 세상 사람들이 이르는 지옥 이야기가 과연 헛소리가 아닙니다. 내가 병으로 정신이 아득한 가운데 문득 귀졸이 큰 소리로 내 이름을 부르는 소리가 들리데요. 깜짝 놀라 대문을 나서 귀졸을 따라가는데 방향을 알 수 없고 다만 넓고 긴 길이 보여서 몇 리를 가서 한 곳에 도착하니 관가 모양의 건물이 나왔습니다. 나는 그 대문밖에 서있고 귀졸이 먼저 들어가 고하기를 권모를 잡아 왔습니다고 하여, 나는 끌려 들어가서 관정에 부복했지요. 대전에 왕의 복색을 한 자가 앉아서 귀졸에게 묻기를,

"어디서 잡아왔느냐?"

고 하자,

"연산 땅에서 잡아왔습니다."

고 하니, 임금 같은 자가 큰 소리로 꾸짖었습니다.

"내가 너에게 수원 사는 불효자 권 아무개를 잡아오라고 했거늘 어찌 연산의 효자 권 아무개를 잡아왔단 말이냐. 이 사람은 수명이 팔십으로 정해져 있으니 아직도 사십년이 남았다. 얼른 돌려 보내거라."

귀졸이 황공해서 명을 받들어 나를 관문 밖으로 밀어냅니다. 그래서 나는 지옥에 갔다가 돌아온 것이지요. 하지만 부모님을 뵙지도 못했으니 마음에 몹시 애달프고 허전하여 마지못해 밀려났지요. 그런데 오는 도중에 어린 아이 둘이 길에서 놀다가 나를 보고 반가워하며 옷을 붙잡고

예조판서에 이름. 계모에 대한 지극한 효성으로 정문이 세워졌다.

따라옵디다. 얼굴을 자세히 보니 전에 요절했던 나의 두 아들이었습니다. 마음에 놀라고 처참하여 다시 관문으로 들어가서 대전 위에 있는 분에게,

"이승 사람이 저승에 들어갔다가 돌아오게 되니 이는 쉽게 얻을 수 없는 기회올시다. 기왕에 들어왔다가 부모님을 보지 못하고 돌아가니 이것이 어찌 인정이겠습니까. 바라옵건대 잠깐 얼굴이나 한번 뵙도록 해 주옵소서."하니, 대전 위에 분이 머리를 저으며 말합디다.

"전혀 불가한 일이다. 얼른 나가거라."

나는 눈물을 흘리며 두 번 세 번 애걸을 하였으나 끝내 허용하지 않습디다. 이에 나는 두 아들을 데리고 가게 해 달라고 간청을 했으나 역시 허락하지 않고 말합디다.

"네가 타고난 운수가 본디 아들이 없으니 허가할 수 없다. 만일 기어코 데리고 가고자 하면 상주의 아전인 김가 집에서 태어나게 하겠다. 네가 후일에 양계에서 데리고 오고 싶으면 그건 내가 어찌할 수 없느니라." 그리하여 다시 관문을 나섰는데 두 아이가 울며 따라오고 싶어 했지만 기어이 귀졸이 쫓아버려서 마음에 몹시 애달플 밖에 없었지요. 다시 부모님을 한번 뵙겠다는 뜻으로 귀졸에게 간청하여,

"비록 한번 뵐 수는 없다 하더라도 부모님이 머물러 있는 곳을 가리켜나 주십시오."라고 했더니 한쪽으로 아득히 보이는 정자를 가리키며,

"저곳이 바라보이는 곳이긴 하지만 거리가 아주 멀어 갈 수는 없다오."라고 합디다.

이내 빨리 가라고 재촉을 하여 나는 부모님께 절 한번 해볼 기회도 없고 아이들을 데리고 올 수도 없어 마음에 몹시 아프고 안타까워하는 사이에 귀졸이 나의 등을 밀어서 땅에 넘어졌습니다. 정신이 나갔다가 이내 깨어났습니다.

이 이야기를 듣고 사람들은 모두 기이하게 여겼음이 물론이다. 그 후로 나이 80이 될 때까지 살았는데 끝내 자손을 두지 못했으며 효자로서 정표를 받았다.

"사람들에게 상주의 김씨 아전의 아들을 데려고 와서 보고 싶지만 누군지 이름도 알지 못하고 있다. 일이 몹시 황탄해서 실현하지 못한다."고 말하곤 하였다.

25. 황인검(黃仁儉)

판서 황인검(黃仁儉)[61]이 젊은 시절에 절에서 공부를 하고 있는데 어떤 중이 정성을 다해 보살폈다. 먹을 것이 어쩌다가 떨어지면 번번이 그가 힘이 닿는 대로 도와주어 조금도 소홀히 하는 법이 없었다. 황인검은 그의 정성에 자못 감동해서 그를 사랑했다. 그런데 황인검이 현달했을 때 그 중은 자취를 감추어서 종종 생각이 났으나 보지 못해 마음에 늘 탄식하였다.

그가 경상 감사가 되어 순행을 나간 길에 어떤 중이 길 옆에 피해서 엎드려 있었다. 그는 가마 위에서 얼핏 보고 그 중 같아 보여서 불러오도록 하여 가까이서 보니 과연 그 중이었다. 반가움을 이기지 못해 말에 태워 뒤를 따르게 하고 밤마다 함께 자면서 자질처럼 사랑했다. 감영에 돌아와서도 책실에 머물게 하고 음식 접대를 매우 풍성하게 하였다. 하루는 불러들여 일렀다.

"옛사람이 이르기를, 밥 한 그릇 먹여준 은혜도 반드시 갚는다 하였다. 내가 너에게 받은 은혜가 밥 한 그릇에 그치겠느냐. 나는 돈이며 비단이

---

61 황인검(黃仁儉, 1711~1765): 영조 때 인물로 경상 감사를 거쳐 이조판서에 이른 인물.

풍족하니 반을 나누어 준다 해도 안 될 것이 없다. 그러나 너는 산중의 중으로 베옷을 입고 채식을 하니 돈이 아무리 많은들 어디다 쓰겠느냐. 네가 만약 머리를 기르고 세상으로 나간다면 재산이 풍족하게 될 뿐 아니라 내 응당 너를 위해 출세할 계책을 세우겠다. 네 생각이 어떠하냐?”

“사또께서 소승을 생각하시는 뜻은 감사하기 그지없사옵니다. 소승으로서는 고집하는 바가 있기에 이렇게 살며 세상에 나갈 뜻이 없습니다.”

그가 괴상히 여겨 물었으나 중은 웃으며 대답을 하지 않았다. 두 번 세 번 굳이 물어도 끝내 숨기기로 들어 기어이 캐어묻고 하였으나 중은 끝끝내 말이 없었다. 그는 좌우의 사람들을 물러서게 하고 무릎을 가까이 맞대고 조용히 물었다.

“네가 이렇게 고집하는 데는 필시 이유가 있을 것이다. 나와 너 사이에 무슨 비밀이 있겠느냐. 사실대로 말하도록 하여라.”

중은 비로소 마지못해 말을 하였다.

“소승이 사또를 알기 전에는 속인이었습니다. 아무 해 우연히 산골을 지나다가 새로 생긴 무덤 앞에 한 소복한 여자가 있는데 외모가 자못 아름다웠습니다. 사방에 사람이 하나도 없어서 간음을 하고자 하였으나 죽어라고 응하지 않았습니다. 그래서 옷의 띠로 사지를 묶고 강간을 했던 것입니다. 이내 묶은 것을 풀어주고 여러 십 리를 가서 주막에서 묵게 되었습니다. 이튿날 아침에 말을 들으니 아무 곳에 수묘(守墓)하는 절부가 어젯밤에 자결을 했는데 필야 지나가는 놈이 강간을 하여 죽음에 이른 것이라 합디다. 그래서 몹시 놀라고 애련한 마음이 들었는데 그래도 전하는 말이 자세하지 않아 그 근방에 가서 탐문해 보았더니 과연 적실했습니다. 그 손과 발에 묶인 흔적이 뚜렷해서 사람들이 다 이르기를, ‘필시 수족을 묶어놓고 간음을 하여 이 지경에 이르렀다.’는 것이었습니다. 즉시 지방관에게 보고하여 바야흐로 흉악한 놈을 잡으려 추적한다고 했습니다. 이 말을 듣고 저는 모골이 송연했습니다. 아무리 뉘우치고 후회한들 제가 한때의 욕망을 참지 못해 절부를 이 지경에 이르도록 하였으니 천지 사이에 용납할 수 없는 죄인이라 신명이 반드시 재앙을 내리고야 말 것이었습니다. 아무리 생각해 보아도 속죄할 방도는 찾으려야 찾을 곳이 없었습니다. 스스로 생각하기에 내가 이미 이런 큰 죄를 짊어졌으니 천하의 풍상을 온통 겪으며 살아가는 즐거움을 조금도 맛보지 못한 다음에라야 어느 정도 속죄할 수 있을 듯 싶었습니다. 그래서 머리를 깎고 중이 되어 평생 승복을 벗지 않기로 마음에 맹서를 했던 것입니다. 지금 어떻게 사또께서 후의를 베풀어 주신다 하여 처음 먹었던 마음을 바꾸겠습니까. 이런 까닭으로 결코 환속을 하지 않으려 한 것입니다. 일이 이미 오래되었고 물으신 것이 워낙 절실한 까닭에 부득이 실토합니다."

며칠 전에 그가 도내의 살옥 문서를 검토해 본 바 이 옥사가 기록되어 있는데 근 수십 년 전의 일로 흉악범을 아직도 체포하지 못한 것이었다. 사건이 발생한 연월일이 하나도 차이가 없었다. 이에 그는 깊이 탄식하며,

"내가 너와 더불어 아무리 가까운 사이라 하더라도 국법은 폐기할 수 없는 것이다."

하고 그 중을 체포하도록 하여 법대로 처리하였다. 그리고 장사 비용을 후하게 지급했다고 한다.[62]

26. 설원(雪冤)

풍원군(豊原君) 조현명(趙顯命)이 영조 갑인 연간(1734)에 경상 감사가 되어 나갔는데, 정언해(鄭彦海)가 마침 통판(通判)으로 있었다. 하루는 함

---

62 이 작품이 『청구야담』 권4에 「착흉승기성백화구(捉凶僧箕城伯話舊)」라는 제목으로 실려 있다.

께 더불어 밤새도록 술잔을 주고받다가 거의 닭이 울 임시에야 자리를 파했다. 통판이 자기 아문(衙門)으로 돌아와서 옷을 벗고 잠자리에 들어가는데, 감영의 하인이 "마침 긴급한 일이 있어 직접 의논할 말이 있으니 평복으로 속히 들어오라."는 감사의 전언을 아뢰었다. 통판은 무슨 영문인지 알지 못하고 황급히 의복을 차려 입고 후문으로 들어가 감사를 뵈었더니, 다음과 같이 지시하였다.

"통판은 모름지기 날이 밝기를 기다려 칠곡 땅으로 달려가서 늙어 은퇴한 아전 배이발(裵以發)과 현직 아전인 그의 아우 배지발(裵之發)을 체포하여 칼을 씌운 다음에, 먼저 배이발에게 자녀가 있는지 여부를 물으면, 저는 필시 딸 하나가 있는데 죽은 지 오래됐다고 말할 것이오. 그를 앞세워 인도하게 하여 장사지낸 곳으로 급히 가서 검시를 해야 할 것이오. 시체는 여자로서 나이가 17세인데 얼굴 모양과 두발이 이러이러할 것이며, 입고 있는 옷은, 상의는 옥색 명주로 지은 저고리에 하의는 쪽빛의 무명베 치마를 입고 있을 것이오. 모름지기 자세히 살펴보고 오기 바랍니다."

통판은 깜짝 놀라서 말하였다.

"일이 기왕에 이러하다면 어찌 날이 새기를 기다릴 것이 있겠습니까. 하관이 즉시 횃불을 밝히고 떠나겠습니다."

이내 하직하고 그 자리에서 출발하여 칠곡으로 향하였다. 칠곡 사람들이 모두들, "우리 고을에서 애당초 살옥(殺獄) 보고를 한 일이 없거늘 검시관이 어찌하여 내려왔을까?" 하고, 상하의 관원들이 놀라고 의아해하지 않는 자가 없었다.

통판은 곧바로 들어가서 동헌 마루에 앉아 두 배가(裵家) 아전을 잡아들이도록 명하였다. 그리하여 배이발을 심문하였다.

"너에게 아들, 딸이 있느냐?"

"소인은 아들은 두지 못했고 딸 하나만 있는데, 시집갈 나이가 되어서 병들어 죽었습니다. 장사를 지낸 것이 10년 가까이 됩니다."

"장사를 어디에다 지냈느냐?"

"관아에서 10리 정도 되는 곳입니다."

통판은 두 배가 아전에게 칼을 씌우도록 하고 말 머리에서 인도하게
하였다. 곧바로 그 딸을 묻었다는 곳으로 가서 무덤을 파고 파관(破棺)을
하여 시체를 꺼냈다. 얼굴빛이 살아 있을 때와 같아 보이는데 용모와
의상은 감사가 말했던 바와 다름이 없었다. 즉시 묶인 것을 풀고 옷을
벗긴 다음 검시를 한즉 이렇다 할 상처가 없었다. 다시 시신의 뒷면을
검사해보니 등 부위가 돌에 맞아서 피부와 살에 상처가 생겨 피가 아직
도 낭자하여, 이를 사망의 원인으로 판정할 수 있었다. 그래서 바로 검시
장(檢屍狀)을 작성하였다.

배이발 형제 및 부부를 형리에게 이관하여 감영의 옥으로 빨리 올려
보내도록 하였다. 그리고 돌아가 감사를 뵙고 그 일을 보고하였다. 감사
는 "과연 그렇군." 하고, 인해서 배가 아전 형제와 부부를 잡아들여 감영
의 관정에서 위엄을 보이고 심문을 한즉 배이발의 대답은 처음 진술한
것과 같았으나 배지발이 아뢰는 말은 이러했다.

"사또께옵서 밝게 살피시는 것이 귀신과 같은데 소인이 어찌 감히 사
실을 감추겠습니까. 소인의 형님 집은 가산이 요족한데 자식이 없이 딸
하나만 있었습니다. 소인의 자식을 양자로 들이라고 하였으나, 형님은
매양 '우리 같은 소민이 어찌 굳이 양자를 들일 것이 있는가. 조상의
제사는 아우가 대신 받들고, 나는 사위를 얻어 데리고 살면 그만이지.'라
고 했습니다. 소인의 형수는 곧 외동딸의 계모인데 늘상 이 아이를 증오
했습니다. 그래서 소인이 형수와 음모를 꾸며, 이 조카딸이 음행을 했다
고 말을 지어내 형님이 죽이게 하려고 했으나, 형님은 차마 손을 쓰지
못했습니다. 소인은 형님이 출타한 틈을 타서 형수와 함께 질녀를 묶어
놓고 돌로 등을 때려서 죽였던 것입니다. 그대로 관에 넣어놓은 며칠

후에 형님이 돌아와서, 그와 아무 곳의 총각이 몰래 간음하다가 붙잡힌 뒤에 부끄러움을 이기지 못해 자결하여 이미 입관을 했다고 말한즉, 형님도 어찌할 도리가 없어 이곳에 장사를 지낸 것입니다. 그리고 거의 10년이 지났는데 형님은 지금까지 그렇게 알고 있습니다. 이는 오로지 소인이 소인의 아들로 양자를 세워 형님의 재산을 전부 차지하고자 한 것입니다. 이 밖에 달리 아뢸 말이 없습니다."

또 배이발의 처를 심문하니 진술한 말이 역시 다르지 않아서 옥사가 결정되었다. 통판이 조 감사에게,

"사또께서는 어떻게 옥사가 이러한 줄 알았습니까? 시체와 의복 및 옥사의 실상을 그처럼 자세히 알 수 있었습니까?"
하고 묻자, 감사는 웃으며 다음과 같이 말하였다.

"지난밤 통판이 나간 뒤에 잠자리에 들려고 하는데 촛불의 그림자가 어른거리며 찬바람이 뼈에 오싹합니다. 이때 촛불 그림자 뒤로 한 여자가 백 번 절을 하며 '저는 하소연할 억울한 일이 있습니다.'라고 하여, 내가 '네가 사람이냐, 귀신이냐? 무슨 억울한 일이 있어 이렇게 와서 호소한단 말이냐. 하나하나 자세히 말해보아라.'하니, 여자는 울며 절을 하고 말합디다.

'저는 아무 고을 아무 아전의 딸인데 악명을 뒤집어쓰고 남에게 타살(打殺)을 당했습니다. 사람이 한 번 살고 한 번 죽는 것은 늘 있는 일이라 제가 한 번 죽은 것은 꼭 남을 원망할 것이 없다고 하겠습니다. 그러나 규중처자의 몸으로 더러운 이름을 무릅쓰고 죽었으니, 이는 천고의 지극히 원통한 일입니다. 매양 감사님 앞에 와서 원한을 씻어달라고 호소하고 싶었으나, 그때마다 사람들이 모두 정신이 허약하여 호소하기 어려웠습니다. 지금 사또께서는 정신이 다른 사람과 다르신 까닭에 외람됨을 무릅쓰고 감히 이렇게 와서 호소하는 것입니다. 저의 원한을 씻어 주시길 천 번 만 번 비옵니다.'

내가 흔쾌히 허락하자 그 여자는 방문을 나가면서 눈앞에서 사라집디다. 나는 마음에 몹시 의아했지요. 통판을 청해 검시를 나가보도록 한 것은 이 때문이라오."[63]

27. 고유(高裕)

고유(高裕)[64]는 상주 사람인데 사람됨이 강직하고 청렴했다. 문과에 올라 여러 주군(州郡)의 관장을 역임했는데 사람들이 감히 청탁을 하지 못했다. 그가 간교하고 감춰진 일을 적발하는 것이 귀신과 같아서 한나라의 조광한(趙廣漢)[65]과 비슷하여 가는 곳마다 명성이 있었다.

그가 창녕 현감으로 있을 때 앞뒤로 의옥(疑獄)을 판결하는 데에 신이한 일이 많았다. 그 당시 남붕(南朋)이라는 중이 문장과 재능이 상당해서 서울의 권귀(權貴)들과 결탁하여 표충사(表忠祠)의 원장으로서 권세를 믿고 악행을 부렸다. 각 처의 수령들이 그의 영향에 추종하였다. 한 도(道) 감사의 권위로도 그와 비등하게 어울렸으며, 수령들에게는 조금이라도 거슬리는 점이 있으면 벌책이 내려지게 하였다. 도내의 승진하고 쫓겨나는 것이 모두 이 중의 손에서 나왔다고 한다. 여러 고을에 폐단을 끼치고 사찰에 악행을 저지르니, 승속(僧俗) 간에 모두 다 두려워하여 감히 무어라고 하지 못했다.

남붕이 갖가지로 마침 무슨 일이 있어 창녕 땅을 지나다가 관아의

---

63 비슷한 내용이 『청구야담』 권4 「설신원완산윤검옥(雪神寃完山尹檢獄)」에 보임.
64 고유(高裕, 1722~1779): 영조 때 인물. 경상도 상주 출신이며, 문과에 급제하여 승지, 안주 목사 등을 지냈다. 창녕 현감을 역임한 바 있으며, 청백리에 녹선되었다.
65 조광한(趙廣漢): 전한(前漢) 시대의 인물이 지방관이 되어 죄인을 잘 적발했으며 치적이 있었다.

정문을 열고 들어와서 본 고을의 원을 만나보고도 예를 표하지 않았다. 고유는 미리 관속들과 약속을 해놓아서 그를 붙잡아 끌어내리니, 남붕이 능욕하고 공갈하는 소리를 퍼부었다. 그래서 즉시 때려죽였다. 며칠 지나자 서울에서 내려온 서찰들이 이루 헤아릴 수 없이 많았는데, 모두 남붕을 부탁하는 내용이었다.

판서 조엄(趙曮)[66]이 경상도 감사로 있을 때 도내에 술을 금하는 영을 내렸다. 창녕 고을은 술을 금하지 않아서 수향리(首鄕吏)[67]가 처벌을 당하는 지경에 이르렀다. 고유는 감영에 올라갔는데, 그 관속을 시켜 일부러 술을 사오도록 하여 잔뜩 취한 상태로 들어가 감사를 보았다.

"저희 창녕은 온 고을에 술이 있지만 맛이 없어 마실 수 없는 지경입니다. 지금 감영에 들어와 보니 술을 빚지 않은 집이 없어 온통 술판이라 하관(下官)도 술을 양껏 마셨습니다."

조 감사는 그 뜻을 알고 빙긋이 웃으며 아무 말도 하지 않았다.

고유는 여러 고을의 관장을 역임하였는데 일호도 토색하는 것이 없어 집으로 돌아오면 가난하기가 전과 마찬가지였다. 상주의 이속 한 사람이 매번 겸인으로서 그를 수행하여 녹봉에 남은 것이 있으면 반드시 모두 그 이속에게 주었다. 그 사람은 이 때문에 부자로 살 수 있게 되었다. 고유가 세상을 뜬 후에 그의 자손은 가난해서 살아가기 어려운 형편이었다. 이때에 그 겸인은 나이 80여 세였는데, 어느 날 자기의 아들과 손자에게 이렇게 일렀다.

"우리 집이 이처럼 요족하게 사는 것은 모두 고 사또님의 덕이다. 내 이를 모르는 바 아니었지만 사또님이 세상에 계실 때에 돈이나 곡식을 바치면 청덕(淸德)에 누가 되고, 설령 바친다 하더라도 필시 받으실 이치

---

66 조엄(趙曮, 1719~1777): 영조 때 인물로 경상 감사를 지낸 사실이 있으며, 1762년 일본에 통신사로 다녀왔다. 이때 고구마를 들여온 것으로 유명하다.

67 수향리(首鄕吏): 수리(首吏)를 가리키는 말. 수리는 아전 중의 수석 아전.

가 없기 때문에 지금에 이르렀던 것이다. 그런데 댁의 형편이 참으로 말할 수 없는 지경이니 우리로서 어찌 마음이 편안하겠느냐. 사람이 되어 배은망덕하면 하늘이 필시 재앙을 내릴 것이다. 내가 처음부터 뜻을 두어 아무 곳의 논을 매입해두었으며, 다락 위에 따로 돈을 저장해두었더니라. 이것을 댁에 다 바치려 하니, 너희들은 내일 반드시 댁으로 가서 손자 서방님을 모셔오도록 하여라."

그의 아들과 손자가 거짓으로 "예."하고 대답하였다. 그리고 다음날 들어와서, "무슨 일이 있어 올 수 없다고 합디다."하고 아뢰었다.

이때에 고유의 손자가 마침 읍내에 들어갔다가 돌아오는 길에 그 겸인의 집에 들렀다. 겸인의 아들과 손자가 밖에서 손을 저어 쫓아 대문 안으로 발도 들여놓지 못하게 하였다. 고생(高生)은 크게 노하여 돌아가다가 길에서 읍내의 친히 아는 사람을 만나 방금 자신이 당했던 분통이 터질 일을 이야기했다. 그 사람은 그 길로 바로 노인에게 말을 했다. 노인이 크게 놀라 아들과 손자를 불러들여 몽둥이로 때리고, 즉시 가마를 빌려오게 하여 타고 그 댁으로 찾아가서 대문 밖에서 대죄(待罪)를 하였다. 고생은 놀랍고 의아하여 나와 보았다. 그러자 노인이 함께 자기 집으로 함께 가기를 간청하여 자기 집에서 술과 안주를 대접하고 말하기를,

"소인이 이처럼 의식을 갖추고 잘 사는 것은 모두 선영감(先令監)이 끼치신 덕입니다. 소인이 귀댁을 위해 마음을 써서 경영한 바가 있어 이에 바치고자 하오니 사양하지 마옵소서."

하고, 전답의 문서를 내놓는데 매년 200석을 추수할 수 있는 논이었다. 그리고 또 돈 1,000냥의 수표도 보내주었다. 고씨가는 이로 인해서 치부를 하게 되었다고 한다.

상주 사람이 와서 이 일의 시말을 들려주기로 이와 같이 기록한다.

28. 안동 도서원(都書員)

옛적에 어떤 재상의 동문수학하던 사람이 문장이 넉넉하고 민첩했으나, 여러 번 과거에 낙방하고 보니 집이 빈한하여 살아가기 어렵게 되었다.

재상이 마침 안동 원으로 나가게 되었는데, 그 친구가 찾아와서 조용한 틈을 보아 말을 꺼냈다.

"영감께서 이번 안동부사를 하시니, 제가 얼마간 힘을 볼 수 있을뿐더러 족히 평생 편히 살길이 트일 수 있겠소이다."

"아니 내가 원을 하면 자네의 의식쯤은 일시 돌본다더라도 어떻게 평생 살 길을 마련해준단 말인가? 그건 자네 망상일세."

"영감이 제게 많은 돈과 재물을 주시라는 뜻으로 말한 게 아니올시다. 안동 도서원(都書員)[68]은 생기는 것이 많다고 하니, 이 자리를 제게 주시면 좋을 듯합니다."

"안동은 향리(鄉吏)가 드센 고을일세. 도서원은 이속들의 노른자위 같은 자리인데, 어찌 서울 유생에게 양보할 것인가. 그 일은 관장의 위엄으로도 될 수 없는 일이네."

"영감께 빼앗아 주시라고 여쭘이 아니올시다. 제가 미리 내려가 살면서 저를 이안(吏案)[69]에 올릴 수 있도록 해야지요. 이안에만 오르면 안될 까닭이 있겠습니까."

"자네가 내려간들 그리 용이하게 이안에 올릴 수 있을까."

"영감께서 도임하신 후 백성들의 송사(訟事)에 판결문을 불러주실 때 형리가 미처 받아쓰지 못하거든 죄를 주거나 도태시키시고, 또 그런 무능한 자를 형리로 불러 썼다는 이유를 들어 수리(首吏)를 치죄하십시오. 매번 이렇게 하시면 자연 도리가 생길 듯하외다. 그리고 올라오는 공문

---

68 도서원(都書員): 지방 고을의 조세를 받아들이는 직책을 맡은 아전 중의 우두머리.
69 이안(吏案): 아전의 명부.

서가 제 손에서 나온 것이면 잘 썼다고 칭찬해주시지요. 이러기를 며칠 하고 나서 명을 내려 형리를 뽑되, 시임(時任)[70]과 한산(閑散)[71]을 불문하고 문필이 감당할 만한 자는 모두 취재(取材)[72]에 들게 하시면, 제가 자연으뜸으로 뽑혀 형리를 하게 되지 않겠습니까. 형리가 된 뒤 도서원 자리를 분부하시는 건 무난할 듯합니다. 그러면 바깥의 실정을 제가 들은 족족 기록해 올릴 터이니 영감은 자연 신이하다는 이름을 얻게 되지 않겠습니까."

"그럼, 아무렇거나 해보게."

그는 먼저 안동으로 내려가서 다른 고을에서 도망해온 아전이라 자칭하고 조석을 주막에 부쳐 먹으면서 길청[73]에 다니며 문서를 대신 써주기도 하고, 더러 문서를 보아주기도 했다. 그가 원래 사람이 영민하고 문자와 계산에 능통하니, 여러 이속들이 그를 대접하여 길청 고지기에게 기식하며 길청에서 잠을 자도록 하고, 제반 문서를 그와 상의하는 것이었다.

신관이 도임해서 관정에 가득히 밀린 민소(民訴)에 제사(題辭)[74]를 부르는데, 형리가 미처 받아쓰지 못하면 반드시 잡아내어 곤장을 엄히 쳐서 하루 사이에 벌을 받게 되는 일이 부지기수였다. 보장(報狀)[75]과 전령(傳令)[76]에 있어서도 번번이 트집을 잡아내어 엄히 다스리고, 또 수리를 잡아들여 형리를 잘못 택했다는 이유로 매일 치죄하는 것이었다. 이런 때문에 길청이 난리가 났고, 형리는 누구도 감히 하려는 자가 없었다.

---

70 시임(時任): 시사(時仕). 현직이라는 의미.
71 한산(閑散): 일없이 한가히 있는 것. 즉 관직에서 물러나 있는 경우.
72 취재(取材): 주로 하급 관리의 경우에 능력을 시험하여 뽑는 일.
73 길청: 질청. 군현의 아전 서리들이 사무를 보는 곳. 이청(吏廳) 혹은 작청(作廳), 연청(椽廳).
74 제사(題辭) : 관부에서 소장 또는 원서(願書)에 쓰는 판결이나 지시사항을 가리키는 말.
75 보장(報狀): 상급 기관에 보고하는 문서.
76 전령(傳令): 전하여 보내는 훈령(訓令)이나 고시.

한편 문서가 올라가고 내려오는데, 이 사람이 작성한 것이면 으레 무사하였다. 이 때문에 길청의 여러 이속들은 그가 혹시 떠날까 염려하게 되었다. 하루는 원님이 수리에게 분부하기를,

"내 서울서 들으니 너희 고을이 원래 문향(文鄕)이라 하더니, 지금 와서 보니 참으로 한심하구나. 형리에 적합한 자가 단 하나도 없다니. 길청에서 시사(時仕)하는 아전과 읍인들 중에 문필이 쓸 만한 자들을 모두 시험을 보게 하여 뽑아 올려라."

수리가 명을 받고 나가서 여러 이속들 중에 문필이 있는 사람을 시험 보이니, 그 사람이 단연 으뜸으로 뽑혔다.

"이 사람은 어떤 이속인고?"

"본읍 아전이 아니옵고 다른 고을에서 퇴임한 아전인데, 저희 길청에 우거하고 있는 자올시다."

"이 사람 문필이 가장 나은데, 다른 고을에서 이속의 일을 보았다니 이역(吏役)을 맡겨도 무방하겠구면. 그를 이안에 올리고 형리로 임명하여라."

수리는 이 명을 따라 거행했다. 이로부터 그는 일을 독자적으로 보게 된 것이다. 그가 형방이 된 이후로 책망이 내리거나 벌을 받는 일이 없어졌다. 이에 비로소 수리 이하 관속들이 마음을 놓았고, 길청(秩廳)도 무사했던 것이다.

관속을 새로 임명할 때에 형방에게 도서원을 특별히 겸임으로 거행케 하니 어느 누구도 감히 입을 떼지 못했다.

그는 기생 하나를 첩으로 들이고, 집을 사서 살림을 차렸다. 매양 문서를 들이고 내는 때에 바깥소문을 기록하여 방석 밑에 슬그머니 놓고 나왔다. 사또가 그것을 살펴보기 때문에 백성의 숨은 사정이나 아전들의 간교한 짓을 귀신처럼 파악해서 백성과 아전들이 모두 두려워하고 복종했던 것이다.

다음해에는 그가 도서원을 겸임해서 두 해 사이에 소득이 거의 만여 냥에 이르렀다. 이것을 모두 서울 본가로 은밀히 올려보냈다.

사또의 임기가 끝나기 얼마 전에, 그는 모야무지에 집을 버리고 도주했다. 길청이 몹시 당황하여 수리가 사또에게 보고했다.

"첩과 함께 도주했던가?"

"집도 버리고 첩도 버리고 단신으로 도주했사옵니다."

"혹 포흠(逋欠)진 건 없는가?

"없습니다."

"그것 참 괴이한 일이로군. 뜬구름 같은 종적이니 그냥 내버려 두어야겠구먼."

그는 서울 본가로 돌아와서 집을 사고 땅을 장만하여 형편이 부유하게 되었음이 물론이다. 후일에 그는 과거시험에 합격하여 여러 고을의 관장을 역임했다고 한다.[77]

29. 증서(證書)

옛날 지방 고을에 어느 선비가 아들의 혼사를 이웃 고을로 정해 치송을 하고 나서 갑자기 급체로 죽었다. 신랑은 막 초례를 치르고서 부친의 부음을 듣고 곧바로 분상을 하여 집으로 돌아갔다. 그리하여 치상을 하고 장사를 지내야 했다. 이에 풍수를 데리고 장지를 구하러 나서서 돌아다니다가 우연히 처가 동네의 뒷산에 당도했다. 풍수는 산의 한 지점을 가리키며,

---

77 이 작품이 『청구야담』 권9에 「입이적궁유성가업(入吏籍窮儒成家業)」이라는 제목으로 실려 있다.

"이곳이 극히 좋은데 산 아래에 양반집이 있으니 아무래도 허락을 하지 않을 것 같소."

라고 하였다. 상주가 주변을 둘러보니 아래쪽에 양반집은 자기의 처가였다. 처가는 홀로된 장모만 있을 따름이요 무남독녀였다. 상주가 아래로 내려가서 장모에게 인사를 드리니 반가움과 슬픔이 교차하여 정갈하게 점심을 마련하여 대접했다. 그리고 찾아온 연유를 물어서, 산지(山地)를 구하기 위한 것이라고 대답했다.

"다른 사람이라면 절대로 허락할 수 없지만 자네가 쓰고 싶어 하니 허락하지 않을 수 있겠는가?"

이런 장모의 말을 듣고 나서 상주는 기뻐 돌아가려고 했다.

"자네가 기왕에 여길 들렀으니 잠깐 건넛방에 들어가서 딸아이를 보고 가게."

상주는 처음엔 굳이 마다했으나 장모가 손을 끌고 들어가서 신부와 잠깐 앉았다가 나오려고 했다. 상주는 처음엔 부끄러워 얼굴을 붉혔으나 홀연 춘심이 발동하여 억지로 붙잡고 관계를 가졌다. 그러고 나서 바로 밖으로 나와 집으로 돌아갔다.

출상을 해서 상여가 그 산 아래 도착하여 장차 하관할 즈음에 그 처가의 여종이 와서 고하는 말이,

"우리 댁의 안 소상전이 분곡을 하기 위해 오십니다. 일꾼들은 잠깐 피해 주시기 바랍니다."

라고 하였다. 이윽고 그의 처가 도보로 산에 올라와 관 앞에서 곡을 하여 슬픔을 다하고 나서 상주를 향해 말했다.

"아무 날 서방님이 들르셨을 때 저와 동침을 하고 가셨습니다. 이 일은 표적이 없어서 안 되니 모름지기 증서를 써서 나에게 주십시오."

상주는 얼굴이 벌겋게 되어 꾸짖기를,

"아녀자가 어찌 어지러운 말을 하오. 얼른 내려가시오."

라고 하였으나 여자는 끝끝내 내려가려 하지 않았다.

"증서를 받기 전에는 죽어도 내려가지 않겠습니다."

이때에 상주의 숙부와 함께 모인 일가들이 많았는데 모두들 다 놀랍고 해괴하게 여겼다. 그의 숙부가 질책을 하여,

"세상에 어떻게 이런 일이 있단 말이냐. 우리집이 망했구나. 네가 이런 해괴한 짓을 저질렀다면 모름지기 증서를 써서 주어라. 해도 이미 저물어 일꾼들이 흩어지면 큰일에 낭패가 되지 않겠느냐."

하며 써주라고 하여, 상제는 부득이 증서를 만들어 주었다. 그때야 신부는 산에서 내려갔다. 그 자리에 있던 사람들은 욕을 하지 않는 자가 없었다.

상주는 봉분의 역사를 마치고 돌아가서 반우를 한 다음 2, 3일이 지나 우연히 병을 얻어 끝내 일어나지 못했다. 몇 달이 지나서 홀로 된 아내가 배가 점점 부르더니 열 달이 되어 아들을 낳았다. 일가친척과 이웃 사람들이 모두 놀랍고 의아하여 "아무댁 상주는 초례를 치르자 마자 분상을 했는데 이 아이가 어디서 나왔을까?"하며 의혹이 가시지 않았다. 그 여자가 남편이 직접 써준 증서를 꺼내 보인 다음에야 이렇고 저렇고 하는 말들이 없어졌다. 누군가 그녀에게 까닭을 묻자 대답이 이러했다.

"막 초례를 마치고 분상을 했던 상주가 장사 전에 그 처를 와서 본 것이 벌써 예에 어긋나는 일이요, 또 서로 만나본 때에 예를 무시하고 동침을 강요한 것은 더욱 정상적인 일이 아닙니다. 사람이 비정상적인 일을 하면 오래가겠습니까. 내가 예를 모른다고 기어이 거절하지 않았던 것은 혹시라도 종자를 남길까 기대하여 마지못해 따랐던 것입니다. 이윽고 생각해보니 이때 부부가 관계를 맺었던 것은 집안사람도 아는 사람이 없으니 지아비가 죽은 다음에 아들을 낳으면 필시 추악한 말이 나와서 해명할 길이 없겠습디다. 이런 까닭에 죽음을 무릅쓰고 부끄러움을 참으며 많은 사람들이 모인 가운데서 증서를 받았던 것입니다."

듣는 사람들 모두 탄복을 하였다. 이 유복자는 등과를 하여 후일에

현달을 하였다고 한다.

30. 우황(牛黃)

　　옛날 어떤 무관이 선전관(宣傳官)으로 춘당대(春塘臺)에서 활쏘기 훈련을 하는데 시위를 맡고 있었다. 때마침 제주 목사가 파직되었다는 문서가 들어와서 그 무관이 동료들에게 말했다.

　　"내가 만약 제주 목사로 나가면 만고 제일의 치적을 세우고 만고 제일의 탐욕을 부리겠다."

　　동료들은 말도 안 되는 황당한 소리라고 비웃었다. 임금이 이 말을 듣고 누가 했느냐고 하문하였다. 그 무관은 속일 수 없어 땅에 부복하여 아뢰었다.

　　"소신이 한 말입니다."

　　"만고 제일의 치적으로 어떻게 천하의 제일 탐욕을 부릴 이치가 있겠으며, 만고 제일 탐욕을 부리고 어떻게 만고 제일의 치적을 이룰 수 있겠느냐?"

　　무관은 부복하여 아뢰었다.

　　"따로 그 술책이 있습니다."

　　임금은 웃으며 그를 제주 목사로 특진시키도록 하고 말씀하였다.

　　"너는 우선 내려가서 만고 제일의 치적과 만고 제일의 탐욕을 부려보도록 하여라. 그렇지 않으면 너는 망언을 한 죄로 큰 벌을 받을 것이다."

　　무관은 명을 받들고 물러나서 자기 집으로 돌아가 밀가루를 많이 사서 치자물을 들여 큰 그릇에 담아 짐바리 셋을 만들었다. 이밖에는 의복을 담은 상자뿐이었다. 조정에 하직인사를 드리고 부임하는데 겸종 한 사람만 수행하도록 했을 따름이었다.

제주 목사로 있으면서는 송사를 처리하는 데 공평했으며, 아침저녁에 식사상을 받는 이외에는 술 한 잔도 들지 않았고, 녹봉에 남는 것이 있으면 아울러 폐해를 개혁하는 데로 돌렸고, 토산품은 단 하나도 취하지 않았다. 이렇게 1년을 지내고 보니 관리와 백성들 모두 그를 좋아하고 받들어 매양 고을이 생긴 이래 처음 보는 청백리라고 칭송이 자자했다. 명령을 내리면 행해지고 그만두라 하면 곧 금지가 되어 온 경내가 평온하였다.

어느 날 그는 문득 신병(身病)이 있어 문을 닫고 신음하였다. 여러 날 지나도록 병세는 날로 심해져서 음식을 전폐하고 어두운 방구석에 앉아 신음하는 소리가 끊이지 않았다. 좌수며 아전, 군교 무리들이 하루 세 때 문안을 드렸으나 얼굴도 보지 못했다. 좌수며 중군이 간절히 호소하여,

"병환의 증세가 어디에 원인이 있는지 모르겠습니다만, 이 고을 역시 의원이 있고 약재도 있는데 어찌 진찰을 하고 치료를 받지 않습니까?"

라고 했으나, 태수는 숨을 헐떡이며 목구멍에서 나는 소리로 말했다.

"나의 병의 원인은 내가 잘 알고 있다. 죽을 수밖에 없으니 그대들은 물어볼 필요도 없다."

"증세가 어떠한지 듣고자 하옵니다."

태수는 한동안 가만히 있다가 억지로 소리를 내서 말했다.

"내가 젊은 시절에 이 병을 얻어서 나의 조상에게 물려받은 재산을 모두 이 병을 치료하는 데 들어가서 근 20년 동안 다시 발병하지 않았던 까닭에 완전히 나은 줄로 여겼다. 이젠 치료할 방도가 없으니 죽을 날만 기다릴 뿐이다."

여러 사람들이 기어이 물었다.

"무슨 증세이시며, 약은 무슨 약을 썼습니까? 사또님의 병환이 이러하거늘 읍내나 동네 사람들을 물론하고 배를 갈라 심장을 꺼내라 해도 거부할 자가 없을 것입니다. 하늘에 올라가고 바다 속에 뛰어들더라고 반

드시 약을 구할 것이오니, 원하옵건대 약방문을 가리켜주소서."

"나의 병은 단독(丹毒)인데 약은 우황이다. 우황 몇십 근을 떡처럼 만들어 전신을 둘러싸서 매일 3~4차 이것을 갈아 붙이면 반드시 4~5일 지나면 나을 수 있다. 우리 집 재산이 자못 부유했으나 이 때문에 완전히 거덜이 났거든. 지금 어디에서 우황을 다시 얻어 붙인단 말인가."

여러 사람들이 나서서 말했다.

"우리 제주에서 우황은 구하기 쉬운 것입니다. 좌수가 나서서 명령을 전하고 각 면마다 이와 같이 하면, 사또님의 병환은 치료할 방도가 있습니다. 저희들이 마땅히 힘을 다 해서 구하도록 하겠습니다. 더구나 우황으로 말하면 이 지역의 특산으로 귀하지 않습니다. 백성들 누구나 많고 적고 할 것 없이 있는 대로 바치도록 하면 됩니다."

백성들이 전하는 명령을 듣고 앞다투어 바쳐 하루 사이에 들어온 우황이 몇백 근이나 되었다. 데리고 갔던 겸종이 그것을 받아서 농에 집어넣고 남몰래 가지고 갔던 치자떡과 바꾸었다. 날마다 그 떡을 그릇에 담아 땅에 묻고서,

"다른 사람이 가까이 오면 독한 기운에 쏘여서 얼굴과 눈에 손상이 오니 가까이 와서는 안 된다."

라고 했다. 이와 같이 하기를 5~6일 하자 병세가 점차 나아졌다. 이내 일어나서 공무를 보는데 청렴하고 공정한 치적이 역시 전과 마찬가지였다. 임기가 다 되어 돌아가매 제주 백성들이 비(碑)를 세워 잊지 못해 하였다. 그는 서울로 올라가서 우황을 판매하여 여러 천금을 얻었다.

제주도의 소들은 10마리면 8~9마리가 우황이 들어 있다. 이런 까닭으로 우황이 지천인데, 그 무관이 이 사실을 알아서 미리 치자떡을 준비해 가서 이 술수를 쓴 것이다. 관속배들이 감히 가까이 가지 못하고 멀리서 온통 누런 것을 보고 우황으로 알았던 것이다. 그 무관은 이 때문에 재산이 부유하게 되었다고 한다. 연전에 유경(柳畊)[78]이 제주 목사로 내려가

게 되어 나는 작별하는 자리에서, "이번 부임하는 길에 치자떡을 싣고 가지 않습니까?"라고 말하여 모두들 크게 웃었다.[79]

---

78 유경(柳畊, 1756~?): 정조·순조 때의 인물. 문과에 급제하여 벼슬길에 올라 순조 3년 (1803)에 제주 목사로 부임한 바 있다.

79 이 작품이 『청구야담』 권8에 「득거산제주백양병(得巨産濟州伯佯病)」이라는 제목으로 실려 있다.

溪西雑録

卷3

01. 수급비(水汲婢)

靈城君朴文秀, 少時隨往內舅晉州任所, 眄一妓而大惑, 相誓以彼此同日生死. 一日在書室, 有一矗惡之婢子, 汲水而過. 諸人指笑而言曰: "此女年近三十, 而以矗惡之故, 尙不知陰陽之理云. 如有近之者, 則可謂積善, 必獲神明之佑矣." 文秀聞其言. 其夜, 厥婢又過, 仍呼入而薦枕, 厥女大樂而去. 及還洛登科十年之間, 承暗行之命, 到晉州. 訪其所嬖之妓家, 立於門外而乞飯, 則自內一老嫗出來, 熟視, 曰: "怪哉, 怪哉!" 文秀問老嫗, "何爲如是也." 老嫗曰: "君之顏面, 恰似前前等內朴書房主樣, 故怪之矣." 文秀曰: "吾果然矣." 老嫗驚曰: "此何爲事也? 不意書房主, 作此乞客而來也. 第可入吾房內, 小留喫飯而去." 文秀入房坐定, 問: "君之女安在?" 答曰: "方以本府廳妓長番, 而不得出來矣云." 而方熱火炊飯, 忽有曳履聲, 而其女來到廚下. 其母曰: "某處朴書房來矣." 其女曰: "何時來此, 而緣何故來云耶?" 其母曰: "其狀可矜, 破笠幣衣, 卽一丐乞兒. 問其委折, 則見逐於其外家前前使道家, 今方轉轉乞食而來. 以此處曾是久留處, 吏隸輩面熟故, 欲得錢兩而委來云矣." 其女作色曰: "此等說, 何爲對我而言也?" 其母曰: "欲見汝而來云. 旣來矣, 一次入見可也." 其女曰: "見之何益? 此等人不願見矣. 明日兵使道生辰, 守令多會, 將張樂於矗石樓, 營本府以妓輩衣服事, 申飭至嚴. 吾之衣箱中, 有新件衣裳矣, 母氏出來也." 其母曰: "吾何以知之? 汝可入而持來[1]也." 其女不得已開戶而入, 面帶怒色, 不轉眸而循房壁而來, 開箱而出衣箱, 不顧而出. 文秀乃呼其母而言之曰: "主人旣如是冷落, 吾不可久留. 從此逝矣." 其母挽止曰: "年少不解事之妓, 何足責也? 飯幾熟矣, 少坐喫飯而去可也." 文秀曰: "不願喫飯." 仍出門. 又尋其婢子之家, 則其婢子, 尙汲水矣. 汲水而來, 見其狀貌, 良久熟視曰: "怪哉怪哉!" 文秀問曰: "何爲見人而稱怪?" 其婢子曰: "客之貌, 恰

---

1 來: 저본에는 '去'로 나와 있는데, 익선재본 A에 의거하여 바꿈.

似向來此邑冊房朴書房主[2], 故心竊怪之." 對曰: "吾果然矣." 其婢子去
水盆于地, 把手大哭曰: "此何事也, 此何樣也? 吾家不遠, 可偕往." 文
秀隨而往, 則有數間斗屋矣. 入其房坐定, 泣問其丐乞之由, 文秀對如
俄者對妓母之言. 其女驚曰: "一寒如此哉! 吾以爲書房主大達矣, 豈料
到此? 今日則願留吾家云." 而出一籠箱, 卽紬衣一襲也. 勸使改服, 文
秀曰: "此衣從何出乎?" 對曰: "此是吾之積年汲水雇貰也, 聚錢貿此,
貰人縫衣以置. 此生若遇書房主, 則欲以表情故也." 文秀辭曰: "吾於
今日, 以弊衣來此, 今忽着此, 則人豈不怪訝乎? 終當着之, 姑置之."
其女入廚而備夕饍. 入後面, 口吶吶若有叱焉者然, 又有裂破器皿之
狀. 文秀怪而問之, 則答曰: "南中敬鬼神矣. 吾自送書房主後, 設神位,
而朝夕祈禱, 只願書房主立身揚名矣. 鬼若有靈, 則書房主豈至此境
耶? 以是之故, 俄者裂破而燒火矣." 文秀忍笑而感其意. 而已, 具夕饍
以進, 文秀頓服而留宿. 平明催飯曰: "吾有所往處." 仍出門, 先往矗石
樓, 潛伏於樓下. 日出後, 官吏紛紛修掃, 肆筵設席. 少焉, 兵使及本官
出來, 而隣邑守令十餘人皆來會. 文秀突出上座, 向兵使而言: "過去
客子, 欲參盛宴而來矣." 兵使曰: "第坐一隅, 觀光無妨矣." 而已, 盃盤
狼藉, 笙歌嘈轟. 其妓女立於本官背後, 服飾鮮明, 含嬌含態. 兵使顧而
笑曰: "本官近日大惑於厥物耶? 神色不如前矣." 本官笑而答曰: "寧有
是理? 只有名色, 無實事矣." 兵使笑曰: "必無是理." 仍呼使行盃, 其妓
行盃而次次進前. 文秀請曰: "此客亦善飮, 願請一盃." 兵使曰: "可進
酒." 妓乃酌酒給知印曰: "可給彼客." 文秀笑曰: "此客亦男子也. 願飮
妓手之盃酒." 兵使與本官作色曰: "飮則好矣, 何願妓手乎?" 文秀仍受
而飮之. 進饍, 而各人之前俱是大卓, 而自家之前, 不過數器而已. 文秀
又言曰: "俱是班也, 而飮食何可層下乎?" 本官怒曰: "長子之會, 何可
如是至煩? 得喫飮食, 可斯速去矣, 何爲多言也?" 文秀亦怒曰: "吾亦

2　主: 저본에는 없는데, 익선재본 A에 의거하여 추가한 것임.

非長者乎? 吾已有妻有子, 鬢髮蒼然, 則吾豈孩少³乎?"本官怒曰: "此乞客妄悖矣, 可以逐出."仍分付官隸, 使逐送. 官隸立於樓下, 呵叱曰: "斯速下來."文秀曰: "吾何以下去? 本官可以下去."本官益怒曰: "此是狂客也. 下隸輩焉敢不爲曳下乎?"號令如霜, 而知印輩擧袖推背. 文秀高聲曰: "汝輩可出去?"言未已, 門外驛卒大呼曰: "暗行御史出道矣."自兵使以下面無人色, 而蒼黃迸出. 文秀高坐而笑曰: "固當如是出去矣."仍坐於兵使之座, 而自兵使以下各邑守令, 皆其帽帶請謁, 一一入現. 禮罷後, 文秀命捉入其妓. 又呼妓母, 而分付於妓曰: "年前吾與汝情愛何如? 山崩海渴, 而情好不變爲約矣. 今焉吾作此樣而來, 則汝可念舊日之情, 好言慰問可也, 何爲而發怒也? 俗云不給粮而破瓢者, 政謂汝也. 事當卽地打殺, 而於汝何誅."仍略施笞罰, 謂妓母曰: "汝則稍解人事, 以汝之故, 姑不殺之."命給米肉. 又曰: "吾有所眄之女, 斯速呼來."仍使汲水之婢, 乘軒而坐於傍, 撫之曰: "此眞有情女子也."此女陞付妓案, 使行行首事, 而其⁴妓降付汲水婢. 仍招入本府吏房, 無論某樣, 錢二百金斯速持來, 以給其婢子而去.

02. 박총각(朴總角)

朴文秀以繡行, 轉向他邑, 日晚不得食, 頗有饑色. 仍向一人之家, 則只有一童子, 而年近十五六矣. 仍向前乞一盃飯, 則對曰: "吾卽偏親侍下, 而家計貧窮, 絶火已數日, 無飯與客."文秀困憊少坐. 童子屢瞻見屋漏之紙囊, 微有慘然之色, 而解囊入內. 數間斗屋, 戶外卽其內堂也. 在外聞之, 則童子呼母曰: "外有過客, 失時請飯, 人飢豈不可顧耶. 粮米絶乏, 無以供飯, 以此炊飯可矣."其母曰: "如此, 而汝親之忌事, 將闕之乎?"童子曰:"情理雖切迫, 而目見人饑, 何可不救乎."其母受而炊之. 文秀旣聞其言, 心甚惻然. 童子出來, 文秀問其由, 則答曰:"客子旣聞知, 不得欺矣. 吾之親忌不遠, 無以過祀故, 適有一升米, 作紙囊懸之, 雖闕食而不喫矣. 今客子飢餓, 而家無供飯之資, 不得已以此炊飯矣. 不幸爲客子所聞知, 不勝慙愧云云."方與酬酢之際, 有一奴子來言曰:"朴道令斯速出來."其童子哀乞曰:"今日則吾不得去矣."文秀聞其姓則乃是同宗也. 又問:"彼來者爲誰?"曰:"此邑座首之奴也. 吾之年紀⁵已長, 聞座首有女, 通婚則座首以爲見辱云, 而每送奴子, 捉我而去, 捽曳侮辱無所不至. 今又推捉矣."文秀乃對奴而言曰:"吾乃此童之叔也. 吾可代往."飯後, 仍隨奴而往, 則座首者高坐, 而使之捉入云. 文秀直上廳, 坐而言曰:"吾侄之班閥, 猶勝於君, 而特以家貧之故, 通婚於君矣. 君如無意則置之可也, 何每每捉來示辱乎? 君以邑中首鄕, 而有權力而然耶?"座首大怒, 捉入其奴而叱之曰:"吾使汝, 捉來朴童, 而汝何爲捉此狂客而來, 使汝上典見辱乎? 汝罪當笞."文秀自袖中露示馬牌曰:"汝焉敢若是?"座首一見而面如土色, 降于階下, 俯伏曰:"死罪死罪."文秀乃曰:"汝可結婚乎?"對曰:"焉敢不婚."又曰:"吾見曆, 三明卽吉日. 伊日, 吾當與新郎偕來矣. 汝可備婚具以待."座首曰:"敬諾."文秀仍出門, 直入邑內而出道, 謂其本官曰:"吾有族侄而在於某洞. 與此邑首鄕定婚, 而期在某日, 伊時外具及宴需, 自官備給爲好."本官曰:"此是好事, 何不優助. 須當如命."又請隣邑守令, 當日文秀請新郎於自家下處, 具冠服, 而文秀備威儀隨後. 座首之家, 雲幕連天, 樽盂狼藉. 座上, 御史主壁, 諸守令皆列坐, 座首之家, 一層生光輝矣. 行禮後, 新郎出來, 御史命拿入座首. 座首叩頭曰:"小人依分付行婚禮矣."御史曰:"汝田與畓幾何?"曰:"幾石數矣."曰:"分半, 給女婿乎?"曰:"焉敢不然.""奴婢牛馬幾何? 器皿什物亦幾何?"答曰:"幾口幾正,

5 紀: 저본에는 '記'로 나와 있는데, 익선재본 A에 의거하여 바꿈.

幾件幾箇矣."曰:"又分半,給女婿乎?"答曰:"焉敢不然."御史命書文記,而證人首書御史朴文秀,次書本官某,某邑倅某列書,而踏馬牌.仍而轉向他處.

03. 윤유(尹游)

尹判書游,以副使奉命入燕.知舊中問曰:"令公之風流,歷箕城,必有妓女之所眄者矣."尹答曰:"聞無可意者,而只有一妓可合,此則將使薦枕矣云."厥妓,卽時箕伯之子所嬖者也.聞此言,猶恐失之,使行入府時,深藏而不出.副使到箕城留二日,而仍無某妓待令之言,箕伯之子以爲傳言之訛矣.及其發行之時,坐於轎上而言曰:"吾忘之矣.某妓,卽知舊之托,而未及招見,可暫招來."下隷傳言,則某之子,意以爲'今當發行,出送固無妨云',而使之暫往矣.副使問曰:"某班,汝知之乎?"曰:"然矣."副使近前,而出轎內餠盒,而命喫之.其妓以手受賜之,時仍把手而入轎內,仍使之闔轎門,載于馬,勸馬一聲,飛也似北出普通門,箕伯之子聞此報,雖忿憤而無奈何矣.副使仍與之偕往灣上.渡江時,言曰:"汝若歸去則好矣,不然則留待明春之回還."其妓願留,到明春,又偕來.聞者絶倒.

04. 이민곤(李敏坤)

李臺敏坤,以貪贓駁一道伯,請施烹阿之典云云.上,以受人指嗾而論人,命定配.赴謫之路,店舍失火,李臺被燒而死,聞者慘愕.時金相相福,偶爾對人言曰:"李某欲烹人,使渠身先作灰云矣."兪知樞彦述輓詩曰:"人未能烹身已灰,誰將此語幸君灰?人心世道渾如許,先死非哀後死哀."云云 金相見而大怒,其後堂錄坐此見拔,從兄弟之具以詩見敗,亦可異也.

05. 이익저(李益著)

李益著, 以義城宰, 一日宴飮, 時嘗夏節也. 忽有一陣風過去, 益著急撤樂而作營行, 見巡使請貸南倉錢五千兩, 以貿年麥. 時大登, 價至賤, 貿麥而封置各洞, 使洞任守直矣. 七月初夜, 忽覺睡而呼官僮, 摘後園一葉草而見之曰: "然矣云矣." 翌朝見之, 則嚴霜大降, 草木盡凋殘. 是秋嶺南一道, 野無靑草, 仍爲赤地, 而設賑. 穀價登踊, 麥一石價, 初夏不過三四十錢矣, 其秋價至三百餘錢. 益著以其麥作賑資, 而又發賣, 報南倉錢如數. 蓋有占風之術也. 後移隣邑, 而趙顯命時爲巡使. 益著有事往見, 而鬢髮未整, 亂髮露於網巾. 旣退, 巡使拿入隨陪吏, 以容儀怠謾數之. 益著復請謁而入, 謝曰: "下官年老氣衰, 鬢髮未及整, 見過於上官, 知罪知罪. 如是而何可供職乎? 惟願啓罪." 巡使曰: "尊丈以俄者事, 有此敎乎? 此不過體禮間事也. 何必乃爾?" 益著曰: "以下官而不知事上官之體禮, 則何可一日供職乎? 斯速啓罷可矣." 巡使曰: "不可如是." 益著正色曰: "使道終不許乎?" 曰: "不可許矣." 益著曰: "使道必欲使下官作駿擧, 良可慨然." 仍呼下隷言曰: "持吾冠袍而來." 仍脫帽帶而解, 符置之于巡使之前而大責曰: "吾以佩符之故, 折腰於汝矣, 今則解符矣. 汝非我故人稺子乎? 吾與若翁竹馬之交也, 同枕而臥, 約以先娶婦者, 知新婦之名字, 而相傳矣. 而翁先吾娶汝母, 而以汝母之名, 來傳于我, 言猶在耳. 以而翁之沒已久, 而待我至此, 汝是忘父之不肖子也. 鬢髮之不整, 何關於上下官體禮也? 吾老不死, 而以口腹之累, 爲汝之下官. 汝若念爾亡父, 則固不敢如是也. 汝乃狗彘之不若也." 言罷, 冷笑而出. 巡使半晌無語, 隨至下處, 懇乞曰: "尊丈, 此何擧也? 侍生果爾大得罪矣. 知罪知罪, 幸勿强辭焉." 益著曰: "以下官而叱辱上官於公堂, 以何顔而復對吏民乎?" 仍拂衣而起. 不得已啓罷.

06. 용호영 장교(龍虎營 將校)

金相若魯, 性本勱勤. 自箕伯移兵判時, 按箕營未久, 江山·樓臺·笙歌·綺羅, 戀戀不能忘, 大發火症, 揚言曰: "兵曹下隷如或來, 則當打殺云云." 兵曹所屬無敢下去者. 龍虎營諸校, 相與論曰: "將令如此, 固不敢下去. 若緣此而不得下去, 則又有晚時之罪, 此將奈何?" 其中一校曰: "吾當下去, 無事陪來矣, 君輩其將厚餽我乎!" 皆曰: "君如下去, 無事陪來, 則吾輩當盛備酒饌而待之." 其校曰: "然則吾將治行矣." 仍擇巡牢中, 身長而有風威氣力者十雙, 服色皆新造, 而號令之聲·用棍之法, 皆使習之, 與之同行. 時, 若魯每日設樂於練光亭而消遣. 望見長林之間, 有三三五五來者, 心甚訝之. 而已, 有一校衣服鮮明, 而趨入於前, 使下隷告曰: "兵曹敎鍊官現身矣." 若魯大怒, 拍案高聲曰: "兵曹敎鍊官, 胡爲而來哉?" 其人不慌不忙, 而上階行軍禮後, 仍號令曰: "巡令手斯速現謁." 聲未已, 二十箇巡牢趨入, 拜於庭下, 分東西而立. 其身手也軍服也, 比箕營邏卒, 不啻霄壤. 其校忽又高聲號令曰: "左右禁喧嘩." 如是者數次, 仍俯伏而稟曰: "使道雖以方伯行次於此處, 固不敢如是. 今則大司馬大將軍行次也, 渠輩焉敢若是喧嘩? 而邑校不得禁止乎? 邑校不可不拿入治罪矣." 仍號令曰: "左右禁亂邑校, 斯速拿入." 巡牢承令而出, 以鐵索, 繫頸而拿入. 其校仍分付曰: "使道行次, 雖是一道方伯, 不可如是喧擾, 況今大司馬大將軍行次乎! 汝輩焉敢不禁其雜亂云." 而仍使之依法. 巡牢執其所持去之兵曹白棍, 袒衣而棍之, 聲震屋宇. 其應對之聲·用棍之法, 卽京營之例, 而與箕營之禮不可同日而語矣. 若魯心甚爽然, 下氣而坐, 任其京校之爲. 至七度, 其校又稟曰: "棍不過七度." 使之解縛而拿出[6]. 若魯心甚無聊, 呼營吏謂曰: "營門付過記並持來, 以給京校." 其校受之, 一一數其罪, 而或棍五度, 或七九度而拿出. 若魯又曰: "前付過記之爻周者, 並付京校." 其校又如

6 　出: 저본에는 '入'으로 나와 있는데, 익선재본 A에 의거하여 바꿈.

前之爲. 若魯大喜, 問京校曰: "汝年幾何, 而誰家人也?" 對以年幾何, 某家之人也. 曰: "汝於箕城, 初行乎?" 曰: "然矣." 曰: "如此好江山, 汝何可一番不遊乎?" 仍入帖下記, 以錢百兩·米五石, 書而給之, 曰: "明日可於此樓一遊, 而妓樂飮食, 當備給矣." 仍信任如熟面人, 留幾日, 與之上京. 一時傳爲笑談.

07. 김상로(金尙魯)

① 벌거벗은 감사

金尙魯, 若魯之弟也, 以大臣, 丙申追奪罪人也. 性酷而急, 爲箕伯時, 巡到各邑, 道路如有石, 則使首鄕首吏, 以齒拔之, 而以杖打其趾, 往往嘔血而死. 其外擧行及茶啖之屬, 少不如意, 則刑之棍之, 十至八九之死. 列邑震動. 行到一邑, 未入境, 諸吏喘喘不知所爲. 有一妓年少貌姸, 笑曰: "巡使道亦是人也, 何乃如是恐惻也? 巡使豈生啗人乎? 吾若薦枕, 則非但各廳之無事, 使巡使赤身而下房門矣. 自吏廳將厚饋我乎?" 諸吏曰: "若然則自吾廳重賞汝也." 妓曰: "第觀之." 及巡行入府, 以其妓守廳矣. 時當八月, 日候晝熱. 夜深, 巡使見此妓之美, 使之薦枕. 房戶障子, 未及下矣, 此妓故作寒栗之態. 巡使問曰: "汝有寒意乎?" 對曰: "房門不閉, 凉氣逼人矣." 巡使: "若然則將使下隷下之乎?" 妓曰: "夜已深矣, 何可呼之乎?" 巡使曰: "爲之乃何?" 妓曰: "小人則身長不及, 使道暫下之無妨矣." 巡使曰: "擧措得無駭異乎?" 妓曰: "深夜無人矣." 巡使仍不得已赤身而起, 擧障子而閉之. 伊時, 下屬左右潛窺, 莫不掩鼻. 此邑無一人受罪, 無事經過. 諸吏厚賞其妓云.

② 새로 들어온 겸인

其爲大臣也, 有連査間宰相喪出, 而傔從一人分差而來矣. 每有所使, 新來者必應命而來, 足蹴溺器硯匣等屬而覆之, 之東則必之西, 事事拂其意. 尚魯不勝其苦, 每責諸傔人曰:"汝何爲而占便, 必使新來之傔, 使喚, 不知向方, 而必也僨事? 汝輩何在而然也!"諸傔輩每每禁之, 使勿出應使喚, 而其人終不聽之, 如有呼喚之聲, 則必也挺身先出. 尚魯見輒生火, 必責他傔, 如是者月餘. 一日, 惠局吏有闕, 此人俯伏于前曰:"小人願得差此窠."尚魯熟視曰:"諾.", 仍出差紙. 諸傔一時稱寃曰:"小人幾年勤苦, 小人幾世世交, 而初出之窠, 何可讓與於新來之傔乎?"尚魯曰:"我生然後, 汝輩可得差任. 我死之後, 汝輩向誰圖差乎? 此人若在, 則我當成火而死矣, 不如速爲區處. 汝輩更勿言."仍差出矣. 其後來謁, 如有使喚處, 則無論大少事, 適中其意, 千伶百俐矣. 尚魯怪而問之曰:"汝之人事凡百, 大勝於前之蒙孩, 爲腴任之故耶?"其人俯伏而對曰:"小人犯死罪矣."尚魯曰:"何謂也?"對曰:"小人新到門下, 則傔從之數過三十餘, 而小人居末矣. 各司吏役之有闕者, 循次而得差, 則小人其將老死矣. 竊伏見大監氣質嚴急故, 衝怒氣使之若不堪, 則必也先爲區處也. 故向者故作沒覺之狀, 以至於此矣."尚魯大笑曰:"汝可謂諸葛孔明. 可恨吾見欺矣."

08. 용꿈

尹參判弼秉, 午人也. 居抱川, 以生進將赴到記場, 曉到東門外, 則時尙早, 門未開, 仍入酒店而少坐. 伊時, 適有隣居人賣柴之行, 仍坐牛背柴上而來矣. 店主出迎而問曰:"生員此行赴科, 而姓是尹氏乎?"答曰:"然矣."店主曰:"夜夢, 一人牽牛而駄柴, 柴上又有五彩玲瓏之一怪物, 從此路而來, 入于酒店故, 問:'其柴上載何物?', 則答曰:'此牛産雛而乃是龍也. 故欲賣於京市而來云.'驚覺而心竊訝之, 生員旣從此路, 而又坐牛柴上, 姓又尹氏云. 嘗聞尹氏, 指以爲牛, 而龍是科徵也. 可賀登科!"尹笑而責之而入城, 果登是科.

09. 이견대인(利見大人)

延安文進士者, 善科工. 夢見黃龍飛上天, 而額上有彩閣, 楣有懸板, 書之曰: '利見大人.' 身坐閣上, 依雙窓門戶而坐. 旣覺而異之, 以'利見大人'爲賦題, 而會神做之. 及科期, 上京而入場, 則御題果題'利見大人.' 以宿搆書呈, 而心獨喜自負. 及其榜出見屈, 而閔弘燮爲壯元. 閔姓之閔字, 卽門內有文. 此人盖爲閔弘燮而做夢者也. 事甚奇巧矣.

10. 청상과부(靑孀寡婦)

有一宰相之女, 出嫁未期, 而喪夫. 孀居於父母之側矣. 一日, 宰相自外而入來, 見其女在於下房. 而凝粧盛飾, 對鏡自照, 而已擲鏡而掩面大哭. 宰相見其狀, 心甚惻然. 出外而坐, 數食頃無語. 適有親知武弁之出入門下者, 無家無妻之人, 而年少壯健者也. 來拜問候, 宰相屛人言曰: "子之身世, 如是其窮困, 君爲吾之女婿否?" 其人惶蹙曰: "是何敎也? 小人不知敎意之如何, 而不敢奉命矣." 宰相曰: "吾非戲言耳." 仍自橐中出一封銀子給之. 曰: "持此而往, 貰健馬及轎子, 待今夜罷漏後, 來待于吾後門之外. 切不可失期." 其人半信半疑, 第受之, 而依其言, 備轎馬待之于後門矣. 自暗中, 宰相携一女子出, 而使入轎中而誡之曰: "直往北關而居生也, 而絶踪於門下7." 其人不知何許委折, 而第隨轎出城而去. 宰相入內下房而哭曰: "吾女自決矣." 家人驚惶, 而皆擧哀, 宰相仍言曰: "吾女平生不欲見人, 吾可襲斂. 雖渠之娚兄, 不必入見矣." 仍獨自斂衾而裹之, 作屍體樣, 而覆以衾. 始通于其舅家, 入棺後, 送葬于舅家先山之下矣. 過幾年後, 其宰相子某, 以繡衣按廉關北, 行到一處, 入一人家, 則主人起迎, 而有兩兒在傍讀書, 狀貌淸秀, 頗類自家之顔面, 心竊怪之. 日勢已晚, 又憊困, 仍留宿矣. 至夜深, 自內忽有一女

---

7 而絶踪於門下: 저본에는 없는데, 『청구야담』에 의거하여 추가한 것임.

子出來, 把手而泣. 驚而熟視, 則卽其已死之妹. 不勝驚訝而問之, 則以爲因親敎, 而居于此, 已生二子, 此是其兄矣. 繡衣口噤, 半餉無語. 略叙阻懷, 而待曉辭去. 復命還家, 夜侍其大人宰相而坐. 時適從容, 低聲而言曰: "今番之行, 有可怪訝之事矣." 宰相張目熟視而不言. 其子不敢發說而退. 此宰相之姓名, 姑不記之.

11. 이성좌(李聖佐)

李忠州聖佐, 光佐之從兄也. 性卓犖不羈, 嘗斥光佐以逆節, 不往來, 平生憎南九萬之爲人. 嘗在家, 有屠狗漢, 唱買狗而過門外, 李乃捉入, 露臂欲打. 屠漢大聲而辱曰: "南九萬, 狗也豕也云", 而連聲詬辱. 李乃擊節, 曰: "快矣, 快矣!", 仍放送. 事多駭俗如此. 光佐之爲嶺伯也, 以宗家之故, 每送忌祭及四節祭需. 領去吏每每被打而來. 若當封送之時, 則吏皆避之. 有一吏自願領去, 一營上下皆怪之, 使之上去. 則吏領祭需而上京, 凌晨往其家. 李忠州姑未起, 寢臥而使家人照數捧之云矣, 其吏仍無去處, 人皆訝之. 明日如是, 又明日又如是. 李忠州大怒, 使捉入其吏而責叱曰: "汝是何許人, 而旣封祭需而來, 則納之可也, 連三日暫來旋去, 有若侮弄者然? 達營下習, 固如是乎? 此是汝之監司所指使者乎? 汝罪當死." 其吏俯伏曰: "願得一言而死." 問: "何言也?" 吏曰: "小人巡使道之封祭需也, 着道袍・設鋪陳, 跪坐而監封, 及其畢封而載之於馬也, 下階再拜而送. 此無他, 爲所重也. 今進賜, 不巾櫛而臥受之, 小人義不辱故, 果爾不得納上, 至於三日之久矣. 此祭物用之祖先忌辰, 則進賜固不當如是屑慢也. 嶺南之俗, 雖下隷之賤, 皆知祭需爲重, 何況京華士大夫乎? 願進賜整衣冠設席及床, 下堂而立, 則小人謹當納上矣." 李忠州無奈何, 而依其言爲之. 則其吏各擧物種而高聲曰: "此是某物云." 過食頃而乃罷. 李忠州拱手而立, 心頗善之. 及歸, 作答書而稱其吏之知禮解事云云. 光佐聞而大笑, 仍差優窠云矣. 李忠州夏月爲見知舊之喪, 坐其哀次矣. 時, 魚贊善有鳳亦在座, 見其襲斂之少有違禮, 則必使之更解絞布, 如是者數矣. 日中而襲斂未畢, 李乃勃然變色, 呼其奴, 拿魚贊善庭下, 叱責曰: "人於他家之大事, 不言爲大助, 汝於襲斂, 細談支離, 小斂失時. 六月屍體, 其將盡朽敗矣." 仍捽曳而出之, 坐中皆大驚失色. 其不循規度若此矣.

12. 순라향군(巡羅鄉軍)

趙侍直泰萬, 泰億之伯兄也. 其爲人亦落拓不羈, 自處以方外, 而棄官不仕. 泰億之爲兵判, 故犯夜被捉, 而誘其巡羅之鄉軍, 曰: "吾之弟泰億, 在於角峴兵曹判書宅門下, 暫爲通之, 曰: '泰億阿, 汝兄泰萬見捉於巡羅云云, 則當優給酒債云云.'" 而先給數盃之資. 其鄉軍依其言, 往呼泰億而傳之, 泰億大驚而出來.

13. 심씨부인(沈氏夫人)

泰億之妻沈氏, 性本猜妬. 泰億畏之如虎, 未嘗有房外之犯矣. 泰耆之爲箕伯, 泰億以承旨, 適作奉命之行於關西, 留營中幾日. 始有所眄之妓, 沈氏聞其由, 乃卽地治行, 使其娚陪行. 而直向箕營, 將欲打殺其妓, 泰億聞其狀, 失色無語. 泰耆亦大驚曰: "此將奈何?" 欲使其妓避之, 其妓對曰: "小人不必避身也. 自有可生之道, 而貧不能辦[8]矣." 泰耆問其由, 對曰: "小人欲餙珠翠於身, 而無錢故恨歎矣." 泰耆曰: "汝若有可生之道, 則雖千金吾自當之矣. 唯汝所欲可也." 仍使幕客隨所入得給云. 而中和·黃州出送裨將而問候, 且備送廚傳而支供矣. 沈氏之一行到黃州, 則云: "有箕營裨將之來待", "且有支供之待者". 乃冷笑曰: "吾

---

8 辦: 저본에는 '辨'으로 나와 있는데, 일사본에 의거하여 바꿈.

豈大臣別星行次, 而有問安裨將乎? 且吾之路需優足, 何用支供爲也."
並使退出. 到中和, 又如是斥退. 發行, 過栽松院, 將入長林之中. 時當
暮春, 十里長林, 春意方濃曲曲, 見淸江景物頗佳. 沈氏搴轎簾而賞玩
過長林, 林盡而望見, 則白沙如練, 澄江似鏡, 粉蝶周繞於江岸, 商舶紛
集於水上. 練光亭·大同門·乙密臺超然臺之樓閣, 丹靑照曜, 屋宇縹
緲, 奪人眼目. 沈氏嗟歎曰: "果爾絶勝之區. 名不虛得矣." 且行且玩之
際, 遠遠沙場之上, 忽有一點花, 渺渺而來, 漸近則一介名妓, 綠衣紅
裳, 騎一匹綉鞍駿驄, 橫馳而來. 心甚怪之, 駐馬而見之, 及近其女子下
馬, 而以罵聲唱諾曰: "某妓請謁." 沈氏聞其名, 而無名業火, 衝起三千
丈矣, 仍大聲叱責曰: "某妓某妓, 渠何爲來謁!" 第使立之于馬前, 其妓,
斂容而敬立馬前. 沈氏見之, 則顔如含露之桃花, 腰似依風之細柳, 羅
綺珠翠餙其上下, 眞是傾城之色. 沈氏熟視曰: "汝年幾何?" 曰: "十八
歲矣." 沈氏曰: "汝果名物矣. 丈夫見此等名妓而不近, 則可謂拙夫. 吾
之此行, 初欲殺汝而來矣. 旣見汝則名物也, 吾何必下手也? 汝可往侍
吾家令監, 而令監炭客也, 若使之沈惑而生病, 則汝罪當死. 愼之愼之."
言罷, 仍回馬而向京路. 泰喬聞之, 急走伻傳喝曰: "嫂氏行次, 旣來到
城外, 而仍不入城何也? 願暫到城內, 留營中幾日而還行可矣." 沈氏冷
笑曰: "吾非乞駄客也. 入城何爲?" 不顧而馳還京. 第其後, 泰喬招致其
妓而問曰: "汝以何大膽, 直向虎口, 而反獲免焉?" 其妓對曰: "夫人之
性, 雖婱妬而作此行於千里之地者, 豈區區兒女輩所可辨乎? 馬之蹄囓
者, 必有其步, 人亦如是. 小人死則等耳. 雖避之, 其可免乎? 故玆凝粧
而往拜. 若被打殺則無奈何矣, 不然則或冀有見而憐之之意故也云爾."

14. 대장 이윤성(大將 李潤城)

李大將潤城之爲平兵也, 嬖一妓. 潤城每晨如厠, 一日之夜, 晨起如厠,
還來開戶, 則有一知印, 與其妓狼藉行淫. 潤城假稱腹痛, 復坐厠上, 食

頃之後入來. 仍不問之. 翌日, 知印與妓逃走矣, 亦不問而置之矣. 遞歸
後, 張大將志恒爲其代赴任, 則知印與妓, 謂李之已遞, 還歸應役矣. 張
帥, 到任三日後, 設大宴於百祥樓, 而張樂酒至半酣, 仍拿下其知印與
妓, 男女縛以一索, 投之於江. 李之不問, 張之沈江, 俱爲得體云爾.

15. 이언세(李彦世)

李正言彦世, 門外人也. 門閥雖不高, 而性甚簡亢, 尤嚴於辛壬義理. 以
是之故, 三山族大父及尹臨齋心衡諸名流, 皆許與與之友善. 李正言家
貧不蔽風雨, 朝夕之供屢空. 三山公憐而悶之, 欲得除一邑矣. 時, 尹判
書汲掌銓, 而成川適有窠矣. 公以親查之間, 薦李, 擬之於首蒙點矣. 李
乃大怒, 捉來吏曹政色吏, 捽曳而叱曰:"汝之大監何爲, 而使我外補云
云!"而仍而合三呈辭而遞. 三山公往見而諭之曰:"此是吾之所使也.
吾見君將有餓死之慮, 故累囑於長銓而爲之矣. 何乃如是也?"李冷笑
曰:"此是令監之事耶! 吾以爲令監可人矣, 今見此事, 不勝慨咄. 令監
何待親舊如是之薄耶云云."而竟不赴任矣. 伊後, 爲言官也, 駁尹公
曰:"行公臺諫, 無故外補, 此杜塞言路, 壅蔽聰明云."人皆吐舌. 古之
人志槩, 盖可見矣.

16. 김종수(金鍾秀)

金鍾秀之慈母, 卽洪相之從妹. 鍾秀兄弟皆養育於其外家, 無異親舅甥
也, 自論議岐貳之後, 仇視洪家尤甚於他. 洪相之帶御將也, 鍾秀時居
憂, 而其奴見捉於御廳松禁矣. 鍾秀兄弟曳纏而席藁於洪相之門外. 時
洪相入闕, 而其諸胤在第, 聞而驚訝, 使人傳喝而使之入來, 則辭曰:
"犯法之罪人, 不可入去."諸人誹笑而置之矣. 洪相晚後出來, 見其狀,
下輻而責之曰:"汝奴見捉於松禁, 則以書通之可也. 何爲作此駭擧也?"

仍挽袖而偕入, 則終不聽. 洪相使放其奴而入門. 聞諸胤不出見, 招而責之曰: "汝輩何爲不出見也?" 皆對曰: "其駭擧還可笑也. 屢次邀來而不聽矣." 洪相曰: "旣不入, 則何不出見而挽止? 吾家必危於此人之手矣." 仍咄歎不已.

17. 이일제(李日濟)

李兵使日濟, 判書箕翊孫也. 勇力絶人, 捷如飛鳥. 自兒少時, 豪放不羈, 不業文字, 判書公每憂之. 十四五, 始冠而未及娶. 一日夜, 潛往娼家, 則掖隷捕校之屬滿座, 盃盤狼藉. 日濟以眇然一少年, 直入座與妓戲. 座中惡少, 皆曰: "如此無禮乳嗅之兒, 打殺可也." 仍群起蹴之. 日濟, 以手接一人之足, 執以爲杖, 一揮而諸人皆仆于地. 仍抛置而出門, 飛身上屋, 緣屋而走, 或超五六間地. 此時, 一捕校, 適放溺出門, 不預其事, 心竊異之, 亦超上屋而躡後, 入于李判書門矣. 捕校, 卽其親知之人也. 翌朝來傳此事, 判書公杖之, 而使不得出門矣. 伊後, 隨伴訪花, 上南山蠶頭. 時閑良之習射數十人, 會于松陰, 見日濟之來, 以爲將受喫東床禮云, 而一時幷起, 執其袖而將欲倒懸. 日濟乃聳身一躍, 而折松枝, 左右揮之, 一時從風而靡. 仍下來. 自此之後, 次次傳播, 入於別薦, 付武職, 位至亞卿. 趙判書曮, 之通信日本也, 以日濟啓幕賓. 將航海, 上船失火, 火焰漲天. 諸人各自逃命, 急下倭人救急船, 而又有連燒之慮, 仍搖櫓而避之. 去上船幾爲數十間之地. 始收拾精神, 相與計數各人, 則獨無日濟一人. 諸人驚惶, 意其爲火所燒矣. 而已, 遠聞人聲, 諸人立船頭望之, 則日濟立於火焰之中, 擧手高聲呼曰: "暫住船!" 諸人始知其爲日濟, 乃住船而待. 日濟自火中飛下船上, 人皆駭異. 蓋日濟醉睡於上船船艙之上層, 不知火起, 而諸人亦於蒼黃中, 未及察也. 睡覺而見火勢, 仍跳下傍船. 其神勇如此.

18. 안경갑에 써진 글씨

李相性源, 按原營也, 巡路入楓嶽, 到九龍淵, 欲題名, 而刻手僧皆出他
矣. 高城倅以爲"此下民村, 有一人之來留者, 而頗有手才, 可刻云"矣.
使之呼來而刻之, 則其人着眼鏡, 而鏡是絶品. 李相素有此癖, 使之持
來, 愛翫不已, 偶爾失手, 落于巖石之上而破碎. 李相錯愕, 而使給本
價, 則其人辭之曰: "物之成敗, 亦有數焉, 不必關念也." 李相謂之曰:
"汝以山峽貧民, 失此鏡而又何可得買乎? 此價不必辭也." 强與之. 其
人解示鏡匣曰: "覽此可知矣." 李相受而視之, 書以某年月日, 遇巡使,
破于九龍淵. 李相大驚問曰: "此是汝之所書乎?"曰: "當初買之時, 有
此書云矣."而終不言誰某所書. 亦可異矣.

19. 홀로 남은 기러기

關北一人, 喪配後後娶, 而其後妻悍惡, 疾其前妻子女如仇讐而侵虐
之. 其子與女不堪其苦, 娚妹相携而出門, 女是十二歲, 子是十三歲矣.
其娚兄托其妹於外家, 而將向京城, 訪其親戚之在洛者, 欲托身. 臨行
作詩, 別其妹曰: "蒸蒸大舜不怨號, 王子悲歌亦暮途. 去住殊常無奈
爾, 死生有命可憐吾. 遠天獨下離群鴈, 古木雙啼失哺烏. 日下長安何
處是, 熹微前路問征夫"云云, 語甚悽悲. 余在箕城時, 聞此兒日前過去
云爾.

20. 김응립(金應立)

金應立者, 嶺右常賤也. 目不識丁, 而以神醫名于嶺外. 其術不診脈, 而
不論症, 但觀形察色, 而知其病祟, 所命之藥, 不是藥料之恒用者. 李銘
之爲金山倅, 其子婦自入門之初, 咳嗽苦劇. 李亦曉醫理, 雜試藥餌, 而
少無動靜. 至於委臥垂盡之境, 乃邀應立而問之. 對曰: "一瞻顏色, 而

後可議藥. 此則不敢請之事." 李銘曰: "今至死境, 一見何傷?" 使坐于廳, 招使見之. 應立入門而熟[9]視曰: "此是至易之病. 腸胃有生物之滯而然也." 使買飴糖數箇, 和水鎔化而服之曰: "必吐出云矣." 服之未幾, 吐出一痰塊, 割而視之, 則中有一小茄子一枚, 而小不傷敗. 問于病人, 則以爲十餘歲時, 摘食茄子一箇, 誤吞下, 必是此物也云. 自其後, 病根遂差. 李銘之姪壻, 積年沈痼, 駄病而來, 又使應立診視, 則見而笑曰: "不必服他藥. 今當秋節葉落, 毋論某葉, 擇其不傷朽者數駄, 以大釜四五箇煎之, 次次煎至一椀[10]後, 無時服可也." 如其言, 果得效. 又有一人, 病如角弓反張, 應立見而使作紙鍼, 刺鼻孔作咳逆狀. 如是終日而病愈. 其所命藥皆如是. 亦可異矣.

21. 언문제주(諺文題主)

大金者, 吾家古奴也. 自幼時, 侍王考守廳, 雖不學而粗解文字. 癸未年間, 王考莅杆城郡, 大金隨往, 衙中留歲餘, 有故上京, 山路小店舍, 行到某境一處, 借宿於民村閭家. 其家有喪故, 終夜喧撓, 而主人頻頻出門而望曰: "有約不來, 大事狼貝矣. 此將奈何?"云. 而擧措忙急. 大金問其故, 答曰: "今曉將過其父之葬禮, 而題主官請于某洞某生員, 丁寧爲約矣. 尙無消息, 大事將狼貝矣."云. 而仍問: "客子京華人也, 必知題旣成矣. 幸爲我書之如何?" 大金渠亦不知題主之法, 而以愚痴之性快諾. 主人大喜, 厚饋酒肴. 及曉行喪, 而與大金隨後上山, 旣下棺平土, 而請大金[11]題主. 大金業已許之, 無以辭之, 欲書之, 而不知法例, 思之半晌, 仍書以春秋風雨楚漢乾坤. 盖此則習見於博局之故也. 書罷, 主人奉安於卓上, 如禮行祭. 而已, 自山下, 有一箇着道袍者, 帶十

---

9 熟: 저본은 '孰'으로 나와 있는데, 익선재본 A에 의거하여 바꿈.

10 椀: 저본에는 '梡'으로 나와 있는데, 익선재본 A에 의거하여 바꿈.

11 大金: 저본에는 '金'으로 나와 있는데, 일사본, 익선재본 A에 의거하여 바꿈.

分酒氣而來. 主人迎之曰: "生員何使人狼貝於大事也?" 其人曰: "吾爲
知舊所挽, 醉酒而不得來, 今始警覺而急來矣. 旣成, 何以爲之?" 主人
曰: "幸有京客之來者, 書之矣." 其人曰: "若然則好矣. 願一見之." 大
金聞此言, 大驚而獨語于心曰: '此書必露於此班之眼矣. 吾將受無限辱
境矣.' 仍托以如厠, 方欲避身, 逃走之際, 其人見題主而笑曰: "此則眞
書也. 有勝於吾之諺文題主矣." 云云. 大金始乃放心醉飽, 而及晚辭行.
主人無數稱謝云矣. 余於幼時, 聞此言, 不覺絶倒, 今玆錄之.

22. 원주의 인삼 장수

原州參商有崔哥者, 累萬金巨富也. 聞原之人所傳言, 則崔之母, 纔過
卄歲生子而喪夫, 與穉兒守節孤居. 一日, 忽有一健丈夫, 衣裳楚楚, 腰
紅髻金而來, 坐于廳. 崔之母驚訝之, 言曰: "守寡之室, 何許男子唐突
入來?" 其人笑曰: "吾是家長也, 何須驚怪也?" 仍入房, 逼奸崔母, 無
奈何而任之. 但交合之時, 冷氣逼骨, 痛不可堪. 自此以後, 每夜必來,
而銀錢布帛, 必每輸來, 充溢庫中. 崔母之知其爲鬼物而自爾情熟矣.
一日, 問曰: "君亦有所畏惻者耶?" 其人曰: "別無所畏惻, 而但惡見黃
色. 若見黃色, 則不敢近焉." 崔母乃於翌日, 多求染黃之水, 遍塗於屋
壁, 且染渠之顏面身體, 又染衣而衣之. 其夜, 其人入來, 驚而退出曰:
"此何爲也?" 咄歎不已, 仍發歎曰: "此亦緣分盡而然也. 吾從此辭去,
汝須好在. 吾之所給之財, 吾不還推去, 俾作汝之産業云." 而仍忽不見.
自其後, 仍無蹤跡. 崔之家, 仍此而致富, 甲於一道. 崔之母, 年近八
十, 而家産依前饒富云. 原之人莫不傳言[12], 故玆錄之.

---

12 言: 저본에는 '之'로 나와 있는데, 익선재본 A에 의거하여 바꿈.

23. 이관원(李觀源)

李觀源, 判書鼎輔之繼子也. 有文學, 早登司馬, 而性甚簡亢. 洪國榮, 卽其戚五寸侄也. 爲人薄倖無行檢, 觀源未嘗與之接談, 如或來拜, 則點頭而已. 國榮自兒時, 含憾而切憎之. 及到丙申後, 獄事大起, 觀源之妻父洪啓能, 被拿伏法矣. 國榮以觀源亦參是謀請拿. 及觀源之被拿, 自上問: "汝受學於汝之妻父云, 然不?" 供曰: "矣身粗解文字, 平日不服於矣身妻父矣. 受業云云, 千萬不近矣." 又教曰: "汝與汝之妻父, 何爲論書傳太甲篇乎?" 供曰: "今年有故, 未嘗見妻父之面矣, 何暇論書傳乎?" 命刑推得情, 觀源泣曰: "矣身罪雖可殺, 矣身之父, 有勞於王家之臣也. 乞留矣身之命, 無使矣父絶祀焉." 上聞之而憐之, 仍命停刑, 下教曰: "李觀源, 聽言, 觀容貌, 有可恕之道. 特爲減死島配." 觀源直出南門外, 治裝將赴謫, 其妻洪氏先來, 待于店舍矣. 觀源見而泣曰: "子欲死乎?" 洪氏正色斂袵而對曰: "以妾家事, 連累於舅家, 至使君子至於此境, 妾雖粉身碎骨, 卽地溘然, 無以自贖, 而天日無幽不燭, 天下至冤之事, 必有伸冤之日. 妾當圖生, 欲見伸雪之日矣, 何乃輕死? 且妾竊有慨惜者, 夫子讀古人之書, 而言行相符, 妾常敬服矣. 以今日事見之, 不覺惘然自失, 以堂堂大丈夫, 何爲此女子之涕泣耶?" 觀源收淚而謝之. 洪氏仍勉以在道加護, 而不言他事, 仍起而辭曰: "久坐, 徒亂人心, 從此告別." 仍出門, 處他房, 終不更待. 招其轎前婢而托曰: "汝可隨往謫所." 其婢泣曰: "小婢有良人矣. 何以離去?" 洪氏責曰: "吾別進士主矣. 汝焉敢言汝夫之難離乎? 斯速隨去." 仍作一封書, 給婢曰: "到謫所, 可傳此書." 婢子不得已治裝隨去矣. 及到謫所, 坼見則書曰: "此婢性行良順, 亦解衣服飲食之節, 勸使作副室." 云云. 觀源執書而泣, 仍作小室. 生二子而夭. 至辛亥, 上忽以前望李健源, 除注書, 乃是觀源之兄也. 健源席藁於闕外, 而不應命. 上下嚴教, 使之入侍, 肅命後又辭, 上下教曰: "前席辭免, 大臣外不敢爲者也. 李健源, 渠以假官, 焉敢乃爾?" 命除明月萬戶, 當日辭朝. 健源辭陛之時, 上教曰: "可往見汝弟." 盖與觀源所在之島, 隣近故也. 健源赴任, 而往見其弟, 相持痛哭, 攢祝聖恩. 伊後觀源患時疾, 健源往而救護, 亦染其病, 兄弟俱死. 命也夫, 慘矣, 慘矣! 李判書之妾, 全州妓也. 國榮幼少時, 常梳洗於此妓者久矣. 妓老在觀源家, 見此光景, 夜往國榮家, 欲乞其全保, 而阻閽不得入門. 待曉赴闕之路, 老妓突出而執韜車曰: "令監何忍使我大監家覆亡乎?" 國榮聽若不聞, 命使驅逐, 左右巡牢, 一時迫逐. 老妓仰天痛哭曰: "天乎知之, 使洪國榮陰誅." 云云矣. 國榮入奏, 以觀源妻洪氏, 路上詬辱云. 洪氏因此, 謫于豊川, 未解配而死.

24. 조운규(趙雲逵) ①-전주감영(全州監營)

趙判書雲逵爲完伯時, 一日夜, 廳妓適有故出外, 獨寢宣堂矣. 夜深後, 自挾室有錚然聲,心甚訝然. 忽有人問曰: "上房有人乎?" 巡使驚問曰: "汝是誰也?" 對曰: "小人乃是殺獄罪人." 巡使尤驚訝曰: "汝是殺獄重囚, 則何爲來此?" 曰: "明朝粥進支, 必勿喫而使及唱某喫之也. 小人旣活使道, 使道亦須活小人也云." 而直出去. 心甚驚惶, 未接一眠, 待曉靜坐. 未幾, 朝粥自補饍庫備進矣. 仍稱氣不平而退之, 招及唱某也, 給粥器而使之喫之, 則厥漢捧器戰栗. 巡使乃大叱催喫, 則遂一吸而倒于地. 使之曳屍而出. 其後審理時, 此囚置之生道而登啓, 聞其委折, 則獄牆之後, 卽食母家也. 一日, 偶爾放溺於墙下, 有人語聲, 從墙穴窺見, 則及唱某也, 招食母到墙下, 給二十兩錢, 且給一塊藥曰: "以此藥, 和於朝粥而進之. 事若成, 則當更以此數賞之." 食母婢問: "何爲而如是也?" 曰: "某妓, 卽吾之未忘也, 汝亦當知之. 一自侍使道之後, 不得見面目, 思想之心, 一日如三秋, 不得不行此計也." 食母曰: "諾云." 故暮夜, 潛出而告之云云.

25. 조운규(趙雲逵) ②-자객(刺客)

趙判書在完營時, 一日, 夜深後就寢, 昏夢中, 在傍之妓, 攬之使覺. 巡使驚悟而問之, 則妓曰: "試見窓外影" 時月色如晝, 窓外有人影. 乃從隙窺見, 則有八尺身長健兒, 全身上下裝束, 杖雪色也似匕首, 而有將入之狀. 心神飛越, 厥妓低聲而言曰: "小人將通于裨將廳矣." 潛開後窓而出去. 巡使自念獨臥, 恐有非常之事, 隨妓後而出去, 無可隱身之所. 入竈下, 傍有盛灰之空石, 仍蒙于首而隱伏. 而已, 杖釖之漢, 漸至于竈矣. 毛髮俱竦, 屛氣而伏. 少焉, 營中鼎沸, 炬燭明晃, 賊乃以釖擊竈柱而言曰: "莫非命也云." 而超越後墙而去. 四面喧嘩聲中, 皆曰: "使道安在乎?" 巡使暗中乃言曰: "使道在此, 使道在此耳!" 幕客及下隷, 尋聲而至, 扶持還歸上房. 後仍上疏乞遞, 而得卸云爾.

26. 조운규(趙雲逵) ③-친기위(親騎衛)

趙判書在北營時, 英廟以北關都試之多出沒技有嚴敎. 關北有親騎衛名色, 監營千名, 南北兵營各千名, 而擇軍校子弟中年少勇健可充額, 每年試都試出科者也. 近來科規蕩然, 一番試射, 幾出十餘人科, 以是之故, 上敎至嚴. 巡使欲釐其弊, 使漏水直射而下. 蓋臨射之時, 以漏刻爲限, 而漏水屈曲而瀉之則稍遲. 若使直射而下之, 則甚促故也. 一武士, 射騎芻, 連中而擧末矢時, 漏水盡下而鳴金. 武士仍下馬, 而臥於芻巷, 曰: "天下寧有如此至寃事乎? 吾將死矣, 後來者, 走馬蹂我腹而過去, 過去." 後來者, 卽其侄也. 按轡不進, 而臺上鳴鼓而揮旗, 終不進. 問其故, 對以此故. 巡使大怒, 命拿入臥者及不進者. 親騎衛一時作隊而進, 皆曰: "使道何爲作此至寃之事也云." 而將有犯臺上之慮者. 臺上觀者, 無不汗背. 巡使乃推戶而坐于退廳上, 曰: "汝輩此擧無乃犯我乎?" 仍命出植肅靜牌. 牌植, 而諸軍不得近矣. 仍拿入左右別將, 而分付曰: "汝是別將, 而不得禁戢軍卒, 今日乃有此擧, 汝罪當死! 斯速梟首警

衆."中軍請貫耳, 乃曰:"肉貫耳."中軍驚而仆地. 蓋梟首之法, 眞箇梟
首, 則以箭貫兩耳, 不然則貫網巾後髮際, 依樣而已故也. 一通鼓一聲
砲後, 面塗灰, 以箭貫耳, 使徇示軍中. 曰:"此人爲別將, 不得禁戢部
曲, 至有今日之變, 罪當斬耳."又一通鼓一聲砲後, 劊子數十, 執利刀,
環圍罪人, 而罪人之髻, 以繩懸于豹尾旗, 而又若一鼓一砲, 則頭可斷
矣. 少焉, 諸軍一時俯伏而請罪, 巡使怒未解而不許. 時王考府君亦在
房, 極力挽解. 仍貫其死, 而嚴棍二十度後放送. 蓋伊時, 巡使如有驚惻
之狀, 則事不知至於何境耳.

27. 이천해(李天海)의 옥사(獄事)

英廟展謁東陵, 還宮之路, 御鞍馬到東門瓮城外. 馬忽驚却, 幾至落傷.
時李相㙩[13], 以兵房承旨陪衛, 急入駕前, 奏曰:"馬驚可疑. 願以侍衛
軍兵, 搜見城底."上允之. 時天海獄事纔勘, 人心危疑之時也. 承旨仍
命軍卒搜之, 城上有一漢, 挾銃藏藥, 將欲向法駕而放. 被捉鉤問, 則乃
是天海之從弟, 仍正法. 李相以此有際遇云爾.

28. 대신 김익(大臣 金熤)

正廟幸永陵, 回鑾之路, 駐駕陽川坪, 將親行閱武, 御軍服. 時金文貞公
熤, 以原任大臣參班, 進前曰:"殿下何爲御軍服也?"上曰:"今日風日
淸佳, 且尙早, 欲親行閱武矣."公奏曰:"拜陵回鑾, 聖慕采切, 不宜行
此擧也. 且軍服非王者之所御服餙也. 還寢下敎似好矣."上無語而罷.
及徐判書有隣入侍也, 上敎曰:"金判府當面駁我, 使我羞愧無顏矣."
其後, 以學齋任之謀避, 下嚴敎. 時金公之季胤載璉, 在其伯氏金相載

---

13 㙩: 저본에는 '鐔'로 나와 있는데, 오기로 보아 사실관계에 의거하여 바꿈.

瓚成川任所而帶齋任. 以是之故, 有金公削黜·成川府使罷黜之命矣,
未幾皆敍用. 後以黃基玉事, 命罷其父昌城尉職名, 金公以時相, 奏曰:
"經云'罰不及嗣', 以其父之罪, 尚不及於其子矣. 何況以其子之罪, 罪
其父乎? 請還收下敎." 上允之. 時金公之伯胤領相公, 以閣臣入直矣.
上使入侍而敎曰: "君家大臣, 今又妄發矣." 金相, 退而傳此敎于大人
公而言曰: "日前, 有吾家處分, 大人何不避嫌而有此奏也?" 金公嗟嘆
曰: "吾忘之矣! 事在目前, 而爲聖明過中之擧故, 有此陳奏矣. 今而思
之, 果是妄發矣." 其後金公之喪, 金相撰行狀草, 而不書此事矣. 上命
使之入覽而敎曰: "此中有漏事, 何不書之?" 左右曰: "似是不敢書矣."
上曰: "此是予之失, 而此大臣之所匡救者也, 不必拔之." 命使書入. 大
聖人處事之光明如是, 出尋常萬萬矣. 金公之病危劇, 上聞而憂慮, 內
下山蔘五兩, 使其伯胤金相賜給, 以爲藥餌之資. 金相承命而來傳, 則
金公於昏昏之中, 起坐整衣冠, 使家人捉下其伯胤于庭下, 而責曰: "吾
雖不似, 備位三公. 主上欲下藥物, 則自有遣御醫齋藥物看病之例, 此
則可矣. 人臣無私受而來者, 斯速還納! 不者, 吾不見汝!" 金相可謂進
退維谷, 受藥封而伏於門外而泣數日. 上聞之, 使之還納, 而遣醫生齋
送. 金公之守正不撓如是, 可謂名碩矣.

29. 김종수(金鍾秀)

金鍾秀·沈煥之輩, 初以攻洪之人, 作一黨, 而全以傷人害物爲事. 丙申
之獄, 老論古家之盡數敗亡者, 雖是國榮之所誣陷, 而無非鍾秀之所慫
恿, 自爲劊子而然也. 李埰與文良海, 往復謀凶, 而鍾秀預知之. 金履鏴
爲其間所使, 而文賊之書云: "撥亂反正之初, 底定人心, 惟夢村台一人
而已." 此指鍾秀而言也. 履鏴仍袖往, 示其書. 鍾秀踰後垣, 自夢村疾
馳入城, 請對而泣陳其被誣之狀. 上亦置而不問. 煥之則廢處龍仁地,
正廟特拔之, 眷遇隆重, 位至大臣. 而庚申後, 裕賊欲沮戲大婚, 投呈凶

疏, 而煥之以首相, 乃奏以老臣忠愛. 其後, 壯勇營革罷收議, 渠有曰:
"何待三年云?" 洪樂任處分收議, 曰: "降在殿下之庭, 無所不可." 此三
條奏議, 俱是不可逭之逆節也. 乙丑裕獄後, 始追奪. 鍾秀之兄鍾厚, 以
山林自處, 號本菴, 而爲國榮呈願留疏矣. 文稿開刊時, 拔此疏不錄, 還
可笑也. 其墓在楊州地, 而年前雷擊封墳, 幾至露棺, 其家人改封築矣.
其後又雷震, 亦可異也.

30. 홍격(洪格)

洪格者, 水原人也. 登武科而晩始筮仕, 以禁府都事, 五次見汰, 其官數
之奇險如此. 年又衰老, 居于華城地, 而得差外營衛將, 以斗祿資生. 衛
將之任, 每夜巡邏于行宮, 而年少之輩, 或訪酒家, 或訪娼樓, 每每闕
巡, 而洪格則年老之人, 恪勤職事, 隨更巡綽而不暫休. 正廟聞而嘉之,
外人皆不知者也. 煥之秉銓時, 以其門客, 擬於內資主簿首望, 而猶恐
天點之下副末, 問于政色吏曰: "世所不知之退鄉武弁, 或有之可備此
望?" 吏以洪格對, 蓋是落仕數十年, 而世不知存沒之故也. 乃擬于末而
蒙點. 煥之含嫌於此, 翌年貶渠, 以內資提擧, 書洪格之貶, 曰: "何擬于
官云?" 而書下, 洪格往而泣訴曰: "小人有何釁累, 而如是書貶, 使不得
更爲照望於官方? 願問其故." 煥之無以答, 仍使逐出. 此豈可爲者耶!

31. 김려(金鑢)

正廟爲今上, 揀擇嬪宮, 而初揀日, 已屬意於金領敦寧之家. 再揀之後,
設衛等節, 一如嬪宮威儀, 人孰不知聖意之所在? 未及三揀, 而庚申正
廟昇遐. 煥之輩, 締結泥峴之金, 必欲沮戲大婚. 蓋以金領敦寧之不附
於己故也. 遂粧出裕賊之疏, 而至有金家一族中, 定婚之議, 朝野喧藉.
以姜彛天之與邪魁相親, 起大獄, 而又援引金鑢. 蓋鑢則北村親知人

也, 欲以鑢證援金氏之計也. 鑢屢受刑訊, 而終不服. 金觀柱以委官, 問曰: "汝於北村無親知人乎?" 鑢供曰: "矣身粗有文藝, 非但北村有親知人也, 南村亦多, 奚獨指北村爲也?" 抵死不輸款, 金亦無奈何, 仍遠配金鑢. 而其凶計日甚[14], 貞純大妃殿, 以日月之明, 天地之德, 洞悉其凶謀奸狀, 小不動撓, 終始保護. 至於壬戌行大禮, 而使吾東宗社有億萬年盤泰之安, 猗歟盛矣!

32. 선경(仙境)

李進士寅炯, 門外人也, 先府君曾與之同硏矣. 其從兄某, 以看秋事, 往安山地, 迷失道, 誤入山逕. 登登愈險峻, 樹木茂密. 行至一洞口, 則山上開野, 而極淸絶深邃, 奇花瑤草, 爛熳芬馥, 珍禽異鳥, 上下飛翔, 眞仙境也. 李生, 心切訝之, 漸入深處, 則有一茅屋, 竹扉半掩. 入其門, 有一絶世佳人, 年可二十餘, 衣裳鮮楚, 非人世間所見者. 其女子含笑, 而起迎曰: "妾固知先生之來也. 妾聞先生之工於詞律, 欲與一番酬唱, 而故使失道而來此也." 進茶, 茶罷, 出示所賦詩篇. 其一曰: "白鷺蕭蕭立, 秋江萬里空. 尖尖黃小集, 引頸夕陽中." 其外多不得誦傳. 李生因與之, 拈韻共賦. 留數日, 仍告歸, 女子送之于洞, 而有戀戀不忍捨之意. 李生出洞, 則楓葉已盡, 綠陰遍山, 已是夏節也. 遂記其程道而歸家, 則失之已半歲. 對洞中親知道其事, 誦傳其詩. 而其後, 委往更尋前路, 則澗壑千疊, 雲烟萬重, 眞所謂'不辨仙源何處尋'者也. 李生數年尋訪, 而終不得, 仍以成病, 如喪性之人焉.

---

14 甚: 저본에는 '急'으로 나와 있는데, 익선재본 A에 의거하여 바꿈.

33. 까치 이야기[靈鵲傳]

朴綾州右源, 門外人也. 在南中某邑時, 其夫人, 見樹上鵲雛之落下者, 朝夕飼之以飯而馴之. 漸至羽毛之成, 而在於房闥之間不去. 或飛向樹林, 而時時來翔于夫人之肩上. 及移長城, 將發行之日, 忽不知去處. 內行到長城衙門, 則其鵲自樑上噪而飛下, 翱翔于夫人之前. 夫人如前飼之飯, 巢于庭樹而卵育之, 去來如常. 其後, 移綾州, 又復如前隨來, 遞歸京第, 亦又隨來. 及夫人之喪, 上下啼號, 不離殯所. 及葬而行喪, 坐於柩上, 到山下, 又坐墓閣上而噪之不已. 及下棺時, 飛向柩上, 啼號不已, 仍飛去, 不知去處. 雖是微物, 蓋亦知恩矣. 時人作「靈鵲傳」.

34. 광나루의 대촌[廣津大村]

正廟朝, 李在簡與趙時偉俱有罪, 減死島配. 伊時, 在簡之從李在亨在廣津, 而以蔭官累典腴邑, 家稍饒. 一日, 禁都及府吏·府隷, 稱有拿命, 突入而捉下蒙頭, 以文書搜探內外庫舍及挾室內樓, 一並搜出錢木·布帛, 出而馱之, 以李在亨縛置于馬上, 疾驅而走. 大村之中無一人出頭敢見. 行至十餘里, 仍棄在亨而去. 蓋是劫奪之盜, 而粧來禁府官吏服色故也.

35. 김한구(金漢耉)

李相思觀, 少時, 作湖中行, 過省墓[15], 遇大風雪, 幾不得作行. 路傍一儒生, 率內眷而行, 下轎於路, 氣色蒼黃罔措. 李相, 怪而問之, 則儒生答曰: "拙荊, 作歸寧之行, 到此有産漸, 前不及村, 後不及店, 而雪寒如此矣." 李相, 仍下馬, 解毛裘而言曰: "當此酷寒, 産母及兒有難言之

---

15 墓: 저본에는 '草'로 나와 있는데, 익선재본 A에 의거하여 바꿈.

慮, 殆同亂離中, 何暇顧男子之衣? 願以此裘, 急裳産母云云." 而又使
奴子, 並力擔轎, 疾走向店, 以自家盤備, 貿藿及米, 而以行中艮醬, 急
備飯羹而進之. 由是, 得免凍餓. 此儒乃是鰲興府院君金漢耉也.

36. 청로장군(淸虜將軍)

金基敍者, 金參判光默之子也, 居在平邱. 其從弟基有之家, 忽於一日
有鬼來, 言曰: "我是高麗淸虜將軍也, 可爲我設壇而祭之." 基敍聞其
言而往見, 與之酬酢, 麗朝之事, 歷歷皆言. 而與基敍最親, 與之語無不
到, 而他人則不如也. 基敍乃設壇於家後, 請祭文于金直閣邁淳, 時金
亦在近故也. 鬼見祭文草乃曰: "似草草." 使之隨處點化而乃曰: "東風
細雨, 淚痕尙瀅', 此一句揷入, 爲好云." 行祭之時, 以洪參判遇燮之在
近, 請獻官而行之. 此時, 士民之聞風來見者, 成群作黨, 京城之內, 訛
言大起. 具臺康, 疏論基敍及洪遇燮, 自朝廷毀去其壇. 其後, 鬼仍不知
去處, 事亦駭異矣.

37. 곡산기생 매화(谷山妓生 梅花)

梅花者, 谷山妓也. 一老宰爲巡使, 巡到時, 嬖之率置營中, 寵幸無比.
時有一名士之爲谷山倅者, 延命時, 霎而見其妍美, 心欲之. 還衙後, 招
其母, 賜顔而厚遺之. 自此以後, 使之無間出入, 而米肉錢帛, 每每給
之. 如是者幾月, 其母心竊怪之. 一日問曰: "如小人微賤之物, 如是眷
愛, 惶恐無地. 未知使道何所見而若是也?" 本倅曰: "汝雖年老, 自是名
妓也. 故與之破寂, 自爾親熟而然也, 別無他事." 一日, 老妓又問曰:
"使道必有用小人處, 而如是款曲, 何不明言敎之? 小人受恩罔極, 雖赴
湯火, 自當不辭矣." 本倅乃言曰: "吾於營行時, 見汝女愛戀不能忘, 殆
乎生病. 汝若率來, 更接一面, 則死無恨矣." 老妓笑曰: "此至易之事,

何不早教也？從當率來矣."歸家，作書于其女曰："吾以無名之疾，方在死境，而以不見汝，死將不瞑目矣．速速得由下來，以爲面訣之地云."而專人急報，梅花見書，而泣告于巡使，請得往省之暇，巡使許之，資送甚厚．來見，其母道其由，與之偕入衙中．時本倅年纔三十餘，風儀動盪，巡使則容儀老醜，殆若仙凡之別異．梅花一見，而亦有戀慕之心，自伊日薦枕，兩情歡洽．過一朔，由限將滿，梅花將還向海州，本倅戀戀不忍捨曰："從此一別，後會難期，將若之何？"梅花揮淚曰："妾旣許身矣，今行自有脫歸來之計．不久更當還侍矣."仍發行，到海營，入見巡使，則巡使問其母病之如何？對曰："病勢委篤，幸得良醫，今則向差矣."依前在洞房矣．過十餘日後，梅花忽有病，寢食俱廢，呻吟度日．巡使憂之，雜試醫藥而無效，委臥近一旬．一日忽爾突然而起，蓬頭垢面，拍手頓足，狂叫亂嚷，或哭或笑，跳躍於澄軒之上，而斥呼巡使之名，人或挽止，則蹙之齧之，使不得近前，卽一狂病也．巡使驚駭，使之出居于外，而翌日縛置轎中，送于渠家．蓋是佯狂也．還家之日，卽入衙中，見本倅，語其狀，留在挾室，情義愈篤．如是之際，所聞傳播，巡使亦聞之．其後，谷倅往營下，則巡使問曰："府妓之爲廳妓者，以病還家矣．近則其病如何，而時或招見否？"對曰："病則少差云，而巡營廳妓，下官何有可招見乎？"巡使冷笑曰："願令公爲吾善守直焉."谷倅知其狀，請由而上京，喉一臺，駁巡使而罷之．仍率畜梅花，遞歸時，與之偕來京第矣．及丙申之獄，前谷倅，辭連逮獄，其妻泣，謂梅花曰："主公今至此境，吾則已有所決于心者，汝則年少之妓也，何必在此？還歸汝家可也."梅花亦泣曰："賤妾承令監之恩愛已久矣．繁華之時，則與之安享，而今當如此之時，安忍背而歸家？有死而已."云矣．數日後，罪人杖斃之報到家，其妻自縊而死，梅花躬自殯殮入棺．而及罪人屍之出給也，又復治喪，夫婦之柩，合祔于先塋之下．仍自裁於墓傍下從，其節檗烈烈矣．初於巡使則用計圖免，後於本倅則立節死義，其亦女中之豫讓歟！

38. 음양의 도리

洪太湖元燮, 余査丈也. 少時, 借家於壯洞, 而與安山李生者, 做科工矣. 洪公適出他, 而李生獨坐, 見前面墻穴, 一紙漸次出來. 李生怪而見之, 諺書也. 以爲妾乃宦侍之妻也. 年近三十, 而尙不知陰陽之理, 是爲終身之恨. 今夜適從容, 願踰垣而來訪也. 李生見大怒曰: "寧有如許之女人也?" 翌日仍披衣而入其門, 訪見其主人宦侍, 正色而言: "主人不得齊家, 使內子有如此書, 寧有如許道里?" 云云, 給其書而來矣. 伊日之夕, 其家哭聲出, 而其女縊死云. 洪公歸後, 聞其事, 責之曰: "君旣欲不往則已矣, 何乃往見而給書, 至於此境? 君則必不登科云矣." 其秋李生歸家, 家爲晚潦所頹, 仍以壓死云爾.

39. 홍경래(洪景來)

西賊之亂, 魁則洪景來, 謀主則禹君則. 君則勸景來曰: "急引兵向安州, 則安州必不能守矣. 箕城·黃崗等地, 亦皆如是矣. 兩西已得而鼓行而上, 則京城可得矣." 景來曰: "不然. 吾輩初起兵, 無有根本之地, 若孤軍淡入深[16], 而義州·寧邊之兵, 議其後, 則腹背受敵, 取敗之道也. 不如先擊寧邊以爲根本, 如漢高之關中·光武之河內, 次下義州以絶後患, 而直犯京城, 則此萬全之計也." 兩敵此言, 俱有兵法之可據. 若從君則之計, 則都下未受敵之前, 自成魚肉矣, 其計之不行, 天也. 若使寧邊有失, 而爲賊所據, 而官軍如來則閉城而守之, 官軍如去則又出兵掠之, 如彭越之遊兵, 則此亂不知何時可底定, 而國家輪轉之費, 軍卒干戈之役, 又不知何時可休矣. 寧邊不失者, 豈非民生之福耶? 尹郁烈, 以咸從府使出戰, 松林之捷·博川津頭之勝, 皆其功也. 如金見臣者, 不過賊退後, 入據白馬之空城, 別無斬將搴旗之功, 而特以逖土卑微之

蹤, 能不附賊而起義兵者, 亦可謂忠矣. 論功之時, 尹郁烈別無異賞, 而
金見臣節次推遷至兵使, 其亦有數之幸不幸而然歟? 李堯憲, 以巡撫使
留京, 而送中軍朴基豐, 圍定州城, 相守幾月而無功, 仍拿來而代送柳
孝源. 朴基豐性寬厚, 與士卒同甘苦, 大得軍中之心, 而柳孝源性嚴酷,
不恤士卒, 大失軍心. 幸以江界銀店穿壙之徒, 穿城下地道, 埋火藥而
燒之, 城以是而頹圮, 大軍驅入而成功矣. 不然而如又持久, 則軍中又
將有變矣. 景來在定州城, 立紅凉傘乘轎, 而鼓樂前導, 周行城上而撫
士卒, 設文武科. 城中之賊徒, 以渠之曾登科之紅牌, 自城上投之於外
曰: "還汝國王之紅牌."云云. 令人聞此, 不覺髮竪而齒切. 大軍入城之
日, 一城之人, 不分玉石, 而並屠之可也. 而旣破敵獲醜而令曰: "投兵
而降者, 當勿問."云云, 脅從之徒皆降, 而一時斬之. 此則大非不殺降
之意, 是可歎也. 金見臣至武宰而不知守分, 大失鄉里之人心云.

40. 비정(非情)

尹某卽有地閥之武弁也. 性甚悍毒而又妄率, 薄有文藝, 出入於時宰相
之門, 宰相多許可者. 其在湖中也, 適居憂, 窮不能自存, 隣里適有親知
之人, 與松商以錢貨相去來者. 尹弁請於其人, 欲貸用錢兩, 其人以八
十兩, 書標以給, 使之推用於松人處矣. 尹弁乃潛改十字, 書以百字, 而
全州公納錢之上京者換用矣. 換錢失期, 自完營査實, 知其爲尹弁之所
爲. 朴崙壽之爲完伯, 發送鎭營校卒, 以結縛尹弁某以來之意嚴飭, 而
校卒來矣. 尹弁方在罔措之中矣. 其人來言曰: "君之當初行事, 雖不美
之事, 已至此. 君則前衛, 以前衛, 一入鎭營, 則豈不敗亡身名乎? 吾則
布衣, 吾當代行, 定限以來矣, 趁卽[17]備送好矣." 尹弁[18]感泣而代送矣.

---

17 卽: 저본에는 없는데, 익선재본 A에 의거하여 추가한 것임.
18 弁: 저본에는 '倅'로 나와 있는데, 문맥으로 보아 바꿈.

其人受棍而被囚於獄中, 使之備納後放送. 其人無奈何, 盡賣自家之田土家産而充報, 閱幾箇[19]月, 得放還家, 又以杖毒幾死僅生. 家仍蕩敗, 而目見尹弁之無出處, 姑俟日後而一不開口矣. 其後, 尹弁爲端川府使, 其人始乃賃騎而訪於千里之外, 意謂執手致款矣. 阻閽而不得入, 留月餘, 行資已罄, 負債於店主者亦多. 其人, 計無所出, 進退維谷. 一日, 聞本倅出他之報, 要於路, 直前而呼曰: "吾來久矣." 尹倅回顧而言于下隷曰: "可率入衙內."云而去. 未幾還來, 敍寒暄後, 別無他語, 其人仍語曰: "吾之貧窮, 君所知也. 以舊日之誼, 千里而委來矣. 阻閽而留月餘, 食債又多. 君幸憐而濟之, 吾不言向來債耳." 尹倅聞而嚬蹙曰: "公債如山, 無暇救君."仍定下處於外, 而接待極其冷落. 留數日, 給病脚馬一疋曰: "此馬價過數百, 君可牽去, 賣用"云, 而又以五十兩贐之, 其人懇請曰: "馬是病脚, 錢又如此, 其所食債及回糧, 亦云不足, 此將奈何? 君其更思之." 尹倅作色曰: "以君之故, 積債之中, 有此贈也. 如非君則可空手而見逐, 勿多言."仍使之出去, 其人大怒, 散其錢於庭下, 而叱辱曰: "汝乃偸喫公貨, 將入於鎭營, 而吾以義氣, 代汝而行, 幾死獄中, 蕩敗家産, 而報其債矣. 汝乃今爲守宰, 而吾自千里而來, 則汝旣不邀以見, 而見又疎待, 末乃以五十兩贈我, 此猶不足於來去之需. 古今天下, 寧有如許非人情之賊漢乎?"仍放聲大哭而出門, 呼冤於通衢之上, 對往來之人, 而皆言其狀. 尹倅聞而憾之, 又忿其揚渠之惡, 使將校搜驗其行具, 則有宗簿郎廳帖二張矣. 尹倅囚其人, 卽日發營行, 對監司而言曰: "下官之邑, 捉得御寶僞造罪人, 將何以治之?" 監司曰: "自本邑治罪可也." 尹倅曰: "若然則下官可處置乎?" 曰: "諾." 仍還官而打殺之. 世豈有如許殘忍非人情之人乎? 吁! 亦慘毒矣.

---

19 箇: 저본에는 없는데, 익선재본 A에 의거하여 추가한 것임.

41. 관재수(官災數)

柳參判誼, 以繡衣行嶺南, 行到晉州, 聞首鄕連四五等仍任, 而多行不
法之事, 期於出道日打殺. 方向邑底, 未及十餘里地, 日勢已晚, 又有路
憊, 偶入一家. 家頗精潔, 升堂有一十三四歲童子, 迎之上座, 其作人聰
慧, 區處奴馬, 使之喂之, 呼奴備夕飯. 人事凡百, 儼若成人. 問其年,
而且問是誰之家, 則答曰: "時座首之家也." 問: "汝是座首之兒乎?"
曰: "然矣." "汝翁何處去?" 曰: "方在邑內任所矣." 其應接極詳而敬謹,
柳奇愛之, 獨語于心曰: '奸鄕有寧馨兒云矣.' 至夜就寢, 忽有攪之者,
驚覺則燈火熒然, 前有一大卓, 魚肉饌餌酒果之屬, 皆高排矣. 起而訝
之, 問: "此何飮食?" 其兒曰: "今年家翁之身數不吉, 必有官災云, 故招
巫而禳之, 此其所設也. 玆庸接待客子, 願少下箸." 柳忍笑而啗之, 久
饑之餘, 腹果而氣蘇. 其翌日, 辭而入邑底, 出道拿入其座首, 數其前後
罪惡, 而仍言曰: "吾之此行, 欲打殺如汝者矣. 昨宿汝家, 見汝子大勝
於汝矣. 旣宿汝家, 飽汝之酒食而殺之, 有非人情." 仍嚴刑遠配而歸.
柳台曾來家中而道其事曰: "巫女禱神亦不虛. 殺座首之神卽我也, 以
酒肉禱之於我而免其禍." 儘覺絶倒云爾.

42. 오인(午人)

柳參判河源午人也. 登科幾四十年, 年過六旬而不得陞資, 貧窮可憐.
居在洞內, 而又有文藝, 故余時往來親知矣. 一日, 往見則出示所作詩
律, 其中有自歎詩曰: "四十荊妻鬢已絲, 家翁衰朽也應知. 笑誇掌憲初
除日, 料是夫人在腹時." 云. 蓋後娶也, 未幾以宗簿正陞資. 其後數年,
以年八十, 又陞嘉善至參判.

43. 영주 열녀 박씨(榮州 烈女 朴氏)

榮川儒生盧某, 有一子, 過婚未一年而身死. 其孀婦朴氏女而亦有班閥
之家也. 執喪以禮, 而孝奉舅姑, 隣里稱之. 來時率童奴一人而名則萬
石者. 盧家素貧窮, 朴氏躬自紡績, 使奴樵汲, 朝夕之供, 未嘗闕焉. 隣
居有金祖述者, 亦有班名, 家計累萬金富者也. 從籬間, 偶見朴氏之姸
美, 心欲之矣. 一日, 盧生欲出他, 借着揮項於祖述之家, 而祖述乘其不
在家, 使人探知朴氏之寢房, 帶月着驄冠而入其家. 時朴氏獨在其寢
房, 房與其姑之寢, 隔一壁而間有小戶矣. 朴氏睡覺, 聞窓外履聲, 又見
窓間月色下人影, 心竊疑惻, 潛起開戶而入其姑之房. 其姑怪而問之,
密語其由, 姑婦相對而坐. 時萬石者, 爲祖述之婢夫, 宿於其家, 寂無一
人. 而忽於戶外, 有人厲聲曰: "朴寡女與吾有私, 亦已久矣. 斯速出送
云云." 其姑疾聲, 呼洞人而謂曰: "有賊入來云!" 隣家之人, 擧火而來,
祖述仍還歸其家. 朴氏姑婦, 知爲祖述也. 盧生歸來, 聞其言, 而忿不自
勝, 欲呈訴于官, 而恐致所聞之不好, 仍姑忍之. 其後, 祖述又揚言于洞
中曰: "朴氏與吾相通, 孕已三四朔矣云云." 傳說藉藉. 朴氏聞之曰:
"今則可以呈官而雪恥矣." 以裳掩面, 而入官庭, 明言祖述之罪惡, 又言
自家受誣之狀. 時祖述行貨於官屬, 且一邑官屬, 俱是祖述之奴屬也.
刑吏輩皆言: "此女自來行淫, 所聞之出, 亦已久矣云." 本倅尹彝鉉, 信
聽官屬之言, 以爲, "汝若有貞節, 則雖被誣於人, 久則自脫. 何乃親入
官庭而自明乎? 退去可也." 朴氏曰: "自官若不卞白, 而嚴處金哥之罪,
則妾當自刎於此庭下矣." 仍拔所佩小刀, 而辭氣慷慨. 本倅怒而叱曰:
"汝欲以此而恐動我乎? 汝若欲死, 則以大刀, 自刎於汝家, 可也, 何乃
以小刀爲也? 斯速出去!" 仍使官婢推背, 而逐出官門之外. 朴氏出門,
放聲大哭, 以其小刀, 刎其頸而死. 見者無不錯愕. 本倅始乃驚動, 使之
運屍而去. 盧生不勝其忿, 入庭而語多侵逼, 本倅以土民之肆惡官庭,
侵逼土主, 報營. 盧生移囚于安東府矣. 其奴萬石者, 以其狀, 上京鳴金
于駕前, 有下該道查啓之判付, 行查, 則祖述以累千金, 行賂於洞人及

營邑之下屬. 至於朴氏之死非自刎, 而羞愧於孕胎之說, 服毒致死云. 而貿藥之嫗, 賣藥之商, 皆立證. 此亦祖述給賂於老嫗及商人而然也. 獄久不決, 拖至四年之久. 盧家以朴氏之屍, 不斂而入棺, 不覆蓋, 曰: "復此讐後, 可改歛而葬云." 而置越房者四年, 而身體小不傷敗, 面如生時, 入其門, 少無穢惡之嗅, 而蠅蚋亦不近, 亦可異矣. 奉化倅朴始源[20], 卽其再從姨妹間也, 往哭其靈筵云. 故余於逢場問之, 則以爲其家人啓棺蓋, 以見之, 則如生時無異云矣. 萬石爲金家之婢夫, 生一男一女矣. 當此時, 逐其妻而訣曰: "汝主殺吾主, 卽讐家也. 夫婦之義雖重, 而奴主之分亦不輕, 汝自還歸汝主, 吾則爲吾主而死也云." 而絶之. 奔走京鄉, 必欲復讐乃已. 及金判書相休之按節時, 萬石又上京鳴金, 啓下本道, 更定查官而窮覈, 盧家擔來朴氏之柩於查庭, 而中有裂帛之聲. 盧家人去棺蓋而欲示之, 查官使官婢驗視, 則面色如生, 兩頰有紅暈, 頸下尚有劍刺之血痕, 腹帖于背, 而肌膚堅如石, 少無腐傷. 藥物買賣之商人及老嫗, 嚴鞫問之, 則始吐實曰: "祖述各給二百兩錢, 而如是爲言云." 自營門, 以此狀啓聞, 而祖述始伏法, 朴氏旋閭, 萬石給復. 余在金山時, 雖不得目覩, 而聞查官言, 見巡營之啓草, 祖述之罪[21], 萬戮猶輕. 而至曰: "朴氏與萬石, 有私而然云", 尤可痛也. 嶺之士, 立石記萬石之忠.

附嶺伯金相休查啓跋辭

爲等如各人等招辭是白置有亦 此獄段三歲四查, 端緒畢露, 道啓曹讞, 淑慝已判. 朴氏至冤實狀, 祖述窮凶情節, 世皆公傳, 人無不知, 便屬已了之案, 無煩更查之擧是白乎矣, 今此親執窮覈成命, 寔出於愼獄恤刑之盛德. 其在對揚盡分之道, 尤切根究, 或疏之慮, 故臣於盤詰之際, 倍

---

20 朴時源: 저본에는 '朴始源'으로 나와 있는데, 익선재본 A에 의거하여 바꿈.
21 罪: 저본에는 없는데, 익선재본 A에 의거하여 추가한 것임.

加審愼之意, 或溫言平問 或施威嚴覈, 而惟彼祖述賊性淫慝, 設心凶
譎, 無論平問與嚴覈, 直以抵賴爲能事. 問向春溲溺則曰: "夢亦不爲",
問叩門請開, 則曰: "白地曖昧", 問三朔懷孕[22]之說, 則曰: "天日在上",
問買磠逼殺之誣, 則曰: "閔哥自唱言", 言皆謊, 事事牢諱. 其至至微細
無緊關之說, 已彰露, 莫敢隱之跡, 忍能赤面相對, 必欲白賴, 乃已隱
則, "惟願速死", 作爲目下漫漶之計, 比如木石之頑, 難以理喩, 便同禽
獸之塞, 莫可首服是白如中, 天道孔昭, 淫禍罔逃. 祖述父金鼎源者, 所
著冊子, 名以'朴寡婦致命是非文案'云者, 現捉於査庭. 而其中列錄, 無
非閔哥自先世亂倫干紀之事, 而至於朴寡婦其所醜誣, 比之三朔懷孕又
深一節, 殆不忍汚口. 而其子則發之於言, 其父則筆之於書, 子唱父和,
同惡相濟之跡, 和盤托出, 更沒餘蘊. 而彼凶祖述罔念砥犢之情, 猶肆
困獸之惡, 乃曰: "矣父此書, 欲殺矣身作也." 又曰: "此皆矣父之罪, 而
矣身則無罪, 願以矣父之罪, 殺矣身." 旋又曰: "矣身若以此死, 則雖父
子之間, 當有恩怨." 徐觀其意, 必欲渠罔赦之罪, 移之於其父, 而渠則
掉脫. 至請嚴問其父, 渠亦有人之形矣, 且又頂天立地矣. 若非別具梟
獍之腸者, 寧忍以此等說, 萌心而發口乎? 本罪外, 卽此一款, 決不可
一日假息於覆載之間. 而到此地頭, 雖以渠凶獰悖戾, 理屈辭窮發明無
路, 叩門請開也, 三朔懷孕也, 買磠逼殺也, 諸盤誣讞等事, 畢竟箇箇輸
款, 直納遲晩, 祖述之眞贓致案, 於是乎, 悉具而更無可査之說. 只有當
宜之律是乎所, 謹按通編奸犯條, 曰: '士族處女㤼奪者, 毋論奸未成,
不待時斬.' 彼祖述乘昏夜無人之時, 叩班寡獨處之門者, 專出於㤼奪之
意, 則渠烏得免奸未成不待時斬之律是白乎旀, 又按大明律, 曰: '所誣
之人已決者, 反坐以其律', 就捨朴氏眞有三朔之事, 則當擬以極律, 而
今以誣案已決, 則以朴寡三朔之律, 反坐於所誣之人者, 斷無可疑, 則
渠烏得免反坐之極律是白乎旀, 又按律, 曰: '差因奸盜威逼人致死者

---

22 三朔懷孕: 저본에는 '三乳復孕'으로 나와 있는데, 일사본에 의거하여 바꿈.

斬, 祖述姦淫凶醜之說, 汚衊之誣, 逼之以致朴氏之死以自明, 則烏得免逼人致死斬之罪乎? 考之以法典, 參之以律文, 則祖述尙貸一縷, 不置於極律, 豈非失刑之大者是白乎旀. 至於朴寡則以靑年未亡之身, 堅之死靡他之心, 孝養舅姑, 備修爲婦之道, 慈育螟蛉, 蓋出立孤之誠, 死固自甘, 生無可樂. 其情絶悲, 其事甚韙. 不可以蒼蠅之點, 欲汚白玉之潔, 遭忽地之凶誣, 叩皇天而罔階, 暗哭藏身. 雖一死之已決, 公庭鳴哀, 稱至冤之或攄. 噫! 彼榮川本倅, 甘聽廷敏之慫慂, 祖述則無意嚴治, 顯有愛護之意; 朴氏則有若蔑視, 輒肆侮弄之說. 闍者之怒, 又阻叩闕薄言之愬, 亦斷其路, 進不得暴冤於官, 退不得雪誣於彼. 遂乃決取捨於生死, 擲性命於俄忽, 則委身於九街官道之上, 橫屍於萬人堵立之中, 暴心事於白日, 立貞節於秋霜, 其決烈之氣, 非但大驚於韓市, 幽鬱之怨, 足致久旱於東海是白乎旀. 大凡人之死也, 焄蒿悽愴之氣, 漸消散而歸無; 血肉筋絡之形, 必瀜化而爲土者, 此其理也, 萬古同然. 而竊聞之, 閔家以不復讎·不營葬之義, 朴氏之喪, 殮而不絞, 置而不釘, 留停傍室, 尋常啓視, 而屍身已經三霜, 肌膚一如始死, 蠅蚋不近, 虫蛆不出. 而棺中往往有裂帛之聲, 隣近之人, 莫不見聞是如. 非但萬石之言, 丁寧可質, 一道喧傳, 萬口同辭是白乎矣, 事係稀異, 跡涉疑怪是乎等以. 臣別遣親信, 眼同榮川官婢, 對衆開視, 以驗其虛實是白加尼, 及其回告, 一如所聞, 而尤可詳焉. 蓋以爲耳目口鼻, 宛然如常, 而兩點紅暈, 着於雙臁, 隱然可見, 胸腹之形色不變, 恰如初死人一般, 臀臂脚腿, 肉氣不消, 堅如鐵石, 寂然不聞者, 特是柩中激裂之聲, 而其他則無一差爽云. 噫其異矣! 聞亦竦然, 若非至冤之氣, 百結不散, 豈有是異? 而向來四朔亢旱時, 側聞道路爲言, 則無不謂祖述不殺, 朴冤未雪故致此譴謫是如. 開口卽說, 便成巷謠. 天路幽玄, 雖未必一如其言, 而亦可見秉彝之心·公正之憤也. 且以祖述之獷頑, 亦以爲朴氏之不腐眞箇的實, 則卽殺矣身, 以雪其至冤, 甘心無辭是如乎, 渠亦至此, 已知必死矣. 法律旣如彼, 人心又如此, 而祖述亦知其罪罔赦, 則祖述之當施以一律, 更無可論是白乎矣. 若只殺祖述而止, 而不施褒旌之恩於朴氏, 則冤恨難雪, 然而烈行未著, 何以標千古之節, 慰九幽之魂耶? 亟正祖述之罪, 置之一律, 而兼擧朴氏表章之典, 使之瞑目入地, 有不容少緩是白乎旀. 所謂朴氏奴萬石者, 以遐方無識私賤, 能出爲主其復讎之心, 已爲奇矣; 而萬石之妻, 卽祖述之婢, 而亦旣抱子矣, 萬石以爲讎人之婢, 何可作配? 到今夫婦之情反輕, 奴主之義爲重, 便卽割恩斷慈, 黜妻屛子. 又以主讎之未復, 三年已過, 而猶不脫衰服, 其所處義, 雖素稱烈丈夫, 無以加此, 而暗合於春秋復讎之義者, 尤豈不偉且異歟? 況以其至微賤之踪·至賤弱之身, 奔走營邑, 雪涕而備說其主之冤, 冒犯鸞蹕, 瀝血而乞復其主之讎, 指一死而自誓, 歷三歲而不解, 苟非根天忠義, 豈如是耶? 蹟其前後事實, 雖與古之忠臣義士, 生幷其死, 同其傳書已無愧, 豈非有是主·有是奴乎? 主立其節, 奴效其忠, 竊附史氏牽聯得書之法, 玆又尾陳, 乞幷賜褒賞, 俾世之人知奴主之義, 竝列三綱, 則其有裨風敎大矣是白乎旀. 金鼎源段誣錄之作, 雖出爲子減死之計, 其書旣已現露, 則亦不可以父子幷勘爲嫌而置之勿問是白乎旀. 李廷敏段腸肚相連於祖述, 路線暗通於官家, 朴氏之至冤, 因此而未雪, 祖述之凶計, 因此而將出, 其時, 榮川倅之誤了, 皆是廷敏之所爲, 則論其罪狀, 不可尋常處之是白乎旀. 鄭弼周段符同廷敏, 買礦逼殺之誣, 同聲和應, 同心排布, 其設計之凶慘, 無異於廷敏是白如乎, 右三人, 方在臣營獄, 從重科治, 計料是白乎旀. 其時, 榮川倅尹彝鉉段, 酷被廷敏之所誣, 畢竟朴氏之爲朴氏, 祖述之爲祖述, 則豈非該倅不善處之失. 不容不重勘, 而前道臣已爲論啓, 姑不擧論是白乎旀. 金厚京·朴坤守·林在悔等段, 旣皆輸款, 竝押付原籍官, 使之遠發配所. 而金鼎源段, 忽地逃避, 今方嚴飭²³鎭營, 使之刻期跟捕. 其餘諸人, 別無可問之端, 一依放送爲白乎旀. 原獄案別單, 馳啓爲白去乎, 緣由事.

---

23 飭: 저본에 없는데, 익선재본 A에 의거하여 추가한 것임.

44. 걸객시(乞客詩)

古人有喪配, 而悲念不已. 一日之夜, 夢與相遇, 酬酢如平時, 而忽爲窓前梧葉上雨滴聲而驚覺, 仍此賦詩, 曰:"玉貌依俙看却無, 覺來燈影十分孤. 早知秋雨驚殘夢, 不向東窓種碧梧."云云. 余嘗誦其詩, 而悲其情矣. 丙子夏, 偶會仲氏宅, 略設盃盤, 而談笑矣. 忽有一乞客入來, 而言曰:"吾非求乞之客也. 早業文筆, 有事而自鄕上京, 路逢賊人, 行資盡失矣. 今將還下而手無分錢, 欲優得行資而來訪矣."諸人皆曰:"旣如是, 則可矜矣."其人又曰:"吾自善於詞律, 請誦傳一首矣. 座上其果斥正否."余適依枕而臥, 起而對曰:"願一聞之."其人曰:"吾喪妻矣. 悲懷難抑, 向者夢見, 而爲梧桐秋雨聲之所驚覺, 至今恨之云.", 而仍誦此詩首句. 余笑而言曰:"吾亦曾喪妻, 懷事略同, 此下句, 吾當續之否?"其人曰:"第言之."余乃誦其下句, 其人遽起, 不告辭而去. 滿座絶倒.

45. 방앗공이

橫城邑內, 有一女子, 出嫁之後, 忽有一箇丈夫入來而劫奸. 其女百般拒之, 而無奈何矣. 每夜必來, 他人皆不見, 而渠獨見之. 雖其夫在傍, 而無難矣, 坐與同寢. 每交合之時, 痛楚不可堪, 其女知其爲鬼祟而無計却之. 自此, 不計晝夜而來, 見人不避, 而只見其女五寸叔之入, 則必也出避. 其女語其狀, 其叔曰:"明日彼物若來, 暗以綿絲塊繫針, 而縫于其衣衿, 則可知其物之去向矣."其女從其言. 翌日依其計, 以針繫絲, 刺于其衣裾下, 而其叔突入, 則厥物驚起, 出門而避之. 綿絲之塊次次解, 而隨之其人, 只見綿絲而逐之, 至於前林叢樾之下乃止. 迫而見之, 則絲入地下. 仍掘地數寸餘, 有一朽敗之舂木段一箇, 而絲繫於木下, 而木之上頭, 有紫色珠如彈子大者一枚, 而光彩射人. 其人仍拔其珠, 置之囊, 而燒其木矣. 其後, 遂絶迹. 一日夜, 其人之家門外, 忽有一人來乞曰:"此珠願還我. 若還則富貴功名, 從汝願當爲之矣."其人不許,終夜哀乞而去. 每夜如是者, 四五日矣. 一夜又來, 言曰: "此珠在我甚緊, 在汝不緊. 吾當以他珠換之, 可乎? 此珠則有益於汝者也." 其人答曰: "第示之." 鬼物自外入, 送一枚黑色珠, 大亦如其珠樣者. 其人並奪而不給, 鬼物仍痛哭而去, 仍無形影. 其人每誇之於人, 而不知用於何處. 其不問用處, 眞可惜也. 其後, 仍出他, 泥醉而歸, 露宿於路上矣. 囊中之兩珠, 並不知去處, 必也爲鬼物所持去也. 洪邑之人, 多見其珠者, 向余[24]道之, 故玆錄之.

46. 임기응변

金化縣村人父子, 往來兎山興販. 金之距兎, 卽挾路無人之境也. 一日, 買牛於兎山場市, 馱數十兩錢而歸, 父在前而子在後. 其子年纔十四五歲兒也. 行到一處, 忽有一健夫, 突出山凹處, 刺其父殺之, 又將殺其子. 其子哀乞曰: "吾卽兎山某店乞人食兒也. 無父母兄弟四顧無親, 行乞於店幕, 此人給錢而要使馱牛同行, 故隨而來者也. 殺我何爲? 若活我, 則吾當隨君, 而爲卒徒矣, 未知如何?" 盜乃許之, 使馱牛同行. 還到兎山邑底, 將賣牛於肉直, 方論價之際, 其兒忽爾高聲曰: "此是殺吾父之賊漢. 吾將發告于官矣." 諸人捉留此漢, 諸人大驚, 仍縛其盜. 而其兒直入官庭, 泣訴此狀, 置之于法. 余在洪邑時, 金化倅來傳此言. 余聞而歎曰: "渠以十餘歲兒, 猝當蒼黃之際, 有此處變者, 可謂有膽略矣. 恨未詳其姓名矣."

47. 평생 잊지 못할 두 남자

平壤有一妓, 姿質歌舞, 少時擅名, 自言: "閱人多矣, 有未忘二人. 一

---

24 余: 저본에는 '汝'로 나와 있는데, 익선재본 A에 의거하여 바꿈.

則姸美而不能忘, 一則麤惡而不能忘矣." 人或問其故, 對曰: 少年時,
侍巡使, 宴于鍊光亭. 夕陽時, 依欄而望長林, 則有一少年佳郞, 騎驢飛
也似馳, 到江邊, 呼船而渡, 入大同門, 風儀動盪, 望之, 如神仙中人,
心神如醉. 托以如厠, 下樓而審其所住處, 卽大同門內店舍也. 詳知而
待宴罷, 改粧村婦服餙, 乘夕而往其家, 從窓穴窺見, 則如玉美少年, 看
書于燭下. 自念, '如此佳郞[25], 卽如不得薦枕, 則死不瞑目'. 仍咳嗽打
窓外, 其少年問: "爲誰?" 答曰: "主家婦也." 又問: "何爲而昏夜到此?"
答曰: "弊舍商賈多入, 無寄宿處, 故欲借上堗一席而寢矣." 曰: "然則
入來, 可也." 渠仍開戶而入, 坐於燭火之背, 則少年目不斜視, 端坐看
書. 更深後, 仍滅燭而臥. 渠仍作呻吟之聲, 少年問: "何爲而有痛聲?"
渠對曰: "曾有胸腹痛矣, 今仍房堗之冷, 宿症復發矣." 其人曰: "若然,
則來臥於吾之背後溫處." 渠仍臥于背後, 食頃而又不顧, 渠仍言曰:
"行次不知何許人, 而無乃是宦侍乎?" 其人曰: "何謂也?" 渠曰: "妾非
主人之婦, 而乃是官妓也. 今日於鍊光亭上, 瞻此行次之風儀, 心甚艶
慕, 作此樣來此, 冀其一面矣. 妾之姿質, 不至醜惡, 行次年記, 不至衰
老, 靜夜無人之時, 男女混處, 而一不顧眄, 非宦而何?" 其人笑曰: "汝
是官物乎? 然則何不早言? 吾則認以主人之婦而然也. 汝可解衣同枕,
可也." 仍與之狎, 其風流興味, 卽一花柳場蕩男子也. 兩情歡洽, 及曉
而起, 促裝將發, 對渠而言曰: "意外相逢, 幸結一宵之緣, 遽爾相分,
後會難期. 別懷何可言? 行中別無可表情之物, 可留一詩." 仍使渠擧裳
幅而書之曰: "水如遠客流無住, 山似佳人送有情. 銀燭五更羅幌冷, 滿
林風雨作秋聲." 書畢, 投筆而起. 渠仍把袖而泣, 問居住姓名, 則笑而
答曰: "吾自放浪於山水樓臺之人也, 居住姓名, 不必問知." 仍飄然而
去. 渠仍歸家, 欲忘而不可忘, 每抱裳詩而泣. "此是姸慕而難忘之人
也." 嘗以巡使隨廳妓侍立矣, 一日門卒來告, "某處舍音某同知來謁次,

---

25 佳郞: 저본에는 없는데, 익선재본 A에 의거하여 추가한 것임.

在門外矣."巡使使之入來, 卽見一胖大村漢, 布衣草鞋, 腰帶半渝之紅帶, 顱懸金圈云, 而純是銅色, 眉目獰猂, 狀貌釃惡, 卽一天蓬將軍來拜于前. 巡使問: "汝何爲而遠來也?" 對曰: "小人衣食不苟, 別無所望於使道而來者也. 平生所願, 欲得一箇佳妓而暢情, 爲是而不遠千里而來也." 巡使笑曰: "汝若有此心, 則可於此中擇一箇洽意妓也." 厥漢聞命, 而直入隨廳房, 諸妓一時風靡雹散. 厥漢追後逐之, 捉一而云貌不美, 又捉一而云體不合, 及到渠, 捉而見之, 曰: "足可用." 仍抱至墙隅, 而强奸之. 渠於此時, 以力弱之故, 不得適他, 求死不得而任其所爲. 少焉, 脫身而歸家, 以溫水浴身, 而脾胃莫定, 數日不得進食. "此是釃惡而難忘者也云爾."

48. 무운(巫雲)

巫雲者, 江界妓也, 姿色才藝擅于一時. 京居成進士者, 偶爾下來, 仍薦枕而情愛甚篤. 及其歸也, 彼此戀戀不忍捨. 雲自送成生之後, 矢心靡他, 艾炙兩股肉作瘡痕, 托言有惡疾云. 以是之故, 前後官家, 一未嘗侍. 李大將敬懋之莅任也, 招見而欲近之, 雲解示瘡處曰: "妾有此惡瘡, 何敢近前?" 李帥曰: "若然則汝可在前使喚可也." 自此以後, 每日守廳而至夜必退, 如是四五朔. 一夜雲忽近前曰: "妾今夜願侍寢矣." 李倅驚曰: "汝旣有惡疾, 則何可侍寢?" 雲曰: "妾爲成進士守節之故, 以艾炙之. 以是避人之侵困. 侍使道績有月, 微察凡百, 卽是大丈夫也. 妾旣是妓物, 則如使道大男子, 豈無心近侍耶?" 李帥笑曰: "若然則可就寢." 仍與之狎. 及瓜熟將歸也, 雲願從之. 李帥曰: "吾有三妾之率畜者, 汝又隨去, 甚不緊矣." 雲曰: "若然, 妾當守節矣." 李帥笑曰: "守節云者, 如爲成進士守節乎?" 雲勃然作色, 仍以刀, 斫左手四指. 李帥大驚, 欲率去, 則又不聽, 仍以作別矣. 後十餘年後, 以訓將補城津, 盖朝家新設城津鎮, 而以宿將重望鎮之, 故李帥單騎赴任. 城津與江界接界三百餘里地也. 一日, 雲來現. 李帥欣然逢迎, 敍積阻之懷, 與之同處. 夜欲近之, 則抵死牢拒. 李帥問之曰:“此何故?” 對曰:“爲使道守節矣.” 李帥曰:“旣爲吾守節, 則何拒我也?” 雲曰:“旣以不近男子, 矢于心, 則雖使道不可近. 一近之, 則便毁節也.” 仍堅辭. 同處一年餘, 而終不相近. 及歸, 又辭歸渠家. 其後, 李帥喪妻, 雲奔喪而留京, 過襄禮後, 還下去, 李帥之喪, 亦然. 自號雲大師, 仍終老焉.

49. 공동(公洞) 홍 판서

金參判應淳, 少時得一夢, 夢中南天門開, 而高聲呼名曰:“金某, 受此.” 金台乃下堂而立於庭, 則自天下一漆函. 受而見之, 則其上以金字大書, 以無忝爾祖. 開而見之, 則中有錦袱之裹冊者, 披而見之則, 卽自家平生推數也. 一生休咎, 皆書日時, 末乃云某月日時死, 而位至禮判云云. 金台覺而異之, 仍擧火而逐年錄之于冊子矣, 無不符合. 至將死之日, 整衣冠, 辭于家廟, 會子侄與知舊, 面面告訣而言曰:“今日某時, 吾將棄世, 而禮判尙不得爲, 亦可異也.” 云. 蓋此時, 位尙參判矣. 迨其時, 仍臥而奄忽, 訃聞. 英廟嗟歎曰:“吾欲除禮判而未果者也.” 銘旌可書以禮判, 爲敎事亦異矣. 嘗以承旨入侍, 英廟以御筆書, 以‘爾是仙源之孫, 無忝爾祖’十字賜之, 亦符於夢中之書. 洪判書象漢, 年過八十, 其孫義謨, 登癸未冬增廣司馬. 洪判書, 每每張樂, 而滿庭觀光者, 每人饋一器湯餠, 一串肉炙. 每日如是, 殆近一朔. 其伯胤領相樂性, 時以亞卿在家, 而爲人謹拙, 每以盛滿迭宕爲憂, 而無計諫止, 求一親戚中期望人欲諫之. 金都正履信, 多才善辨而異姓六寸間也. 洪相, 請來而道其事, 要使諫止. 金公見洪判書, 而先讚其福力, 而末乃以盛滿爲戒. 洪判書聞而微笑曰:“汝來時, 見兒子乎! 吾以無才無德之人, 遭遇聖世, 位躋崇品, 年踰八旬矣. 又見孫兒之登科, 如是行樂, 世人皆目之曰, ‘公洞某, 位一品·年八十, 見孫兒科慶而發狂’云, 爾則庸何傷乎? 汝第見之, 吾死之後, 淸風堂上塵埃堆積, 參判塊坐於一處, 其象如何? 汝之言, 不願聞也." 仍呼妓而進歌曲. 金公無聊而坐, 洪判書又言曰:"近日少年輩呼新來, 而無一人有風度, 可謂衰世矣, 豈不慨惜耶?"云云. 金公辭歸之路, 逢金參判應淳於路, 時以玉堂兼軍門從事, 多率帶隷, 而見金公, 下馬路左. 金公問曰:"往何處?"[26] 金台答曰:"欲往見公洞洪進士矣." 金公乃言曰:"洪叔之言, 如此如此, 君須立馬於此, 而呼新恩, 又使出妓樂而前導也." 金台曰:"好矣." 仍立馬廣通橋, 而送隷呼新恩, 洪判書問:"誰也?"曰:"壯洞金應敎也." 問:"在何處?"曰:"方在某橋上矣." 洪判書擊節曰:"此兒甚奇矣." 已而, 一隷又來, 傳妓樂之出送. 洪判書聞而起曰:"此兒, 尤可奇矣." 仍扶杖而隨出洞口外, 立於街上, 金台使新恩與妓, 同騎一馬, 墨抹其面, 而導前以行, 見洪判書之立於路上, 下馬問候, 則把手撫其背曰:"今世之人, 皆死屍矣, 而汝獨生矣." 聞者絶倒.

50. 청학동(靑鶴洞)

金進士錡, 參判銑之弟也. 家在原州興元倉下, 有獨子, 年過二十, 有才藝. 一日晝坐, 有一健夫, 牽一白馬赤鬣者, 鞴鞍而來言曰:"主人奉邀, 須卽騎此而行可也." 金生獨見, 而家人則皆不得見者也. 乃騎而出門, 其行如飛, 度山踰嶺, 行至一洞口, 則奇花異草, 珍禽異獸, 卽一別世界也. 有一白髮老仙迎笑曰:"汝於我有緣, 故使邀來. 汝可從我而學道可也." 仍留在, 同學者, 十餘人, 而其中高弟之可傳道者三人, 一則自家也, 一則江南人也, 一則日本大坂城人也. 洞名卽靑鶴, 留幾月, 傳其道, 仍辭歸其家. 自此之後, 瞑目會神而坐, 則人馬已待令矣, 往來無常. 方其時, 則閉門闔目而坐如睡, 或至二三日, 六七八日之後始惺, 家

---

26 金公問曰往何處: 저본에는 '金公問何往'으로 나와 있는데, 익선재본 A에 의거하여 바꿈.

人皆怪之. 一日往靑鶴洞, 與其師逍遙於山上, 其師曰:"吾欲見汝輩之術, 可變幻而供一笑也."江南人化一白鶴而飛, 倭人化一大虎而蹲坐, 自家則化秋風落葉, 飄飄而下, 其師大笑云. 一日告辭于其兩親曰:"吾非久於塵世之人也. 今將永歸, 願父母少勿掛念."又與其妻告訣, 無病而坐化, 事近虛誕矣. 其翁, 初則知以爲心病矣, 其後偶搜其子之箱篋, 則有靑鶴洞日記, 而多有酬唱及神異之事矣. 收而藏之, 不煩人眼目云. 余在東邑時, 邑底金友道此事, 而自家則略見其書云爾.

51. 곽사한(郭思漢)

郭思漢, 玄風人而忘憂堂後孫也. 少時業科工, 嘗遇異人, 傳授秘術, 通天文·地理·陰陽·籌書, 家甚貧. 其親山在於境內, 而樵牧日侵, 無以禁養. 一日周行山下, 而揷木而標之曰:"人或有冒入此標之內, 則必有[27]不測之禍."云, 而戒飭洞人, 使勿近一步地. 人皆笑之. 洞有年少頑悍之漢, 故往其山下樵採, 入其木標之內, 則天旋地轉, 風雷飛動, 劍戟森嚴, 無路可出. 其人魂迷神昏, 仆于地矣. 其母聞之而急來, 哀乞于郭生. 生怒曰:"吾旣丁寧戒之而不遵, 何來惱我? 我則不知耳."其母涕泣而更乞, 食頃後, 躬自往視, 而携手以出. 自其後, 人莫敢近. 其仲父病重, 而醫言若得用山蔘, 則可療云云. 其從弟來懇曰:"親病極重, 而山蔘無可得之望. 兄之抱才, 弟所素知者也. 盍求數根而治療乎?"郭生嚬眉曰:"此是重難之事, 而病患如此, 不可不極力周旋."仍與之上後麓, 至一處, 松陰之下, 有平原, 卽一蔘田也. 擇其最大者三根而採之, 使作藥餌而戒之曰:"此事, 勿出口, 且勿生更採之念."其從急歸煎用, 而果得效. 來時識其程道及蔘所在處, 乘其從兄之不在, 潛往見之, 則非復向日所見處也. 心竊驚訝, 嗟嘆而歸. 對其兄, 道此狀, 郭生笑曰:"向

---

27 有: 저본에는 없는데, 익선재본 A에 의거하여 추가한 것임.

日與汝所往處, 卽頭流山也. 汝豈可更躡其境耶? 後勿如是."云云. 一日在家, 靜掃越房, 而戒其妻曰:"吾在此, 將有三四日所幹之事, 切勿開戶, 且勿窺見. 待限日, 吾自出來矣."仍闔戶而坐, 家人依其言置之矣. 過數日後, 其妻心訝之, 從窓隙竊覷, 則房中變成一大江, 江上有丹靑之一樓閣, 而其夫在其樓上, 援琴鼓之. 五六鶴氅衣羽者對坐, 而霞裳霧裾之仙女, 或吹彈, 或對舞. 其妻驚異而不敢出聲. 至期日, 開戶而出, 責其妻之窺見曰:"後復如是, 則吾不可久留此矣. 有切已之."親知人, 願一見萬古名將之神, 生笑曰:"此不難, 而但恐君之氣魄, 不能抵當而爲害也."其人曰:"若一見則雖死無恨."生笑曰:"君言旣如是, 第依我言爲之."其人曰:"諾."郭生使抱自家之腰而戒之曰:"但闔眼, 待吾聲, 始開眼, 可也."其人依其言爲之, 兩耳但聞風雷之聲矣. 而已使開眼視之, 則坐於高峰絶頂之上矣. 其人惝怳問之, 則乃是伽倻山也. 少焉, 郭生整衣冠焚香而坐, 若有所指揮呼召者然. 未幾, 狂風大作, 無數神將, 從空而下, 俱列國·秦·漢·唐·宋之諸名將也. 威風凜凜, 狀貌堂堂, 或帶甲, 或杖劍, 左右羅列. 其人魂迷神昏, 俯伏於郭生之側, 而已, 郭生使各退去, 而其人昏窒矣. 郭生, 待其稍惺而言曰:"吾豈不云乎? 君之氣魄如此, 而妄自懇我, 畢竟得病, 良可歎也."云. 而又使抱腰如來時樣而歸家矣. 其人得驚悸症, 不久身死云. 蓋多神異之術之見於人者. 年過八十, 康健如年少人. 一日, 無病而坐化云. 嶺外之人, 多有親知者, 而其死不過數十年云耳.

溪西雜錄

卷4

01. 양봉래(楊蓬萊)

楊蓬萊士彥之父, 以蔭官爲靈巖郡守, 受由上京, 還官之路, 未及本郡
一日程. 曉起作行, 未及店舍, 人馬疲困, 爲尋路旁閭舍, 欲爲中火之
計. 時當農節, 人皆出野, 村中一空, 一箇村舍, 只有一女兒-年可十一
二歲, 對下隸而言曰: "吾將炊飯, 行次須暫接於吾家可也." 下隸曰:
"汝以年幼之兒, 何可炊飯而供饋行次乎?" 對曰: "此則無慮, 須卽行次
好矣." 一行無奈何, 入門, 則其女子淨掃房舍, 鋪席而迎之, 謂下隸曰:
"行次進支米, 自吾家辨出矣. 只出下人各名之粮可也." 楊倅細察其女
兒, 則容貌端麗, 語音淸朗, 少無村女之態, 心甚異之. 而已, 進午飯,
則其精潔疎淡, 絶異常品. 上下之人, 皆嘖嘖稱奇. 楊倅招使近前, 而問
"年幾許?". 對曰: "十二歲矣." 又問: "汝父何爲?" 對曰: "此邑將校, 而
朝與吾母出野鋤草矣." 楊倅奇愛之, 乃出箱中靑紅扇各一而給之, 戲言
曰: "此是吾之送綵於汝之需, 謹受之." 其女子聞其言, 卽入房中, 出箱
中紅色袱, 而鋪之前曰: "此扇置之此袱之上." 楊倅問其故, 曰: "旣是
禮幣, 則莫重物, 何可以手授受乎?" 一行上下, 莫不稱奇. 楊倅遂出
門而作行, 到郡後, 忘之. 過數年後, 門卒入告云: "隣邑某處校某, 來
謁次通刺矣." 使之入來, 則卽素昧之人也. 楊倅問曰: "汝之姓名云何,
而緣何來見?" 其人拜伏而言曰: "小人卽某邑之校也. 官司再昨年京行
回路, 有中火於小人之家, 而時有一女兒炊飯接待之事乎?" 楊倅曰:
"然矣." 又曰: "伊時或有信物之給者乎?" 曰: "不是信物, 吾奇愛其女兒
之伶俐, 以色扇賞之矣." 其校曰: "此兒, 卽小人之女也. 今年爲十五歲
矣, 方欲議親招婿矣, 女兒以爲'吾受靈巖[1]官司禮幣, 矢死不之他'云云.
故以一時戲言, 何可信之, 欲使强之, 則以死爲限, 萬端誘之, 難回其
心, 迫不得已來告矣." 楊倅笑曰: "汝女之好意, 吾何忍背之? 汝須擇日
以來, 吾當迎來矣." 及吉期, 以禮迎來, 爲小室. 時楊倅適鰥居, 以其女

處內之正堂, 而主饋飲食衣服, 無不稱意. 及遞歸本第, 其撫愛嫡子女篤, 馭諸婢僕, 各盡其道, 至於一門宗黨, 無不得其歡心, 譽聲溢於上下內外. 産一子, 卽蓬萊也. 神彩俊逸, 眉目淸秀, 政是仙風道骨. 幾年之後, 楊倅作故, 哀毀如禮. 成服之日, 宗族咸集, 蓬萊之母, 號泣而出座, 言曰: "今日列位齊會, 諸喪人在坐, 妾有一奉托之事, 其能肯許不?" 喪人曰: "以庶母之賢淑, 所欲託者, 吾輩安有不從之理乎?", 諸宗之答亦然. 乃曰: "妾有一子, 而作人不至愚迷. 然而我國之俗, 自來賤孼, 渠雖成人, 將焉用哉? 諸位公子, 雖恩愛無間, 而妾死之後, 將服庶母之服矣. 如是則嫡庶懸殊矣, 此兒將何以行世? 妾當於今日自決, 若於大喪中緶縫, 則庶無嫡庶之別矣. 奉望列位, 哀憐將死之人, 勿使飲恨於泉下." 諸人皆曰: "此事吾輩相議好樣道理, 俾無痕跡矣. 何乃以死爲期乎?" 蓬萊母曰: "列位之意, 雖甚可感, 却不如一死之爲愈." 言罷, 自懷中出小刀, 自刎於楊倅之柩前. 諸人皆大驚而嗟惜曰: "此人也, 以賢淑之性, 以死自決, 而如是勤託. 逝者之託, 不可孤也." 遂相議, 而嫡兄輩視若親兄弟, 少無嫡庶之別. 蓬萊長成之後, 位歷士大夫之職, 名滿一國, 人不知其爲庶流云爾.

02. 꿈

海豊君鄭孝俊, 年四十三, 貧窮無依. 喪妻者三, 而只有三女無一子. 以寧陽尉之曾孫, 本家奉先之外, 又奉魯陵及顯德王后權氏·魯陵王后宋氏三位神主, 而無以備香火. 在家愁亂, 每日從游於隣居李兵使進慶家, 以賭博爲消遣之資. 李卽判書俊民之孫也, 時以堂下武弁, 日與海豊賭博矣. 一日, 海豊猝然而言曰: "吾有衷曲[2]之言, 君其信聽不?" 李曰: "君與吾, 如是親熟, 則有何難從之請乎? 第言之." 海豊囁嚅良久,

---

2   衷曲: 저본에는 '裏由'라고 나와 있는데, 오기로 보아 바꿈.

乃曰: "吾家非但累世奉祀, 且奉至尊之神位, 而吾今鰥居無子, 絶祀必矣, 豈不怜悶乎? 如非君則吾何可開口乎[3]? 君其怜悶我情勢, 能以我爲女婿乎?" 李乃勃然作色曰: "君言眞乎假乎? 吾女年今十五, 何可與近五十之君作配乎? 君言妄矣. 絶勿更發此沒知覺必不成之言可也." 海豊滿面羞愧, 無聊而退. 自此以後, 更不往其家矣. 其後十餘日之夜, 李兵使就寢矣, 昏夢中, 門庭喧撓, 遠遠有警蹕之聲. 一位官服者, 入來曰: "大駕幸于君家, 須卽出迎." 李慌忙而下階, 俯伏于庭. 而已, 少年王者, 端冕珠旒, 來臨于大廳之上, 命李近前而敎曰: "鄭某欲與汝結親, 汝意如何?" 起伏而對曰: "聖敎之下, 焉敢違咈, 而但臣之女, 年未及笄, 鄭是三十年長, 其何以作配乎?" 敎曰: "年齒多少, 不須較計, 必須成婚可也." 仍還宮. 李乃恍惚而覺, 卽起入內, 則其妻亦明燭而坐, 問曰: "夜未曉, 何爲入來?" 李以夢中事言之, 其妻曰: "吾夢亦然, 大是怪事." 李曰: "此非偶然之事, 將何以爲之?" 其妻曰: "夢是虛境, 何乃信之云矣." 過十餘日後, 李又夢, 大駕又臨, 而王色不豫曰: "前有所下敎者, 汝何尙今不奉行乎?" 李惶蹙而謝曰: "謹當商量爲之矣." 覺而言于其妻曰: "此夢又如是, 此必是天意也. 若逆天, 則恐有大禍矣. 將若之何?" 其妻曰: "夢雖如此, 事則不可成. 吾何忍以愛女作寒乞人四室乎? 此則毋論天定與人定, 死不可從矣." 李自此之後, 心甚憂恐, 寢食不安矣. 過十餘日後, 大駕又臨于夢中[4], 曰: "向所下敎於汝者, 非但天定之緣, 此乃多福之人也, 於汝無害而有益者也. 余屢次下敎, 而終是拒逆, 此何道理? 將降大禍." 李乃惶恐, 起伏對曰: "謹奉聖敎矣." 又敎曰: "此非汝之所爲, 專由於汝妻之頑, 不奉命, 當治其罪." 仍下敎拿入, 霎時間大張刑具, 拿入其妻, 而數之曰: "汝之家長, 欲從吾命矣, 汝獨持難而不奉命, 此何道理?" 仍命加刑, 至四五杖而止. 李妻恐懼而

哀乞曰：“何敢違越？謹當奉敎矣.”仍停刑而還宮. 李乃驚覺而入內, 則其妻以夢中事言之, 捫膝而坐, 膝有刑杖之痕. 李之夫妻大驚恐, 相與議定, 而翌日請海豊曰：“近日何久不來云?”, 則海豊卽來矣. 李迎請曰：“君以向日事, 自外而不來乎? 吾於近日千思萬量, 非吾則此世無濟君之窮困, 吾雖誤却吾女之平生, 斷當送歸于君家矣, 君爲吾家之東床. 吾意已決, 寧有他議? 柱單不必相請, 此席書之可也.”仍以一幅簡, 給而書之, 仍於座上, 披曆而涓吉, 丁寧相約而送之. 翌日之朝, 其女, 起寢而言于其母曰：“夜夢甚奇. 嚴君之博友鄭生, 忽化爲龍, 向余而言曰：‘汝受吾子’. 吾乃開裳幅而受, 小龍五箇, 蜿蜿蜒蜒於裳幅之上, 授受之際, 一小龍落于地, 折項而死, 豈不可怪乎?”父母聞其言而異之. 及入鄭門, 逐年生産, 産純男子五人, 皆長成, 次第登科. 一男二男, 位至判書, 三男位至大司諫, 四男五男, 俱是玉堂. 長孫又登第於海豊之生前, 其壻又登第. 海豊以五子登科, 加一資, 位至亞卿. 享年九十餘, 孫曾滿前, 其福祿之盛, 世所罕比. 其第五男, 以書狀赴燕回路, 出柵而作故, 以其柩還. 時海豊尙在, 果符夢中之事. 其夫人先海豊三年而歿. 海豊窮時適於知舊之家, 逢一術士, 諸人皆問前程, 海豊獨不言. 主人言曰：“此人相法神異, 何不一問?”海豊曰：“貧窮之人, 相之何益?”術士熟視曰：“這位是誰? 今雖如是困窮, 其福祿無窮. 先窮後通, 五福俱全之相, 座上人皆不及云矣.”其後, 果符其言. 海豊初娶時, 醮禮之夕, 夢入一人之家, 則堂上排設, 一如婚娶之儀, 但無新婦, 覺而訝之. 喪妻, 而再娶之夜, 夢又入其家, 又如前夜夢, 而所謂新婦, 未免襁褓. 又喪妻, 三娶之夕, 又夢入其家, 則一如前夢, 而稱以新婦襁褓之兒, 年近十餘歲而稍長矣. 又喪妻, 及四娶李氏門, 見新婦, 則卽向來夢見之兒也. 凡事皆有前定而然也. 李兵使夢中下敎之君上, 乃是端廟云爾.

03. 광동(狂童)

沈一松喜壽, 早孤失學, 自編[5]髮時, 全事豪宕, 日夜往來於狹斜靑樓,
公子王孫之宴, 歌娥舞女之會, 無處不往. 蓬頭突鬢, 破屐弊衣, 少無羞
澁, 人皆目之以狂童. 一日, 又赴權宰宴席, 雜於紅綠叢中, 唾罵而不
顧, 歐逐而不去. 妓中有少年名妓一朵紅者, 新自錦山上來, 容貌歌舞,
獨步一世. 沈童慕其色, 接席而坐. 紅少無厭苦之色. 時以秋波, 微察其
動靜, 仍起如厠, 以手招沈童, 沈童起而從之, 則紅附耳語曰: "君家何
在?" 沈童詳言某洞第幾家, 紅曰: "君須先往, 妾當隨後卽往矣. 幸俟
之, 妾不失信矣." 沈童大喜過望, 先歸家, 掃塵而俟之. 日未暮, 紅果如
約而來. 沈童不勝欣幸, 與之接膝而酬酌. 一童婢自內而出, 見其狀, 回
告於其母夫人. 夫人以其子之狂宕爲憂, 方欲招而責之. 紅曰: "催呼童
婢以來. 吾將入謁於大夫人矣." 沈童如其言, 呼婢使通, 則紅入內, 拜
於階下, 曰: "某是錦山新來妓某也. 今日, 某宰家宴會, 適見貴宅都令
矣. 諸人皆以狂童目之, 而以賤妾之愚見, 可知其大貴人氣像. 然而其
氣太麤粗, 可謂色中餓鬼. 今若不得抑制, 則將至不成人之境矣, 不如
仍其勢而利導之. 妾自今日, 爲都令斂迹於歌舞花柳之場, 與之周旋於
筆硯書籍之間, 冀其有成就之道矣. 未知夫人意下如何? 妾如或以情欲
而有此言, 則何必取貧寒寡宅之狂童乎? 妾雖侍側, 決不使任情受傷
矣, 此則勿慮焉." 夫人曰: "吾兒早失家嚴, 不事學業, 全事狂蕩, 老身
無以制之, 方以是晝宵熏心矣. 今焉, 何來好風吹, 送如汝佳人, 使吾家
之狂童, 得至成就, 則可謂莫大之恩也. 吾何嫌何疑? 然而吾家素貧,
朝夕難繼, 汝以豪奢之妓女, 其能忍飢寒而留此乎?" 紅曰: "此則少無
所嫌, 萬望勿慮." 遂自其日, 絶跡於娼樓, 隱身於沈家. 其梳頭洗垢之
節, 終始不怠, 日出則使之挾冊, 學於隣家, 歸後坐於案頭, 晨夕勸課,
嚴立科程. 少有怠意, 則勃然作色, 以別去之意恐動. 沈童愛而憚之, 課

---

5   編: 저본에는 '偏'으로 나와 있는데, 가람본에 의거하여 바꿈.

工不懈. 及到議親之時, 沈童以紅之故, 不欲娶妻. 紅知其意, 詰其故,
乃嚴責曰:"君以名家子弟, 前程萬里, 何可仍一賤娼而欲廢大倫乎? 妾
決不欲因妾之故而使之亡家矣. 妾則從此去矣."沈童不得已娶妻. 紅下
氣怡聲, 洞洞屬屬, 事之如事老夫人. 使沈童定日限, 四五日入內房, 則
一日許入其房, 如或違期, 則必掩門不納. 如是者數年矣. 沈生厭學之
心, 尤倍於前. 一日, 投書於紅, 而臥曰:"汝雖勤於勸課, 其於吾之不
欲何?"紅度其怠惰之心, 有不可以口舌爭也. 乘沈生出外之時, 告于老
夫人曰:"阿郎厭讀之症, 近日尤甚, 雖以妾之誠意, 亦無奈何矣. 妾從
此告辭矣. 妾之此去, 卽激勸之策也. 妾雖出門, 何可永辭乎? 如聞登
科之報, 則須當卽地還來矣."仍起而拜辭, 夫人執手而泣曰:"自汝之
來, 吾家狂悖之兒, 如得嚴師, 幸免蒙學者, 皆汝之力也. 今何仍一厭讀
之微事, 舍我母子而去也?"紅起拜曰:"妾非木石, 豈不知別離之苦乎?
然而激勸之道, 唯在於此一條. 阿郎歸, 聞妾之告辭, 而以決科後更逢
爲約之言, 則必也發憤勤業矣. 遠則六七年, 近則四五年間事也, 妾當
潔身而處, 以俟登科之期矣. 幸以此意, 傳布于阿郎. 是所望也."仍慨
然出門, 遍訪老宰無內眷之家, 得一處, 見其主人老宰而言曰:"禍家餘
生, 苦無托身之所. 願得側婢僕之列, 俾效微誠, 針線酒食, 謹當看檢
矣."其老宰, 見其端麗聰慧, 怜而愛之, 許其住接. 紅自其日, 入廚備
饍, 極其甘旨, 適其食性. 老宰尤奇愛之, 仍曰:"老人以奇窮之命, 幸
得如汝者, 衣服飲食, 便於口體. 今則依賴有地, 吾既許心, 汝亦殫誠.
自今結父母之情可也."仍使之入處內舍, 以女呼之. 沈生歸家, 則紅已
無去處, 怪而問之, 則其母夫人傳其臨別時言, 而責之曰:"汝以厭學之
故, 至於此境, 將以何面目立於世乎? 渠旣以汝之登科爲期, 其爲人也,
必無食言之理. 汝若不得決科, 則此生無更逢之期矣. 惟汝意爲之."沈
生聞而憫然, 如有失矣. 數日遍訪於京城內外, 終無踪跡, 乃矢于心曰:
'吾爲一女之所見棄, 以何顏面對人? 彼旣有科後相逢之約, 吾當刻意
工課, 以爲故人相逢之地, 而如不得科名, 而不如約, 則生而何爲?'遂

杜門謝客, 晝宵不掇其做讀, 纔過數年, 竟捷龍門. 生以新恩遊街之日, 遍訪先進, 老宰卽沈之父執也. 歷路拜謁, 則老宰欣然迎之, 敍古話今, 留與從容做話. 而已, 自內饋饍, 新恩見盂盤饌品, 愀然變色. 老宰怪而問之, 則遂以紅之始末, 詳言之, 且曰: "侍生之刻意做業, 期於登科者, 全爲故人相逢之地也. 今見饌品, 則宛是紅之所爲也. 故自爾傷心矣." 老宰問其年紀狀貌, 而言曰: "吾有一箇養女, 而不知所從來矣, 無乃此女乎?" 言未畢, 忽有一佳人, 推後窓突入, 抱新恩而痛哭. 新恩起拜於主人, 曰: "尊丈, 今則不可不許此女於侍生矣." 主人曰: "吾於垂死之年, 幸得此女, 依以爲命, 今若許送, 則老夫如失左右手矣. 事甚難處, 而其事也甚奇, 相愛也如此, 吾豈忍不許?" 新恩起拜而僕僕稱謝. 時日已昏黑, 與紅幷騎一馬, 以炬火導前而行. 及門, 疾聲呼母夫人曰: "紅娘來矣, 紅娘來矣." 其母夫人, 不勝奇喜, 履及於中門之內, 執紅之手而升階, 喜溢堂宇, 復續前好. 沈後爲天官郞. 一夕, 紅斂袵而言曰: "妾之一端心誠, 專爲進賜之成就, 十餘年念不及他. 吾鄕父母之安不, 亦不遑聞之矣, 此是妾之日夜撫心者也. 進賜今當可爲之地, 幸爲妾求爲錦山宰, 使妾得見父母於生前, 則至恨畢矣." 沈曰: "此至易之事." 乃治疏乞郡, 果爲錦山倅, 挈紅偕往. 赴任之日, 問紅之父母安不, 則果皆無恙. 過三日後, 紅自官府, 盛具酒饌, 而往其本家, 拜見父母, 會親黨, 三日大宴. 衣服需用之資, 極其豐厚, 以遺其父母, 而言曰: "官府異於私室, 官家之內眷, 尤有別於他人. 父母與兄弟, 如或因緣, 而頻數出入, 則招人言, 累官政. 兒今入衙, 一入之後, 不得更出, 亦不得頻頻相通, 以在京樣知之, 勿復往來相通, 嚴以內外之分." 仍拜辭而入, 一未相通于外. 幾過半年, 內婢以少室之意, 來請入, 適有公事, 未卽起. 婢子連續來請, 公怪之入內而問之, 則紅着新件衣裳, 鋪新件枕席, 別無疾恙, 而顏帶悽愴之色, 而言曰: "妾於今日, 永訣進賜而長逝之期也. 願進賜保重, 長享榮貴, 而勿以妾之故而疚懷焉. 妾之遺體, 幸返葬於進賜先塋之下, 是所願也." 言罷, 奄然而歿. 公哭之痛, 仍曰: "吾之出

外, 只爲紅娘之故也. 今焉, 渠已身死, 我何獨留?"仍呈辭單而圖遞,
以其柩同行. 至錦江, 有'錦江秋雨銘旌濕', 疑是佳人泣別時'悼亡之詩.

04. 홍우원(洪宇遠)

洪宇遠少時作鄕行, 住一店幕. 無男子主人, 而只有女主人, 年可廿餘
容貌頗美, 其淫穢之態, 溢於面目. 見洪之年少美貌, 喜笑而迎之, 冶容
納媚. 殆不忍正視, 洪視若不見, 坐於房中. 其女頻頻入來, 手撫房堗而
問曰:"得無寒乎?", 時以秋波送情. 洪端坐不答. 至夜深, 洪臥于上房,
女則臥于下房. 微以言誘之, 曰:"行次所住之房陋湫. 何不來臥於此房
乎?"洪曰:"此房足可容膝. 挨過一夜, 何處不可? 不必更移他房."女
又曰:"行次或以男女之別爲難乎? 吾儕常賤, 有何男女之可別? 斯速
下來爲好."洪不答, 微察其氣色, 則必有鑽穴來挑之慮. 仍以行中麻索,
縛其隔壁之戶而就寢矣. 其女獨語曰:"來客無乃宦官乎? 吾以好意再
三諭之, 使入於佳人懷中而穩度[6]良夜, 不害爲風流好事, 而聽我漠漠,
甚至於縛房戶, 可謂天下[7]怪物. 可恨可恨!"洪佯若不聞而就睡矣. 昏
夢之中, 忽聞下房有怪底聲, 而已窓外有咳嗽聲, 曰:"行次就寢乎?"洪
驚訝而應曰:"汝是何人, 而問我何爲?"對曰:"小人卽此家之主人也.
今將欲開戶擧火, 而有所白之事耳."洪乃起坐而開戶, 則主人漢持火
而入, 明燭而坐, 進酒肴一案而勸之. 洪問曰:"此何爲也? 汝是主人,
則晝往何處, 而夜深後始來."主人漢曰:"行次今夜經一無限危境矣.
小人之妻, 貌雖美而心甚淫亂, 每乘小人之出他, 行奸無常. 小人每欲
捉贓, 而終未如意. 今日, 必欲捉奸, 稱以出他, 懷利刀, 匿于後面矣.
俄聞行次酬酢, 已悉聞之, 行次如或爲其所誘, 則必也賣命於小人之釼

---

6   度: 저본에는 '到'로 나와 있는데, 가람본에 의거하여 바꿈.
7   下: 저본에는 '字'로 나와 있는데, 하버드대본에 의거하여 바꿈.

頭矣. 行次以士夫心事鐵石肝腸, 終始牢拒, 至於鎖門之境. 小人暗暗
欽歎之不暇, 敢以酒肴, 以表歎此服之心. 厥女欲誘行次, 事不諧意, 則
淫心難制, 與越邊金總角同寢. 故俄者小人以一刀, 斷其男女之命. 事
已到此, 行次須卽地出門可也. 少留則恐有禍延之慮, 小人亦從此逝
矣." 洪大驚起, 趣裝而出門. 主人漢仍擧火燒其家, 與洪同行數十里,
仍分路而作別, 曰: "行次早晩必顯達. 此別之後, 後會難期, 萬望保
重." 殷勤致意而去. 洪登第後, 以繡衣暗行, 行過山谷間, 只有一草舍.
日勢已暮, 仍留宿. 見其主人, 則卽是厥漢. 仍呼而問曰: "汝知我乎?"
主人曰: "未嘗承顔, 何以知之?" 洪曰: "某年, 汝於某邑某地, 逢一過
客, 有所酬酢, 夜間放火其家, 而與我同行數十里之事, 汝能記憶乎?"
主人怳然而覺, 迎拜於前[8]曰: "行次其間, 必也做第而就仕矣." 洪不以
諱之, 以實言之, 仍問曰: "汝何爲獨處於四無隣里之地乎?" 對曰: "小
人自其後, 寓居于隣邑, 又娶一女, 而貌亦姸美. 若在村閭熱鬧之中, 則
或恐更有向日之事, 故擇居于深山無人之地云矣."

05. 유기장의 딸

燕山朝士禍大起, 有一李姓, 以校理亡命, 行到寶城地. 渴甚, 見一童女
汲於川邊, 趨而求飮. 其女以瓠盛水而摘川邊柳葉, 浮之中而給之. 心
竊怪之, 問曰: "過客渴甚, 急欲求飮, 何乃以柳葉浮水而給之也?" 其女
對曰: "吾觀客子甚渴, 若或急飮冷水, 則必也生病也故. 故以柳葉浮
之, 使之緩緩飮之之故也." 其人大驚異之, 問是誰家女. 對曰: "越邊柳
器匠家女云也." 其人乃隨其後, 而往柳器匠家, 求爲其壻而托身焉. 自
以京華貴客, 安知柳器之織造乎. 日無所事, 以午睡爲常. 柳匠之夫妻
怒罵, 曰: "吾之迎壻, 冀欲助柳器之役矣. 今焉新壻, 只喫朝夕飯, 晝

8   於前: 저본에는 없는데, 가람본에 의거하여 추가한 것임.

夜昏睡, 卽一飯囊也云." 而自伊日, 朝夕之飯減半而饋之. 其妻矜而悶
之, 每以鍋底黃飯, 加數而饋之. 夫婦之恩情甚篤如是. 度了數年之後,
中廟改玉, 朝著一新, 昏朝獲罪沉廢之流, 一幷起而付職. 李生還付館
職, 行會八道, 使之尋訪, 傳說藉藉, 李生聞於風便, 而時適朔日, 主家
將納柳器於官府矣. 李生乃謂其婦翁曰: "今番則官家朔納柳器, 吾當
輸納矣." 其婦翁責曰: "如君渴睡漢不知東西, 何可納器於官家乎? 吾
雖親自納之, 每每見退, 如君者其何以無事納之乎?" 不肯許之, 其妻
曰: "試可乃已, 盍使往諸?" 柳匠始乃許之. 李乃背負而到官門前, 直入
庭中, 近前而高聲曰: "某處柳匠, 納器次來待矣!" 本官乃是李之平日
切親之武弁也. 察其貌, 聽其聲, 乃大驚起而下堂, 執手而延之上座,
曰: "公乎, 公乎! 晦跡於何處, 而乃以此樣來此乎? 朝廷之搜訪已久,
營官遍行, 斯速上京可也." 仍命進酒饌, 又出衣冠而改服. 李曰: "負罪
之人, 儌生於柳器匠家, 至于今延命以度, 豈意天日之復見也?" 本官仍
以李校理之在邑, 成報于巡營, 催發駔騎, 使之上洛. 李曰: "三年主客
之誼, 不可不顧, 且兼有糟糠之情, 吾當告別於主翁. 今將出去, 君須於
明朝, 來訪吾之所住處." 本官曰: "諾." 李乃換着來時衣, 出門而向柳匠
家, 言曰: "今番柳器, 無事上納矣." 主翁曰: "異哉! 古語云, '鷗老千年
能搏一雉云.', 信非虛矣. 吾壻亦有隨人爲之之[9]事乎! 奇哉奇哉! 今夕
則當加給數匙飯矣." 翌日平明, 李早起灑掃門庭, 主翁曰: "吾壻昨日
善納柳器, 今則又能掃庭. 今日日可出於西矣!" 李乃鋪藁席于庭. 主翁
曰: "鋪席何爲?" 李曰: "本府官司當行次故, 如是耳." 主翁冷笑曰: "君
何作夢中語也? 官司主何可行次於吾家乎? 此千不近萬不近之謊說也.
到今思之, 昨日柳器之善納云者, 必是委棄路上而歸, 作誇張之虛語
也." 言未已, 本官工吏持彩席, 喘喘而來, 鋪之房中而言曰: "官司主行
次, 今方來到矣!" 柳匠夫妻, 蒼黃失色, 抱頭而匿于籬間. 少焉, 前導

---

9 之: 저본에는 없는데, 『청구야담』에 의거하여 추가한 것임.

聲及門, 本官騎馬而來, 下馬入房, 與敍別來寒暄, 仍問曰:"嫂氏何
在? 使之出來." 李乃使其妻來拜. 其女以荊釵布裙, 來拜於前, 衣裳雖
弊, 容儀閑雅, 有非常賤女子. 本官致敬曰:"李學士身在窮途, 幸賴嫂
氏之力, 得至于今日. 雖義氣男子, 無以過此. 何不欽歎乎?"其女斂衽
而對曰:"顧以至微賤之村婦, 得侍君子之巾櫛, 全味如是之貴人, 其於
接待周旋之節, 無禮極矣, 獲罪大矣. 何敢當尊客之致謝? 官司今日降
臨於常賤陋湫之地, 榮耀極矣. 竊爲賤女之家, 有損於福力也."本官聽
罷, 命下隷, 招入柳匠夫妻, 饋酒賜顏. 而已, 隣邑守宰, 絡續來見. 巡
使又送幕客而傳喝. 柳匠之門外, 人馬熱鬧, 觀光者如堵. 李謂本官曰:
"彼雖常賤, 吾旣與之敵體, 必作配矣. 多年服勞, 誠意備至, 吾今不可
以貴而易之. 願借一轎而與之偕行."本官乃卽地得一轎, 治行具以送.
李於入闕謝恩之時, 中廟入侍而俯問流離之顚末, 李乃奏其事甚悉. 上
再三嗟嘆曰:"此女子, 不可以賤妾待之. 特陞爲後夫人可也."李與此
女偕老, 榮貴無比, 而多有子女. 此是李判書長坤之事云爾.

06. 호랑이에게 물려간 신랑

湖中一士人, 行子婚於隣邑, 五六十里地. 新郞罷醮禮, 夜入新房, 與新
婦對坐. 夜將深, 一聲霹靂, 後門破碎, 忽有一大虎突入房中, 噬新郞而
去. 新婦蒼黃急起, 乃抱虎後脚不舍. 虎直上後山, 其行如飛, 而新婦限
死隨去, 不計岩壑之高下, 荊棘之叢樾, 衣裳破裂, 頭髮散亂, 遍身流
血, 而猶不止. 行幾里, 虎亦氣盡, 仍抛棄新郞於草岸之上而去. 新婦始
乃收拾精神, 以手按撫身體, 則命門下, 微有溫氣. 四顧察視, 則岸下有
一人家, 後窓微有火光. 度其虎行之旣遠, 乃尋遝而下, 開後戶而入, 則
適有五六人會飮, 肴核浪藉, 忽見新婦之入, 滿面脂粉, 和血而凝[10], 遍

---

10 凝: 저본에는 '應'으로 나와 있는데, 가람본에 의거하여 바꿈.

身衣裳, 隨處而裂, 望之卽一女鬼, 諸人皆驚仆於地. 新婦乃曰:"我是
人也, 列位幸勿驚動. 後岸有人, 而方在死生未分之中, 幸乞急救." 諸
人始收拾驚魂, 一齊擧火而上後岸, 則果有少年男子, 殭臥於[11]岸上, 氣
息將盡. 諸人始審視之[12], 則乃是主人之子也. 主人大驚, 擧而臥之房
內, 灌以藥水等物, 過數更後乃甦. 擧家始也驚惶, 終焉慶幸. 蓋新郎之
父, 治送婚行, 而適會隣友而飮酒之際, 而卽其家後也. 始知其女子之
爲新婦, 延置于房, 饋以粥飮. 翌日, 通于婦家, 兩家父母, 皆莫不驚喜,
歎其婦之至誠高節. 鄕里多士, 以其事呈官呈營, 至承旌褒之典云耳.

07. 사주(四柱)

金監司緻, 號南谷, 柏谷金得臣之父也. 自少精於推數, 多奇中神異之
事. 仕昏朝爲弘文校理, 晚始悔之, 托病解官, 卜居于龍山之上, 杜門晦
跡, 謝絶人客. 一日侍者來告曰:"南山洞居沈生請謁."云矣. 金公謝曰:
"尊客不知此漢之病廢, 而枉顧乎. 人事之廢絶已久, 今無以延迎, 甚可
恨嘆."云而送之. 金公平日, 每以自家四柱, 推數平生, 則當得水邊人
之力, 可免大禍. 忽而思來客, 旣是水邊姓, 則斯人也, '無乃有力於我',
急使侍者, 追還於中路, 此是沈器遠也. 沈生隨其奴還來, 則金公連忙
起迎曰:"老夫廢絶人事者久矣, 尊客枉屈, 適有採薪之憂, 有失迎拜之
禮, 憋愧無地矣." 客曰:"會未承顔, 而竊聞長者精通推數云故, 不避猥
越, 敢來以質. 某以四十窮儒, 命道崎嶇, 今此之來, 欲一質正於神眼之
下矣." 仍自袖中, 出四柱而示之, 且曰:"某之來時, 有一親切之友, 又
以四柱托之, 難以揮却, 不得已持來矣." 金公一一見之, 極口稱贊曰:
"富貴當前, 不須更問矣." 最後客又出示一四柱曰:"此人不願富貴, 只

11 於: 저본에는 없는데, 가람본에 의거하여 추가한 것임.
12 之: 저본에는 없는데, 가람본에 의거하여 추가한 것임.

願平生無疾蟮, 且欲知壽限之如何而已." 公瞥眼一覽, 卽命侍者, 鋪席
置案, 起整冠服, 斂膝危坐, 以其四柱置之書案上, 焚香而言曰: "此四
柱, 貴不可言, 有非常人之命數, 可不欽敬哉?" 沈生欲告退. 公曰: "老
夫病中, 愁亂難遣, 尊客幸且暫留, 以慰病懷可也." 仍使之留宿. 至夜
深無人之時, 公乃促膝而近前曰: "某實托病. 老夫不幸出身於此時, 會
有染跡於朝廷者, 晚而悔悟, 杜門病蟄, 而朝廷之翻覆不久矣. 君之來
質, 吾已領略. 幸勿相外而欺我, 以實言之可也." 沈生大驚, 初欲諱之,
末乃告其故. 公曰: "此事可成, 少無疑慮. 將以何日舉事乎?" 曰: "定於
某日矣." 公沉吟良久曰: "此日吉則吉矣. 而此等大事, 擇日有殺破狼
之日然後可矣, 某日若於小事則吉矣, 舉大事則不可矣. 某當爲君更擇
吉日矣." 仍披曆熟視曰: "三月十六日果吉矣, 此日犯殺破狼. 舉事之
際, 必也先有告變之人, 而少無所害, 畢境無事順成矣. 必以此日舉事
可也." 沈大異之, 仍曰: "若然則公之名字, 謹當錄入於吾輩錄名冊子
矣." 公曰: "此則非所願, 但明公成事之後, 幸救垂死之命, 俾不及禍,
是所望也." 沈快諾而去. 及至更化之日, 多以金公之罪不可原言之者
衆, 沈乃極力救之. 超拜嶺南伯而卒. 公嘗以自家四柱, 問於中原術士,
則書以一句詩, 詩曰: '花山騎牛客, 頭戴一枝花'云云, 莫曉其義. 及爲
嶺伯, 巡到安東府, 猝患痁疾, 遍問譴却之方, 則或以當日倒騎黑牛, 則
卽瘳云云故, 依其言, 騎牛而周行庭中, 纔下牛而臥房內. 頭痛劇甚, 使
一妓以按之, 問其名, 則對以一枝花. 公忽憶中原人詩句, 歎曰: "死生
有命!" 乃命鋪新席, 換着新衣盛服, 正枕而臥, 悠然而逝. 是日, 三陟
倅某在衙, 忽見公盛騎從入門, 驚而起迎曰: "公何爲而越他道, 來訪下
官也?" 金公笑曰: "吾非生人, 俄者已作故, 方以閻羅王赴任之路, 歷見
君, 而且有所託者. 某方赴任, 而恨無新件章服, 君念平日之誼, 幸爲辦
備否?" 三陟倅心知其虛誕, 而仍其强請, 出篋中緞一疋而給之. 則金公
欣然受之, 告辭而去. 三陟大驚訝, 送人探之, 則果於是日, 金公歿于安
東府巡到所矣. 以是之故, 金公爲閻羅王之說, 遍行于世. 朴久堂長遠,

與金公之子柏谷, 切親之友也. 曾於北京推數以來, 則書以某年某月當
死云云矣. 當其年[13]正月初, 委送人馬, 邀柏谷以來, 授以一張簡而書
之. 柏谷曰: "書以何處?" 久堂曰: "欲得君之一書于先尊丈前矣." 柏谷
恍惚而不書, 久堂曰: "君以吾爲誕乎? 勿論誕與不誕, 第爲我書之." 再
三懇請, 柏谷不得已擧筆, 久堂口呼, 而使之書之曰: '某之切友朴某,
壽將止於今年矣. 幸伏望特垂矜憐, 俾延其壽'云云, 而外封書'父主前',
內封書以'子某白是'云云. 書畢, 久堂淨掃一室, 與柏谷焚香, 焚其書,
曰: "今已後吾知免矣." 果穩度其年, 過數十年後始歿. 事近誕妄, 而金
公之精魄, 大異於人矣. 其後, 每夜盛騶率·列燈燭, 往來於長洞·駱洞
之間, 或逢知舊, 則下馬而敍懷. 一日之夜, 一少年曉過駱洞, 逢金公於
路上, 問曰: "令監從何而來乎?" 金公曰: "今曉卽吾之忌日也. 爲饗飲
食而去, 祭物不潔, 未得歆饗, 悵缺而歸." 仍忽不見. 其人卽往其家, 家
在倉洞, 主人罷祭而出矣. 以其酬酢傳之, 柏谷大驚, 直入內廳, 遍審祭
物, 無一不潔之物, 而餠餌之中, 有一人毛, 擧家驚悚. 其後又有一人逢
於路, 則金公曰: "吾曾借見他人之『綱目』而未及還, 第幾卷第幾張, 有
金箔之挾置者. 日後還送之時, 如或不審, 則金箔有遺失之慮. 須以此
言, 傳于吾家, 須詳審而送之[14]可也." 其人歸傳其語, 柏谷搜見『綱目』,
則金箔[15]果有之, 人皆異之. 其外多有神異之事, 而不能盡記焉.

08. 동계 정온(桐溪 鄭蘊)

鄭桐溪蘊, 少時與洞中名下士數人, 作會試之行. 中路逢一素轎, 或先
或後. 而後有一童婢隨去, 而編髮垂後及趾, 容貌佳麗, 冉冉作行, 擧止
端雅. 諸人在馬上, 皆目之曰: "美而艶." 童婢頻頻顧後, 而獨注目於桐

---

13 年: 저본에는 없는데, 하버드대본에 의거하여 추가한 것임.

14 之: 저본에는 없는데, 가람본에 의거하여 추가한 것임.

15 箔: 저본에는 '泊'으로 나와 있는데, 하버드대본, 가람본에 의거하여 바꿈.

溪. 如是而行半晌, 諸人相與戲言:"文章學識, 吾輩固可讓頭於輝彦, 而至於外貌, 何渠不若輝彦. 而厥女奚獨屬情於輝彦也? 世事之未可知如此矣." 相與一笑. 未幾, 其轎子向一村間而去, 桐溪立馬而言曰:"過此廿餘里地, 有店舍, 君輩且歇宿而待我. 我則向此村而寄宿, 明曉當追到矣." 諸人皆曰:"吾輩之期望於輝彦者, 何如? 而今當千里科行, 聯轡同行, 不可中路相離. 今於路次逢一妖女, 空然爲情欲所牽, 妄生非義之心, 至欲舍同行, 而作此妄行, 人固未易知, 知人亦難矣." 桐溪笑而不答, 促鞭向其女所去之村. 及其門則一大家舍, 外廊則廢已久矣. 桐溪下馬, 而坐於外廊之軒上矣. 其童婢隨轎入內, 少焉出來, 笑容可掬. 仍言曰:"行次不必坐此冷軒, 暫住小婢之房." 桐溪隨入其房, 則極其精潔, 而已進夕飯, 亦復疎淡而旨. 其婢曰:"小人入內灑掃廚下而出來." 仍入去, 至初更出來, 揮送其親屬而避之, 促膝而坐於燭下. 桐溪笑而問曰:"汝何由知吾之來此, 而有所排設也?" 婢對曰:"小人面貌免麤, 而行年十七, 未嘗擧眼而對人. 今午路上屬目於行次者, 非至一再, 則行次雖是剛腸男兒, 豈或忽然耶? 小人之如是者, 竊有悲寃之懷, 欲借行次而伸雪, 未知行次倘能肯從否?" 仍灑淚而顏色悽然. 桐溪怪而詰其故, 則對曰:"小婢之上典, 以屢代獨子, 娶一淫婦, 青年死於奸夫之手, 而旣無强近親屬, 無以雪寃復讐, 而只有小婢一人知其事, 而寃憤之心, 結于胸膈, 而自顧以一女子之身計無所施, 只願許身於天下英男, 假手而雪寃矣. 今日上典之淫妻, 自本家還來, 故小婢不得已隨後往來矣. 路上見行次諸人之中, 行次容貌埋沒, 而膽氣有倍於他人, 眞吾所願者也. 以是之故, 以目送情誘之, 以致此. 奸夫今又相會, 淫謔狼藉, 此誠千載一時, 行次幸乘機而圖之." 桐溪曰:"汝之志槩, 非不奇壯, 而吾以一介書生, 赤手空拳, 遽行此大事乎?" 童婢曰:"吾有意而藏置弓矢者久矣. 行次雖不知射法, 豈不知彎弓而放矢乎? 若放矢而中, 則渠雖凶獰之漢, 豈有不死之理哉?" 仍出弓矢而與之, 偕入內舍, 從窓隙窺見, 則燭火明亮, 一胖大漢, 脫衣而露胸, 與淫婦相抱戲謔, 無所不

至, 而其坐稍近於房門. 桐溪乃滿的, 而從窓穴射去, 壹矢正中厥漢之
背, 洞胸而仆. 又欲以一矢, 射其淫婦, 童婢揮手止之, 促使出外曰:
"彼雖可殺, 吾事之久矣. 奴主之分旣嚴, 吾何忍自吾手殺之. 不如棄之
而去." 促行至渠房, 收拾行李, 隨桐溪而出. 桐溪適有餘馬之載卜者,
不得已載後而同行, 行幾里, 訪同行科客之所住處, 時天色未明. 艱辛
搜覓而入門, 則同行驚起, 而見桐溪與一女子同來矣. 一人正色而言
曰: "吾於平日, 以輝彥謂學問中人矣. 今忽於昏夜, 路次携女而行, 君
之有此行, 吾儕意慮之所不到也. 士君子行事, 固如是乎?" 正色責之.
桐溪笑曰: "吾豈貪色之徒乎[16]? 不知士大夫之行, 而作此擧也? 箇中多
有委折, 從當知之矣." 仍與之上京, 置之店幕. 桐溪果中會試, 放榜後
還鄉之日, 又與之率來, 仍作副室. 其人溫恭姸美, 百事無不可意, 家鄉
稱其賢淑矣.

09. 조보(朝報)

禹兵使夏亨, 平山人也. 家甚貧窮, 初登武科, 赴防于關西江邊之邑. 見
一水汲婢之免役者, 貌頗免醜, 夏亨嬖之, 與之同處. 一日, 厥女謂夏亨
曰: "先達旣以我爲妾, 將以何物爲衣食之資乎?" 對曰: "吾本家貧, 而
况此千里客中, 手無所持者乎. 吾旣與汝同室, 則所望不過澣濯垢衣補
綻弊襪而已. 其何物之波及於汝乎?" 其女曰: "妾亦知之熟矣. 吾旣許
身而爲妾, 則先達之衣資, 吾自當之, 須勿慮也." 夏亨曰: "此則非所望
也." 厥女自其後, 勤於針線紡績, 衣服飮食, 未嘗闕焉. 及赴防限滿, 夏
亨將還歸. 厥女問曰: "先達從此還歸之後, 其將留洛而求仕不?" 夏亨
曰: "吾以赤手之勢, 京中無親知之人, 以何糧資留京乎? 此則無可望
矣. 欲從此還鄉, 老死於先山之下爲計耳." 女曰: "吾見先達容儀氣像,

---

16 乎: 저본에는 없는데, 가람본에 의거하여 추가한 것임.

非草草之人也. 前程優可至梱帥. 男子既有可爲之機, 何可坐於無財,
而埋沒於草野乎? 甚可歎惜. 吾有積年所聚銀貨, 可至六百兩, 以此贐
之矣, 可備鞍馬及行資. 幸勿歸鄉, 直向洛下而求仕焉. 十年爲限, 則可
以有爲矣. 吾賤人也, 爲先達何可守節? 當托身於某處, 聞先達作宰本
道之報, 則卽日當進謁, 以是爲期. 願先達保重保重." 夏亨意外得重財,
心竊感幸. 遂與其女, 灑淚作別而行. 其女送夏亨之後, 轉托於邑底鰥
居之一校家. 其校見其人物之伶俐, 與之作配而處. 家頗不貧, 其女謂
校曰: "前人用餘之財爲幾許? 凡事不可不明白爲之. 穀數爲幾許, 錢帛
布木爲幾許, 器皿雜物爲幾許, 皆列書名色及數爻, 而作長件記." 校
曰: "夫婦之間, 有則用之, 無則措備可也, 何嫌何疑而有此擧也?" 女
曰: "不然." 懇請不已, 校乃依其言, 書而給之. 女受而藏之衣笥, 勤於
治産, 日漸富饒. 女謂其校曰: "吾粗解文字, 好看洛中之朝報政事. 君
盍爲我每每借示於衙中乎?" 校如其言, 借而示之. 數年之間政事, 宣傳
官禹夏亨, 主簿禹夏亨, 由經歷而陞副正, 乃除關西腴邑矣. 其女自其
後, 只見朝報, 某月日某邑倅禹夏亨辭朝矣. 女乃謂校曰: "吾之來此,
非久留計也. 從此可以永別矣." 其校愕然問其故, 女曰: "不必問事之
本末. 吾自有去處, 君勿留戀." 乃出向日物種長件記, 以示之曰: "吾於
七年之間, 爲人之妻, 理家産, 萬一有一簡之減於前者, 則去人之心, 豈
能安乎? 以今較前, 幸而無減, 或有一二三四倍之加數者, 吾心可以快
闊矣." 仍與校作別. 使一雇奴負卜, 而作男子粧, 着蔽陽子, 徒步而往
夏亨之郡. 時夏亨莅任, 纔一日矣. 托以訟民而入庭曰: "有所白之事,
願升階而白活." 太守怪之, 初則不許, 末乃許之. 又請近窓前, 太守尤
怪而許之. 其人曰: "官司倘識小人乎?" 太守曰: "吾新到之初, 此邑之
民, 何由知之?" 其人曰: "獨不念某年某地赴防時, 同處之人乎?" 太守
熟視而大驚, 急起把手, 而入于房而問之曰: "汝何作此樣而來也? 吾之
赴任之翌日, 汝又來此, 誠一奇會." 彼此不勝其喜, 共叙中間阻懷. 時
夏亨喪配矣, 因以其女, 入處內衙正堂, 而捻家政. 其女撫育其嫡子, 指

使其婢僕，俱有法度，恩威并行，衙內洽然稱之．每勸夏亨托于備局吏
給錢兩，而得見每朔朝報．女見之而揣度世事，時宰之未及爲銓官，而
未久可爲者，必使厚饋．如是之故，其宰相秉軸，則極力吹噓，歷三四腴
邑，家計漸饒，而饋問尤厚，次次陞遷，位至節度使，而年近八十以壽終
于鄉第．其女治喪如禮，過成服，謂其嫡子喪人曰：“令監以鄉曲武弁，
位至亞將，位已極矣．年過稀年，壽已極矣，有何餘憾？且以我言之，爲
婦事夫，自是當然底道理，何必自矜，而積年費盡誠力，贊助求仕之方，
得至于今，吾之責已盡矣．吾以遐方賤人，得備小室於武宰，享厚祿於
列邑，吾之榮亦極矣，有何痛寃之懷？令監在世時，使我主家政，此則
不得不然，而今喪主如是長成，可幹家事，嫡子婦當主家政．自今日請
還家政．”嫡子與婦泣而辭曰：“吾家之得至于今，皆庶母之功也．吾輩
只可依賴而仰成，今何爲而遽出此言也？”女曰：“不可不如是，家道亂
矣．”乃以大小物件器皿錢穀等屬，成件記，一并付之嫡子婦，使處正堂，
而自家退處越邊一間房曰：“自此一入而不可出．”仍闔門而絶粒，數日
而死．嫡子輩皆哀痛曰：“吾之庶母，非尋常人，何可以庶母待之？初終
後葬事，待三月將行，立別廟而祀之．”及兵使之襄期已迫，將遷柩而靷
行，擔軍輩不得擧，雖十百人無以動，諸人皆曰：“無或係戀於小室而然
耶．”乃治其小室之靷行，與之同發，則兵使之柩卽輕擧而行．人皆異之．
葬于平山地，大路邊，西向而葬者，兵使之墳也，其右十餘步地東向而
葬者，其小室之墳云耳．

10. 청풍 김씨 댁 제사(淸風金氏宅祭祀)

淸風金氏祖先中葉甚微，金和順某之父，居在廣州肆覲坪而甚貧賤，人
無知者．趙樂靜錫胤，適比隣而居，自京中新來，冊子多未輸來．金之家
適有綱目，趙聞而願借則諾之，已久而終不送之．樂靜心窃訝之，意其
吝惜而不借矣．時當重五日，趙氏婢子，自金氏家而來，言曰：“俄見金

氏宅行祀之儀, 眞箇行祭祀. 如吾上典宅祭祀, 祭需雖豊, 誠潔不及於
金氏宅, 神道必不享之. 金氏宅則神其洋洋, 如降歆矣." 樂靜夫人問其
由, 則其婢曰:"俄往金氏宅, 方欲行簡祀, 廳上階下, 皆已灑掃, 無半
點塵垢. 金班內外, 淨洗弊衣如雪色, 而一身沐浴而着之, 鋪新件席于
上, 上置冊子. 其冊子上, 陳設祭物, 不過飯羹蔬菜果品而已, 器數雖
小, 而品極精, 出主而其夫妻獻酌拜跪, 皆有法度, 誠敬備至. 小人立其
傍, 自不覺毛髮竦然, 怳見神靈之來格. 吾之主人宅祭祀, 比之於此, 可
謂有如不祭之歎. 眞箇祭祀, 今日始見之矣云." 夫人以其言傳于樂靜,
始知綱目之不卽借, 盖以行祀之故也. 金家無床卓, 以此冊代用故也.
樂靜聞而異之, 卽往見金氏而賀曰:"聞君有至行, 必有餘慶, 可不欽
嘆. 吾欲成就令胤, 未可許之否?"金大樂而許之. 金和順受學于樂靜之
門, 後又爲朴潛冶門人, 以學行薦登蔭仕. 自其子監司公始顯達, 後有
三世五公, 爲大家焉.

11. 바보 아재

柳西崖成龍, 居安東地. 家有一叔, 爲人蠢蠢無識, 可謂菽麥不辨. 家間
號曰痴叔, 心甚易之. 痴叔每曰:"吾有從容可道之言, 而君之家每患喧
撓, 如有無客靜寂之時, 可請我. 我有千萬緊說話"云云矣. 一日適無人
而從容矣, 使人請痴叔. 則叔以弊冠破衣, 欣然而來曰:"吾欲與君賭一
局碁, 未知如何."西崖曰:"叔父平日未嘗着碁, 今忽對局, 恐非姪之敵
手也."盖西崖之棋法, 高於一世者也. 叔曰:"高下何論? 姑且對局可
也."西崖强而對局, 心竊訝之. 其叔先着一子, 未至半局, 而西崖之局
勢全輸, 不敢下手. 始知其叔韜晦, 俯伏而言曰:"猶父猶子之間, 半生
同處, 如是相欺, 下懷不勝抑鬱. 從今願安承敎."叔曰:"豈有欺君之理
哉? 適偶然耳. 君旣出身於世路, 則如我草野之人, 有何可敎之事乎?
然而明日, 必有一僧來訪而請宿矣, 切勿許之. 雖千萬懇乞, 而終始牢

拒, 使指村后草菴而寄宿可也. 惟銘心勿誤." 西崖曰:"謹奉敎矣." 及到
其日, 忽有一僧通刺, 使之入來, 狀貌堂堂, 年可三四十許人也. 問其居
則, "居在江陵五臺山矣. 爲覽嶺南山川而下來, 遍覽名勝, 今方復路,
而窃伏聞大監淸德雅望, 爲當世第一云, 故以識荊之願, 暫來拜謁. 今
則日勢已晩, 願借一席而寄宿, 以爲明朝發行之地矣." 西崖曰:"家間
適有事, 故今不可以生面人留宿. 此村後有佛庵, 可於此中宿矣, 待朝
下來可也." 其僧萬端懇乞, 而一向牢辭, 僧不得已隨僮向村後之菴. 此
時痴叔以婢子粧出舍堂樣, 自家作居士樣, 以繩巾布褐, 出門合掌, 拜
而迎之曰:"何來尊師, 降臨于薄陋之地?" 僧答禮而入, 坐定. 居士使舍
堂, 精備夕飯, 而先以一壺旨酒待之. 僧飮而甘之曰:"此酒之淸冽非
常, 何處得來?" 對曰:"此老嫗, 卽此邑之酒母妓老退者也. 尙有舊日手
法而然也. 願尊師勿嫌冷淡而盡量, 則幸矣." 仍進夕飯, 山荣野蔌, 極
其精潔, 其僧飽喫而泥醉昏倒矣. 夜深後, 始覺而胸膈悶鬱, 擧眼而視
之, 則其居士騎坐胸腹之上, 手執利刀, 張目叱之曰:"賤僧焉敢! 汝之
渡海日, 吾已知之, 汝其瞞我乎? 汝若吐實, 則或有饒貸之道, 而不然
則汝命盡於卽刻矣, 從實直告可也." 其僧哀乞曰:"今則小僧之死期已
迫矣, 何可一毫相欺乎? 小僧果是日本人也. 關伯平秀吉, 方欲發兵,
謀陷本國, 而所忌者, 獨尊家大監. 故使小僧先期來此, 以爲先圖之地
矣. 今者現露於先生神鑑之下, 幸伏望寄我一縷殘命, 則誓不敢復作此
等事矣." 痴叔曰:"我國兵禍, 乃是天數所定, 難容人力, 吾不欲逆天.
吾鄉則雖兵革之禍, 吾在矣, 優可救濟. 倭兵如躋此鄉之地, 俱不旋踵
矣. 如汝螻蟻之命, 斷之何益? 寬汝禿頭而送之, 往傳于平秀吉, 使知
我國之吾在也." 仍以釋之. 其僧百拜致謝曰:"不敢不敢!" 抱頭鼠竄而
去. 歸見秀吉, 備傳其事. 秀吉大驚異, 勅軍中, 以渡海之日, 無敢近安
東一步地, 一境賴以安過矣.

12. 광작(廣作)

驪州地古有許姓儒生, 家甚貧寒, 不能自存, 而性甚仁厚. 有三子, 使之勸學, 自家躬, 自乞粮于親知之間, 以繼書粮, 無論知與不知, 皆以許之仁善, 來必善待, 而優助粮資矣. 數年之間, 偶以癘疫, 夫妻俱歿. 其三子晝宵號泣, 艱具喪需, 僅行草葬, 三霜纔過, 家計尤無可言. 其仲子名弘云者, 言于其兄及弟曰:"曾前吾輩之幸免餓死者, 只緣先親之得人心, 而助粮資之致也. 今焉三霜已過, 先親之恩澤已竭, 無地控訴, 以今倒懸之勢, 弟兄闔沒之外, 無他策矣, 不可不各自圖生. 自今日, 兄弟各從素業可也."其兄其弟曰:"吾輩自少所業, 不過文字而已. 其外如農商之事, 非但無錢可辦, 且不知向方, 將何以爲之乎? 忍飢課工之外, 無他道矣."弘曰:"人見各自不同, 從其所好可矣, 而三兄弟俱習儒業, 則終身之前, 其將俱死於饑寒矣. 兄與弟氣質甚弱, 復理學業可也. 吾則限以十年, 竭力治産, 以作日後兄弟賴活之資矣. 自今日破産, 二嫂各還于本第, 兄與弟, 負策上山, 乞食於僧徒之餘飯, 以十年後相面爲限可也. 所謂世業, 只有家垈牟田三斗落, 及童婢一口而已. 此是宗物也, 日後自當還宗矣. 吾姑借之, 以作營産之資矣."自伊日, 兄弟洒淚相別, 二嫂送于其家, 兄與弟送于山寺. 賣其妻之新婚時資粧, 價僅爲七八兩矣. 時適木綿豐登之時, 以其錢盡貿甘藿背負, 而遍訪其父平日往來乞粮之親知人家, 以藿立作面幣, 而乞綿花, 諸人憐其意而優給, 不計好否, 所得爲幾百斤. 使其妻晝夜紡績, 渠則出而賣之, 又貿耳牟十餘石. 每日作粥, 渠與其妻, 每日以一器分半而喫之, 婢則給一器, 曰:"汝若難忍飢餓, 自可出去, 吾不汝責."其婢泣曰:"上典則喫半器, 少的喫一器, 焉敢曰飢乎? 雖餓死, 無意出去."云, 隨其上典, 勤於織布. 許生則或織席, 或捆屨, 夜以繼日, 少不休息. 或有知舊之來訪者, 則必賜座於籬外而言曰:"某也, 今不可以人事責之. 十年後相面."云, 而一不出見. 如是者三四年, 財利稍殖. 適有門前畓十斗落, 田數日耕之賣者, 遂準其價買之. 及春耕作時, 乃曰:"無多之田畓, 何可雇人耕播? 不如自己之勤力其中, 而但不知農功之如何, 此將奈何?"遂請隣里老農, 盛其酒食, 使坐岸上, 親執耒耝, 隨其指教而耕種. 其耕之也, 鋤之也, 必三倍於他人, 故秋收之穀, 又倍於他人. 田則種烟草, 而時當亢旱, 每於朝夕, 汲水而澆之, 一境之烟草皆枯損, 而獨許田之種茁茂. 京商預以數百金買之, 及其二芽之盛, 又得厚價, 草農之利, 近四百金. 如是者五六年, 財產漸殖, 露積四五百石穀, 近地百里內田畓, 都歸於許生, 而其衣食之儉約, 一如前日樣. 其兄其弟, 自山寺始下來見之, 弘之妻始精備三盂飯而進之, 則弘張目叱之, 使之持去, 更使煮粥而來. 其兄怒罵曰: "汝之家產如此其富, 而獨不饋我一盂飯乎?"弘曰: "吾旣以十年爲期, 十年之前, 以勿喫飯, 盟于心矣. 兄亦於十年之後, 可喫吾家之飯. 兄雖怒我, 我不以介於懷矣."其兄怒而不喫粥, 還上山寺矣. 翌年春, 兄與弟聯璧而小成矣. 弘多持錢帛, 而上京以備應榜之需, 率倡而到門. 伊日, 招倡優而諭之曰: "吾家兄弟, 今雖小成, 且有大科, 又當上山而工課. 汝等留之無益, 可以還歸汝家."各給錢兩而送之. 對其兄及弟而言曰: "十年之限姑未及, 須卽上寺, 待限滿下來可也."仍卽日送之上山. 及到十年之限, 奄成萬石君矣. 仍擇布帛之細者, 新造男女衣裳各二件, 治送人馬於二嫂之家, 約日率來. 又以人馬送之山寺, 迎來兄及弟. 團聚一室, 過數日後, 對兄弟而言曰: "此室狹隘, 無以容膝. 吾有所經營者, 可以入處."仍與之偕行. 行數里許, 越一岡, 則山下之大洞, 有一甲第, 前有長廊, 奴婢牛馬充溢其中. 內舍則分三區, 而外舍則只有一區, 而甚廣濶. 三兄弟內眷, 各占內舍之一區, 兄弟則同處一房, 長枕大被, 其樂瀜洽. 其兄驚問曰: "此是誰家, 如是壯麗?"答曰: "此是弟所經紀者, 而亦不使家人知之耳."仍使奴隸, 擧木函四五雙, 置于前曰: "此是田土之券, 從今吾輩均分析產可也."仍言曰: "家產之致此, 俱是荊妻之所殫竭者也, 不可不酬勞."
乃以二十石落畓券給其妻, 三人各以五十石落分之. 從此以後, 衣食極其豐潔. 其隣里宗族之貧窮, 量宜周給, 人皆稱之. 一日弘忽爾悲泣,其兄怪而問之曰: "今則吾輩衣食, 不換三公矣. 有何不足事, 而如是疚懷也?"

答曰: "兄及弟旣隷課工, 皆占小科, 已出身矣, 而顧弟則汨於治産, 舊業荒蕪, 卽一愚蠢之人. 先親之所期望者, 於弟蔑如矣. 豈不傷痛哉! 今則年紀老大, 儒業無以更始, 不如投筆而業武."

自其日備弓矢習射, 數年之後, 登武科. 上京求仕, 得付內職, 轉以陞品, 得除安岳郡守. 定赴任之期, 而奄遭妻喪.

弘喟然歎曰: "吾旣永感之下, 祿不逮養, 猶欲赴[17]外任者, 爲老妻之一生艱苦, 欲使一番榮貴矣. 今焉妻又歿矣, 我何赴任爲哉!"

仍呈辭圖遞, 下鄕終老云爾.

13. 소를 탄 늙은이(騎牛翁)

宣廟壬辰之亂, 天將李提督如松, 奉旨東援. 平壤之捷後, 入據城中, 見山川之佳麗, 懷異心, 有欲動搖宣廟而仍居之意. 一日, 大率僚佐, 設宴于鍊光亭上, 江邊沙場, 有一老翁騎黑牛而過者. 軍校輩高聲辟除, 而聽若不聞, 按轡徐行. 提督大怒, 使之拿來, 則牛行不疾, 而軍校輩無以追及. 提督不勝忿怒, 自騎千里名驄, 按劍而追之. 牛行在前不遠, 而驄行如飛, 終不可及. 踰山渡水, 行幾里, 入一山村, 則黑牛繫於溪邊垂楊樹, 前有茅屋, 竹扉不掩. 提督意其老人之在此, 下驄杖劍而入, 則老人起迎於軒上. 提督怒叱曰: "汝是何許野老, 不識天高, 唐突至此? 吾受皇上之命, 率百萬之衆, 來救汝邦, 則汝必無不知之理, 而乃敢犯馬於我軍之前乎? 汝罪當死." 老人笑而答曰: "吾雖山野之人, 豈不知天將之尊重乎? 今日之行, 專爲邀將軍而欲枉於鄙所之計也. 某竊有一事之奉托者, 難以言語導達, 故不得已行此計也耳." 提督問曰: "所託甚事?

---

17 赴: 저본에는 '付'로 나와 있는데, 가람본에 의거하여 바꿈.

第言之." 老人曰: "鄙有不肖兒二人, 不事士農之業, 專行强盜之事, 不率父母之敎, 不知長幼之別, 卽一禍根. 以吾之氣力, 無以制之, 竊伏聞將軍神勇蓋世, 欲借神威, 而除此悖子也." 提督曰: "在於何處?" 答曰: "在於後園草堂上矣." 提督按劒而入, 則有兩少年, 共讀書矣. 提督大聲叱曰: "汝是此家之悖子乎? 汝翁欲使除去, 謹受我一劒." 仍揮劒擊之, 則其少年不動聲色, 徐以手中書鎭[18]竹捍之, 終不得擊而已. 其少年以其竹, 迎擊劒刃, 劒刃錚然一聲, 折爲兩端而落地矣. 提督氣喘汗流. 少焉, 老人入來, 叱曰: "小子焉敢無禮?" 使之退坐. 提督向老人而言曰: "彼悖子勇力非凡, 無以抵當. 恐[19]負老翁之託哉!" 老人笑曰: "俄言戲耳. 此兒雖有膂力, 以渠十輩, 不敢當老身一人. 將軍迎皇旨, 東援而來, 掃除島寇, 使我東再奠基業, 而將軍唱凱還歸, 名垂竹帛, 則豈非丈夫之事業乎? 將軍不此之思, 反懷異心, 此豈所望於將軍者耶! 今日之擧, 欲使將軍知我東亦有人材之計也. 將軍若不改圖而執迷, 則吾雖老矣, 足可制將軍之命, 勉之勉之! 山野之人, 語甚唐突, 惟將軍垂察而恕之." 提督半晌無語, 垂頭喪氣, 仍諾諾而出門云耳.

14. 김천일(金千鎰)의 부인

金倡義使千鎰之妻, 不知誰家女子, 而自于歸之日, 一無所事, 日事晝寢. 其舅試之曰: "汝誠佳婦, 而但不知爲婦道, 是可欠也. 大凡婦人, 皆有婦人之任, 汝旣出嫁, 則治家營産可也, 而乃不此之爲, 日以午睡爲事乎!" 其婦對曰: "雖欲治産, 赤手空拳[20], 何所藉而營産乎?" 其舅悶而憐之, 卽以租數三十包, 奴婢四五口, 牛數隻給之, 曰: "如此則足可爲營産之資乎?" 對曰: "足矣." 仍呼奴婢近前曰: "今則汝輩旣屬之於

---

18 鎭: 저본에는 '證'으로 나와 있는데, 문맥으로 보아 바꿈.
19 恐: 저본에는 '豈'로 나와 있는데, 『청구야담』에 의거하여 바꿈.
20 拳: 저본에는 '眷'으로 나와 있는데, 가람본에 의거하여 바꿈.

我，當從吾之指揮．汝可馱穀於此牛，入茂朱某處深峽中，伐木作家，以
此租作農粮，而勤耕火田，每秋以所出都數，來告於我，粟則作米儲置，
每年如是可也．"奴婢輩承命，而向茂朱而去．居數日對金公而言曰：
"男子手中無錢無穀，則百事不成，何不念及於此？"公曰："吾是侍下人
事，衣食皆賴於父母，則錢穀從何而辦出乎？"婦曰："竊聞洞中李生某
家，積累萬財貨，而性嗜賭博云．郎君何不一往，以千石之露積一塊爲
賭乎？"公曰："此人以博局一手，有名於世，吾則手法甚拙，此等事，何
可生心賭博乎？"婦曰："此易與耳．第以博局持來．"仍對坐而訓之，諸
般妙手，隨手指訓．金公亦奇傑之人也，半日對局，陣法曉然．其婦曰：
"今則優可賭博．君子須以三局兩勝爲賭，初局則佯輸，而二三局，則堇
堇決勝．既得露積後，彼必欲更決雌雄，此時則出神妙之手，使彼不得
下手，可也．"金公然其言，明日躬往其家，請賭博局，則其人笑曰："君
與我居在同閈，未聞君之賭博矣，今忽來請者，未知何故也．且君非吾
之敵手，不必對局．"金公曰："對局行馬然後，可定其高下．何必預先斥
破？"仍强請至再至三，其人曰："若然，則吾於平生對局，則必賭，以何
物爲博債乎？"公曰："君家有千石露積者三四塊，以此爲賭，可乎？"其
人曰："吾則以此爲賭，君則以何物爲賭乎？"公曰："吾亦以千石爲賭．"
其人曰："君以侍下之人，不少之穀，從何辦出乎？"金公曰："此則決勝
負後，可言之事．吾當不勝，則千石何足道哉？"其人勉强而對局．以兩
勝爲限，初則金公佯輸一局，其人笑曰："然矣！君非吾之敵手，吾不云
乎？"金公曰："猶有二局，第又對局．"李生心甚異之，又復對局，則連輸
二局矣．李生驚訝曰："異哉，異哉！寧有是理？既許之，千石不可不給，
卽當輸之，第又更賭一局．"金公許之，復對博局，始出神妙之手，李生
勢窮力盡，不得下手．金公笑而罷歸，對其妻而言，則妻曰："吾已料知
矣．"公曰："既得此矣，將焉用哉？"妻曰："君子之所親人中，窮婚窮喪，
及貧不能資生者，量宜分給．毋論遠近貴賤，如有奇傑之人，則與之許
交，而逐日邀來，則酒食之費，我自辦備矣．"金公如其言而行之．一日，

其婦又請于其舅曰："媳將欲事農業, 籬外五日耕田, 可使許耕乎?"其舅許之. 於是, 耕田而遍種瓠種. 待熟而作斗容匏, 使之着漆. 每年如是, 充五間庫. 又使冶匠, 鍊出二箇如斗容匏樣, 並置于庫中, 人莫曉其故. 及壬辰倭寇大至, 夫人謂金公曰："吾之平日勸君子, 以恤窮濟貧, 交結英男, 欲於此等時, 得其力故也. 君子倡起義兵, 則舅姑避亂之地, 吾已經紀於茂朱地, 有屋有穀, 庶不貽君子之憂矣. 吾則在此, 辦備軍粮, 使勿乏絶也."金公欣然從之, 遂起義兵, 遠近之平日受恩者, 皆來附, 旬日之間, 得精兵四五千, 使軍卒, 各佩漆匏而戰, 及其回陣之時, 遺棄鐵鑄之匏於路而去, 倭兵見而皆大驚曰："此軍人人佩此匏, 其行如飛, 其勇力可知其無量."遂相與戒飭, 無敢嬰其鋒. 以是之故, 倭兵見金公之軍, 則不戰而披靡. 金千鎰多建奇功, 蓋夫人贊助之力也.

15. 선천 기생(宣川妓生)

盧玉溪禛, 早孤家貧, 居在南原地, 年旣長成, 無以婚娶, 其堂叔武弁, 時爲宣川倅. 玉溪母親, 勸往宣川, 乞得婚需以來. 玉溪以編髮, 徒步作行, 行至宣府之門, 阻闇不得入, 彷徨路上. 適有一童妓衣裳鮮新者過去, 停步而立, 熟視而問曰："都令從何而來?"玉溪以實言之. 妓曰："吾家在於某洞, 而卽第幾家. 距此不遠. 都令須定下處於吾家."玉溪許之, 艱辛入官門, 見其叔, 言下來之由, 則嚬蹙曰："新延未幾, 官債山積, 甚可悶也云."而殊甚冷落. 玉溪以出宿於下處之意, 告而出門, 卽訪其妓之家. 童妓欣迎, 而使其母精備夕餐而進之. 夜與同寢, 其妓曰："吾見本官司手段甚小, 雖至親之間, 其婚需之優助, 有未可知. 吾見都令之氣骨狀貌, 可以大顯達之狀也. 何必自歸於乞客之行也? 吾有私儲之銀五百餘兩, 留此幾日, 不必更入官門, 持此銀直還, 可也."玉溪不可曰："行止如是飄忽, 則堂叔豈不致責乎?"妓曰："都令雖恃至親之情, 而至親何可恃也? 留許多日, 不過被人苦色, 及其歸也, 不過以數十金贓行, 將安用之? 不如自此直發." 過數日, 晝則入見其叔, 夜則宿於妓家. 一日之夜, 妓於燈下, 理行裝, 出銀子, 裹以袱, 及曉, 牽出廐上一匹馬駄, 使之促行, 曰: "都令不過十年內外, 必大貴矣. 吾當潔身而俟之. 會面之期, 只此一條路而已. 千萬保重!" 灑淚而出門. 玉溪不得已不辭於其叔而作行. 平明, 本官聞其歸, 竊怪其行色之狂妄, 而中心也自不妨其費錢兩也. 玉溪歸家, 以其銀子, 娶妻而營產, 衣食不苟. 乃刻意科工, 四五年之後登第, 大爲上所知. 未幾, 以繡衣按廉于關西, 直訪其妓之家, 則其母獨在, 見玉溪, 認其顏面, 乃執裾而泣曰: "吾女自送君之日, 棄母逃走, 不知去向, 于今幾年. 老身晝夜思想, 而淚無乾時云云." 玉溪茫然自失, 自量以爲, '吾之此來, 全爲故人相逢矣. 今無形影, 心膽俱墜. 然而渠必爲我而晦跡之故也.', 仍更問曰: "老妓之女, 自一去之後, 存歿尚未聞之否?" 對曰: "近者傳聞, 吾女寄跡於成川境內之山寺, 藏踪秘跡, 人無見其面者云云. 風傳之言, 猶未可信, 老身年衰無氣, 且無男子, 無以追尋其踪跡矣." 玉溪聽罷, 仍直往成川地, 遍訪一境之寺刹, 窮搜而終無形影. 行尋一寺, 寺後有千仞絕壁, 其上有一小菴而峭峻無着足處矣. 玉溪扪蘿捫藤, 艱辛上去, 則有數三僧徒, 問之則以爲: "四五年前, 有一箇年可二十之女子, 以如干銀兩, 付之禮佛之首座, 以爲朝夕之費, 而仍伏於佛座之卓下, 披髮掩面, 而朝夕之飯, 從窓穴而入送, 或有大小便之時, 暫出門而還入, 如是者, 已有年所. 小僧皆爲以爲菩薩生佛, 不敢近前矣." 玉溪心知其妓, 乃使首座, 從窓隙傳言曰: "南原盧都令, 全爲娘子而來此, 何不開門而迎見?" 其女, 仍其僧而問曰: "盧都令如來, 則登科乎否乎?" 玉溪遂以登科後, 方以繡衣來此云云. 其女曰: "妾之如是積年晦迹而喫苦, 全爲郎君地也. 豈不欣欣然, 卽出迎之? 而積年之鬼形, 難現於丈夫行次. 如爲我留十餘日, 則妾謹當洗垢理粧, 復其本形後, 相見好矣." 玉溪依其言遲留矣. 過十餘日後, 其女凝粧盛餙, 出而見之, 相與執手, 而悲喜交至. 居僧始知其來歷, 莫不嗟歎. 玉溪通于本府, 借轎馬, 駄送于宣川, 與其母相面. 竣事復命之後, 始送人馬率來, 同室終身愛重云耳.

16. 태수놀이

延原府院君李光庭, 爲楊牧時, 養一鷹, 使獵夫, 每作山行. 一日, 獵夫
出去, 經宿而還, 傷足而行蹇. 公怪而問之, 笑而對曰: 昨日, 放鷹獵
雉, 雉逸而鷹逃, 四面搜訪[21], 則鷹坐某村李座首門外大樹上. 故艱辛呼
鷹而臂之. 將欲復路之際, 忽聞籬內有喧撓之聲. 故自籬間窺見, 則有
五介處女, 豪健如壯男樣, 相率而來, 氣勢甚猛故, 意其或被打, 急急避
身, 足滑而傷. 時日勢幾昏, 心甚訝之, 隱身於籬下叢樾之中而聞之, 則
其五處女, 相謂曰: "今日適從容, 又當作太守戲乎?" 僉曰: "諾." 其中
大處女, 年可近三十, 高坐石上, 其下諸處女, 各稱座首·刑房·及唱·
使令名色, 侍立於前. 而已太守處女, 出令曰: "座首拿入!" 刑房處女,
呼及唱處女而傳令, 及唱處女, 呼使令處女而傳分付, 使令處女[22], 承令
而捉下座首處女, 拿而跪于庭下. 太守處女, 高聲數其罪曰: "婚姻人之
大倫也, 汝之末女, 年已過時, 則其上之兄, 從可知矣. 汝何爲而使汝之
五女, 空然并將廢倫乎? 汝罪當死." 座首處女, 俯伏而奏曰: "民豈不知
倫紀之重乎? 然而民之家計赤立, 婚具實無可辦之望矣." 太守曰: "婚
姻稱家之有無, 只具單衾勺水, 有何不可之理乎? 汝言太迂闊矣." 座首
曰: "民之女, 非一二人, 郎材亦無可求之處矣." 太守叱曰: "汝若誠
心廣求, 豈有不得之理乎? 以鄉中所聞言之, 某村之宋座首·吳別監,
某里之鄭座首·金別監·崔鄉所家, 皆有郎材, 如是則可定汝五女之匹
矣. 此人輩與汝, 地醜德齊, 有何不可之理?" 座首曰: "謹當依下敎通
婚, 而彼必以民之家貧不肯矣." 太守曰: "汝罪當笞, 而今姑十分參酌,

---

21 訪: 저본에는 '放'으로 나와 있는데, 가람본에 의거하여 바꿈.
22 處女: 저본에는 없는데, 가람본에 의거하여 추가한 것임.

332 · 溪西雜錄

斯速定婚而行禮, 可也. 不者後當嚴處矣."仍命拿出. 五介處女, 仍相
與大笑, 一閧而散. 其狀絶倒, 仍而作行, 寄宿於旅舍, 今始還來矣. 延
原聞而大笑, 召鄉所, 問李座首來歷與家勢子女之數, 則以爲此邑曾經
首鄉之人, 而家勢赤貧無子, 而有五女, 家貧之故, 五女已過時而尙未
成婚矣. 延原卽使禮吏, 告目而請李座首以來, 未幾, 李座首來謁. 公
曰:"君是曾經首鄉而解事云, 吾欲與之議邑事而未果矣."仍問子女之
數, 則對曰:"民命道崎窮, 未育一子, 只有無用之五女矣."問俱已婚嫁
否. 對曰:"一未成婚矣."又曰:"年各幾何?"對曰:"第末女, 已過時
矣."公乃以俄所聞太守處女之分付, 一一問之, 則其答果如座首處女之
答. 公乃歷數某座首·某別監·某鄉所之家, 而依太守處女之言, 而言
曰:"何不通婚也?"對曰:"渠必以民之家貧, 不願矣."公曰:"此事吾當
居間矣."使之出去, 又使禮吏, 請五鄉所而問曰:"君家俱各有郎材云,
然否?"對曰:"果有之."問已成娶否. 對曰:"姑無定婚處矣."公曰:"吾
聞某里某座首家, 有五女云, 何不通而結親乎?"五人躊躇不卽應. 公正
色曰:"彼鄉族, 此鄉族, 門戶相敵, 君輩之不欲, 只較貧富而然也. 若
然則貧家之女, 其將編髮而老死乎? 吾之年位, 比君輩, 何如? 不少之
地, 旣發說, 則君輩焉敢不從乎?"乃出五幅簡, 使置于五人之前曰:"各
書其子四柱, 可也."聲色俱厲, 五人惶蹙俯伏曰:"謹奉敎矣!"仍各書
四柱以納, 公以其年紀之多少, 定其處女之次第, 仍饋酒肴. 又各賜苧
布一疋曰:"以此爲道袍之資."又分付曰:"李家五處女之婚具, 自官備
給, 本家勿慮也."卽使之擇日, 期在數日之間. 仍送布帛錢穀, 使備婚
需. 伊日, 公出往李家, 屏障鋪陳之屬, 自官遮設, 列五卓於庭中. 五女
五郎, 一時行禮, 觀者如堵, 無不欽歎延原之積善. 其後承繁衍而顯達,
皆由於積善之餘慶云爾.

17. 고담(古談)

安東權進士某者, 家計富饒, 性嚴峻, 治家有法. 有獨子而娶婦, 婦性行
悍妒難制, 而以其舅之嚴, 不敢使氣. 權如有怒氣, 則必鋪席於大廳而
坐, 或打殺婢僕, 若不至傷命, 則必見血而止. 以此如鋪席於大廳, 則家
人喘喘, 知其有必死之人也. 其子之妻家, 在於隣邑, 其子爲見其妻父
母而行, 歸路遭雨避入於店舍. 先見一少年人, 坐於廳上, 而廐有五六
匹駿馬, 婢僕又多, 若率內眷之行. 見權少年, 與之寒暄, 而以酒肴饌盒
勸之. 酒甚淸冽, 肴又豊旨. 相問其姓氏與居處, 權少年則對以實, 先來
少年則只道姓氏, 而不肯言所在處曰: "偶爾過此, 避雨而入此店, 幸逢
年輩佳朋, 豈不樂乎!" 仍與之酬酌, 以醉爲期. 權少年先醉倒. 夜深後
始覺, 擧眼審視, 則同盃之少年, 已無形影, 而自家則臥於內室, 而傍有
素服佳娥, 年可十八九, 容儀端麗, 知非其常賤, 而的是洛下卿相家婦
女也. 權生大驚訝, 問曰: "吾何以臥於此處? 而君是誰家何許婦女, 在
於此處乎?" 其女子羞澁而不答. 叩之再三, 終不開口. 最後過數食頃,
始低聲而言曰: "吾是洛下門地繁盛之仕宦家之女子, 十四出家, 十五
喪夫, 而嚴親又早世, 依於娚兄主家矣. 兄之性執滯不欲從俗而執禮,
使幼妹寡居也. 欲求改適之處, 則宗黨之是非大起, 皆以污辱門戶, 峻
辭嚴斥, 兄不得已罷議. 因具轎馬馱我而出門, 無去向處而作行, 轉而
至此. 其意以爲若遇合意之男子, 則欲委而托之, 自家因以避之, 以遮
諸宗之耳目者也. 昨夜乘君之醉, 而使奴子負而入臥於此處, 而家兄則
必也遠走." 因指在旁之一箱曰: "此中有五六百銀子, 以此使作妾衣食
之資云耳." 權生異之, 出外而視之, 則其少年及許多人馬, 并不知去處,
只有蒙駿[23]之童婢二人在傍. 生還入內, 與其女同寢而已. 思量則嚴父
之下, 私自卜妾, 必有大擧措, 且其妻悍妒之性, 必不相容, 此將奈何?
千思萬量, 實無好箇計策, 反以奇遇之佳人爲頭痛. 待朝, 使婢子謹守

---

23 駿: 저본에는 '駿'로 나와 있는데, 『계서야담』에 의거하여 바꿈.

門戶, 而言于其女曰:"家有嚴親, 歸當奉稟而率去, 姑少俟之."申飭店主而出門, 直向親朋中有智慮者之家, 以實告之, 願爲之劃策. 其友沈吟良久曰:"大難大難! 實無好策, 而弟有一計, 君於歸家之數日, 吾當設酒席而請之矣. 君於翌日, 又設酒筵而請我, 我當自有方便之計矣."權生依其言, 歸家之數日, 其友人送伻, 懇請以適有酒肴, 諸益畢會, 此席不可無兄. 兄須賁臨云云. 權生稟于其父而赴席. 翌日權生稟于其父:"某友昨日, 擧酒有邀, 而酬答之禮, 不可闕也. 今日略具酒饌, 而請邀諸友, 則似好矣."其父許之, 爲設酒席, 而邀其人. 且邀洞中諸少年, 諸人皆來, 先拜見於權生之父. 老權曰:"少年輩迭相酒會, 而一不請老我, 此何道理?"其少年對曰:"尊丈若主席, 則年少侍生, 坐臥起居不得任意爲之, 且尊丈性度嚴峻, 侍生輩暫前拜謁, 十分操心, 或恐其見過, 何可終日侍坐於酒席? 尊丈若降臨, 則可謂殺風景矣."老權笑曰:"酒會豈有長幼之序乎? 今日之酒, 我爲主矣. 擺脫拘束之儀, 終日湛樂, 君輩雖百番失儀於我, 我不汝責矣, 盡歡而罷, 以慰老夫一日孤寂之懷也."諸少年一時敬諾. 長幼雜坐而擧觴. 酒至半, 其多智之少年, 近前曰:"侍生有一古談之奇事, 請一言之, 以供一粲."老權曰:"古談極好. 君試爲我言之."其人乃以權少年之客店奇遇, 作古談而言之. 老權節節稱奇曰:"異哉異哉! 古則或有此等奇緣, 而今則未得聞也."其人曰:"若使尊丈當之, 則當何以處之? 中夜無人之際, 絶代佳人在旁, 則其將近之乎, 否乎? 旣近之, 則其將率畜乎, 抑棄之乎?"老權曰:"旣非宮刑之人, 則逢佳人於黃昏, 豈有虛度之理也? 旣同寢席則不可不率畜, 何可等棄而積惡乎?"其人曰:"尊丈性本方嚴, 雖當如此之時, 必不毁節矣."老權掉頭曰:"不然不然. 使吾當之不得不毁節矣. 彼之入內, 非故爲也, 爲人所欺, 此則非吾之故犯也. 年少之人, 見美色而心動, 自是常事, 彼女旣以士族, 行此事, 則其情憾矣, 其地窮矣. 如或一見而棄之, 則彼必含羞含寃而死, 此豈非積惡乎? 士大夫之處事, 不可如是齷齪也."其人又問曰:"人情事理, 果如是乎?"老權曰:"豈有他意. 斷當不作薄倖人可也."其人笑曰:"此非古談,即胤友日前事也.尊丈既以事理當然,再三質言而有教,今則胤友庶免罪責矣."老權聽罷,半晌無語,仍正色厲聲曰:"君輩皆罷去.吾有處置之事矣."諸人皆驚惻而散.老權因高聲曰:"斯速設席於大廳."家中人皆悚然,不知將治罪何許人矣.老權坐於席上,又高聲曰:"急持斫刀以來."奴子惶忙承命,置斫刀及木板於庭下.老權又高聲曰:"捉下書房主,伏之斫刀板."奴子捉下權少年,以其項置之刀板.老權大叱曰:"悖子以口尚乳臭之兒,不告父母而私畜少妾者,此是亡家之行也.吾之在世,猶尚如此,況吾之身後乎?此等悖子留之無益,不如吾在世之時,斷頭以而杜後弊可也."言罷,號令奴子,使之擧趾而斫之.此時,上下遑遑面無人色.其妻與子婦,皆下堂而哀乞曰:"彼罪雖云可殺,何忍於目前斫獨子之頭乎?"泣諫不已,老權高聲而叱:"使退去."其妻驚惻而避,其子婦以首叩地,血流被面而告曰:"年少之人,設有放恣,自擅之罪,尊舅血屬,只此而已.尊舅何忍行此殘酷之事,使累世奉祀,一朝絶嗣乎?請以子婦之身代其死."老權曰:"家有悖子,而亡家之時,辱及祖先矣.吾寧殺之於目前,更求螟嗣可也.以此以彼,亡則一也,不如亡之乾淨之爲愈也."因號令而使斫之,奴子口雖應諾,而不忍加足.其子婦泣諫益苦.老權曰:"此子亡家之事非一矣.以侍下之人,而擅自蓄妾,其亡兆一也,以汝之悍妒,必不相容,如此則家政日亂,其亡兆二也.有此亡兆,不如早爲除去之爲好也."子婦曰:"妾亦是具人面人心矣.目見此等光景,何可念及於妒之一字乎?若蒙尊舅一番容恕,則子婦謹當與之同處,小不失和矣.願尊舅勿以此爲慮,而特下廣蕩之恩."老權曰:"汝雖迫於今日擧措,而有此言,必也面諾而心不然矣."婦曰:"寧有是理?如或有近似此等之言,則天必殛之,鬼必誅之矣."老權曰:"汝於吾之生前,無或然矣,而吾死之後,汝必復肆其惡.此時則吾已不在,悖子不敢制,此非亡家之事乎?不如斷頭,以絶禍根."婦曰:"焉敢如是?尊舅下世之後,如或有一分非心,則犬豚不若.謹當以矢言納侤矣."老權曰:"若然汝以矢言, 書紙以納." 其子婦書禽獸之盟, 且曰: "一有違背之事, 當天雷震死.[24] 矢言至此, 而尊舅終不信聽, 有死而已." 老權乃赦而出之, 因命呼首奴入, 分付曰: "汝可率轎馬人夫, 往其店舍, 迎書房主小室以來." 奴子承命而率來, 行現舅姑之禮, 又禮拜於正配, 而使之同處. 其子婦不敢出一聲, 到老和同, 人無間言云耳.

18. 소설(掃雪)

古有一宰爲關西伯, 有獨子而率居. 時有童妓, 與其子同庚而容貌佳麗, 與之相狎, 恩情之篤, 如山如海. 及箕伯之遞歸, 其父母憂其子之不能斷情而別妓, 問曰: "汝與某妓有情, 今日倘能割情, 而決然歸去否?" 其子對曰: "此不過風流好事, 有何係戀之可言乎?" 其父母幸而喜之. 發行之日, 其子別無惜別之意. 及歸, 使其子負笈山寺, 俾勤三餘之工. 生讀書山房, 而一日之夜, 大雪初霽, 皓月滿庭, 獨倚欄檻, 悄然四顧, 萬籟收聲, 千林闃若, 雲間獨鶴, 失羣而悲鳴, 巖穴孤猿, 喚侶而哀號. 生於此時, 心懷愀然, 關西某妓, 忽然入想. 其妍美之態, 端麗之容, 森然在目, 相思之懷, 如泉湧出, 欲忘未忘, 終不可抑. 因坐而苦候晨鍾, 不使旁人知之, 而獨自躡草履, 佩如干盤費, 步出山門, 直向關西大路而行. 翌日, 諸僧及同牕之人, 大驚搜索, 終無形影, 告于其家. 擧家驚遑, 遍尋山谷而不得, 意其謂爲虎豹所囕, 其悲寃號痛之狀, 無以形言矣. 生間關作行, 行幾日, 僅到浿城. 卽訪其妓之家, 則妓不在焉. 只有其老母, 見生之行色草草, 冷眼相對, 全無欣歡之心. 生問曰: "君之女何在?" 對曰: "方入於新使道子弟守廳. 一入之後, 尙不得出來. 然而書房主, 何爲千里徒步而來也?" 生曰: "吾以君女思想之故, 柔腸斷盡. 不

---

24 當天雷震死: 저본에는 "子婦父母之肉可以生唨矣"로 나와 있는데, 『계서야담』에 의거하여 바꿈.

遠千里而來者, 全爲一面之地也." 老妓冷笑曰: "千里他鄉, 空然作虛
行矣. 吾女在此, 而吾亦不得相面, 何況書房主乎? 不如早自還歸." 言
罷, 還入房中, 少無迎接之意. 生乃慨歎, 出門而無可向處. 因念營吏房
吏曾親熟, 且多受恩於其父者, 盍往訪之, 因問其家而往見. 則其吏大
驚, 起而迎之坐曰: "書房主, 此何擧也? 以貴价公子, 千里長程, 徒步
此行, 誠是夢寐之所不到. 敢問此來何爲?" 生告之故, 其吏掉頭曰: "大
難大難! 見今新使道子弟, 寵愛此妓, 跬步不暫離, 實無相面之道. 姑
暫留小人之家幾日, 徐圖可見之機." 仍接待款洽. 生留數日, 天忽大雪.
吏曰: "今則有一面之會, 而未知書房主能行之否?" 生曰: "若使吾一見
其妓之面, 則死且不避, 何況其外事乎?" 吏曰: "明朝調發邑底人丁, 將
掃雪營庭. 小人以書房主, 充於冊房掃雪之役, 則或可瞥眼相面矣." 生
欣然從之. 換着常賤衣冠, 混入於掃雪役丁之叢, 擁箒而掃冊室之庭.
時以眼頻頻偸視廳上, 終不得相面. 過食頃之後, 房門開處, 厥女凝粧
而出, 立於曲欄之頭, 翫雪景. 生停掃而注目視之, 厥妓忽然色變, 轉而
入房, 更不出來. 生心甚恨之, 無聊而出. 其吏問曰: "得見厥妓否?" 生
曰: "霎時見面." 仍道其入房不出之狀. 吏笑曰: "妓兒情態, 本自如此.
較冷暖而送舊迎新, 何足責乎?" 生自念行色, 進退不得, 心甚悶矣. 厥
妓一見生之面目, 心知其下來, 欲出一面, 而其奈冊室暫不得使離何?
仍心思脫身之計, 忽爾揮涕, 作悲苦之狀. 冊室驚問曰: "汝何作此樣
也?" 妓掩抑而對曰: "小人無他兄弟, 故小人在家之日, 親自掃雪於亡
父之墳上矣. 今日大雪, 無人掃雪, 是以悲之." 冊室曰: "若然則吾使一
隸掃之矣." 妓止之曰: "此非官事, 當此寒沍, 使渠掃雪於不當之小人
先山, 則小人及小人之亡父, 必得無限辱說. 此則大不可. 小人暫往而
掃之, 旋卽入來, 無妨矣. 且父之墳在於城外未十里之地, 去來之間, 不
過數食頃矣." 冊室憐其情事而許之. 厥妓卽往其母家, 問曰: "某處書
房主, 豈不來此乎?" 母曰: "數日前暫時來見而去矣." 妓曰: "來則何不
使留之?" 母曰: "汝旣不在, 留之何益?" 妓曰: "向何處云乎?" 母曰:

"吾亦不問, 彼亦不言而去矣." 妓吞聲而責其母曰: "人情固如是乎? 彼以卿相家貴公子, 千里此行, 全爲見我而來, 則母親何不挽留而通于我乎? 母以冷落之色相接, 彼肯留此乎?" 仍揮涕不已. 欲訪其所在處, 而無處可問. 忽念前等吏房, 每親近於冊室, 無或寄宿其家耶. 仍忙步往尋, 則果在矣. 相與執手, 悲喜交切. 妓曰: "妾旣一見書房主, 則斷無相捨之意, 不如從此而相携逃避矣." 因還至其家, 則其母適不在. 搜其箱篋中所儲五六百銀子, 且以渠之資粧貝物, 作一負, 卜貰人背負, 往其吏家, 使吏貰得二匹馬. 吏曰: "貰馬往來之際, 踪跡易露, 吾有數匹健馬, 可以賭之." 又出四五十兩錢, 俾作路需. 生與厥妓, 卽地發行, 向陽德・孟山之境, 買舍於靜僻處以居焉. 伊日, 營冊怪其妓之到晚不來, 使人探之, 則無形影. 問于其母, 則母亦驚遑而不知去向, 使人四索, 而終無影形矣. 厥妓, 整頓家事謂生曰: "郎旣背親而作此行, 則可謂父母之罪人也. 贖罪之道, 惟在於登科, 決科之道, 惟在於勤業. 衣食之憂, 付之於妾, 自今讀之做之用工倍他, 然後可以有爲." 使之遍求書冊之賣者, 不計價而買之. 自此勤業, 科工日就. 如是而過四五年之後, 國有大慶, 方設科取士. 女勸生作觀光行, 行資準備而送之. 生上京, 不得入其家, 寓於旅舍. 及期赴場, 懸題後, 一筆揮灑, 呈券而待榜. 榜出後, 生覓參第一人矣. 自上招吏判, 近榻前而敎曰: "曾聞卿之獨子, 讀書山寺, 爲虎嚙去云矣. 今見新榜壯元秘封, 則的是卿之子, 而職啣何爲而書大司憲也? 是可訝也." 吏判俯伏曰: "臣亦疑訝, 而臣之子決無生存之理. 或有姓名同之人而然也." "然而父子之同名亦是異事. 且朝班宰列, 寧有臣名之二人乎? 誠莫曉其故也." 上使之呼新來, 吏判俯伏榻下而俟之. 及新恩承命入侍, 則果是其子. 父子相持, 暗暗揮淚, 不忍相捨. 上異之, 使之近前, 詳問其委折. 新恩俯伏而起, 以其背親逃走之事, 及掃雪營庭之擧, 以至與妓逃避, 做工登科之由, 一一詳細奏達. 上拍案稱奇而敎曰: "汝非悖子, 乃是孝子也. 汝妾之節槪志慮, 卓越於他, 不知賤倡之流, 乃有如此人物. 此則不可以賤倡待之, 可陞爲副室."

卽日, 下諭關西道臣, 使之治送其妓. 新恩謝恩而退, 隨其父還家. 家中
慶喜之狀, 溢於內外. 封內職啣之書以大司憲, 盖是上山時所帶職故
也. 妓名紫鸞, 字玉簫仙云.

19. 박탁(朴鐸)

李貞翼公浣, 荷孝廟眷注, 將謀北伐, 廣求人材[25]. 雖於行路上, 如見人
之貌之魁偉, 則必延致之門, 隨其才而薦于朝. 曾以訓將得暇, 掃墳行
到龍仁店幕, 有一總角, 年近三十許之人, 身長幾十尺, 面長一尺, 瘦骨
層稜, 短髮鬖鬆. 布褐不能掩身, 踞坐土廳之上, 以一瓦盆濁醪, 飲如長
鯨. 公於馬上瞥見而異之, 仍下馬坐于岸上, 使人招其童以來. 厥童不
爲禮, 又踞坐于石上. 公問其姓名, 答曰: "姓朴名鐸也." 又問: "汝之地
閥何如?" 答曰: "自是班族而早孤, 家有偏母. 而家貧負薪而養之." 又
問: "汝飲酒, 能復飲乎?" 對曰: "区酒安足辭也?" 公命下隷, 以百文錢
沽酒以來, 而已沽濁醪二大盆以來. 公自飲一椀, 以其器擧而給之, 厥
童少無辭讓羞澁之意, 連倒二盆. 公曰: "汝雖埋沒草野, 困於飢寒, 骨
相非凡, 可大用之人也. 汝或聞我名乎? 我是訓將李某也. 方朝廷營大
事, 遍求將帥之材. 汝若隨我而去, 則富貴何足道哉?" 厥童曰: "老母在
堂, 此身未敢許人也." 公曰: "若然則吾當升堂拜母矣. 而家安在? 汝須
導前." 行十餘里, 抵其門前, 數間斗屋, 不蔽風雨. 厥童先入門, 而已出
一弊席, 鋪之柴門外, 出而迎之. 其母[26]蓬頭布裙, 年可六十餘, 相與讓
席, 坐定. 公曰: "某是訓鍊大將李某也. 掃墳之行路, 逢此兒, 一面可
知其人傑. 尊嫂有此奇男, 大賀, 大賀." 老婦斂衽而對曰: "草野之間,
無父之兒, 早失學業, 無異山禽野獸. 大監過加詡獎, 不勝慙愧." 公曰:

---

25 材: 저본에는 '財'로 나와 있는데, 하버드대본에 의거하여 바꿈.
26 其母: 저본에는 없는데, 『계서야담』에 의거하여 추가한 것임.

"尊嫂雖在草野, 時事必有及聞者矣. 方今朝廷, 方營大事, 招延人材. 某見此兒, 不忍遽別, 欲與之同行, 以圖功名, 則此兒無親命爲辭, 故不得已躬來敢請. 幸尊嫂能許之否?" 老婦曰: "鄕曲愚蠢之兒, 有何知識, 而敢當大事乎? 且此是老身之獨子, 母子相依爲命, 有難遠離, 不敢奉命矣." 公懇請再三, 老婦曰: "男子生而志四方. 旣許身於國家, 則區區私情, 有不暇顧矣. 且大監之誠意如是, 老身何敢不許乎?" 公大喜卽辭其老婦, 與其兒偕行. 還歸洛下, 詣闕請對, 上敎曰: "卿旣作掃墳之行, 何爲而徑還也?" 公奏曰: "小臣下鄕之路, 逢一奇男子, 與之偕來矣." 上使之入侍, 則蓬頭突鬂, 卽一寒乞之兒, 直入榻前, 不爲禮而踞坐. 上笑而敎曰: "汝何瘦瘠之甚也?" 對曰: "大丈夫不得志於世, 安得不然乎?" 上曰: "此一言, 奇且壯矣." 顧李公曰: "當除何職乎?" 公曰: "此兒姑未免山野禽獸之態. 臣謹當率畜家中, 磨以歲月, 訓戒人事, 然後可以責一職事矣." 上許之, 公常置左右, 豊其衣食, 而敎以兵法及行世之要, 聞一知十, 日就月將, 非復舊日痴蠢樣子. 上每對李公, 必問朴鐸之成就, 公每以將進奏達, 如是度周年矣. 公每與朴鐸, 論北伐之事, 則其出謀發議, 反有勝於自家, 公大奇之, 將奏達而大用之矣. 未幾, 孝廟賓天, 朴鐸隨人參哭班, 痛哭不已, 至於目腫而淚血. 每日朝夕, 必參哭班, 及因[27]山禮畢, 告公以永訣. 公曰: "此何言也? 吾與汝情同父子, 汝何忍舍我而去耶?" 對曰: "吾豈不知大監眷愛之恩哉? 某之此來, 非爲飽啜之計也. 英傑之聖主在上, 可以有爲於世矣. 皇天不吊, 奄遭大喪. 今則天下事無可爲者, 此誠千古不禁英雄淚者也. 吾雖留在大監門下, 無可用之機. 且拘於顔, 私浪費衣食而逗留不去, 亦甚無義. 不如從此逝矣." 仍揮淚拜辭而歸鄕. 與其母離家, 而入深峽, 不知所終. 尤齋先生, 常對人道此事而嗟嘆.

---

27 因: 저본에는 '引'으로 나와 있는데, 문맥으로 보아 바꿈.

20. 척검(擲劍)

貞翼公, 少時射獵于山間, 逐獸而轉入深山. 日勢且暮, 四顧無人家, 心甚慌忙. 按轡而尋草路, 歷盡數岡, 到一處, 則山凹之處, 有一大瓦家. 仍下馬叩門, 則無一應者. 居食頃, 一女子自內而出曰: "此處非客子暫留之地, 斯速出去." 公見其女子, 則年可卄餘, 而容貌頗端麗. 公對曰: "山谷深矣, 日勢暮矣, 虎豹橫行之地, 艱辛尋覓人家而來, 則如是拒絶, 何也?" 女曰: "在此則有必死之慮故也." 公曰: "出門而死於猛獸, 寧死於此處." 仍排門而入, 女子料其無奈何, 遂延之. 入室坐定, 公問其不可留之故. 女曰: "此是賊魁之居也. 妾以良家女, 年前爲此賊魁所摽略, 在此幾年, 尙不得脫虎口. 賊魁適作獵行, 姑未還, 夜久必來, 若見客子之留此, 則妾與客俱當授首於一釖之刃. 客子不知何許人, 而空然浪死於賊魁之手, 豈不悶乎?" 公笑曰: "死期雖迫, 不可闕食, 夕飯斯速備來." 女子, 以其賊魁之飯進之. 公飽喫後, 仍抱女而臥. 其女牢拒曰: "如此而將於後患何?" 公曰: "到此地頭, 削之亦反, 不削亦反. 靜夜無人之際, 男女同處一室, 雖欲別嫌, 人孰信之? 死生有命, 恐惻何益?" 仍與之交, 偃臥自若. 居數食頃, 忽聞剝啄之聲, 又有卸擔之聲. 其女戰慄, 而面無人色曰: "賊魁至矣, 此將奈何?" 公聽若不聞而已. 一大漢身長十尺, 河目海口, 狀貌雄偉, 風儀獷猂, 手執長釖, 半醉而入門. 見公之臥, 高聲大叱曰: "汝是何許人, 敢來此處, 奸人之妻?" 公徐曰: "入山逐獸, 日勢已昏, 寄宿於此." 賊魁又大叱曰: "汝是大膽, 旣來此處, 則處于外廊可也. 何敢入內室, 而犯他人之妻? 已是死罪, 汝以客子, 而見主人不爲禮, 偃臥而見之, 此何道理? 如是而能不畏死乎!" 公笑曰: "到此地頭, 吾雖貞白一心, 男女分席而坐, 汝豈信之乎? 人之生斯世也, 必有一死, 死何足懼也? 任汝爲之." 賊魁乃以大索縛公, 懸之樑上, 顧語其妻曰: "廳上有山獸之獵來者, 汝須洗而炙來." 其女戰戰出戶, 宰割山猪·獐·鹿等肉爛熟, 而盛于一大盤以進之. 賊魁又使進酒, 以一大盆連倒數盃, 拔釖切肉而啗之. 更以一塊肉, 挿于劍鋩曰: "何可置人於旁而獨喫乎! 渠雖當死之漢, 可使知味." 仍以釖頭肉與之. 公開口受而啗之, 小無疑慮恐怵之狀. 賊魁熟視曰: "足可謂大丈夫矣!" 公曰: "汝欲殺我, 則殺之可也, 何爲而如是遲延? 又何大丈夫小丈夫之可言乎?" 賊魁擲釖而起, 解其縛, 把手就坐曰: "如君之天下奇男子, 吾初見之矣. 將大用於世, 爲國干城矣. 吾何以殺之? 從今以後, 吾以知己許之. 彼女子雖是吾之妻眷, 君旣近之, 則卽君之內眷也. 吾何可更近也? 且庫中所積之財帛, 一付之於君, 君其勿辭. 丈夫有爲於世, 手無錢財, 何以營爲? 吾則從此逝矣. 日後必有大厄, 君必救我!" 語罷, 飄然而起, 仍不知去向. 公以其馬載其女, 且以廐上所繫馬匹, 盡載錢帛而出山. 其後公顯達, 以訓將兼捕將時, 自外邑捉上一大賊魁. 將按治之際, 細察其狀貌, 則卽其人也. 乃以往事, 奏達于榻前, 仍白放而置之校列, 次次推遷, 至於登武科, 位至閫任云耳.

21. 북벌대계(北伐大計)

崇禎甲申以後, 皇朝遺民之東來者甚多. 有一仕宦人, 削髮衣緇而來歸京師. 過半年, 忽謂其上佐僧曰: "吾聞懷德宋相某, 方贊助國家大議, 鎭岑申生, 亦預其事云. 此是吾日夜所冀望者也. 吾將見此兩人之何如樣." 仍與上佐, 向懷德. 未及半程, 道逢尤齋之上京, 因合掌而拜于馬前, 先生仍下馬, 欣然而言曰: "吾與禪師, 草草相逢於路次, 甚可恨也. 禪師今當向洛乎? 入洛之日, 必來訪我於所住處, 以爲從容酬酢之地可也." 僧曰: "諾." 與之相別而行. 其僧顧謂上佐曰: "宋相一擧目, 已知我之爲有心人, 且吾察其狀貌, 可謂英傑, 百事皆做, 庶副吾願矣. 第向鎭岑, 見申生之何如人." 仍向鎭岑路, 訪申生之家. 及門則舟村方對午饍, 欣然而笑曰: "禪師從何而來也? 斯速升堂!" 其僧再三告辭, 舟村吐哺, 而手自携裾而上之坐定. 舟村曰: "禪師遠來, 必有飢思. 吾家貧, 無以別供一案, 可與我共喫一盂飯." 僧辭曰: "小僧俄於客店, 已餧飢,

不必俯念." 舟村曰: "主人旣對飯, 而何可使客闕飯乎?" 强與之共喫,
其欣款之心, 無異於平生知舊. 僧告辭而退出門, 謂其上佐曰: "此人亦
可當大事之人也. 朝野俱有此等人, 何患大事之不成? 然而必有大有爲
之君然後, 可用此等人物, 吾第觀主上之何如也." 更留京數月, 孝廟適
親行閱武於露浦之上, 僧從觀光人叢中, 一瞻天顔, 急向靜僻處, 放聲
大哭. 上佐驚怪而問之, 則掩淚而言曰: "吾之一片苦心, 今焉已矣. 吾
觀主上, 天日之表, 可謂英傑聖明之主, 可以有爲. 而但屍氣滿面, 壽限
盡於今年之內, 天乎, 天乎! 旣出其人, 又何奪之速也?" 哀痛不已. 其
後一旬之間, 孝廟賓天, 而其僧不知去處云矣.

22. 광주 경안촌(廣州 慶安村)

廣州慶安村, 有一鄭姓人, 以蔭官, 官至任實縣監. 少時, 家計赤貧, 躬
持耒耟而耕田. 一日早朝, 出野而耕, 此是大路邊, 忽有一介豪猂之奴,
着白氈笠, 乘駿馬, 橫馳而過, 鄭生無心而見之矣. 其行已遠, 偶爾見
之, 則路邊落下一袱封. 鄭以手擧之, 則頗重而十襲封之. 鄭意其爲俄
者過去人所遺失, 仍持而來, 埋于田頭, 耕自若. 過半日後, 俄所過去之
漢, 回馬而來, 問: "彼耕田者, 自朝至于今而在此耕之乎?" 答曰: "然
矣." 又曰: "若然則君或見路旁遺失之物乎?" 對曰: "果不見矣. 未知遺
失者果何物?" 其人曰: "某是湖中宰相宅奴子, 仍主人分付上京, 而賣
第捧舍價銀五百兩, 而駄之此馬, 乘而下去, 俄適酒後作行, 未知遺失
於何處. 君若得之, 則可還我, 我當以其半酬之." 答曰: "未知封標如
何?" 其人曰: "如斯如斯." 鄭笑曰: "俄者果有所得, 欲待主而還之, 埋
之于此." 仍掘而與之. 其人稱謝不已, 欲以其半與之, 鄭掉頭曰: "旣有
欲於此物, 則全數藏之可也, 何乃欲其半乎? 物各有主, 斯速持去! 吾
雖食土之人, 不願此等之財." 其人熟視曰: "君無奈班族乎?" 曰: "然
矣." 其人垂頭沈吟, 望遠山而坐者半晌, 忽爾漱漱下淚. 鄭怪而問之,

答曰:"而今吾以實狀言之. 吾是大賊也, 此是銀封, 而銀與馬, 俱儱出者也. 大凡天之生斯民也, 無論貴賤, 天性同一仁善. 公以赤立之勢, 至於躬耕, 不顧自來之財, 必待其主而還, 吾則乘昏入他人之家, 攘竊財貨, 甚至殺人而奪之, 公是何人? 我是何人? 善惡之懸殊如是, 安得不悲乎?"仍坼開銀封, 碎于石上, 而飄之風前, 又解卜而出緞屬, 以刀裂之. 又以其馬, 解轡而驅出路上曰:"任汝所之!"仍拜于前曰:"如公之仁善·廉潔之人, 吾何忍離去? 自今願爲奴隷服事."鄭曰:"吾家素貧, 汝何忍飢而從我? 汝須擇可依賴處往焉."其人曰:"吾本無妻子, 只此單身而已, 衣食何可貽憂於公也? 只借門外一間房, 而依以爲生."鄭辭之不得, 與之同歸, 處于門外一間破屋矣. 其人自其後, 以捆屨爲業, 而不貳其價, 雖一毫不取於人, 至於老死而不去, 事亦奇矣. 鄭蔚山光殷, 判書實之孫, 詳道其事云矣.

23. 월해암(月海菴)

許積以領相當局時, 有一傔從廉喜道者, 爲人儱侗不解事. 但天性戇直, 許之過失, 每每直言之, 許憎而奇之, 未嘗以不是之事, 視於此傔. 一日, 喜道出外, 而手持一大封物, 來言曰:"此是路上所遺者, 必是銀貨等屬, 不知何許人失於路上, 小人欲尋其主而還之, 不知誰何, 姑且持來. 將何以處之?"許曰:"汝旣得之, 汝又家貧, 盍作己物乎?"喜道熟視曰:"大監待小人, 何如是其薄也? 小人雖至餓死之境, 何可取路上遺落之物乎? 大監此敎, 誠是夢外."許改容謝之, 乃曰:"吾昨於公坐, 聞兵判靑城, 以六百銀子賣驄云矣. 必是此物, 而其奴子誤落於路邊也."喜道袖其封, 往靑城門下通刺, 而拜謁曰:"大監宅或有賣馬捧價之事乎?"靑城曰:"果有之, 而奴子以爲今日當納云, 姑未捧之矣."喜道曰:"厥數幾何?"曰:"六百兩矣."喜道自袖中, 出而納之曰:"小人朝於路上, 得此物矣. 聞大監宅新賣驄子云, 故意謂此物, 而持來以獻."

青城問曰:"汝是何人?"對曰:"小人乃是領相宅傔從, 某姓某名也."青城異之, 招問賣鬈之奴曰:"汝以馬價之今日當出云矣. 此人所得於路上之物, 似是馬價, 甚可訝也."其奴, 俯伏叩頭而言曰:"果於昨日捧價之時, 過飲興成之酒, 乘醉負來, 不知落在何處. 圖免目下之罪責, 以今日爲對, 遍尋而無跡. 故方欲自裁之際, 承此下問, 不勝惶恐矣."青城謂喜道曰:"汝以路上之遺物, 訪還于本主者, 其廉潔之誠, 令人歎服. 此銀吾旣失之, 汝旣得之, 便是汝財, 汝可取其半以去."喜道掉頭曰: "小人若生慾於此物, 則全數藏之可也, 何乃還納本主, 而希其分半乎? 此則死不敢從."因告辭而退, 及出門, 青城家奴子之母與妻, 遮前而拜曰:"吾子吾夫, 酒後失此馬價, 空手而歸. 上典之性度嚴峻矣, 明日則自分必死, 方欲自決, 何幸逢此生佛, 活此殘命. 其恩山德海, 雖粉身磨骨, 無以報答. 願恩人暫留弊舍, 欲以一杯酒, 以表感謝之意."喜道辭曰:"此是當然底事, 何謝之爲?"欲辭去, 其奴之母與妻, 牽裾不舍, 含淚懇乞, 喜道不得已暫入其家, 則盛備酒肴而待之. 有一女子, 容儀端妙, 年可十三四許者, 來前致謝曰:"活父之恩, 無以報之. 吾當從子而爲使喚之婢矣."喜道以好言拒之, 拂衣出門矣. 及庚申年, 逆豎獄事大起, 積謂喜道曰:"汝於吾家, 雖無恩私, 而世皆以心腹之傔目之, 禍將不測, 汝可預先避之."喜道泣曰:"小人當此時, 何忍舍大監而去, 將安之?"積曰:"不然. 汝以無罪之人, 同入死地, 大是不可. 忠牧與我最厚, 作書托之, 可以接濟. 汝須向忠州而去."喜道泣而拜辭, 受書而向忠州地. 見牧使而納書, 則忠牧曰:"此地亦是大路邊, 有煩耳目, 汝往順興浮石寺, 隱身而可也."仍厚給粮資, 喜道不得已往留浮石寺. 從此京信, 漠然無聞, 寢食不安. 一日之夜, 夢一神人來言曰:"汝往月海菴, 則可聞洛奇, 且知前程吉凶矣."喜道驚覺, 而向寺僧問月海菴, 則人無知者, 有一老僧, 良久乃曰:"此寺六七里之地, 絶壁上有一廢菴, 似是月海, 而石逕峻急, 雖飛鳥無以上去. 而數三十年前, 聞有一僧上去, 仍不下來, 其生死未得詳知, 必也死已久矣. 此菴雖老僧輩, 一無往見者矣."

喜道自量曰：'身世旣如此，不容於天地間，若隱死於巖壁之上，則亦所甘心.'遂扶杖而尋路，攀蘿捫藤，寸寸前進，行過半山，兩岸對立，其下不知幾萬仞．而幾數十間之地，有一獨木橋，而年久朽傷，難以着足．喜道以死爲限，匍匐而行，千辛萬苦，堇度木橋．及到山門，則門楣果以'月海庵'懸額．喜道暗暗稱奇，入門則卽一破落廢寺，而塵垢堆積，而上房卓上，有一僧，瞑目跏趺而坐，塵埃滿面，形如枯木．喜道拜伏于卓前曰："某，是天地間無歸處窮迫人也．伏願生佛，特垂慈悲，指示禍福."合掌而百拜而已．生佛乃言曰："吾是汝之五寸曾大父也．別來近四十年，幸逢於此，豈不慰幸耶?"喜道涕泣曰："若然則生佛無乃兒名某氏乎?"曰："然矣."蓋喜道之從曾大父，年近十五六，忽發狂疾，出門而去，仍無形影矣．今之生佛，卽其人也．喜道曰："某是無去處之窮人，幸逢至親於此，從今長侍卓下，依而爲命，誓不之他矣."生佛曰："不然．吾與汝，道已殊矣，留之無益，汝之前程，吾不必煩說，某處某寺有僧名某，卽吾從弟也．汝往質問，則可知吉凶矣."言罷，促使出去，喜道曰："某之來時，幾死於獨木橋矣．今何以再蹈此危乎?"生佛，以去皮麻杖一枝給之曰："杖此而行，則可保無事矣."喜道迫不得已携其杖，拜辭出門，則身輕足捷，行步如飛，穩度獨木橋．心竊訝之，自念以爲，'此杖乃是成仙之器，杖此出世，則行步必無難矣，可謂絕寶云矣.'及出洞，渡溪水，足滑而墮水中，仍放其杖矣．顧視則麻杖蜿蜿蛇蛇，飛上空中，還向月海庵而去．喜道茫然自失，復從去時路而作行，遍訪生佛從弟所在處，以生佛之言傳之，則其僧曰："許氏則已伏法，而無一人遺者．且子之禍機迫頭，跟捕之校，已及門矣．斯速出去！天數王命，有不可逆也．然而子之此行，少無災害．必有一貴人，極力周旋，多賴其力，而自歸無事矣．此後又得一賢妻，家計饒足，子孫繁盛，小凶大吉，不須疑問云云."喜道聽罷出門，則京捕校，果跟捕而來矣．仍自就捕，上京而囚之王府矣．時靑城以判金吾，當此獄．乃以喜道不取馬價銀之事，達于榻前，且力言其志操如此，必無干涉於凶逆之理．上特原之，使之白放．

喜道出獄, 往拜靑城, 而謝其救活之恩. 靑城曰: "以汝之堂堂之志槩,
寧有參涉於凶逆之理也? 吾之所力救者, 欽歎汝之志操也. 何謝之有?"
仍以銀子二十兩, 俾作衣食之資 喜道僕僕拜謝而出, 以其銀, 販物貨,
行商於八道矣. 行到嶺南一處, 則有一大屋宇, 而門外有婢子, 問何許
人也[28], 賣買物貨爲言, 導之入門. 又入重門, 則一未笄之女子, 顚倒下
堂而迎之曰: "君能知我之爲誰乎?" 喜道曰: "不知矣." 其女曰: "某是
金靑城宅失馬價銀之奴子女也. 伊時豈不相面乎? 吾欲報君活父之恩,
仍削髮出門, 遍行八道, 尋君踪跡, 轉而來此, 以紡績爲業, 五六年之
間, 財産蕃殖, 奄成一富家, 而晝夜禱天, 以冀見君之一面矣. 昨夜之
夢, 有神人來言曰: '明日某時, 汝之所欲見之人, 自某方而來矣. 須勿
失差.' 吾以是之故, 自朝使婢子延候. 何幸相逢, 豈非天耶?" 仍與作配
以處. 喜道每以許之亡, 爲悲痛, 欲以財貨, 圖其伸雪, 遂賣田土, 而挈
妻上京, 散數千金, 而終不得如意. 喜道知其無奈何而止之. 其後有子
有孫, 家計豐足, 壽至八十而終. 安洞金生某作傳, 示于趙豊原顯命, 趙
乃訪問喜道之子孫, 則有一人方帶掌樂[29]院員役云耳.

24. 명부(冥府)

權判書禛, 石洲韠奉祀孫也. 居在連山盤谷, 以孝聞於世, 年四十而死.
擧家發喪, 而以胸膈間, 有一線溫氣故, 姑未斂襲矣. 過一日, 忽爾回甦
而言曰: 吾死而見, 所見則世人所云冥府之說, 果不虛矣. 吾於病中,
神精昏昏, 忽聞鬼卒高聲, 而呼我姓名, 驚訝而出門, 隨鬼卒而行, 不知
東西, 但見大路濶而長, 行幾里, 到一處, 則有如官府樣. 吾則立於門
外, 鬼卒先入而告曰: "權某捉來矣." 使之拿入, 吾俯伏於庭下, 則有一

---

28 問何許人也: 저본에는 없는데, 하버드대본에 의거하여 추가한 것임.
29 樂: 저본에는 없는데, 하버드대본에 의거하여 추가한 것임.

大殿, 坐王者服色者, 問鬼卒曰: "捉來於何處?" 對曰: "捉來於連山地矣." 如王者者厲聲曰: "吾使汝, 捉來水原居不孝子權姓人矣, 何爲誤捉連山孝子權姓人也? 此人壽限, 已定於八十, 尙有四十年. 斯速還送!" 鬼卒惶蹙而聽命, 推我出門, 故吾以旣入冥府, 不得一拜父母而歸, 心甚痛缺, 勉强而出. 道見兩介童子, 遊戲於路旁, 見我而欣然, 牽衣而欲隨行. 熟視之, 乃是前日夭折之兩兒, 心甚慘愕. 更入門, 而懇乞於殿上人曰: "陽界之人, 入冥府而還歸, 則此是不易得之機也. 旣入而不得見父母而歸, 則此豈人情也哉! 伏望暫許, 使之一面." 殿上人掉頭曰: "此則不可不可, 斯速出去!" 吾乃再三涕泣而哀乞, 終不許. 吾乃又懇請兩兒之率去, 則又不許曰: "汝之命數, 自來無子, 不可以許, 如欲率去, 則一童當使托生於尙州吏金姓人家矣. 汝可於後日, 率去於陽界上, 吾無奈何." 出門則兩兒號哭而欲隨, 爲鬼卒所逐, 心甚慘痛. 且以一見父母之意, 懇請于鬼卒曰: "雖不得一拜, 可指示我親[30]所住處." 鬼卒指一處小亭曰: "此雖相望之地, 程途甚遠, 不可以往." 仍促行, 吾以父母之不得一拜, 而兒之不得率來, 心甚痛寃之際, 鬼卒自後推, 而仆于地, 精神怳惚, 仍而驚覺矣云云. 人皆異之. 其後年過八十而無嗣, 以孝旌閭. 常對人言曰: "尙州金吏家兒, 欲率來見之, 而不知名字之爲誰. 且事甚妖誕, 而未果云矣."

25. 황인검(黃仁儉)

黃判書仁儉, 少時讀書山寺, 有一僧盡誠使役, 粮資如缺, 則渠每間間自當有無相資, 終始不怠. 黃頗感其誠而愛其人. 及顯達, 其僧絶迹, 黃每念之而不得見, 心常恨歎. 其爲嶺伯, 出巡之路, 有一僧避坐路旁. 黃自轎中瞥眼見之, 似是厥僧, 乃命隷招使近前, 則果是此僧, 不勝欣幸, 仍

---

30 親: 저본에는 없는데, 하버드대본에 의거하여 추가한 것임.

命一騎載而隨後, 夜每同寢, 撫愛如子侄, 及還營, 置之冊室, 供饋甚豐潔. 一日招而謂曰: "古人有一飯之德必報. 吾於汝, 奚但一飯而已哉? 吾則錢帛裕足, 雖割半而與之, 無所不可. 而汝以山僧, 衣葛食草, 錢帛雖多, 將安用哉? 汝若長髮而退俗, 則非但家産之饒足, 吾當爲汝圖拔身之計矣, 汝意如何?" 僧曰: "使道爲小僧之意, 非不感謝, 而少僧有區區迷執, 欲以此終, 無意於出世也." 黃怪而問之, 則僧笑而不答. 黃再三强問, 終始牢諱, 黃又詰之, 則僧終不言. 黃乃辟左右, 促膝而問曰: "汝之所執, 必有所以. 而吾於汝之間, 有何諱秘之事? 從實言之可也." 僧始乃勉强而言曰: "小僧, 不知使道之前, 卽俗人也. 某年偶經山谷間, 有一新塚前, 一素服女子採蔬, 而貌頗妍美. 四顧無人, 故逼而欲奸, 則抵死不從, 故乃以衣帶, 縛其四肢, 而强奸之. 仍解其縛, 而行數十里, 宿於店幕. 翌朝聞傳說, 則以爲某處守墓之節婦, 昨夜自決, 不知何許過人, 必也强淫而致死云云. 故心甚驚動而哀憐, 猶慮傳聞之未詳, 委往其近處而採之, 則果是的報, 而其手足縛痕宛然, 人皆曰: '必也縛其手足而强淫, 至於此境'云云. 卽報于地方官, 方使之跟捕兇身云矣. 一聞此言, 毛髮悚然, 悔之哀之. 仍以自量, 則吾不忍一時之欲, 致使節婦至於此, 卽天地間, 難容之罪也. 神明必降之以殃矣. 左右思量, 欲得贖罪之方而不可得. 又自念以爲, 吾旣負此大罪, 當喫盡天下之風霜, 小無生世之樂, 然後庶可贖罪. 仍以削髮爲僧, 以平生不脫緇衣, 矢于心矣. 今何以使道之厚意, 變初意乎? 以是之故, 不欲還俗矣. 事已久遠, 下問又切, 故不得已吐實矣." 日前巡使適見道內殺獄文案, 則有此獄事, 而殆近數十年, 而兇身尙未得捕者也. 年月日無一差爽, 乃歎曰: "吾與汝, 雖親切之間, 公法不可廢也." 仍命隷拿下, 抵之法. 厚給喪需云耳.

26. 설원(雪冤)

趙豊原顯命, 英廟甲寅年間按嶺藩, 而鄭彦海爲通判矣. 一日與之, 終

夜酬酢, 幾至鷄鳴而罷. 通判還衙, 解衣將就寢, 營隷以巡使傳喝, 以爲
適有緊急面議事, 以平服斯速入來. 通判莫知其故, 忙整巾服, 從後門
入見巡使, 則巡使曰: "通判須於天明時, 馳往漆谷地, 有老除吏裵以
發, 其弟時仕吏裵之發, 捉入而着柳後, 先問以發之子女有無, 則彼必
以有一女死已久爲言矣. 使渠導前, 馳往其葬所, 掘檢可也. 其屍體卽
女子, 而年則十七歲, 面貌頭髮如斯如斯, 所着衣裳, 上衣玉色紬赤古
里, 下衣藍木裳. 須詳審以來." 通判驚異, 仍曰: "事旣如此, 則何待天
明? 下官卽爲擧火發行." 因辭出卽地治行而發向漆谷. 漆谷人皆驚曰:
"此邑初無殺獄之發告, 檢官何爲而來?" 上下莫不驚訝. 通判[31]直入坐
衙軒, 命捉入二裵吏, 問以發曰: "汝有子女乎?" 對曰: "小人無子, 只有
一女, 年及笄病死, 葬已近十年矣." 又問曰: "葬於何處?" 對曰: "距官
府十里許地矣." 通判使之着柳, 而使兩吏立於馬頭, 直往其女之葬處.
掘塚破棺而出屍, 則面色如生, 其容貌衣裳, 一如巡使之言. 仍使解絞
脫衣而檢屍, 則無傷處之可執. 更使合面檢之, 則背上有石打處, 皮肉
破傷, 血猶淋漓, 乃以是定實因. 忙修檢狀. 以發兄弟及夫妻, 出付刑
吏, 使之上送營獄疾馳, 而歸見巡使, 道其事. 巡使曰: "然矣." 因捉入
裵吏兄弟夫妻, 自營庭施威嚴問, 則以發對如前. 之發則曰: "使道明鑑
如神, 小人何敢隱情乎? 小人之兄家饒而無子, 只有一女, 以小人之子
立後, 則小人兄每曰: '吾儕小人, 有何養子之可言乎? 祖先奉祀, 弟可
代行, 吾則得女婿而率畜爲可'云云. 而小人之兄嫂卽女之繼母, 常常憎
其女, 故小人與兄嫂, 同謀以侄女之失行倡言, 而使兄欲殺之. 兄不忍
着手, 小人乃乘兄出外之日, 與兄嫂縛侄女, 而以石亂搗其背而殺之.
仍爲入棺數日後, 兄之入來, 告以渠與某處總角潛奸, 見捉之後, 不勝
羞愧, 至於自決, 故已入棺云云. 則無奈何, 而葬于此處者, 幾十年, 而
兄則至于今認以爲然矣. 此是小人欲使小人之子爲子, 而全呑兄家財産

---

31 判: 저본에는 '刺'로 나와 있는데, 문맥으로 보아 바꿈.

之故也. 此外無他可達之辭矣." 又問以發之妻, 則所供亦然. 仍成獄.
通判問曰: "使道何由知此獄之如斯? 屍體衣服及獄情虛實, 如是其詳
也?" 巡使笑曰: "昨夜, 通判退出之後, 欲就寢矣, 燭影明滅, 寒風逼骨.
燭影之背, 有一女子, 百拜而稱有訴冤之事. 吾問曰: '汝, 人乎鬼乎?
未知有何冤抑, 而如是來訴也? 一一詳陳.' 女子泣而拜曰: '某是某邑
某吏之女也, 橫被惡名而爲人所打殺. 一生一死, 人之常事, 妾之一死,
不必尤人, 而但以閨中處子之身, 蒙被累名而死, 此是千古至冤之事
也. 每欲伸雪於巡使道, 而人皆精魄不足, 難以訴冤. 今使道則精魄有
異於他也, 故不避猥越, 敢來訴冤. 萬望伸雪焉.' 吾快諾, 則其女子出
門而滅. 故吾心竊訝之, 請通判而行檢者此也." 云爾.

27. 고유(高裕)

高裕, 尙州人也, 爲人剛直廉潔. 以文科, 累典州郡, 而官人不敢干囑,
其發奸摘伏之神, 如漢之趙廣漢, 到處以得治著名. 其爲昌寧也, 前後
疑獄之裁決, 事多神異. 時有僧南朋薄有文華才藝者, 交結洛下權貴,
以表忠祠院長, 怙勢行惡, 所到之處, 守宰奔趨風下. 雖以道伯之體重,
亦與之抗禮, 小有違咈, 則守宰每每罪罷, 道內黜陟, 皆出於此僧之手.
貽弊各邑, 行惡寺刹, 無僧俗擧皆側目, 而莫敢誰何. 南朋適有事過昌
寧, 使開正門, 而入見本倅, 而不爲禮. 高裕預使官隸約定, 使之捉下,
則其凌辱之說·恐喝之言, 不一而足, 遂卽地打殺. 居數日, 京中書札之
來, 不可勝記, 皆以南朋爲托矣. 趙尙書曦之爲嶺伯也, 道內設酒禁, 以
昌寧之不禁, 至有首鄉吏推治之境. 高裕, 一日至營下, 使下隸買酒以
來, 大醉而入見巡使曰: "昌寧一境, 雖有酒, 而薄不堪飮矣. 今來營下,
則無家不釀, 可謂大酒, 下官盡量而飮云云." 巡使知其意, 微笑而不答
云矣. 歷州縣一毫不取, 歸則食貧如初. 尙州吏屬一人, 每以廉從相隨,
廩俸或有餘則必擧而給之. 其人以此饒居, 高裕之沒後, 其孫貧不能聊

生. 此時其傔人, 年已八十餘, 一日謂其子與孫曰: "吾家之致此富饒者, 皆高官司之德也. 吾非不知, 官司在世時, 以錢穀納之, 而恐累淸德, 設或納之, 必無許受之理, 故忍而至今矣. 聞其宅形勢, 萬不成說. 於吾輩之必安乎? 人而背恩忘德, 天必殃之. 吾自初留意, 而買置某處畓, 又有樓上所儲錢矣. 將以此納, 汝於明日, 須往邀某宅孫子書房以來." 其子與孫佯應曰: "諾." 及其日來言曰: "有故不得來云矣." 此時, 高之孫適入城內, 歷路暫訪其家, 則其人之子與孫, 自外揮逐, 使不得接跡. 高生大怒而歸, 適逢邑底親知人, 言其痛駭之狀. 其人來問於老者, 老者大驚, 招子與孫, 以杖毆之. 使貰乘轎騎而卽往其家, 待罪門外. 高生驚訝而出見老者, 强請同行至其家, 接以酒肴, 乃言曰: "小人之衣食, 無非先令監之德也. 小人爲貴宅而留意經記者, 玆以奉獻, 幸勿辭焉." 仍出畓券之每年收二百石者, 及錢千兩手標而送之. 高生之家, 因以致富云. 尙州之人來傳此事始末, 故玆錄之.

28. 안동 도서원(安東 都書員)

古有一宰相, 有同硏之人, 文華贍敏, 而屢屈科場, 家計貧寒, 窮不能自存. 宰相適出補安東倅, 其友來見, 乘間而言曰: "令監今爲安東倅, 今則吾可以得聊賴之資, 非但聊賴, 可以足過平生矣." 宰相曰: "吾之作宰, 助君衣食之資可也, 何以足過平生乎[32]? 此則妄想也[33]." 其人曰: "非爲令監之多給錢財也. 安東都書員, 所食夥多, 以此給我則好矣." 宰相曰: "安東鄕吏之邑也, 都書員, 吏役之優窠, 豈有空然許給於京中之儒生耶? 此則雖官威, 恐無以得成矣." 其人曰: "非爲令監之奪而給之也. 吾先下去, 當付吏案, 旣付吏案之後, 有何不可之理耶?" 宰相曰:

---

[32] 乎: 저본에는 '也'로 나와 있는데, 『청구야담』에 의거하여 바꿈.

[33] 也: 저본에는 '之'로 나와 있는데, 『청구야담』에 의거하여 바꿈.

"君雖下去, 吏案其可容易付之耶?" 其人曰: "令監到任後, 民訴題辭, 煩口呼之, 刑吏如不得書之, 則罪之汰之. 又以此等刑吏之隨廳, 治首吏, 每每如此, 則自有可爲之道. 凡干文字上, 如出於吾手, 則必稱善, 如是過幾日, 出令以刑吏試取, 無論時仕及閑散, 文華可堪者, 幷許赴而試之, 則吾可自然居首, 而得爲刑吏矣. 爲刑吏之後, 都書員一窠, 分付則好矣. 若然則, 外間事, 吾當隨聞隨錄以進矣. 令監可得神異之名矣." 宰相曰: "若然則第爲之也." 其人, 先期下去, 稱隣邑之逋吏, 寄食旅舍, 往來吏廳, 或代書役, 或看檢文書, 人旣詳明, 文算又優如, 諸吏皆待之, 使之, 寄食於吏廳庫直, 而宿於吏廳, 諸般文字與之相議. 新官到任之後, 盈庭民訴, 口呼題辭, 刑吏未及受書, 則必捉下猛棍, 一日之間, 受罪者, 不知其數. 至於報狀及傳令, 必執頉而嚴治, 又拿入首吏, 以刑吏之不擇, 每日治之. 以是之故, 吏廳如逢亂離, 刑吏無敢近前. 文狀去來, 此人之筆蹟如入去, 則必也無事. 以是之故, 一廳諸吏, 猶恐此人之去也. 一日, 本倅分付首吏曰: "吾於在洛時, 聞本邑素稱文鄕, 以今所見, 可謂寒心. 刑吏無一人可合者? 自汝廳, 會時仕吏及邑底人之有文筆者, 試才以入." 首吏承命而出題, 試之以諸吏文筆, 入覽, 則此人居然爲魁矣. 仍問曰: "此是何許吏也?" 對曰: "此非本邑之吏, 卽隣邑退吏, 來寓于小人之廳者也." 乃曰: "此人之文筆最勝, 聞是隣邑吏役之人也, 則無妨於吏役. 其付吏案而差刑吏也." 首吏依其言爲之. 自是日, 此吏獨自擧行. 自其吏之爲刑房, 一未有致責治罪之擧. 自首吏以下, 始乃放心, 廳中無事. 及到差任之時, 特兼都書員而擧行, 無一人敢有是非者. 其吏畜一妓而爲妾, 買家而居. 每於文牒擧行之際, 必錄外間所聞, 密置席底而出[34]. 本倅暗出[35]見之, 以是之故, 民隱吏奸, 燭之如神, 吏民皆慴伏. 明年, 又使兼帶都書員, 兩年所得, 殆至萬餘金,

---

34 密置席底而出: 저본에는 '置之方席而出'로 나와 있는데, 『청구야담』에 의거하여 바꿈.
35 出: 저본에는 '持'로 나와 있는데, 『청구야담』에 의거하여 바꿈.

暗暗換送京第. 本倅瓜遞之前一日夜, 因棄家逃走, 吏廳擧皆遑遑. 首吏入告, 則曰: "與其妾偕逃乎?" 對曰: "棄家棄妾, 單身逃走矣." 曰: "或有所逅乎?" 曰: "無矣." 曰: "然則亦是怪事. 自是浮雲踪跡, 任之可也云矣." 其人還家, 買宅買土, 家計甚饒, 後登科, 累典州邑云爾.

29. 증서(證書)

古有外邑一士人, 治送其子婚于隣境, 而急患關格而死. 新郎纔罷醮禮, 訃書乃至, 仍卽奔喪而歸, 治喪而將營窆. 山地未定, 率地師求山, 轉至其妻家後山, 地師點山曰: "此地極佳而山下有班戶, 恐不許矣." 喪人左右審視, 則其下班戶, 卽其妻家也. 其妻家, 只有寡居之聘母, 又是無男獨女也. 喪人, 仍下去, 而拜其妻母, 則妻母悲喜交至, 精備午饍而待之, 問其來由, 則以占山爲對. 妻母曰: "他人固不可許矣, 君欲占山, 則豈不許乎?" 喪人乃大喜而告歸. 其妻母: "君旣來此矣, 暫入越房, 見女兒而去." 喪人初則强辭, 其妻母携手而入, 與其妻對坐而出. 喪人, 始也羞赧, 忽有春心之萌, 仍强逼而成婚, 雲雨纔罷而出去歸家. 治葬需行, 喪到山下, 將下棺之際, 其妻家婢子來告曰: "吾家內小上典, 方爲奔哭而來矣, 役軍須暫避之." 而已其妻徒步上山, 哭於柩前而盡哀, 仍向喪人而言曰: "某日, 君子之來也, 與吾同寢而去. 不可無標跡, 須成手記以給我." 喪人面發辭, 責之曰: "婦女胡得亂言? 斯速下去." 其女子終不去曰: "不得手跡之前, 死不得下去云云." 時喪人之叔與諸宗之會者[36]甚多, 莫不驚駭. 其叔叱責曰: "世豈有如許事乎? 吾家亡矣. 汝若有此等駭惡之事, 須成給手記也. 日勢已晩, 役軍回散, 豈不狼貝於大事耶?" 勸使書給, 喪人不得已書給手記. 其女子始乃下去, 諸人莫不唾罵. 及封墳返虞, 過數三日後, 喪人偶然得病, 仍而不起. 數朔

---

36 者: 이 글자 앞에 '下'자가 있는데, 오기로 보아 삭제함.

之後, 其寡妻之服漸高, 滿十朔而生男子. 宗黨隣里, 皆驚訝曰: "某家
喪人, 纔行醮禮而奔喪, 則此兒從何出乎云." 而疑訝未定. 其女子乃出
其夫之手記而示之, 然後是非大定. 人或問其故, 則對曰: "纔罷醮禮而
奔哭之喪人, 葬前來見其妻, 已是非禮, 及其相見之時, 又以非禮逼之
者, 又是常情之外. 人無常情則其能久乎? 吾非不知以禮拒之, 而或冀
其落種, 强而從之. 旣而思之, 則此時夫婦之會合, 雖家內之人, 無有知
者, 夫死之後生子, 則必得醜談而發明無路. 以是之故, 冒死忍恥, 受此
手記於衆會之中者, 此也云云." 人皆歎服. 其遺腹子, 後登科顯達云矣.

30. 우황(牛黃)

古有武弁, 以宣傳官, 侍衛於春塘坮試射. 濟牧之罷狀適入來矣, 武弁
因語同僚曰: "吾若得除濟牧, 則豈不爲萬古第一治天下大貪乎?" 同僚
笑其愚痴矣. 上聞之下詢, "誰發此言?", 武弁不敢欺, 仍伏地奏曰: "此
是小臣之言也." 上曰: "萬古第一治, 豈有天下大貪之理哉? 天下大貪,
何可爲萬古第一治耶?" 武弁俯伏對曰: "自有其術矣." 上笑而許之, 仍
特敎超拜濟州牧使而敎曰: "汝第往, 爲萬古第一治天下大貪, 不然則,
汝伏妄言之誅矣." 武弁承命而退. 歸家多貿眞麥末, 染以梔子水, 盛于
大籠中, 作三駄, 而餘外其衣封而已. 辭朝而赴任, 只與傔從一人隨行.
聽訟公平, 朝夕供饋之外, 不進一杯酒, 廩有餘者, 幷付之於革弊, 土産
一無所取. 如是過了一年, 吏民皆愛戴, 每稱設邑後初有之淸白吏, 令
行禁止, 一境晏如. 一日忽有身病, 閉戶呻吟, 過數日, 病勢大添, 食飮
全廢, 坐暗室中, 痛聲不絶. 鄕所及吏校輩, 三時問候, 而不得見面. 首
鄕及中軍懇乞曰: "病患症勢, 未知何祟, 而此邑亦有醫藥, 何不診治?"
太守喘促而作喉間聲曰: "吾之病源, 吾自知之. 有死而已, 君輩勿須問
也." 諸人曰: "願聞症勢之如何." 太守良久强作聲而言曰: "吾於少時,
得此病. 吾之世業家産, 盡入於此病之藥治, 近卄年更不發, 故意謂快

差矣. 今則無可治之道, 只俟死期而已." 諸人强問: "何症而藥是何料? 使道病患如此, 無論邑村雖割腹剜心, 無有辭焉. 且升天入海, 必求藥餌矣, 只願指示藥方." 太守曰: "此病卽丹毒也, 藥則牛黃也. 以牛黃幾十斤作餅, 遍裹一身, 每日三四次改付新藥, 必是四五日則可瘳. 而吾之家計稍饒矣, 以是之故, 一敗塗地矣. 今於何處更得牛黃而付之乎?" 諸人曰: "此邑之産, 求之易耳. 首鄕因出而傳令, 各面以爲如此, 官司之病患, 苟有可瘳之方, 則吾輩固當竭力求之. 況此藥, 乃是邑産而不貴者也, 無論大小民, 不計多小, 隨有隨納." 人民輩聞令而爭先來納, 一日之間, 牛黃之納, 不知幾百斤. 傔從受而盛之于籠, 以所駄來梔子餅換之. 每日以其餅盛于器, 埋之于地曰: "人或近之, 則毒氣所薰面目皆傷, 不可近也." 如是者, 五六日, 病勢漸差, 仍起而視事, 廉公之治, 又復如前. 滿瓜而歸, 濟民立碑思之. 上京後, 販此藥, 獲累千金. 蓋濟州之牛, 十則牛黃之入爲八九, 以是之故, 牛黃至賤. 此人知此狀, 而豫備梔子餅而行此術. 官隷不敢近, 而自遠見其黃, 認以爲牛黃也. 此人, 以是而家計殷富云. 年前, 柳台畊之除濟牧, 余就別焉, 仍曰: "今行果駄去梔子餅否云.", 一座大笑.

『계서잡록』의 이본에 대하여

김유진

1. 서론

본고는 이희평(李羲平, 1772~1839)이 엮은 『계서잡록(溪西雜錄)』을 번역 · 주석하고 표점 · 교감하는 과정에서 살펴본 이본에 대해 정리한 것이다. 학계에 『계서잡록』보다 먼저 알려진 것은 『계서야담』(溪西野譚)이었다. 규장각본 『계서야담』의 권두에 '계서'(溪西)를 이희준(李羲準, 1775~ 1842) 의 당호(堂號)라고 하여 『계서야담』의 저자가 이희준이라고 생각되었다.[1] 이에 『계서잡록』의 저자도 이희준이라고 추정되었다. 그러나 이희평의 자서(自序)와 심능숙의 서문이 알려지면서 『계서잡록』의 저자가 이희평이 라는 것은 주지의 사실이 되었다.

이희평의 자서는 순조 28년(1828)에 작성된 것으로 보이는데, 『계서잡 록』이 처음 완성된 것은 이 시기로 추정된다. 한편 순조 33년(1833)에 쓰인 심능숙(沈能淑, 1782~1840)의 서문에는 『계서잡록』이 4책이라 언급 되어 있어, 완질 형태의 『계서잡록』은 총 4책으로 구성되었고 1833년 이후 유전(遺傳)되었을 것으로 판단된다.[2] 하지만 현전하는 『계서잡록』

---

1 "溪西者, 李尙書義準之堂號也. 野譚者, 隨其見聞而記錄也. 盖多別名, 或曰記聞蕞話, 或曰 莘田遺書, 或曰德湖野譚, 抑亦自錄而自號歟."(규장각본 『계서야담』 제1책 권두)

2 김준형(1999); 정명기(2014) 참조.

의 이본은 4책 완질의 형태보다는 단권의 형태로 권2의 일화를 필사한 이본이거나, 2책의 형태로 권2와 권4의 일화를 발췌한 이본 혹은 권2~4의 일화를 발췌한 이본인 경우가 많다.[3]

주지하듯 '야담'(野譚)이라는 개념은 17세기 초 유몽인(柳夢寅, 1559~1623)의 『어우야담(於于野談)』에서 시작되었다. 18세기 야담은 임방(任埅, 1640~1724)의 『천예록(天倪錄)』, 신돈복(辛敦復, 1692~1779)의 『학산한언(鶴山閑言)』, 임매(任邁, 1711~1779)의 『잡기고담(雜記古談)』, 노명흠(盧命欽, 1713~1775)의 『동패낙송(東稗洛誦)』, 안석경(安錫儆, 1718~1774)의 『삽교만록(霅橋漫錄)』 등으로 이어진다. 19세기 전반기에 야담은 이희평의 『계서잡록』과 이현기(李玄綺, 1796~1846)의 『기리총화(綺里叢話)』로 이어진다. 19세기 중반을 전후하여 편자 미상의 『선언편(選諺篇)』 등과 같이 『계서잡록』에서 파생된 야담집이 출현하는데 『계서야담』도 사실상 이처럼 파생된 야담집에 속하는 셈이다. 그리고 『청구야담(靑邱野談)』을 정점으로 야담 혹은 야담집은 화양연화(花樣年華)의 시대를 맞이하게 된다.

19세기 초 형성된 『계서잡록』은 18세기 야담과 19세기 야담집을 잇는 가교 역할을 하는 문헌이라는 점에서 야담사에서 중요한 의미를 지닌다고 할 수 있다. 『계서잡록』의 일화 중에는 전대의 『동패낙송』과 서사를 공유하는 이야기가 많다. 아울러 『기문총화』와 『계서야담』의 일화 중 상당수는 『계서잡록』의 일화들이 전재(轉載)되고 있다. 『청구야담』에는 『계서잡록』에 수록된 일화들이 약간의 변개를 통해 다수 실려있음도 확인된다. 따라서 18세기와 19세기 야담과 야담집의 계보(系譜)는 『계서

---

3 이본 목록은 이승은(2020) 참조. 4책 완질 형태의 이본은 일사본이 유일하다. 한편 가문 서사가 많이 포함된 권1은 일사본과 성대본 그리고 김영진본 외에는 전하지 않는다. 단권의 이본은 권2를 필사한 이본이 가장 많다. 권2와 권4를 필사한 이본은 원광대본과 하버드본이 있고, 권2~4를 발췌 필사한 이본은 국립중앙도서관본과 고려대 도서관본이 있다.

잡록』을 통하지 않고서 설명될 수 없다.

본서는 총 4책으로 구성된 완질의 『계서잡록』을 여러 종의 이본 대조를 통해 재구하고 교감하여 국역한 최초의 완역본이라 할 수 있다.

2. 『계서잡록』 이본 상황과 선본 선정

본서에서 국역한 『계서잡록』의 이야기들은 권1의 75화, 권2의 76화, 권3의 51화, 권4의 30화, 총 232화로 정리되었다. 이는 저자인 이희평이 각 일화들에 별다른 제목을 부여하지 않고 'O' 표시를 하거나 행갈이를 통해 구별한 것을 따른 결과이다. 몇몇 일화들은 한 인물을 주인공으로, 서로 다른 성격의 이야기임에도 하나의 일화로 제시된 경우가 있고 반대로 같은 주인공임에도 다른 일화로 제시된 경우도 있다. 이본에 따라서 이렇게 묶여 있는 이야기를 각편으로 간주한 경우도 있고 붙여서 필사한 경우도 있기에 화수의 차이가 있을 수 있다. 선행연구에서 검토한 전체 화수와 본서에서 파악한 화수에 차이가 있는 것은 각 연구에서 참고한 이본에 따른 차이로 본질적인 차이는 아니다. 본서에서는 저본의 'O' 표시 혹은 행갈이에 따라 일화를 구별하고, 각 일화에서 필요하다고 생각되는 경우 소제목을 붙여 구별하되 전체 화수는 저본의 행갈이와 'O' 표시를 따라 묶어 놓았다.

본서의 저본은 제1책의 경우 성대본을, 제2책의 경우 익선재본 A를, 제3책의 경우 익선재본 B를, 제4책의 경우 일사본으로 삼았다. 국역은 직역을 위주로 하였으나 원저자의 의도가 충실히 전달될 수 있도록 현대어로 다듬어서 현대의 독자도 쉽게 읽을 수 있도록 하였다. 번역문의 주석은 각주로 처리했으며, 독자의 이해를 돕기 위해 인명, 지명, 사건, 전고 등에 대한 정보를 간략히 서술하였다. 본서의 원문은 저본을 토대로 이본을 참고하여 오탈자를 바로 잡고 맥락에 맞게 수정하였고 해당 사항은 바꾸거나 추가한 경우에만 원문의 각주에 언급하였다. 각 일화에 붙인 제목은 원래 없는 것인데 하나의 작품으로서 존재를 드러내기 위해 붙인 것이다. 본서에서 참고한 이본의 명칭은 다음과 같이 정리한다.

* 이 책의 저본으로 이용한 이본을 진하게 표시함.

□ 권1 성대본

① **성균관대학교 존경각 소장본**(溪西雜錄 卷之一) ⇒ **성대본**

② 김영진 소장본(溪西雜錄 卷之一) ⇒ 김영진본

③ 서울대학교 일사문고 소장본(溪西雜錄 卷之一) ⇒ 일사본

□ 권2 익선재본 A

④ **溪西雜錄**(亨: 溪西雜錄 卷之二) ⇒ **익선재본 A**

⑤ 자연경실본(我東收錄) ⇒ 익선재본 C

⑥ 한산이씨본(溪西雜錄) ⇒ 익선재본 D

⑦ 하버드대학교 옌칭도서관 소장본(내제: 溪西雜錄 上) ⇒ 하버드대본

⑧ 서울대학교 일사문고 소장본(내제: 溪西雜錄 卷之二) ⇒ 일사본

□ 권3 익선재본 B

⑨ **이희평본**(溪西雜錄) ⇒ **익선재본 B**

⑩ 溪西雜錄(利: 溪西雜錄 卷之三) ⇒ 익선재본 A

⑪ 서울대학교 일사문고 소장본(溪西雜錄 卷之三) ⇒ 일사본

□ 권4

⑫ **서울대학교 일사문고 소장본**(溪西雜錄續) ⇒ **일사본**

⑬ 서울대학교 가람문고 소장본(溪西雜錄續 卷之初) ⇒ 가람본

⑭ 하버드대학교 옌칭도서관 소장본(溪西雜錄 下) ⇒ 하버드대본

1) 권1의 이본 상황

권1 국역의 저본은 성대본이다. 성대본은 총75화, 일사본은 총76화, 김영진본은 총77화로 구성되어 있다. 이희평의 〈자서〉와 심능숙의 〈계서잡록서〉는 성대본과 김영진본에만 있다. 또한 이희평의 〈자서〉와 심능숙의 〈계서잡록서〉의 경우 화수에서 제외하였다. 각 이본의 화수에 차이가 존재하는 것은 하나의 일화를 둘로 나눈 결과로, 실제 각 이본의 화수 차이는 없고 일화의 배열순서도 거의 같다.

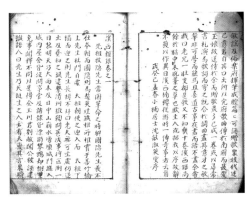

성대본 권수

김영진본 권수

저본인 성대본보다 일사본의 화수가 하나 많은 것은 제20화 〈이병상〉을 2개로 분리한 결과이다. 한편 김영진본은 제20화 〈이병상〉을 둘로 분리한 것은 일사본과 같지만 일화의 순서가 바뀌어 있다는 점에서 다르다. 아울러 김영진본의 경우 제52화 〈홍장 이야기〉를 둘로 분리하였는데, 앞의 일화는 이희평이 영동을 유람하고 감상을 적어 놓은 것이고 뒤의 일화는 홍장 설화를 기록한 것으로, 아마도 두 이야기의 성격이 다르기에 분리한 것으로 보인다. 그 결과 김영진본의 화수가 두 개 많아졌을 뿐, 실제 일화의 수나 배열은 큰 차이가 없다. 덧붙이자면 김영진본의 경우 제75화 〈희작〉의 뒷부분에 결락이 있다.

성대본의 각 일화들은 행갈이를 통해 구별되고, 일사본은 '○' 표시와 행갈이로 구별되며, 김영진본은 한 칸 내려 쓴 뒤 일화를 시작하고 해당 일화가 끝나면 행갈이를 하여 각 일화를 구별하였다. 전체적으로 글자의 출입이나 오자 등이 있지만, 등장인물의 호칭이 달라지거나 각 일화의 뒷부분이 축약되거나 생략되는 경우가 없는 편이다.

2) 권2의 이본 상황

『계서잡록』의 이본 가운데 가장 많이 전하는 것은 권2이다. 권2의 이본들의 경우, 오자나 오기는 물론이거니와 몇몇 일화가 빠져있거나 일화의 뒷부분이 축약 혹은 생략된 경우도 있다. 본서에서는 익선재본 A를 권2의 저본으로 삼았다. 익선재본 A는 2책인데 표지의 '溪西雜錄' 아래에 각각 '亨'과 '利'가 적혀 있어 '溪西雜錄(亨)', '溪西雜錄(利)'로 불리는 이본이다.[4] 지금까지 선행연구에서는 언급된 바 없지만, 익선재본 A 권2와 권3의 권수에는 장서인이 찍혀 있는데 인문은 '吳永烈'로 읽힌다. 오영렬은 광무(光武) 연간 내부참서관(內部參書官)을 지낸 인물인데, 이 사람

---

4   익선재본 A 권2와 권3은 연민 선생 구장본이었던 사실을 언급해둔다.

이 장서인주(藏書印主)인지 확신할 수는 없다. 남아있는 이본이 2책 뿐이지만 각각의 표지에 '亨'과 '利'가 적혀 있기에 원래 '元亨利貞'의 4책으로 구성된 이본이었던 것으로 추정된다. 다만 해당 이본은 오자나 오기가 다수 있어 모본의 전사본으로 추정하기에는 무리가 따른다. 본서에서는 권2를 국역함에 있어 익선재본 A를 저본으로 삼아 익선재본 C와 익선재본 D, 그리고 일사본을 교감하였다.

익선재본 A(亨) 표지   익선재본 A(亨) 권수

선행연구에서 중요하게 여겼던 권2의 일화 가운데 '이사관(李思觀) 이야기'가 있다. 이 일화는 이사관이 추운 날 길을 가다가 위험에 빠진 부부를 도와주었는데, 그것이 김한구 부부였다는 이야기로, 내용이 중요해서라기보다는 이본의 계열을 논함에 있어 일종의 지표가 되기에 주목된 것이었다. 본서에서는 권2의 저본인 익선재본 A에는 '이사관'이 없고 권3의 저본인 익선재본 B 제35화 〈김한구〉에 있기에, 해당 일화를 권3에 속하는 것으로 간주하였다. 제35화 가 권2에 수록된 이본은 일사본과 익선재본 D이지만, 이것을 이유로 일사본과 익선재본 D를 같은 계열로

보기는 어렵다. 결국 '이사관'의 존재 여부는 이본의 계열을 논함에 있어 다소 부차적인 문제로 생각된다.

『계서잡록』 권2에서 이본의 특성을 보여주는 것은 정치적으로 민감한 내용을 담은 4개의 일화이다. 제35화 〈복제(服制) 문제〉, 제36화 〈노소분당(老少分黨) ①〉, 제37화 〈노소분당(老少分黨) ②〉, 제38화 〈유신(儒臣)〉이 그것이다. 이상의 4개의 일화는 익선재본 A와 익선재본 D에만 남아있다. 후대의 야담집인 『계서야담』과 『기문총화』에는 제38화 하나만 전재(轉載)되어 있고, 『청구야담』에는 4개의 일화 모두 보이지 않는다.

제35화 〈복제(服制) 문제〉는 효종의 사후 그의 계모 자의대비(慈懿大妃)의 복제(服制)를 두고 서인과 남인이 대립한 결과 송시열(宋時烈)이 죽게 된 일에 대해, 저자인 이희평이 원통해하는 내용을 담고 있다. 제36화 〈노소분당(老少分黨) ①〉은 노론(老論)인 이희평의 입장에서 윤증(尹拯)을 비판하는 내용을 담고 있다. 본래 송시열의 제자였던 윤증이 그의 아버지 윤선거(尹宣擧)의 일로 갈라서게 되고, 이후 그가 소론(少論)과 결탁하여 우두머리가 된 과정을 노론의 입장에서 서술하고있다. 제37화 〈노소분당(老少分黨) ②〉은 윤증의 문도인 한배하(韓配夏) 형제가 송시열을 배척한 이야기와 윤증이 그의 며느리 한씨(韓氏)를 친정으로부터 돌아서게 만든 이야기를 담고 있다. 이 역시 윤증과 그의 문도를 비판하는 내용이다. 제38화 〈유신(儒臣)〉은 춘당대의 못가에 관풍루를 세운 숙종을 유신(儒臣)이 비판하자 숙종이 그를 불러 곤장을 때렸다는 이야기로 임금을 풍간한 것이다. 이 가운데 특히 앞의 3개 일화는 노론의 정치적 입장이 강하게 반영된 것으로 필사자에 따라서는 산삭(刪削)할 정도로 정치적으로 민감한 것이다.

익선재본 A는 총 76화, 익선재본 C는 총 52화, 익선재본 D는 총 74화, 일사본은 총 73화의 일화가 실려있다. 여기서 익선재본 A와 익선재본 D는 앞에 서술한 4개의 일화를 공유하고 있는 이본으로, 실제 일화의

개수는 거의 같다. 익선재본 D는 제15화 〈박엽(朴燁) ②-누르하치〉, 제35
화 〈복제(服制) 문제〉, 제60화 〈장붕익(張鵬翼) ③〉 총 3개의 일화를 앞의
일화에 붙여서 적었고, 70번째 일화로 '이사관'을 추가로 필사하였다.
그 결과 익선재본 A와의 화수 차이는 크지 않다. 일사본은 69번째 일화
로 '이사관'을 필사하였고 앞서 서술한 4개의 일화를 빠뜨렸기에 화수에
있어서 3개의 차이가 있다. 여기서 가장 이질적인 이본은 익선재본 C인
데 총 24개의 일화를 산삭했다는 점에서 그러하다.

익선재본 C는 표제는 '我東 收錄要覽'이고 내제는 '我東收錄'이다. 필
사 용지의 판심에 '自然經室藏'이라 찍혀 있어 풍석(楓石) 서유구(徐有榘,
1764~1845) 혹은 그 집안에서 소장하고 있었던 것으로 보인다.

익선재본 C 표지   익선재본 C 권수

익선재본 C는 익선재본 A에 비해 일화가 24개 적다. 이는 필사 과정
에서 누락된 것이 아닌 의도적 산삭의 결과로 보인다. 익선재본 C의 일
화 전개 는 제1화 〈천명(天命)〉과 제2화 〈인작(人鵲)〉의 순서가 바뀐 것
외에는 익선재본 A와 동일하다. 앞서 언급한 '이사관' 이야기를 생략한

것도 마찬가지이다. 또한 익선재본 C는 일화를 '○' 표시로 구분하고 있는데 같은 인물일지라도 붙여서 필사하지 않고 익선재본 A의 일화 구분과 일치한다. 그럼에도 일부 일화가 탈락된 것은 필사의 실수가 아니라 의도적 산삭의 결과라 할 수 있다.[5]

  '자연경실'의 주인인 서유구는 대대로 소론 집안인데다 그의 어머니 한산이씨는 소론의 대표적 인물인 이이장(李彝章, 1708~1764)의 딸이었다. 서유구가 노론인 이희평과 당파적으로 대척점에 있는 소론계 인물이었기에 익선재본 C에서의 산삭이 이루어졌을 것으로 추정된다. 익선재본 C에서 산삭한 24개의 일화는 다음과 같다.

연번	제목	주요 인물
1	제24화 〈용음(龍吟)〉	선조
2	제31화 〈대관(臺官)의 직언〉	효종
3	제38화 〈유신(儒臣)〉	숙종
4	제70화 〈육상궁(毓祥宮)〉	영조
5	제17화 〈박엽(朴燁)④-홍전립紅氈笠〉	박엽
6	제18화 〈박엽(朴燁)⑤-반정反正〉	박엽
7	제35화 〈복제(服制) 문제〉	송시열
8	제36화 〈노소분당(老少分黨)①〉	윤휴
9	제37화 〈노소분당(老少分黨)②〉	한배하/윤휴
10	제44화 〈발계(發啓)〉	조지겸/한태동
11	제55화 〈겸인 홍동석(洪東錫)〉	홍동석/조태채
12	제56화 〈관상(觀相)〉	김수/심단
13	제57화 〈노론사대신(老論四大臣)〉	조태채
14	제59화 〈장붕익(張鵬翼)②〉	장붕익/유척기
15	제60화 〈장붕익(張鵬翼)③〉	장붕익/이광좌
16	제63화 〈철공(鐵公)〉	김굉/송순명
17	제64화 〈이술원(李述原)〉	이술원/정희량

---

5 이승은(2020) 36~38쪽 참고.

연번	제목	주요 인물
18	제65화 〈마상재(馬上才)〉	이인좌
19	제66화 〈남연년(南延年)〉	이인좌/남연년
20	제67화 〈기우객(騎牛客)〉	윤급/윤심형
21	제71화 〈성초점(省草店)〉	이정보/신치운
22	제73화 〈동방일사(東方一士)〉	김귀주/홍봉한
23	제74화 〈노동지(盧同知)〉	노동지/홍봉한
24	제75화 〈우육불(禹六不)〉	우육불/조현명

먼저 4개의 일화는 왕이 주요 인물로 등장하는 것들이다. 제24화 〈용음(龍吟)〉은 신하들이 선조를 북망(北望)하여 통곡하게 했는데 이를 들은 이여송이 선조의 통곡을 '용의 울음'이라 하여 민심이 왕에게 돌아왔다는 이야기이다. 제31화 〈대관(臺官)의 직언〉은 인조의 시호 문제를 간쟁한 유계(俞棨)를 효종이 처벌하려고 하였는데 이에 대해 직언한 윤 대관을 칭송하는 이야기이고, 제38화 〈유신(儒臣)〉은 숙종이 관풍루를 짓자, 부제학이 이를 비판하였는데 숙종이 그를 불러 표피(豹皮)를 상으로 주면서 곤장을 쳤다는 이야기이며, 제70화 〈육상궁(毓祥宮)〉은 조중회(趙重晦)가 숙빈 최씨의 사당을 방문한 영조를 비판한 이야기이다. 대개가 왕과 신하의 논쟁 상황에서 왕이 간신(諫臣)을 억누르는 정황을 서술한 것으로, 왕의 생각과 행동에 대해 다소 비판적 시선이 느껴지는 일화들이다. 반면 그 외 20개 일화들은 대개 당파적 입장이 강하게 드러난 것들이다. 모두 살펴보기에는 번다하니 몇 개의 일화만 언급한다.

제35화 〈복제(服制) 문제〉·제36화 〈노소분당(老少分黨) ①〉·제37화 〈노소분당(老少分黨) ②〉 이 3개의 일화는 노론의 당파적 입장이 강하게 표출된 이야기이고, 제44화 〈발계(發啓)〉는 소론인 조지겸(趙持謙)과 한태동(韓泰東)이 노론을 발계하려 하였으나 노론의 이이명(李頤命)이 기지로 이들을 막았다는 이야기이다. 제65화 〈마상재(馬上才)〉는 무신난 때 이인좌(李麟佐)를 진압한 이야기이고, 제66화 〈남연년(南延年)〉은 무신난 때 이인좌의 반란군을 맞서 싸운 영장 남연년의 이야기이다. 제71화 〈성초점(省草店)〉은 노론계 인사인 이정보에 대한 이야기이다. 상인들이 운세를 말하다가 영광 군수의 죽음을 예언하고 이정보의 아들도 죽을 것이라 말한다. 여기서 영광 군수는 신치운(申致雲)으로 을해년 역모 사건(나주 괘서 사건)에 얽혀 죽게 된다. 이상 익선재본 C에서 산삭한 당파적 입장이 강하게 드러난 일화들은 주로 소론계 인사들을 부정적으로 형상화한 것과 소론계 인사들이 주축이 된 반란 사건을 소재로 한 것들이다.

본서에서는 익선재본 A를 권2의 저본으로 삼아 국역을 진행했다. 선행연구에서 지적된 바와 같이 익선재본 A의 경우 오류가 많은 편이지만 권2의 이본 가운데 모든 일화를 수록하고 있다는 점에서 기준으로 삼을 필요가 있기 때문이었다. 그리하여 권2의 국역의 과정에서는 익선재본 A(亨)을 저본으로 삼고 앞서 언급한 익선재본 C와 익선재본 D를 활용하여 교감하였다.

3) 권3의 이본 상황

권3 국역의 저본은 익선재본 B이다. 익선재본 B의 권수 하단에 "韓山李氏李羲平準汝之印"이라는 인장이 있어 저자 이희평 소장본으로 알 수 있게 하고 있다. 익선재본 B의 화수는 총 51화이고, 익선재본 A(利)의 화수는 총 50화이며, 일사본의 화수는 총 51화이다.

선행연구에서는 권3의 선본으로 통상 익선재본 A(利)를 선정하였으나 본서에서는 이희평 소장본이 발견됨에 따라 이를 저본으로 삼아 국역을 진행하게 되었다. 익선재본 B를 기준으로 볼 때, 익선재본 A는 제13화 〈심씨부인(沈氏夫人)〉이 제12화 〈순라향군(巡邏鄕軍)〉에 이어서 분리되지 않고 필사되어 있다. 한편 익선재본 A는 제28화 〈대신 김익(金熤)〉에 해당하는 일화(익선재본 A의 27번째 일화)에서는 2회에 걸쳐 정조가 신하들에게 한 말과 명령이 행갈이가 되어 있어 자칫 독립된 일화로 보일 수도 있다. 그러나 이는 필사자의 실수일 뿐, 실제 서사 내용이 달라지는 것은 아니다. 익선재본 A(利)이 일화 구분을 행갈이로 하여 각 일화의 구별이 모호하게 보일 수 있기 때문이다. 반면 익선재본 B와 일사본은 'O' 표시로 일화를 구별하고 있고 각 일화의 순서가 일치하고 있으며 익선재본 A에 보이는 오탈자 등의 오류 사항이 적다.[6]

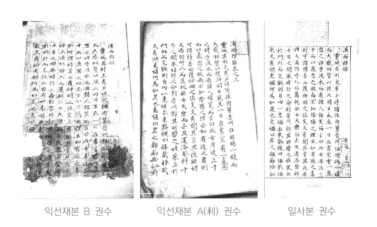

| 익선재본 B 권수 | 익선재본 A(利) 권수 | 일사본 권수 |

4) 권4의 이본 상황

본서에서는 일사본을 저본으로 하되 필요한 경우 하버드대본을 대조하여 국역하였다.

권4의 이본에는 고려대본이나 가람문고본이 언급되기도 하지만 이들은 발췌본으로 전편을 수록하고 있지 않다. 지금까지 권4의 일화를 모두 수록하고 있는 이본으로는 일사본이 대표적이었으나, 하버드 엔칭도서관본과 버클리 동아시아도서관본이 권4에 속하는 30개 일화를 모두 수록한 것으로 보고된 바 있다.[7] 고려대학교 해외한국학자료센터 해제에

---

6 이승은(2020), 29~34쪽 참고.
7 고려대학교 해외한국학자료센터 해제; 이승은(2020), 34~35쪽 참조.

서는 버클리본의 목록에 적힌 일화 1개가 필사되지 않았다고 하였는데, 이승은(2020)에서 목차의 제목 순서가 바뀐 것일 뿐 실제로는 모든 일화 가 필사되어 있음을 확인하였다. 하버드 엔칭도서관본은 '溪西雜錄'을 표제로 권2와 권4를 각각 상·하로 필사하였고, 버클리 동아시아도서관 본은 '野語'를 표제(권수제: 攻玉齋漫錄)로 권4만 필사하였다. 하버드본 하 권과 버클리본은 일화의 순서가 동일하다.

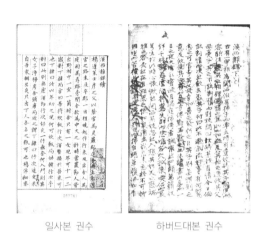

일사본 권수　　　　　　하버드대본 권수

　권4는 일사본을 비롯하여 가람문고본, 장서각본, 고려대본의 표제 혹 은 권수제에서 '속'(續) 혹은 '보유'(補遺)로 지칭되는 이본인데, 이로 인해 『계서잡록』 권4의 존재가 불확실하게 여기지기도 하였다.[8] 권4에 실린 총 30화의 일화가 실려 있는데, 대개 야담적 지향이 강한 일화들로 편폭 이 늘어나 서사성도 강화되어 있다. 아마도 권4의 야담은 저자인 이희평 이 『동패낙송』과 같은 선행 야담집을 참조하거나 기억하여 전재하거나 재구성한 것으로 보이는데, 권4의 30개 일화 중 약 23개가 『동패낙송』 과 서사적 내용을 공유하고 있는 점을 고려하면 이러한 추정은 일면 타

8　정명기(2014)에서 완질의 『계서잡록』이 4권 체재임을 확정하였다.

당하다고 볼 수 있을 것이다.[9] 다음 표는 권4의 일화가 일사본의 권차를 하버드대본의 편차와 대응시키고, 해당 일화가 연세대본 『동패낙송』과 서사적 내용을 공유하는 경우를 표시하였다. 『동패낙송』과 『계서잡록』이 서사적 내용을 공유하는 경우는 『계서잡록』 권1-5(『동패낙송』 21화), 권2-6(『동패낙송』 13화), 권2-20(『동패낙송』 26화), 권2-40(『동패낙송』 51화) 등이 있지만, 『계서잡록』 권4의 일화들이 이희평에 의해 문식이 가해진 본격적인 야담에 가깝다고 할 수 있을 것이다.

권차	계서잡록 권4(일사본)	하버드본	동패낙송
1	양봉래(楊蓬萊)	3	27화
2	꿈	22	50화
3	광동(狂童)	2	39화
4	홍우원(洪宇遠)	12	
5	유기장의 딸	13	58화
6	호랑이에게 물려 간 신랑	27	
7	사주(四柱)	24	59화
8	동계 정온(鄭蘊)	9	23화
9	조보(朝報)	10	55화
10	청풍 김씨 댁 제사	26	38화
11	바보 아재	5	17화
12	광작(廣作)	6	29화
13	소를 탄 늙은이	7	18화
14	김천일(金千鎰)의 부인	25	46화
15	선천(宣川) 기생	8	33화
16	태수놀이	23	35화
17	고담(古談)	11	11화
18	소설(掃雪)	1	40화

9　권기성(2020), 76쪽 참고. 해당 논문의 표에서 몇 가지 오류가 있어 바로 잡았다. 『계서잡록』 권4의 제19화, 제20화, 제26화와 유사한 일화는 각각 『동패낙송』의 제47화, 제69화, 제73화이다.

권차	계서잡록 권4(일사본)	하버드본	동패낙송
19	박탁(朴鐸)	15	47화
20	척검(擲劍)	19	69화
21	북벌대계(北伐大計)	18	48화
22	광주 경안촌(慶安村)	4	57화
23	월해암(月海菴)	14	56화
24	명부(冥府)	28	
25	황인검(黃仁儉)	16	72화
26	설원(雪冤)	17	73화
27	고유(高裕)	29	
28	안동 도서원(都書員)	20	
29	증서(證書)	30	
30	우황(牛黃)	21	

3. 후대 야담집으로의 전이양상

　『계서잡록』은 18세기 야담집과 19세기 야담집을 잇는 가교 역할을 하는 야담집이라는 점에서 야담사적 의의를 지닌다. 『계서잡록』에 실린 야담은 1차로 『기문총화』와 『계서야담』으로 전이(轉移)되는 양상을 보인다.[10] 여기서는 『계서잡록』에서 『청구야담』으로의 전이양상을 전재(轉載)와 변개(變改)로 나누어 정리한다.

　『계서잡록』의 일화가 『청구야담』에 전재된 양상은 권1의 12개, 권2의 14개, 권3의 20개, 권4의 17개로 총 63개인 것으로 확인된다. 세부적인 표현은 달라지겠지만 서사 내용에 큰 차이는 없다. 이러한 전이양상은 『계서잡록』의 일화들이 『기문총화』와 『계서야담』으로 전이되고 이것이 다시 『청구야담』으로 전재되는 과정에서 일어난 것으로 보인다.

10　김유진(2020)에 『계서잡록』에서 『기문총화』·『계서야담』으로의 복잡한 전이양상을 정리한 바 있다.

	권차	제목	청구야담(버클리본)
1	권1-04	토정 이지함(李之菡)	권9 試神術土亭聽夫人
2	권1-05	이경류(李慶流)	권7 投三橘空中現靈
3	권1-06	이병태(李秉泰)	권7 李副學海營省叔父
4	권1-07	청백리(淸白吏)	권9 江陽民共立淸白祠
5	권1-08	낮잠꾸러기 사위	권7 待科榜李郎摘薑
6	권1-20	이병상(李秉常)	권8 洞仙館副价逢鬼
7	권1-21	어사출두	권8 洪川邑繡衣露踪
8	권1-22	큰형님 이희갑(李羲甲)	권9 率內行甕遷逢雷雨
9	권1-25	이복영(李復永)의 용력	권7 殲羣蛇亭上逞勇
10	권1-47	납속동지(納粟同知)	권9 樂溪村李宰逢鄕儒
11	권1-52	홍장(紅嬙) 이야기	권9 鏡浦湖巡相認仙緣
12	권1-72	민애(閔愛)	권9 惑妖妓冊室逐知印
13	권2-01	천명(天命)	권8 設別科少年高中
14	권2-13	서경덕(徐敬德)	권9 救處女花潭試神術
15	권2-16	박엽(朴燁) ③-호승호승	권9 度大厄朴燁授神方
16	권2-30	기천 홍명하(洪命夏)	권7 洪相國早窮晩達
17	권2-41	유상(柳常)	권9 進米泔柳璫聽街言
18	권2-45	나씨부인(羅氏夫人)	권8 製錦袍夫人善相
19	권2-49	주시관(主試官)	권7 鄕儒用計瞞竹泉
20	권2-51	항우(項羽)	권7 武擧廢舍逢項羽
21	권2-52	유척기(俞拓基)	권9 擇孫婿申宰善相
22	권2-53	해인사 노승	권8 敎術童海印寺僧爲師
23	권2-54	호팔자(好八字)	권7 柳上舍先貧後富
24	권2-72	주금(酒禁)	권8 赦窮儒柳統使受報
25	권2-75	우육불(禹六不)	권6 進忠言入祠哭辭
26	권2-76	소교(素轎)	권6 起死人臨江哀輓
27	권3-01	수급비(水汲婢)	권7 矗石樓繡衣藏跡
28	권3-02	박총각(朴總角)	권9 矜朴童靈城主婚
29	권3-05	이익저(李益著)	권8 貸營錢義城倅占風
30	권3-06	용호영(龍虎營) 장교	권7 練光亭京校行令
31	권3-10	청상과부	권7 憐孀女宰相囑窮弁
32	권3-13	심씨부인(沈氏夫人)	권7 赴淇營婦人救名妓

	권차	제목	청구야담(버클리본)
33	권3-17	이일제(李日濟)	권7 超屋角李兵使賈勇
34	권3-20	김응립(金應立)	권9 金醫視形投良劑
35	권3-21	언문신주(諺文神主)	권7 題神主眞書勝諺文
36	권3-33	까치 이야기	권9 隨京鄕靈鵲知恩
37	권3-37	곡산기생 매화	권7 營妓伴狂隨谷倅
38	권3-40	비정(非情)	권9 行胸臆尹弁背義
39	권3-41	관재수(官災數)	권9 免大禍巫女賽神
40	권3-42	오인(午人)	권9 訴輦路忠僕鳴寃
41	권3-43	영주 열녀 박씨	권9 訴輦路忠僕鳴寃
42	권3-45	방앗공이	권8 鬼物每夜索明珠
43	권3-47	평생 잊지 못할 두 남자	권7 平壤妓妍醜兩不忘
44	권3-48	무운(巫雲)	권7 江界妓爲李帥守節
45	권3-50	청학동(靑鶴洞)	권9 興元士從遊靑鶴洞
46	권3-51	곽사한(郭思漢)	권7 招神將郭生施術
47	권4-02	꿈	권1 現宵夢龍滿裳幅
48	권4-03	광동(狂童)	권7 得佳妓沈相國成名
49	권4-05	유기장의 딸	권7 贅柳匠李學士亡命
50	권4-06	호랑이에게 물려 간 신랑	권8 新婦挤虎救丈夫
51	권4-07	사주(四柱)	권7 金南谷生死皆有異
52	권4-09	조보(朝報)	권9 禹兵使赴防得賢女
53	권4-11	바보 아재	권8 劫倭僧柳居士明識
54	권4-12	광작(廣作)	권7 治産業許仲子成富
55	권4-13	소를 탄 늙은이	권8 老翁騎牛犯提督
56	권4-14	김천일(金千鎰)의 부인	권7 倡義使賴良妻成名
57	권4-15	선천(宣川) 기생	권7 盧玉溪宣府逢佳妓
58	권4-17	고담(古談)	권9 畏嚴舅悍婦出失言
59	권4-19	박탁(朴鐸)	권7 憩店舍李貞翼識人
60	권4-20	척검(擲劍)	권8 賊魁中宵擲長劍
61	권4-25	황인검(黃仁儉)	권4 捉凶僧箕城伯話舊
62	권4-28	안동 도서원(都書員)	권9 入吏籍窮儒成家業
63	권4-30	우황(牛黃)	권8 得巨産濟州伯佯病

다음은 『계서잡록』에서 『청구야담』으로 전이되는 과정에서 이야기의 변개가 이루어지는 경우를 정리하였다. 서사의 얼개가 비슷한 것이 대부분이나 권3의 제7화 〈김상로〉와 권3의 제11화 〈이성좌〉의 경우 주요 인물인 김상로와 어유봉을 숨기고 있고, 권4 제8화 〈동계 정온〉의 경우 정온을 임형수로 바꾸었다. 그 외의 일화들은 서사적 모티프를 공유하는 것으로 『계서잡록』 등의 야담집에 유전되던 이야기들이 『청구야담』으로 수습되는 과정에서 변개되거나 변개된 결과물이 전재된 것으로 생각된다.

	권차	제목	청구야담(버클리본)
1	권2-20	이기축(李起築)	권2 策動名良妻明鑑
2	권2-32	회양협(淮陽峽)	권8 會琳宮四儒問相
3	권2-43	김진사(金進士)	권1 諭義理羣盜化良民 / 권10 綠林客誘致沈上舍
4	권2-68	고려장군	권6 憑崔夢古塚得全
5	권2-69	와퇴법(臥椎法)	권6 鬪劍術李裨將斬僧 / 권10 李節度麥場逢神僧
6	권3-07	김상로(金尙魯)	권7 新傔權術騙宰相
7	권3-11	이성좌(李聖佐)	권7 進祭需嶺吏欺李班
8	권4-01	양봉래(楊蓬萊)	권2 楊承宣北關逢奇耦
9	권4-04	홍우원(洪宇遠)	권1 洪尙書受挺免刃
10	권4-08	동계 정온(鄭蘊)	권1 復主讐忠婢托錦湖
11	권4-16	태수놀이	권8 作善事繡衣繫紅繩
12	권4-18	소설(掃雪)	권4 聽妓語悖子登第
13	권4-22	광주 경안촌(慶安村)	권9 還金槖强盜化良民
14	권4-23	월해암(月海菴)	권5 廉義士楓岳逢神僧
15	권4-26	설원(雪冤)	권4 雪神冤完山尹檢獄

이상에서 정리한바 『계서잡록』은 18세기 야담집과 19세기 야담집을 잇는 중간 매개로서 기능하며 이야기의 원천으로 야담사에서 중요한 문헌임을 확인할 수 있었다. 이번 국역을 통해 야담사를 종합적으로 통괄할 수 있는 계기가 되기를 기대한다.

참고문헌

권기성, 「『계서잡록』 4권 소재 야담의 서사방식」, 『韓國漢文學研究』 80, 한국한문
　　학회, 2020.

김영진, 「조선 후기 사대부의 야담창작과 향유의 일양상」, 『어문논집』 37, 안암어
　　문학회, 1998.

김유진, 「『溪西雜錄』의 轉移樣相」, 『韓國漢文學研究』 80, 한국한문학회, 2020.

김준형, 「記聞叢話系 野譚集의 文獻學的 研究」, 고려대학교 석사학위논문, 1997.

＿＿＿, 「19세기 야담 작가의 존재 양상」, 『민족문학사연구』 15, 민족문학사학회,
　　1999.

이승은, 「『溪西雜錄』 異本考」, 『韓國漢文學研究』 80, 한국한문학회, 2020.

임형택, 「『東稗洛誦』 研究-야담의 기록화과정과 한문단편의 성립-」, 『한국한문학
　　연구』 23, 한국한문학회, 1999.

정명기, 「완질 『溪書雜錄』(일사 (1)본)의 출현에 따른 제 문제」, 『洌上古典研究』 40,
　　열상고전연구회, 2014.

이희평 가계도

6代								
李穀	李穡	李鍾善	李季甸	李堣	李長潤	李秩	李之菽	李增
		良景公	文烈公					

* 이희갑 등이 1846년(헌종 6)에 편찬한 『한산이씨세보(韓山李氏世譜)』를 참조함.

** 이규영의 생부는 이산중임. 이희두는 이규영에게, 이희평은 이도영에게, 이희준은 이현영
(李顯永)에게 출계하였음. 이현영의 생부는 이도중(李度重), 계부는 이항중(李恒重)임.

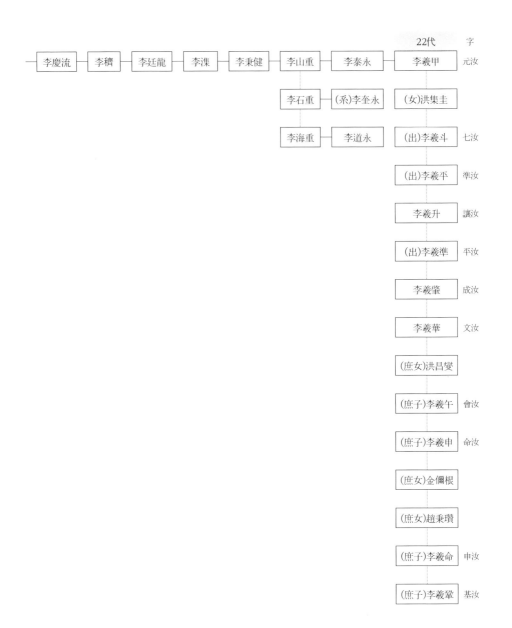

찾아보기

이희평(李羲平, 1772~1839)

본관은 한산(韓山), 자는 준여(準如), 호는 계서(溪西)이다. 친부는 이태영(李泰永, 1744~1803)인데 이도영(李道永, 1749~1805)에게 출계하였다. 1810년 진사시에 합격하였고 홍천 현감(洪川縣監), 금릉 군수(金陵郡守), 거창 군수(居昌郡守), 전주 판관(全州判官) 등을 거쳐 황주 목사(黃州牧使)에 이르렀다. 지방관으로 나가 있던 기간 이외에는 주로 서울 서대문 밖의 원현(圓峴: 둥구재) 아래와 지금의 성남시 분당구 수내동(藪內洞)에 있던 낙계촌(樂溪村)에 거주하였다. 가요와 속악 부를 잘 지었다고 전하며, 언뜻 범상해 보이지만 천연의 글쓰기 방식을 구사한 것으로 평할 수 있다. 저서로 부친 이태영의 사적을 기록한 『과정록(過庭錄)』 (1807)과 야담집 『계서잡록(溪西雜錄)』(1833)이 전한다.

익선재 야담 연구반

익선재는 임형택 교수가 정년을 맞으면서 마련한 연구 공간이다. 장소가 마침 서울의 익선동이기도 하여 익선재로 이름한 것이다. 이곳에 학문 연구에 뜻을 둔 학인들이 주기적으로 만나 한문고전을 읽고 토론하는 모임을 꾸려왔다. 이 모임의 야담 연구반에서 『한문서사의 영토』(전2권)를 편찬, 간행하였고 이어 『이조한문단편집』의 전면적인 개정판을 모두 4책으로 내놓은 바 있었다. 이번에 『계서잡록』을 정리, 역주하는 작업을 마무리지어 출간하는 것이다. 본래 더 많은 인원이 참여했으나 최종 역주 및 교정 작업에 참여한 명단만 적는다.

임형택   성균관대학교 명예교수
강수진   경상국립대학교 경남문화연구원 학술연구교수
김유진   덕성여자대학교 국어국문학전공 조교수
김지윤   서울대학교 국어국문학과 박사
양영옥   성균관대학교 대동문화연구원 책임연구원
이승은   고려대학교 국어국문학과 부교수
이주영   동국대학교 국어국문문예창작학부 강사
정성인   동국대학교 글로벌학생팀 강사

한국야담번역총서 05

계서잡록

2025년 3월 17일 초판 1쇄 펴냄

지은이 이희평
옮긴이 익선재 야담 연구반
펴낸이 김흥국
펴낸곳 보고사

책임편집 이경민
표지디자인 김규범

등록 1990년 12월 13일 제6-0429호
주소 경기도 파주시 회동길 337-15 보고사
전화 031-955-9797(대표)
팩스 02-922-6990
메일 bogosabooks@naver.com
http://www.bogosabooks.co.kr

ISBN 979-11-6587-813-9 94810
      979-11-6587-496-4 (set)
ⓒ 임형택, 2025

정가 25,000원